MEMORY HOUSE

记忆坊文化

骑在屋顶上的马

YOU LOCK MY HEART

—— 彻夜流香 著

江苏凤凰文艺出版社
JIANGSU PHOENIX LITERATURE AND
ART PUBLISHING, LTD

目录
CONTENS

·第一章

人生赢家

女人年过三十岁，仿佛一匹骑在屋顶上的马，站得高，看得远，却哪里也去不了。

颜锁心今年二十九岁了，旁的二十九岁的女子总是有各种各样的烦恼，要么为了没有着落的婚姻，要么为了没有前程的工作，这种前不着村后不着店的苦恼，颜锁心是没有体验过的。

她供职于上海虹桥某栋商务大厦的顶楼上，老板尤格尔是五百强美资企业的高层，刚升任亚太区的总裁。他是个美裔印度人，一路沿着工程这条线升职，性格实在而坚韧，与才走的前任CEO伊瑞克有天壤之别。

伊瑞克当年是带着人马从美国空降到上海的，集体踩到了在上海兢兢业业工作了十来年的尤格尔头上，在长达六年的时间里，名义上的副总裁尤格尔一直在虚线汇报给伊瑞克下面天线分部的总经理艾达。

艾达据说出身名门，过去一直供职于微软电子，反正真实情况不知道怎么样，但艾达的脾气一直很大，会议上能指着鼻子骂跟他意见相左的人，幸亏他还有一个毛病就是爱上厕所，所以往往他一趟卫生间之旅回来，会议室里就只剩下他一个人了。

所谓阎王好见，小鬼难缠，说的就是伊瑞克与艾达。

因此在这六年里，尤格尔经常坐在会议室里一言不发，而身为他助理的颜锁心也陪着老板在会议室里大眼瞪小眼，生生熬到了伊瑞克功成身退，连杯咖啡都泡不大好的颜锁心就这么跟老板混下了一份结结实实的患难之情。

等到忍者神龟尤格尔登顶，跟他有患难之交的助理颜锁心也就水涨船高了。

"我上次跟你说过的人怎么样啊？"茶室间里财务部的戴维扬捅了捅旁边看手机的颜锁心。

颜锁心皮肤白皙，眉眼弯弯，有着江南女子特有的讨喜，她不好意思地回捅了下戴维扬："不是跟你说了，我有男朋友，不用介绍的呀。"

她将这个"呀"字拖得有点长，这个嗲音是跟公司里本地姑娘学的，但是她本质上还有着隔壁江苏姑娘那股子水汽暖暖的圆润，因此这个"呀"字拖出去不够嗲，倒像是只水团子落在桌面上，还没弹起来就被粘住了。

"你男朋友不是在外地嘛，我跟你说了，这男女隔道墙那叫距离是种美，隔座城那叫距离是种累，隔座省那就是唐僧取经朝东走，浪费辰光。"戴维扬是个在上海生活了十年的台湾人，水土融合得特别好，讲话的腔调中本地口音倒是占了一多半，再带着点台湾腔的绵软，说话像泡软了的辣椒。

颜锁心笑意吟吟地听着，却没有搭腔。

"HR（Human Resource，人力资源）那边走了个经理，那个位置你有想过哦？"戴维扬神神秘秘地问。

颜锁心不甚在意地道："我又没做过HR的工作，到了那里还要从头学，又占着个经理的位置，不是给丽莎添麻烦吗？"

丽莎是HR的总监，素来跟中高层的经理们关系不错，当然也包括颜锁心这个CEO助理，戴维扬"啧"了声："那当初的魏净有什么经验啊？还不是一会儿跳个岗位，几年就跳到总经理的位置上去了。"

颜锁心浅笑不答，她跟裴严明现在首要目标就是结束异地夫妻的相处模式，等裴严明调回上海，他们可能就要忙着生孩子了，现在尤格尔的总裁位置也坐稳了，她这个总裁助理当然可以安心做下去，哪有工夫另起炉灶从头做起，她又不是削尖了脑袋往上爬的魏净。

"你说上海分部总经理的位置谁来坐呀？"戴维扬又捅了捅颜锁心换了个话题。

这就是戴维扬的好处，他虽然话多，但从来不把一个话题讲到老，适时地就会另跳个话题来讲，跟乐器似的讲究长短音结合，时不时地再来个重音，响个不停却不叫人心烦。

颜锁心瞪了他一眼："这我怎么知道呀？"

斯威德在中国有三个分部，分别是长春、成都和上海，当中属上海分部最大，产值最高，当然那个总经理的位置也最重要，尤格尔就是从这个位置升上来的。

如今上海斯威德那个法国人总经理已确定了约满之后将会回国，这样上海分部就空出了一个总经理的位置。

伊瑞克离开之前是有安排的，接任这个位置的原本该是成都斯威德分部的总经理魏诤，为了顺利过渡，魏诤甚至在半年前就离开了成都，调任总部暂任工程部总监，差不多就是在跟法国人做交接工作了。

可是现在……伊瑞克走了。

魏诤是伊瑞克刚到上海时的第一任助理，给生活作风讲究挑剔的伊瑞克干了两年，而且深受伊瑞克的信任，但与颜锁心不同的是，魏诤从助理的位置离开之后就先后去了项目、质量、工程等部门，最后资源丰富的他成功地调任了成都分部总经理的位置。

要不是伊瑞克走得早，魏诤大概现在已经再下一城，成为斯威德在亚太区最重要的生产分部——上海斯威德的总经理。论贴标签，颜锁心觉得魏诤的脸大概会被伊瑞克的标签给糊满了，所以还是那句话——"伊瑞克走了"。

一朝天子一朝臣，尤格尔再是只"忍者神龟"，如今登顶总是要咆哮两声的吧，因此现在的公司暗流涌动，都在猜测这个位置还会不会是魏诤的。

"我跟你讲件事情，长春的裴严明你知道吧？"戴维扬接着神神秘秘地道。

颜锁心结束了浮想联翩："知道呀，怎么了？"

戴维扬笑得贼兮兮："这次项目部的人去长春开会，裴严明当着他们的面用手机跟他老婆吵架。你知道的呀，裴严明不是说他娶的老婆也是上海人吗？两个上海人在电话里用普通话吵，讲裴严明要是再不调回上海，就要跟他离婚喽，这是怕项目部的那帮外地人听不懂上海话呀，有劲哦？"

颜锁心笑了笑，有些尴尬，因为在电话里用普通话跟裴严明吵架的"上海老婆"就是她，而她的丈夫正是长春分部的总经理裴严明。

裴严明跟颜锁心是大学校友，当年颜锁心刚进大学的时候，裴严明正在读研一，学校举办联谊舞会，场中男女翩翩起舞的时候，没有起身入舞池，而是坐在边上干看的就是她跟裴严明这两朵壁花。

当时颜锁心心里就认定了裴严明，想一想在大城市里四年大学读下来还不会跳舞的男生，跟柳下惠相差得还远吗？几年谈恋爱下来，裴严明正如她想象中的那般稳重低调又上进。

他们毕业后都在斯威德总部工作，但颜锁心跟的老板尤格尔正处于劣势，为了避免闲言碎语，也为了免得裴严明被殃及池鱼，两人就一直保持着地下恋情。

事实证明裴严明升迁各方面都很顺利，而且没被贴上任何标签，俨然是办公室政治泥潭里的一股清流。

刚开始颜锁心还颇有做敌后特工的兴奋，时不时地想跟裴严明对对暗号，可惜裴严明坚持八小时工作时间是同事就要像同事，等到公司里传出颜锁心倒追裴严明的流言时，颜锁心也不得不在公司里与裴严明谨守楚河汉界了。

两年多前，长春那边的总经理位置有了空缺，裴严明积极主动地要求调任，当颜锁心因为裴严明要远调千里之外开始彷徨犹豫的时候，裴严明就向颜锁心提出去领结婚证。

是领结婚证而不是结婚。

结婚要发糖，要拍结婚照，要傻乎乎地穿着西式婚纱请亲朋好友们在酒店里吃顿中餐，而后生儿育女，但他们没有那些时间，所以只能先领证，就像学校的阶梯教室里人不来，先放只杯子占个座。

颜锁心对裴严明这种占座的举动内心是很甜蜜的，至于结婚仪式嘛，革命尚未成功，同志仍需努力，抗战还都打了八年呢，她似乎都没意识到自己与裴严明为这个昭告天下的仪式努力了已经不止八年。不过要说颜锁心完全没有防范意识那也不尽然，比如裴严明已经结婚了就是她故意放出去的风声。

裴严明当然不会否认，可能下意识地想要避免别人猜到是颜锁心，他含糊地默认了自家的太太是个上海本地人。反正颜锁心老家在吴江汾湖，身份证上写着江苏省，但与上海青浦也就隔着一条马路。

因此公司里人人都知道裴严明已经结过婚了，娶了个太太是上海本地人，裴严明远在长春，太太谁都没见过，凭着想象大约能描绘出是个身形瘦挑，肤白眉细，说话玲珑做事有眼色，在其他外资公司做着中层管理的女人。

总之，就是没人猜出裴严明的太太是颜锁心。

颜锁心也没有失望，就当是锦衣夜行、财不露白，这种餍足感养得颜锁心由内而外的水润，还未过三十岁就有些与世无争了。手机的响声及时地缓解了颜锁心的尴尬，听筒里传来的声音让她稍许愣神。

"我是任雪，还记得我吧。"手机里传来的声音软绵绵的，但讲的话不是疑问句，是陈述句，好像就肯定颜锁心应该认识她的。

颜锁心当然不会跟戴维扬似的回句"你是谁啊，我就应该认识你，有劲哦"，她挺有风度地对答了几句，然后总算想起来这位任雪是谁，那是她大学里的同班同学，能唱会写，是系宣传部的台柱子。

但她们是绝对算不上熟悉的，任雪作为大学里的活跃分子，交友比颜锁心要广阔多了，像颜锁心这种不算出挑的女同学，没有一定的机缘是入不了她的法眼的。

"我刚回上海，一起出来吃个饭吧。"任雪道。

事隔多年，有位老同学打电话上门来，颜锁心还是喜出望外的，很爽快地答应了任雪，并推荐去吃日式海鲜自助。

听了餐厅的名字任雪"哦"了声："中午吃自助不方便吧，还是找个清静点的地方咱们聊聊天。"然后她就提议了一家餐厅，倒是离斯威德总部大厦很近。

颜锁心挑的日式自助餐厅靠近地铁10号线站口，方便任雪坐车，不过既然任雪都无所谓，她也就主随客便了。中午颜锁心给尤格尔订了份比萨，摘掉眼镜随意化了点淡妆，套上滑雪服，戴好围巾就出门了。

上海冬日的温度不算低，极少见雪，却是阴冷，尤其是细雨连绵的日子里，那股阴寒气能渗入人的骨髓里。

颜锁心将大半张脸都埋在拉得高高的围巾里，等她步行到餐厅门口的时候，任雪已经在等着了，她穿着白色收腰呢料大衣，手里拿着黑薄羊皮手套，肩背挺拔勇敢地站在簌簌的寒风里，令人眼前一亮。

任雪谈不上多漂亮，她的脸型略长，鼻翼上没什么肉，嘴唇微薄，唯一的优点就是身材高挑，总体上来讲长得摩登而乏味，但她浑身都洋溢着自信，组合起来就有种特立独行感，像迷雾中的灯塔，特别有说服力。

颜锁心记得任雪发表过不少关注女性社会地位的文章，在学校里就以独立、自信、口才好而获得了不少人的青睐，放在今天就是属于有深度的明星，粉丝不多但黏性很强。

毕业以后任雪没能成功留校，而后颜锁心就听人说她跟外国男友远渡重洋，去了有自由女神像的国度，没想到现在任雪突然就出现在了她的眼前。

"怎么不去里面等？"颜锁心拉下了围巾问。

"这样可以早点看到你呀，看看你还是不是老样子。"任雪话语显得熟络，倒让颜锁心生出了几分不好意思，因为她的确早把这号老同学给忘光了。

两人落座下来之后，颜锁心将菜单客气地递给任雪，任雪接过菜单点了几个菜，然后又将菜单还给颜锁心："我只点了自己吃的。"

任雪不客套，颜锁心也就心安理得地只点了自己爱吃的，任雪挑的餐厅也是日式的，而且价位偏高，属于轻奢型商务餐，用餐的人少，图个说话清静。

等任雪点的菜式上来，颜锁心才发现她点的是生牛肉，牛肉的中间还窝了只生鸡蛋，她不禁"咦"了声："我先生也爱吃这道菜。"

裴严明来这家餐厅就喜欢点这道生牛肉窝蛋。

任雪轻淡地笑了笑："这道菜养胃。"

颜锁心不知道生牛肉加生鸡蛋吃下去怎么还能养胃，不得肠胃炎就很好了，但她这人最大的好处是能虚心听取不同的意见，更何况这道菜还是裴严明喜欢的。

"你先生也常来这里吃饭吧。"等颜锁心的牛排上来了任雪就又开口说了句。

还是陈述句的口吻，颜锁心对着老同学也不隐瞒："过去是常来这里吃的，不过现在他调去长春分部了，来得就少了。"

"长春很远啊。"任雪语调悠悠，却能让人轻易地就听出话语中未尽的含义。

颜锁心连忙替裴严明分辩了两句："一个公司就那么几个位置，不外派哪里能升职，等以后有机会就调回来，这职务总归是升上去了呀。"

不远处的魏诤也在看菜单，李瑞从外面走了进来，大刺刺地往他的对面一坐，兴奋地问："老魏，你知道我刚才看见谁了？"

魏诤瞧他那副挤眉弄眼的样子，端菜单的修长手指纹丝不动："谁啊？"

"裴严明在长春的那个……"李瑞动了动眉毛，抛了个"你懂的"眼神。

李瑞是项目部的经理，现在大部分项目都下放到了各分部，总部的项目部差不多快成了个摆设。

"你怎么知道？"魏诤反问。

李瑞的职业虽然提前进入了养老状态，但他人却充满了勃勃生机，当中八卦的滋润可谓功不可没，他"啧"了声拿起餐巾抖了抖："那种事，我都用不着眼睛看，光闻就能闻得出来。"

他抬眼见魏诤没有凑趣的意思，于是只好自己揭开谜底："裴严明请我们吃饭，她过来送衣服，还责怪裴严明胃不好还喝酒，这两人要没鬼，我李瑞的名字倒着写。"

魏诤这才有了反应，他慢条斯理地问："你认识裴严明的太太？"

"不认识啊！"李瑞睁大了眼睛，"裴严明结婚又没请我们吃过饭，我哪里认得？"

"不认得，那女的干吗要做戏给你看？"魏诤瞧着菜单，那语气就跟重复他今天吃了什么般的肯定，"不就是因为你大嘴巴，她想让你把她跟裴严明的事情捅给他太太嘛，我猜裴严明当时的脸色好看不了。"

"你千里眼啊！"李瑞的嘴巴吃惊地张了张，然后逮住了魏诤话里的一点不满，"我几时大嘴巴了？"

魏诤道："你不是大嘴巴，你是妇女之友。"

"妇女之友是财务部的戴维扬吧！"李瑞连忙否认。

"你也不差啊。"魏诤不紧不慢地道。

李瑞有点讪讪然，魏诤半年前回到总部，戴维扬就有心撮合他跟颜锁心，并托李瑞帮忙问问魏诤的意思，李瑞直截了当地问了，而后魏诤回答："我对拿咖啡杯喝汤的女人没有兴趣。"

当年魏诤跟颜锁心同时做助理，每逢周一尤格尔与伊瑞克都要在下了班之后跟大洋对岸开会，两个助理当然谁也不敢先跟老板说明早见，只能陪等。说来也奇怪，坐在那里扮石雕的颜锁心常常比跑来跑去忙个不停的魏诤要更容易饿，大约人穷极无聊了，吃就是件最好打发时间的事。

等天一黑，颜锁心就会躲在茶水间里弄方便面吃，她喜欢吃某个牌子的拌面，油旺旺的酱料面，还很贴心地送了蔬菜汤料包，其实那些泡发的蔬菜口感极为古怪，吃起来像加了盐的泡沫，但那个时候却是无偿加班又饥肠辘辘的颜锁心最好的慰藉。

所以往往魏诤拿着文件回来，就能看见颜锁心捧着她碗口大的咖啡杯喝着蔬菜汤，带着一脸的飘飘然，魏诤真是想忘都忘不了。

因此当李瑞提起颜锁心，他不知怎么就脱口说了出来，李瑞又把这当成玩笑告诉了戴维扬，李瑞告诉戴维扬的时候是关照他不要往外说的，但最后的结果就是公司里人人都知道了这个笑话。

让魏诤在升迁这么个节骨眼上，平白跟身为总裁助理的颜锁心结下仇怨，即便脸皮城墙厚的李瑞也有点不好意思。

李瑞讨好地道："你可知道我们这次去长春，裴严明演了出什么戏？"

"不就是跟他那位上海太太在手机里用普通话吵架嘛。"

"你都知道了？"李瑞刚说完就"哑"了声，干笑道，"妇女同志的保密功夫还真是不可信啊。"

"人家就是知道你保密功夫不可信，要不然为什么专门在你面前演戏呢？"魏诤收起菜单递给了李瑞，"你点吧。"

"你去哪儿？"

"我上个卫生间。"

魏诤起身，眼神略略扫了下餐厅，便看见了靠窗坐着的颜锁心跟任雪，此时的颜锁心吃着新端上来的牛排，心情愉悦，笑得满面灿烂。

任雪目光落在食物上的时候就少多了，她的嘴角噙着笑，但笑不及眼底，一个女人带着那么假的笑容来吃饭，在魏诤看来，那明显就是别有居心的。

看着心情不错的颜锁心，魏诤轻微地摇了摇头，径直地朝着卫生间走去，特洛伊木马进城，算得就是无心。

魏诤扫过来的那眼速度很快，可颜锁心的目光就是那么惊鸿一瞥地跟他对上了，她下意识地坐直了背脊，摆弄刀叉的姿势也优雅了不少。颜锁心觉得她跟魏诤就像猫与狗，哪怕天天生活在一个窝里，偶尔双目对视还是忍不住要龇毛，实在是因为物种不同，而且天生相克。

坐在她对面的任雪顺着颜锁心的目光看去，见是个穿黑色薄羊绒衣的男人，他手腕上戴着只黑带银色薄底表，体型是锻炼过的清瘦，看得出来一周会安排二到三次去健身房的时间。

衣着考究，生活讲究，一个有品位、有地位的男人，任雪在心里这么评估道。

颜锁心看见了魏诤就觉得胃口没方才那么好了，要知道跟当年颜锁心用茶杯喝汤一样，魏诤给颜锁心留下的印象也是深刻的，毕竟一个人跟你干着同样的活，但表现得什么都比你强，那样的经历也不是谁想忘就能忘得掉的。

反过来，在纯天然无危害的颜锁心衬托下，同期的魏诤就显得过于"上进"了，魏诤给人有心机的印象多多少少是跟颜锁心对比出来的，以至于后面他跟自己奸诈的老板伊瑞克在公司里凑成了一对白面反派脸谱。

任雪收回了目光饶有兴致地问："这个男人跟你很亲密啊？"

正抬手喝饮料的颜锁心差点被呛到，摆手失笑："别开玩笑，我有先生的，你忘了？"

"夫妻两地分居，各玩各的也是常有的事嘛。"任雪笑得含蓄，神情笃定。

颜锁心有些反感任雪的话，但她觉得要体谅任雪可能刚从国外回来，这私生活的时差大概也没有倒过来，于是用同样笃定的神情笑道："我们俩比较保守，搞外遇玩不来的。"

"别太肯定，世事无绝对。你只要想一想，他是不是最近回上海的周期比以前长了，跟你通电话也没那么勤了？难得回来你发现他新添领带了，款式不是你喜欢的那一类，从前不喜欢送你礼物，现在也开始送你礼物了，不过礼物嘛，通常也不在你想要的范围之内。那是因为领带是别的女人挑的，礼物也是。只不过男人嘛，总会有些补偿念头，买礼物就买两份，情人一份，捎带老婆一份，两份一模一样。"任雪歪头笑了笑，然后开始吃她的生牛肉窝生鸡蛋。

任雪抿着唇似乎在细细地品味着生牛肉的滋味，她的薄唇上抹着鲜艳的口红，颜锁心瞧着忽然就没了胃口，方才吃下去的那几块厚切牛排也好像排队堵到了喉咙口，她放下刀叉："我去下卫生间。"

颜锁心倒不是真的想上卫生间，只是觉得有些胃涨，因此刻意朝后绕了个圈，企图多走两步助消化，这样就不慎绕到了魏诤的桌旁。

此时魏诤已经坐回了座位，轮到李瑞去了卫生间，但桌上正放着他老人家点的一道名菜，鲷鱼刺花，一条活生生的鱼被片成了花，放在异形盘中，嘴巴还在一开一合。

颜锁心这下是真觉得反胃了，脸上带着恶心小跑着经过魏诤那桌去了卫生间，李瑞摸着肚子慢悠悠地坐回了原位，见魏诤不动筷子，他催促道："快吃啊，这鱼就得趁活着吃个新鲜！"

魏诤抬头瞥了他一眼："你吃吧。"

李瑞敏锐地感受到了魏诤的不满，但他会错了意，凑过来小声地道："看见颜锁心了，要是你想，我可以过去给你辟个谣。同事六年，一场兄弟，我不介意为你背黑锅的。"

魏诤道："我介意。"

"你这话说得，见外了吧。"李瑞讪笑着。

"我不想踩地雷，这锅还是我自己背着吧。"魏诤瞧着菜盘里的鱼道，"你吃鱼的时候，能别把酱油滴上去吗？这千刀万剐的还要往上撒盐，比凌迟还惨。"

李瑞就觉得嘴里的生鱼片有点吞不下去，一不小心反被芥末呛到了，指着魏诤咳嗽着："你、你行！"

然后他转头瞧向旁边的服务员可怜怜巴巴地道："能麻烦主厨照着这鱼头再多拍两下吗？我佛慈悲，送它早点超生吧。"

颜锁心一顿午饭吃下来不觉得胃饱，而是心塞，任雪这人从头到尾都透着古怪，像个森林里的老巫婆，专程来送毒苹果的。

办公室里人多眼杂，她即便心里充满了不安，也不方便与"上线"联络，只得耐心等着下了班，人都走得差不多了，才忍不住给裴严明打了个电话。

"你在做什么呀？"颜锁心电话里总是老三样开头，吃饭的时间就问你吃了没有呀，睡觉的时间就问你睡了没有呀，旁的时候就问你在做什么呀。

"你怎么现在给我打电话？"裴严明的声音依旧沉稳，但他没按往常的流程那样先回答颜锁心的问题，而是反问了一句。

颜锁心被这句反问得有点接不上来话，总不好说她被个莫名其妙的女同学搞得怀疑自己丈夫有外遇，同时她又为心里的七上八下很是委屈："干什么，我打电话给你还要预约呀？！"

"你平时很少在办公室里给我打电话，我不是担心你吗？！"

同往常一样，裴严明的稳重成熟总能让一场夫妻间的争吵湮灭在刚起火苗的时候。有个情感专家说过，夫妻架能吵得起来，其实从侧面证明了吵架双方的情商智商是旗鼓相当的，至少是被拉到了同一水平线上，裴严明的情商智商显然要比颜锁心的高，也轻易不会被颜锁心给拉低。

"我正在开会。"裴严明又回答了开头颜锁心的那个问题。

通常他这么说的时候，颜锁心都会很知趣地快速挂掉电话，但今天特地又追问了一句："那你什么时候回来啊？"

裴严明是外派到长春的高层，每个月都可以报销四张往返的机票，平均起来两周可以回来一次，但是颜锁心印象里裴严明上次回来还是九月初。

"不是快过年了嘛，我想多攒点假期。"

裴严明还是那般的有远见跟有计划，颜锁心内心暂时感到安全了不少，她也不敢真的耽搁裴严明开会，所以闲话了两句就挂了电话。只是她所不知道的是，裴严明并不是远在千里之外，而是近在上海，身边坐着刚跟她吃完饭的任雪。

"你为什么不告诉她，你回上海了呢？"任雪喝着咖啡问。

"那要问你！"尽管咖啡店里的客人很少，裴严明还是压低了声音，"你跑上海来找她干什么？"

"能干什么，我现在也是斯威德的人，过来找找人脉，想调回上海，总不能她是你太太，我就要放弃自己的前程吧？"任雪表情平静地道。

裴严明当初就是被任雪这份淡定自若的成熟给说服的，以为只是一场成人之间灵与肉的偶遇，是陈旧罐子外的一口新鲜空气。然而四天之后，只有《廊桥遗梦》里的弗朗西斯卡回归了家庭，而裴严明显然没有罗伯特那样的好运气。

任雪接连给了他几个意外，比如不打招呼就跑到餐厅给他送衣服，甚至不声不响地到了上海，还约了颜锁心出来见面。

这样的事情完全超出了裴严明可以把控的范畴，令他猝不及防，在他原本的设想里任雪跟颜锁心应该是两条平行线，现在这两条平行线倾斜了起来，而且眼看着就要相撞，怎么处理这个车祸现场，他还没有太好的想法。

也许是裴严明的表情着实有些难看，任雪"扑哧"地笑了："你呀你呀，还认真了，我这次回来也是为了要帮你呀。我们系有位教授在一家咨询公司当顾问，跟尤格尔颇有些私交，我这次回来就是打算走走他的门路。"

她将手盖到裴严明的手上："严明，我跟你说过，我同你在一起不图你什么，不计较你是不是会为我离婚，更不会妨碍你什么。只要你一切都安好，对我来说就余愿足矣。"

裴严明被任雪的目光看出了几分愧疚，于是换了个话题："你们系的教授跟尤格尔有私交，我怎么没听颜锁心提起过？"

任雪掸了掸手中的羊皮手套笑着道："尤格尔就算只了解自己的助理一二分，大概也不会给她介绍吧，她认得教授，可是人家教授却完全想不起来她，多尴尬呀。"

"她就是那样……"裴严明无奈地说半句，对比成熟有规划的任雪，颜锁心那不思进取的缺点就很突出了。

也许是颜锁心与裴严明从恋爱到结婚一切都太顺理成章了，因此裴严明觉得颜锁心迟迟没有长大，十九岁女孩子的娇憨到了二十九岁就变成愚钝了。

颜锁心无所事事地刷了半天的网购，临下班的时候看见微信群里戴维扬的免费海报："今天Zapatas女士之夜，酒水免费，有没有beauty一起去啊？"

不过微信上回应者寥寥："戴维，女士之夜，你能免费，我们免不了啊！"

戴伟杨立刻声明："我是想免，无奈我是男人啊！"

"我是想去，不过拖儿带女的潇洒不起来，只能跳跳免费的广场舞。"

"朵拉，你去不去？"戴维扬问颜锁心。

颜锁心笑嘻嘻地回道："我晚上打算在网上看电影，就不去了吧。"

"网上什么电影，有什么好看的？"戴维扬追问。

"好看，是七个男人与一个女人的故事。"

一点水滴入热油里，刚才还算平静的微信群顿时热闹了起来，一下子蹦出十几条内容：

"好东西要分享！"

"知识不传播是没有意义的，朵拉！"

"God bless you, Dora!"

"行吧，给你们！"颜锁心爽快地分享了两个链接。

而在隔壁单人办公室里的魏诤点开了第一个链接，屏幕上随着一阵交响乐，出来的是几个美术体——白雪公主与七个小矮人，再点开第二个链接，果然是……八仙过海，他将手机丢一边轻吐出两个字："无聊！"

微信群里财务部的总监安娜露头说了一句："戴维扬，下班时间还没到，你别让IT部门的人太为难哦。"

"啊呀，看错时间了。"身为财务出纳的戴维扬回了句，闹哄哄的微信群顿时又恢复了平静。

"《圣经》里讲上帝说男人要有伴侣，于是抽取了他的肋骨造就了女人，但神一定料不到，只要十来年，那根肋骨就会变成鸡肋。"颜锁心贴着面膜，并跟闺密沈青探讨异地夫妻的相处之道。

"裴严明应该不会吧，多老实的一个人啊，我记得当年你给他打了条灰色的围巾，他从秋天一直戴到隔年的春天，天天戴着，大老远的没看见人就看见一条灰色的围巾了。"

大学室友沈青先是打个基调安慰了下颜锁心，后半句就绕了个一百八十度的大转弯警告道："不过从上海到长春一千多公里，隔了这么远的距离，时间再加上距离，迟早会出问题的呀。"

她说完就咔啦咔啦地啃起了苹果，颜锁心听着电话那端啃苹果的声音，只觉得自己的脑仁都被啃小了一圈，拉下了脸上的面膜："那怎么办？"

沈青道："我觉得夫妻感情再好，也经不住一千多公里的考验吧，所以要么你申请调到长春，要么想办法让裴严明调回上海来，矛盾就要从根源上解决。你要是这也不想，那也不想，那就最好把家里的房产、财产握牢了，以防万一。"

"我们家哪有什么房产、财产。"颜锁心笑道。

沈青跟颜锁心不同，她自小父母离异，跟着奶奶长大，条件有限，所以干什么都不吃亏，毕业以后在外贸行业做得风生水起，直到遇见现在做军官的丈夫，然后放弃一切去了南京生活，但骨子里却还是个务实的女人。

颜锁心经过了一番与闺密的交谈，心中确立了目标，那就是无论如何要为裴严明争取到上海斯威德总经理的位置，结束夫妻异地而居的现状。至于魏铮，不好意思，反正他们从来相看两厌，颜锁心自觉截起魏铮的和来不存在半点的心理障碍。

颜锁心一毕业参加工作，颜父颜母就来上海为她参考房子了。那个时候金融风暴刚过去，但是房价却已经是翻身农奴把歌唱，涨得比没发生金融风暴的时候还高，就虹桥那边的房价也把颜父颜母吓了一跳。

不过他们到底舍不得让唯一的女儿住在光线昏暗、家具陈旧的老公房里，可租套房子装修吧，又觉得那是替房东装的划不来。

最后就以斯威德总部大厦为中心，绕着画了个十五分钟的步行圈，他们把里面所有的住房都跑了个遍，寻了个性价比最高的小区咬牙付了套一室户的首付。

一室户，在上海就是那种只有卧室没有客厅的楼房。四十多平方米，只摊在厨房、卧室跟卫生间上也算宽裕，而且房子比较新，属于刚建好不久的高层公寓，物业安保绿化都让人比较满意。

颜锁心很是过了一把单身贵族的瘾，每天睡到自然醒，到小区后面的老街上吃碗咸豆花配老油条，然后慢吞吞地当消化般步行十来分钟到办公室，乖巧地将各位前辈养的小绿植浇一遍水，上班前还能跟早来的同事们手捧热茶再闲聊一会儿。

这个时候，同为助理的魏铮差不多才匆匆踏入办公室，大夏天里看到他额头上的薄汗，颜锁心整颗心都松弛了下来，仿佛充满了安全感。

不过可惜的是，这种优势很快就被打破了。

半个月后，颜锁心睡着懒觉，听见隔壁楼动不动就有敲洋钉的声音传来。那声音绝对不是连绵不绝的，而是时不时地冒出来那么一两下，完全卡着周末不许装修动工的规矩走，既不像装也不像不装，每次冒出来"叮"的那么一下刚好把她从将睡未睡的状态里给拉出来。

等颜锁心气势汹汹地找上门去，才知道业主是魏铮。

从此魏铮就能跟她在差不多的时候到办公室，颜锁心觉得魏铮这种人有种叫"争第一"的毛病，做什么他都要争第一，哪怕是当第一个到公司的助理。

当然渐渐地，魏铮不需要那么早跑到公司去了，因为他升职了。越早到公司的人总是职务越低，就像越晚离开公司的人总是职务越高。

不用老早起来给老板嘘寒问暖，魏铮就把早上的时间都用在了健身上面。当助理的颜锁心出门上班，经常能碰见悠笃笃在小区人行道上保持匀速慢跑的领导魏铮。

照理像他们这么有缘，完全应该建立起一些革命的情谊，可惜两人在公司里就属于不同的阵营，彼此也瞧对方不太顺眼，魏铮似乎不属于愿意苟且的人，刚好颜锁心也不想委屈自己。

每个清晨，魏铮跑步，颜锁心走路，面对面交会的时候，还能带起一阵风，只是颜锁心飘起的发丝还没垂落，他们就已经离得老远了。两个人，在你来我往的上海街头频频擦肩而过，但从来没打过招呼。

上海高楼里的大小白领就算躲得开穿Prada挤地铁的命，也往往躲不开穿Prada吃油条大饼的命。

颜锁心所住的公寓楼正门朝着宽大的柏油马路，后门就朝着里弄小巷，早餐店主卖的油条大饼豆花六年没变过，唯一变的大概就是客人们都开始用手机刷码付钱了。

"一根油条，一碗甜豆花！"老板瞧见了颜锁心都不用等她开口就利索地报上了菜单。

颜锁心笑着道："老板，是一根油条，一碗咸豆花。"

老板朝她身后扬了扬下巴："他刚才先要的。"

颜锁心转身，才发现身后站着穿运动装的魏铮，他额头上还有着薄薄的细汗，运动袖口也拉得高高的，身上的香水味道是好闻的木质香。颜锁心对男用香水没什么研究，但戴维扬有，他说魏铮常用的香水是Penhaligon's麝鹿香型，意喻性感而克制，而且此品牌是英皇室御用香水。

魏铮性不性感颜锁心不想评价，但他绝对不克制，甚至有时讲话还相当的歹毒，看他评价颜锁心本人就知道了，用一个简短的小故事，把颜锁心的无聊加无趣描绘得栩栩如生。至于什么英皇室御用就更令颜锁心嗤之以鼻，要知道他们都是给最崇尚速食文化的美国人打工的，讲什么贵族格调不很可笑吗？

魏铮也没跟颜锁心寒暄，接过老板递过来的早点就端到座位上去了。

"喏，这份油条配咸豆花才是你的，多放点花生米对吧？"老板笑着把另一份递给了颜锁心。

颜锁心接过托盘，环视了一下店铺，不幸地发现除了魏铮对面的位置，店铺里面已经没有空座了，她只得端着托盘朝着那张唯一的空座走去，走到座位旁就看见魏铮那条穿了高档运动鞋的腿放在空着的位置旁边。

"喂，把你的腿收收行吗，你这腿也伸太长了吧。"颜锁心不甚客气地道。

魏铮勉强收了收腿，头也不抬地道："天生的。"

颜锁心没好气地坐了下去低声嘟囔："油条配甜豆花，真是古怪。"

"少见多怪。"魏铮面不动色地回敬了一句。

两人都以比平时快两三倍的速度吃掉了各自的早餐，而后买单走人，结束了这场彼此嫌弃的"会餐"。

也不知道是不是早餐吃得太猛了点，颜锁心一上午都觉得胃有点不太舒服，有气无力地在茶水间里捧着热茶听戴维扬讲公司里的八卦。

戴维扬道："我看上海这个位置迟早还是魏铮的。"

颜锁心忍不住开口反驳："这哪里能看得出来？"

"魏铮不要太会做人哦。"戴维扬瞧了一眼门外压低了声音道，"伊瑞克离开公司前，最后一趟去德国开商务会议，你还记得吗？"

"记得啊，不是还带了不少国内的客户去？"

外企通常是不会贿赂客户的，因为外企大多是职业经理人，年薪一般是固定的，至于跨国公司也不大愿意为了点业务冒违反当地法律的险。可是一点不跟客户拉关系，显然不太符合国情，于是外企就经常开些海外会议，邀请客户一同前往，包吃包住，说是商务会议，但其实多半就是场免费的出国旅游。

"你知道魏铮的报销单里有什么吗？"戴维扬很好地设置了悬念。

"什么？"颜锁心果然很好奇。

"Prada包包的发票呀。"戴维扬抛了个堪称妩媚的眼神。

"魏诤买的？"颜锁心吃惊地问，她印象里魏诤的衣着是很考究，但不记得他还喜欢背Prada的包包。

戴维扬又冲颜锁心翻了个白眼，好像有点嗔怪颜锁心这副拎不清的"出气"样："当然不是魏诤买的，肯定是严恩珠买的呀。"

严恩珠是伊瑞克娶的韩国太太，这个太太皮肤白皙，无论什么时候见到她都化着精致的妆容，言谈举止也是格外地有礼貌，唯一的毛病就是爱占便宜。

当然伊瑞克在没有卖掉斯威德天线分部，成功套现斯威德给的股票之前，也是靠固定的年薪生活的，一家人都在上海，韩国太太难免要精打细算。

基本上严恩珠外出，无论是送孩子去夏令营，还是自己逛街，从来不打出租车，总是打电话到公司里让伊瑞克的司机接送，如果跟伊瑞克用车不可避免地冲突了，她也是宁可让伊瑞克打车，因为伊瑞克可以报销出租车票。

她会每隔一段时间就来趟公司，从来都是空着手来，看见每个人都点头微笑，然后在茶水间里逛一圈，茶水间里就少了包咖啡豆。后来办公室也琢磨出味道来了，总是掐着时间往茶水间里送新的咖啡豆包，免得总裁夫人来了空手而回。

总之类似这样的事情还有很多，但都是小事，可毕竟这是伊瑞克在上海任职期间最后一次往德国参加商务会议，严恩珠想买点奢侈品，然后让魏诤当公用发票报销掉，还真的很有可能。

戴维扬"啧"了声："陈小西拿着德文的报销单来给魏诤报销，我们财务部虽然看不懂德文，但是看得懂Prada这几个字母的呀，你说有劲哦！"

颜锁心神情古怪，她这次不得不承认这事的确很有劲。

陈小西是办公室行政秘书，与颜锁心这样的涉外助理不同，她几乎是大家公用的秘书，有点类似总务后勤这样的角色。她来公司的时间不长，平时话很少，没事总缩在电脑后面，在办公室里存在感极低。

魏诤调回总部之后，陈小西就常跟在他后面跑腿，办公室里的同事都猜魏诤去了上海斯威德分部也许会把陈小西带走，往往这种在总部蹲犄角旮旯的人，到了下面说不定就会翻身独当一面。

"看着不声不响，不要太有心机哦。"戴维扬这人从来是料敌从严，对跟他没交情的人尤其苛刻，但倘若跟他有交情，比如像李瑞，他又宽容得一塌糊涂，评价标准完全是视交情而定，跟复合弹簧似的。

陈小西能只被他说声有心机，可见陈小西这人平日里很低调很老实，在戴维扬这里没有留下什么黑料。

"说不定是想着婚姻事业一次搞定哦。"戴维扬嗤之以鼻。

自从魏诤拒绝了颜锁心，戴维扬就觉得他太清高自傲，有些跟颜锁心同仇敌忾，但他不能对身为公司高层的魏诤发难，于是技巧性地选择攻击他手下的陈小西，至于跟魏诤走得最近的狐朋狗友李瑞，戴维扬当然是选择性地遗忘了。

"陈小西做事还是很勤奋的。"颜锁心实事求是地说。

"这年头肯做事有什么用，有用的是会做事。"戴维扬不以为然。

颜锁心出了茶水间，就给尤格尔送了杯咖啡，尤格尔是个对生活要求不高的人，咖啡只要大杯，午餐只要比萨就能满足。

已经走了的CEO伊瑞克就完全是另一派作风了，颜锁心曾见过魏诤一大清早进进出出连泡了四杯咖啡。除了吃喝，伊瑞克对出行也有相当高的要求。

公司里有规定商务舱的乘坐标准是总监以上的级别且搭机时间超过四个小时，颜锁心觉得公司这个标准定得很狡猾，因为按照这个标准，公司全年支付不了几张商务舱票的费用，无论是从上海到长春，还是从上海到成都，搭机时间都不超过四个小时。

可是这项标准到了伊瑞克这里就打了个对折，就变成了往返搭机的时间超过四个小时，当然只是针对他自己，比如从上海到长春单程是两个半小时，往返就是五个小时，哪怕他中间在长春休息快一个星期了。

而且伊瑞克从来不坐打折班机，他一般也只坐国航，飞东京就坐日航，飞欧洲就坐英航或法航，他是不坐地方航空的。颜锁心内心感觉很是微妙，不知道该说伊瑞克是太惜命了，还是该说他太作了。

总之，跟那位难伺候的前CEO相比较，尤格尔几乎友好得堪称没有要求。

尤格尔喝了一大口咖啡，觉得助理今天的糖放多了，有点甜，但也仅此而已。

他最近也在为上海总经理的人选而头痛，从内心喜恶来讲，尤格尔当然不希望伊瑞克走了后公司里还要留下他浓厚的气息。魏诤回上海总部的时候，成都分部那边的接替人选就是伊瑞克定下的，假如魏诤再接任上海总经理的位置，那么斯威德三个生产分部就会有两个总经理是伊瑞克的人。

可是从另一方面来说，工程师出生的尤格尔又比较看重实事求是。

实事求是地讲，魏诤的工作能力是能胜任上海斯威德总经理位置的，更重要的是他已经与法国人交接了快半年，而法国人的合约又在本月底就会结束，再要临时增加人选谁也不可能胜过魏诤。

这也许就是伊瑞克临走的时候那么气定神闲，没有为自己的心腹爱将说几句场面话的原因。

即使尤格尔是忍者神龟，也不免心中有气。他跟伊瑞克的不合，那绝不仅仅是因为内部权力的斗争，而是一种理念上的截然相左。尤格尔属于认真做企业、努力搞技术的人，而伊瑞克却是那种喜欢围绕着股价转，擅长搞定华尔街却不擅长搞定工厂的人。

伊瑞克整天想着买买买、拆拆拆，最后卖卖卖，尤格尔极度鄙视这种短视的经营行为，他觉得伊瑞克更像个生意人，而不是个企业家。可是对伊瑞克来说，有什么比预见到企业里某块资产即将一文不值，却能抢在它贬值之前卖个好价钱更明智呢？哪怕它曾是公司里最赚钱的那部分，比如斯威德天线。

斯威德天线主要做手机基站上的产品，最红火的时候曾经占了中国斯威德百分之六十的利润比，可是自从中国某家民营企业开始造基站附送天线以后，这天线部门还有什么价值呢？

伊瑞克光速找到了韩国买家，用近乎忽悠的方式，趁着利润表上还没有大幅下滑，以三倍的高价将斯威德天线分部给卖了出去，尽显资本家的残酷，半点也没考虑太太的民族感情。那个时候，尤格尔可能刚刚打好要如何将天线部门技术转型的腹稿，所以就跟尤格尔瞧不上伊瑞克的短视一般，伊瑞克也看不上尤格尔的僵化。

这是一种水与油般的不可调和，只要一有大事，就是两个极端。

颜锁心想找个更清静的地方套老板的话，而尤格尔也想出去散散心，于是就欣然跟助理出门吃午餐了，选的地方仍是比萨店，也就是把比萨从外卖改成了堂吃。

"老板，上海斯威德那个法国人就快走了吧。"颜锁心咬着鸡中翅开门见山地问老板。

她了解尤格尔，知道问老板的话可以绕点弯子，但别绕太大，否则尤格尔就会很诚恳地解答你绕在弯子上的那个问题。比方说你想打听他跟家人是否和睦相处，千万别问他旅游问题，他不会意识到你是想问他假期里有没有跟家人一同出门游玩，而是会一项项跟你讲他旅游过的景点。

"他合约到期了。"

"那他就不续约了吗？"颜锁心知道自己就是问了句废话，假如法国人会续约，还用得上她在里面翻江倒海吗？

"他太懒散了，不合适中国。"法国人在自己的本国是工作四天休三天，到了中国休息日少了一天，还要经常加班，法国人的神经就跟香水般变化多端，时而委屈地入乡随俗，时而坚守着法国的自由，让别人去委屈，雇佣双方早就婆媳不合离心好久了，所以尤格尔说得斩钉截铁。

"那谁会去接任他呢？"颜锁心摆出一副为老板发愁的样子。

尤格尔面上也在为难，沉吟了一会儿道："魏诤这个人，工作上还是很有能力，虽然当初在总部跟着伊瑞克的时候表现得不是非常好，但到了成都倒能脚踏实地……"

颜锁心被老板这种忍了六年，还能坚持实事求是看待问题的精神给惊住了，嘴巴里的鸡翅差点没掉下来，只怕尤格尔顺着这思路想下去，会觉得魏诤是株好苗子，只是被伊瑞克给荼毒了，还是值得再给个机会。

她拉出嘴里的鸡骨看着尤格尔吞吞吐吐："老板我有件事情要跟你说，财务部碰上了很为难的事，关于魏诤的……"

颜锁心告魏诤黑状的时候，魏诤正在一站路以外的苏浙汇跟人吃本帮菜。

饭局是李瑞牵头的，说他有个在民企当人事经理的高中女同学骆明珠请吃饭，死活拉着魏诤作陪。本来魏诤以为这位骆女士跟李瑞有段不可言说的缘分，以至于现在李瑞推却不了，又受之有愧，就拉了他来做挡箭牌，可是等到了地方，魏诤发现主人对他比对李瑞还要热情。

骆明珠满面堆笑地介绍身旁的中年男子："我的老板，斐拉德克智能锁有限公司的储总。"

李瑞笑着伸出了手："储总，久仰大名。"

"叫我老储！"老储立即伸出双手跟李瑞相握，又转过头来朝魏诤热诚地伸出两只手，"你一定就是魏总了。"

老储一双手粗壮而黝黑，而魏诤的手虽然没做过手膜，但也是高档洗手液浸养出来的，分外的白皙修长，三只手错综地交叠在一起，黑的愈黑，白的愈白，极具画面地完成了这历史性的一握。

"储总。"魏诤客气地道。

"叫我老储，叫我老储！"老储的身材四四方方，看上去很是厚重，身上穿着黑色的毛呢大衣，手上戴着块金色的劳力士表，说话语调和表情都诚恳之极。

骆明珠长得就精明干练，但是魏诤瞧见了她那双细长的眼睛就知道，她绝不可能跟李瑞有什么难言的剧情，李瑞就是一条忠实的颜狗，而且尤其偏爱大眼睛的女生，倘若李瑞还有什么人生信条是不会更改的，那么可能也就只剩下"大眼妹子不可辜负"这条了。

果然坐下没多久，骆明珠就直言坦率地告诉魏诤，他们这次来上海是专门过来找懂管理的总经理，骆明珠说："我们民企什么都有所欠缺，尤其是管理上，我们是求才若渴，外企是人等坑，但在我们民企是坑等人！"

骆明珠这几句话说得李瑞是频频点头，连最近升职平地起波澜的魏诤都不禁微微动容。

卫生间里，魏诤洗着手问李瑞："他们是不是想挖你过去当总经理？我觉得你可以考虑，你现在在项目部是舒服，但什么时候组织架构一调，别说你项目部经理的位置，就是有没有项目部都难说了。"

李瑞神情古怪地看着魏诤："人家哪里是要挖我，人家是想要挖你啊！"

魏诤微愣，脱口道："这怎么可能？"

李瑞似乎也觉得魏诤放着上海五百强外企的总经理不当，跑到吴江一家民企锁厂去当厂长有些荒诞，于是讪笑着："这不是老同学求到我头上来，非让我给介绍一个在外企当过总经理的人。我认识的在外企当过总经理的，又能拉出来饭局的，可不就只有你魏总，魏大少爷嘛！"

魏诤面无表情："敢情我是你这老鸨手底下的姑娘。"

李瑞闻到了危险的气息，不敢怠慢，连忙抽了张纸毕恭毕敬地递过去："这哪能啊，我这不是狐假虎威嘛！"

魏诤接过纸擦着手："他们为什么不找猎头公司呢？"

李瑞嘻笑搭着魏诤的肩："魏总，挖像你这样年薪的人，他们得给猎头公司付上大几十万到一百万的费用，留着这钱过年多好！"

魏诤掸开了李瑞的手："等下你去把饭钱结了！"

李瑞失声："凭啥呀！"

"凭魏总我心情不爽。"魏诤慢悠悠地道，"你要是不结，我就去跟你那位骆同学说，你存心骗人饭局，我看你那什么上海老同学纵向联谊会长的位置还能不能坐得下去。"

"别啊，魏总！知道你出场费贵，我吸取教训，下次不再随便找你出台了成不成？你知道这顿饭可是不便宜的！"李瑞满面惊恐地道。

饭局当然不可能是李瑞结账的，魏诤只是稍许表露这个意思就遭到了民企两人组坚决地反对。不但如此，他们还收下了饭后的小礼物，即便连魏诤本人在老储的热情之下也没能拒绝，因为再拒绝下去就显得有点尴尬跟伤人了。

"礼轻情义重！"老储牢牢地按住了魏诤推过来的手。

"等什么时候有空，我去你工厂看看吧，说不定能提供一点意见。"魏诤临走之前出于对这顿饭局的亏欠，还有那种对于民族企业家们面临的困顿与艰难的同情，终于松口表露出了愿意再联络的意思。

车子开出一段距离，魏诤还能在倒车镜里看见老储那在寒风里凝望相送着的，四四方方的身影。

魏诤将李瑞送到楼下，然后去停车，却发现大厦停车场显示屏上滚动着车满的警示，他只好开车另外找停车位。年关时节里差不多所有的关系户都会倾巢出动，展开最后一波公关，因此魏诤绕了好几个圈都没找到位置，只得将车子停回了小区。

停好了车，魏诤正准备下车，转眼看见了置物槽里老储送的那个礼品小袋子，他顺手拿过来打开，里面放着一只小礼盒跟一封贺卡。

小礼盒里装的是电子日历，水晶座下还刻着斐拉德克的LOGO，魏诤放下电子日历又拿起那份贺卡，可是刚拆开信封，里面就有一张卡片滑了出来掉落到车内。

他深吸一口气，然后弯腰去捡那张卡，等到他将卡片捡起来，才发现是这份礼轻情义重的礼物——是一张购物卡。

魏诤坐直了身体，心里还没想好该如何处理这张购物卡，他就看见了自己洁净而宽大的车窗外，站着一对相拥的男女。这对男女魏诤都认识，一个是长春分部的总经理裴严明，一个是前几天李瑞才向他慎重介绍过的那位跟裴严明有说不清道不明关系的任雪。

任雪虽然不声不响来了上海，但之后发生的一切却没让裴严明为难，见过了那位跟尤格尔有私交的教授之后，她就同意订机票飞回长春。

裴严明对任雪的这种容忍大度还是很感动的，因此他特地在颜锁心上班了之后回来取自己的车子，以便在送任雪离开之前，两人还能在车里单独相处一段时间。

于是……就有了魏诤所看见的这一幕。

寂静幽暗而宽阔的小区停车场里，裴严明其实是万万没想到会在这里碰上熟人的，他刚才分明就没看见旁边的车里有人。

魏诤没有李瑞的爱好，也不想坐在这里欣赏竞争对手的婚外激情戏，他思考了会儿下车和开车离开哪个更尴尬，然后就选择了重新发动车子离开。

于是当他面无表情、目不旁视地开车离开时，裴严明震惊地发现原来旁边的车内是有人的，等他看清了司机是谁，脸色更是变得极为难看。

任雪没有看清车里的人问：“怎么了？”

“魏诤，是魏诤。”裴严明方才的那份旖旎荡然无存，变得心烦意乱。

“那个跟你争上海斯威德总经理位置的人？”任雪问。

"就是他。"裴严明坐进了车子还是眉头深锁。

"你在总部的微信群里发一条信息，就说你回上海了，其他的什么都不用提。"任雪倒是很镇定，"魏诤无非就是看见你回来了嘛，现在人人都知道你回来了，他是你的竞争对手，如果聪明的话，他是不会提今天的事的。说了，只会让别人怀疑他的人品。"

因此颜锁心在公司的微信群里得知自己的丈夫回家了，偷偷给裴严明发了条微信："你怎么不先告诉我呀？"

"我已经到家了。"

颜锁心心里甜滋滋的，好像只要大象进了冰箱，便不用再问它是分几步走的，她给裴严明又发了条信息："那我们回吴江吧，爸妈好久都没见到你了，最近老是跟我说些有的没的。"

这是实情，颜锁心的爸妈不知道从哪里听说有个外企的总经理因为长期驻外跟妻子分开，结果出轨离婚了，老夫妻俩代入感十足，立时心就慌了，尤其是颜锁心的妈妈梁南珍三天两头给颜锁心打电话，让她盯紧一点裴严明。

"好，就快过年了，给爸妈买点东西带过去吧。"裴严明爽快地答应了。

撇开裴严明搞婚外情这件事，他在其他方面的表现还是很拿得出手的，工作上进，对父母孝顺，对岳父岳母也很大方，一年大节小节他更是记得比颜锁心还要清楚，是常人眼里典型好女婿的模板。

裴严明正是调职的关键时刻，即便是为了避嫌，也不能在这个时候暴露两人的关系，颜锁心下午就请假出门了，为的是买东西的时候不要碰到熟人。

十来分钟之后，颜锁心跟裴严明就在小区门口的超市成功会师了。

梁南珍常跟自己的左邻右舍讲女儿在上海的房子很高档，门口就是美国人的餐厅，瑞典人的商场，法国人的超市。美国人的餐厅是必胜客，瑞典人的商场是宜家，法国人的超市就是眼前的欧尚了。

裴严明瞧见颜锁心裹得像个粽子似的走过来，细微地皱了皱眉。他倒不是嫌弃颜锁心穿得不够精致，而是不喜欢颜锁心这种不精致背后的惰性。

他几乎能从这种不精致的背后看到颜锁心往后几十年的人生轨迹，三十岁出头生完孩子就开始做家庭主妇，要么整天围着儿女丈夫转，剩下的时间都奉献给言情剧跟情感综艺，不出三年就与世隔绝，身材越来越走样，难得出趟门都要惊慌失措地买衣服跟做头发，像把钝刀子消磨着彼此对生活的激情；要么像甩手掌柜，家务交给保姆，孩子交给父母，每天不是逛街就是打牌，来往都是些言辞刻薄、观点尖锐的女人，视丈夫如同贼寇，时不时地查勤检阅，从皮夹到手机隔段时间都要翻一遍，家中财务更是从来不放松，百来个平方米生生活成了部心机大戏。

裴严明觉得那不是他想要的生活。

"你来了！"颜锁心抬起的眼眸黑白分明，好像还是十年前那个单纯的学妹，但是裴严明的心情却很矛盾，因为当年吸引他的东西，现在激不起他任何情绪，就好像当年的水果糖还是水果糖，只不过你吃过了巧克力，就会觉得喜爱过的水果糖不过尔尔。

"最近累不累？"裴严明其实知道颜锁心工作轻松，果然颜锁心挽住了他的胳膊愉快地道："不累啊，你知道我的工作很舒服的。"

"尤格尔上去了，你有什么打算吗？"

"当然是帮你调回来啊，你回到上海，咱们就昭告天下，咱俩大婚了。"颜锁心靠住了裴严明，裴严明身上的黑色呢子大衣的料子磨蹭着她的脸，令她有种说不出来的安全感，她语调里的埋怨也是带着甜蜜的，"要不然戴维扬还要给我介绍男朋友，我都不好意思了。"

裴严明推了辆购物车出来："他又给你介绍谁了？"

"哎，我没细听。"颜锁心不愿意跟裴严明细说戴维扬撮合她跟魏铮那段的过程，毕竟说出来有点小丢脸，所以她就含糊其词了。

裴严明当然听出来颜锁心有所隐瞒，不过他这人即便有事也喜欢放在心上，颜锁心不想说，他也不会硬是去追问，只是道："尤格尔上去了，你就没想过换个工作岗位？"

"换到哪里去啊？换到其他部门去，一切都要从头再来，我都二十九岁了，再说等你调回上海，咱们也该要孩子了，爸妈都在催了，说趁他们年轻让咱们早点生。"颜锁心一只手挽着裴严明，另一只手随手从货架上取了一盒核桃粉放在车子里，颜爸相信以形补形，为了保持他的睿智，颜锁心每次回去上贡，核桃粉是必不可少的。

"咱们要孩子，为什么要趁你爸妈年轻？"裴严明心不在焉地道。

"趁他们年轻，可以帮我们带孩子啊！"颜锁心挽着裴严明胳膊的手隔着衣服捏了他一把，"还有什么'你爸妈'，是咱们爸妈！"

颜锁心自以为隔着衣服，所以这下捏得有点用力，裴严明猝不及防，吃痛地"哎哟"了声，转头有些错愕地瞧着颜锁心。

而在颜锁心看来，裴严明这副愕然的模样讨喜极了，仿佛十年过去了，裴严明还是那个不懂跳"慢三步"的"壁花"学长，老实得让人心疼，尽管知道超市里人来人往，她还是飞快地踮起脚尖在裴严明的嘴上亲了一下。

裴严明心里没有起一点涟漪那肯定是不可能的，毕竟十年的感情不是假的，可是两人温情还没多久，就发现迎面推着购物车走过来的人是……魏诤。

魏诤拿了一张欧尚的购物卡，收下也不是退还也不是，于是就趁着上班时间过来看看这张购物卡"情义"到底有多重，结果刷了后发现是五百块钱。他倒是松了口气，毕竟五百块实在不算多，于是魏诤就想着用这张购物卡随便买点生活用品，然后下次去见老储的时候带份等值的礼物算作回礼。

这就是魏诤会在这个时间跟颜锁心与裴严明狭路相逢的原因，比起有点石化的裴颜夫妇，魏诤倒是显得要从容些，他在最初的稍许错愕之后，便移开了眼神，淡定地挑着东西。

"不是冤家不聚头"，颜锁心的内心几乎要被这句话刷屏了，裴严明更是脸色苍白，他在短短半天时间内接连被魏诤撞破跟两个女人亲密，一个是情人，一个是隐婚的妻子，他脑袋里一时间思绪纷乱得都快打结了。

越是如此，反而越是要保持镇定，三个人都好似若无其事地在同一个货道里购物。相比魏诤东挑西选始终没有挑上一样东西，颜锁心是瞧见什么都划拉到购物车里，短短十数步的相隔，她差不多就装满了小半个购物车。

两车交会的时候，魏诤手里拿着一只礼品盒淡淡地道："做人还是要多动动脑子，否则吃再多的核桃粉也没有用，毕竟核桃粉也不是水泥粉，堵不上太大的窟窿。"

颜锁心抓向礼品盒的手就僵住了，她到此时才发现刚才心慌意乱间抓了大大小小不少牌子的核桃粉，魏诤照例将手中的保健品盒子放回原处后又补了一句："多买点鱼肝油，脑子不好使，眼睛亮一点。"

"咝……"颜锁心忍不住倒吸了一口气，她的手跳过了几格拿了一盒保健品转身放到了魏诤空荡荡的购物车里，"太挑剔的女人戏精，太挑剔的男人娘娘腔，多吃点钙粉吧，对你有好处。"

裴严明已经撑不住那份强装的若无其事，趁着魏诤还没反应过来，暴露出更多的信息，他拉起颜锁心推着半车的核桃粉三步两步地出了货道。

魏诤僵立在那里，他俯视着购物车里那孤零零的一盒钙粉保健品，上面写着"补钙，补好钙"的广告词，他活了快三十年，活得精致又讲究，活到现在第一次被女人骂"娘娘腔"。

颜锁心的父亲颜伯亮过去是吴江一家国营锁厂的厂长，老头子半辈子做着锁，也爱着锁，甚至给女儿取名叫锁心。时代发展得飞快，颜伯亮退休的时候这家国营的锁厂已经顺利地变成了集体制，再从集体制变成了个人收购的民营制。

当初锁厂转成集体制后效益并不好，不断地有员工退股，唯有老厂长颜伯亮誓与锁厂共存亡，一辈子的积蓄都用来回购员工们的退股了，若非最后有人收购了锁厂，颜父恐怕真的要求仁成仁了。

如今这家厂早就不再叫什么土里土气的吴江制锁一厂，而是改名叫斐拉德克智能锁制造有限公司。虽然当初颜伯亮也是过了几个月之后才能不假思索地将锁厂的新名字说利索，并且至今也搞不明白斐拉德克这几个字到底是什么意思，但听着洋气啊！

颜伯亮理解这样的委曲求全，所以他自认从来不是一个顽固不化的人，相反他一直都在与时俱进，不管是吴江制锁一厂，还是斐拉德克智能锁有限公司，他都几十年如一日地奋斗在厂长的位置上。每当他听见老友们一句"伯亮，你真是老当益壮啊"，他就得意而不屑。

他不是老当益壮，他是根本没有老过。

最近老板储东明为着上市在搞员工持股平台，要求所有持股股东追加投资以便增资扩股，颜伯亮是相信储东明的，不仅仅因为储东明在他最艰难的时候收购了锁厂，而且储东明身上同样有着他所看重的"与时俱进"的特质。

储东明是标准的时代冲浪者，是城县扩大化的受益者，当很多郊区的农民拿着卖田卖房基地得来的一大笔钱不知所措的时候，他却看到了当中的机会。储东明在村里集资，跟大队里合作盖了一批所谓的小产权别墅，忽悠着大都市里的人来此"呼吸一口新鲜的空气"。

尽管这些小别墅产权不明，但在一段时间里还是卖得很火，尤其受上海居民的欢迎，毕竟谁不想用在城里买一套"鸽笼"大的地方的钱去郊区换一套宽敞的别墅呢？更不用说还有着"PM2.5以下的天空""干净无污染的农家菜"等吸引人的噱头。

当城市的居民为着一年也吸不到几口新鲜空气的小产权别墅买单的时候，储东明借此积累了一大笔原始资金，这也是他后来收购吴江制锁一厂的资本。至于他后来为锁厂起洋名，然后出口转内销变成德国品牌，再到他引进智能化的概念，不是每一步都堂堂正正，但储东明还真的每一步都踏中了时代的G点。

现在储东明要搞上市了，颜伯亮也相信他是正确的。

可是老头子理解得了手工与流水线生产的区别，也能消化斐拉德克这个别致的新厂名，但是要他弄懂再融资还有什么员工持股平台这些时代的新玩意，他就有些吃力了。

理解要支持锁厂的发展，不理解也要支持锁厂的发展，这是颜伯亮的基本指导思想，因此当颜锁心与裴严明开车回家的时候，她还不知道自家的老父要让她卖房支持本土民营企业崛起的打算。

"妈，我们回来了。"裴严明提着两盒核桃粉对开门的颜妈亲热地喊了声，他们到底没办法将那半购物车的核桃粉都买下来，为此只得忍受超市结账员古怪又嫌弃的目光。

梁南珍是个麻利又要强的家庭主妇，过去是锁厂的出纳，跟颜伯亮在一家工厂上班，五十五岁退休后，刚开始还能为一些小公司做点出纳账，后来公司普遍采用软件做账之后，她就只能赋闲在家了。

她的日常就是早上买菜，然后去小区锻炼身体，边锻炼边跟左邻右舍闲聊，然后回来做午饭，吃过午饭，接着去锻炼闲聊，而后再回来做晚饭。

无论是怎样的场合，只要提到女婿裴严明，没人不羡慕咂嘴的，世界五百强的总经理啊，当然婆婆们是搞不清裴严明只是一个分部的总经理罢了。每当说起女婿裴严明，梁南珍都觉得面上有光走路带风，所以她是真心喜爱着裴严明，有时甚至连亲生女儿颜锁心都要靠边站。

"快进来，快进来！"果然梁南珍看见裴严明眼睛就亮了起来，一边让他进来，一边回头大声喊，"颜伯亮快拿茶叶出来，严明来了。"

"来了，来了，这么大声做什么，听得见。"颜伯亮不是不高兴女婿来了，但是他对颜妈这种热情近乎谄媚的样子看不惯，总经理不就是过去的厂长吗？有什么好稀罕的，他也是啊。

可惜梁南珍跟他做了半辈子的同事，对那个破厂知根知底，颜伯亮这个总经理在她那里半点不值钱。梁南珍边烧水边不耐烦地催促："颜伯亮，你做什么呢，拿个茶叶都能拿半天的。"

"来了，来了！"颜伯亮只好拿着茶叶筒子从书房里踱了出来。

"爸！"裴严明连忙从沙发上站起身来，颜父保持着矜持微微点了点头，内心里他对这个女婿也是很满意的。

颜锁心有点饿就先进厨房去给自己泡了杯奶茶，梁南珍指使她："你先别喝你的奶茶，给严明把茶端过去，再洗个苹果。"

"我干吗要给他端，他自己渴了不会端啊，苹果他想吃自己洗好了，又不是新女婿，都结婚两三年了。"颜锁心不满地道。

梁南珍道："我跟你爸做了半辈子夫妻，他还衣来伸手饭来张口呢！"

"家里的米、煤气罐都是我背的！"颜伯亮有些不服气地申辩。

"现在都是管道天然气，米也是商家送上来的，你几年前背的米跟煤气罐？要不要把你结婚前给我娘家盖房子搬过几块砖头也一起算上？"梁南珍讥笑着反问。

颜锁心怕爸妈又顶杠起来，连忙道："我端出去，我端出去，好吧。"

"行了，不用你，我去跟裴严明喝两壶茶，等下就要吃饭了，吃什么苹果啊？！"颜伯亮说着就拿着他烫好的紫砂茶壶出去了。

梁南珍等颜伯亮走了就小声问："你们俩打算什么时候要孩子啊？"

"妈，裴严明现在还在长春呢！"

"这小孩又用不着他来生，生下来也用不着他来带，他在长春工作有什么关系？"梁南珍用怀疑的目光看着颜锁心，"不会是你不想生吧？"

"哪有？！"颜锁心确实没有强烈的想要个孩子的念头，况且她在公司都是以单身示人，哪里能够生孩子？但出于本能她立即做出否认的姿态，"你给我的补品，我可一直吃着呢！"

梁南珍这才面色缓和，洗了个苹果递给女儿，殷殷地规劝："这夫妻啊，有了孩子，家庭关系才能牢固。"

"可是你之前说的那个闹离婚的外企总经理，他女儿不是都读初一了？"颜锁心咬了口苹果不以为然，"所以啊，该散还是要散。"

梁南珍一下子就被女儿戳到了肺管，气不打一处来，拍打着颜锁心："出去，出去，别在厨房里碍手碍脚，瞧着就讨人厌。"

颜锁心笑嘻嘻地拿着苹果出了厨房，正好瞧见父亲颜伯亮给裴严明递一本样品册，她走过去就抢了过来："爸，你又在替哪个伯伯推销东西啊？"

家里有外企做总经理的女婿，颜伯亮时不时地就想要帮着他那些退休后再创业的老朋友们跟裴严明拉拉关系，尽管从来没有成过一单，但颜伯亮始终乐此不疲。

颜伯亮指着册子道："这是我们公司正在开发的概念锁。"

颜锁心睁大了眼睛："厉害了我的爸，我只听过概念车，还没听过概念锁。"

"不知道了吧。"颜伯亮透着几分小得意，指着小册子，"以后在互联网智能时代，锁，它的功能将不单单是锁，它可以为你播报当天天气预报，提醒你带伞；它可以根据你的进出，控制家中的空调、热水的温度；它可以给你的客人留言，甚至转播电话；它还可以播放当地商户的打折信息，你可以通过它直接买东西。未来的锁它是一部远程视频电话，是家居的智脑，是新的媒介！"

颜锁心听着很有道理，但瞧见父亲满面的亢奋，总觉得颜伯亮的样子很像是中了传销的毒。

"传统的锁迟早大部分要被智能锁取代，这是大趋势。"裴严明点头同意岳父。

"严明就是有远见！"颜伯亮不失时机地将女婿先拉到了自己一边，而后道，"现在我们公司就准备要上市了，我手上的股份要增资二百六十万，反正这股票将来也是你们的，这钱就你们小两口出吧，这次就直接写锁心的名字了。"

颜锁心与裴严明两人面面相觑。

魏诤在家摆弄地毯，地毯是在伊朗定制的，前两天钢笔不慎掉下去，弄污了一处。他今天原本想寄回原厂修补清理，但不知道为什么颜锁心那句"太挑剔的男人娘娘腔"就冒进了他的脑袋里，一时之间就没了完美主义精益求精的好兴致，三下两下又重新铺好了地毯，站起来身来喂鱼。

李瑞的电话就进来了："魏总忙呢？"

"有话就说。"

"老储问你，明天你有没有空去他那里？"

"明天就去？"魏诤愣了愣，他是想过什么时候去老储的那个锁厂瞧瞧，但没想到这么快，毕竟他们中午才算刚认识。

"明天就是周末啊！难道你有事？难道你有女朋友了？"李瑞一连串地发问。

"我有没有女朋友关你什么事？"

"就是没有嘛，那就去呗！"

"我买了明天音乐会的票。"魏诤在鱼缸里撒了点鱼食，鱼儿早就被养得富态了，即便有鱼食下去，也是游得不紧不慢、摇曳生姿。

"老储可是鼓足了勇气打电话问你明天有没有空，人家是很有诚意的，音乐会你随时都可以去的嘛。"

"那我明天音乐会的票怎么办？"魏诤稍许犹豫了下，他倒不是舍不得一张音乐会的票，而是觉得这进展太快了点。

"他们明天会过来接你，你先去，我去给你退票，成吗？"隔着电话，李瑞胸脯拍得震天响。

魏诤盖上鱼食的盒子："行吧，让他们发个地址给我，不用过来接我了。"

李瑞高兴地道："我就知道魏少你够哥们儿。"

隔了会儿，李瑞就通过微信分享了个地址过来，魏诤拿起来瞄了眼地址，便将手机调成静音放到一边，打开音响的遥控，闭起眼睛靠在沙发椅背上听起音乐。他小的时候被当老师的母亲逼着学钢琴，现在钢琴早就不弹了，但是听古典音乐的习惯却保留了下来。

一首乐曲还没有听完，门铃就响了。魏诤起身打开门，见是小区物业保安带着名抱小狗的中年太太站着门外，保安不好意思地道："魏先生，隔壁那栋楼的颜小姐是你同事对吧？"

"怎么了？"魏诤问。

那抱狗的太太就连珠炮似的开口了："我是那小姑娘楼下的邻居，今天早上不是停水了嘛，下午来水的时候，我就听见上面哗啦哗啦地响，到现在都没有停，我就跟保安讲，这户人家肯定是停水的时候忘了关水龙头了。"

保安道："我给颜小姐打了好多个电话，但是她都没有接。"

"稍等。"魏诤进屋拿起手机，想了想发现自己没有颜锁心电话。他看了眼门外，于是给陈小西打了个电话："你知道颜锁心的手机号码是多少吗？"

陈小西愣了会儿，才意识到魏诤问的是谁："魏总，我没有朵拉的手机号码，我有她的微信。"

"给我发过来吧。"

片刻之后，魏诤就收到了陈小西转发过来的颜锁心的微信名片，他给颜锁心发了个好友申请过去，然后走出去道："你们先回去吧，等我联系上了她，会转告她的。"

"那怎么可以啊！"抱狗的中年太太瞪大了眼睛，"这水继续放下去，时间久了，谁知道会不会意外地就堵塞了，水会渗到我家天花板上的呀。再说了，上海淡水资源不丰富的，怎么可以这样浪费！"

颜锁心正在为父亲提出的那二百六十万而心烦。裴严明虽然号称年薪百万，但是百分之四十交了税，而她的收入差不多只有裴严明的一半，两个人都要在外面吃饭，买衣服养车也是一笔不小的费用，剩下的都贡献给了他们结婚后买的新房子，那套一百四十平方米的新房至今还差着两百来万的贷款没还清。

所以论生活品质裴严明与颜锁心毫无疑问属于中产阶级，但要论存款两个人加起来都不到六位数，更不用说颜伯亮要他们付的是二开头的七位数。

"你们不是买了新房嘛，那就把那套小一室户卖了，我们这边再凑凑也能凑够了。"颜伯亮一挥手就下了定论。

颜锁心那套小公寓买的时候觉得贵得咋舌，但房价这种东西是一山堪比一山高，现在回过头看六年前的房价简直便宜得像是白捡的，颜锁心去年就还清了贷款。

"可是我跟严明买的房子离公司挺远的！"颜锁心有些不太情愿地嘟囔。

他们买的是新楼盘，当然不可能离公司很近，搬过去住每天来回搭地铁就要一个半小时，更何况现在那套房里还住着裴严明的父母。

裴严明母亲的身体不太好，要长年吃药，父亲也不过是个普通工人，家境不算宽裕，裴严明要买新房子，两人就将家里六十多平方米的老房子卖了，给裴严明凑了首付。

颜锁心没觉得婆婆公公不好，但是要跟婆婆公公住在同间房子里又是另一回事了。当初她与裴严明的计划是，新房先让裴父裴母住着，他们就住在离单位近的一室户里，等有了孩子就让裴父裴母住到一室户里来，现在颜伯亮的提议差不多打乱了他们所有的计划安排。

那套小公寓房是颜父颜母付的首付，现在他们要卖，裴严明也不方便多说什么，所以只能保持沉默。

梁南珍是很不高兴颜伯亮给女儿女婿添麻烦的，可另一方面她习惯了不对丈夫的事业指手画脚，同时对上市股票她心中也有种隐隐的期盼。

万一发财了呢？

她心中对让女儿女婿为难而充满了愧疚，吃饭的时候夹菜给裴严明就更加殷勤，吃完饭又是端茶又是切水果，仿佛家中来的不是女婿而是老板。

颜锁心心里烦，也就懒得接些陌生的电话，偏偏物业的电话平时还用来催物业费，到了年底催多了，就被人标注成了骚扰电话。

当颜锁心的手机界面上弹出"Mr.魏请求添加你为朋友"的微信通知时，她还以为是自己眼花了。她跟魏诤虽然互相之间不是好友，却在同个斯威德微信大群里，所以她知道Mr.魏就是魏诤，魏诤没有英文名字，在一排排的英文名里，他的名字反而显得尤为醒目。

颜锁心有点吃不准魏诤申请加自己为好友的意思，她下意识地觉得他是为了下午的不愉快来的，因此她瞧着手机犹豫了那么半分钟，决定假装没有看见。

魏诤迟迟没等到微信申请通过的提示，保安尴尬地小声规劝，而抱狗的中年太太寸步不让，仿佛吃定了要让魏诤想办法解决她家乃至上海淡水资源的隐患。

而令魏诤为难的是，他又不能咨询别人，本来戴维扬撮合两人是悄悄进行的事情，可是现在因为咖啡杯喝汤的典故搞得公司上下皆知。

"楼上不回来，这个水不要放一晚上呀，这要放多少水啊，你说是不是？"抱狗的中年太太跟机关枪似的喋喋不休，保安只好喏喏称是，现在的服务行业难做，有理没理都要赔笑。

魏诤犹豫了会儿最终还是决定不找别人传话："我去看看吧。"

他的房子与颜锁心的隔着一堵墙，但两套房子却分别属于两个单元两栋楼。魏诤上了隔壁的楼，就看见颜锁心的大门装的是指纹智能锁，他在大门外找了一圈，果然没有找到备用钥匙。

保安识趣地带着抱狗的太太走到旁边说话，魏诤滑动智能锁，露出里面那排数字键盘。他跟颜锁心没有互加微信好友，但刚进公司的时候，两人却交换过QQ号码，现在每到颜锁心生日的时候，QQ还会自动发送信息给他。

魏铮先试了试颜锁心的生日，门没有打开，然后又试了试办公室的电话号码，还是打不开。正当他打算放弃的时候，门却突然咔嗒开了。当年他们一起做助理的时候，有时需要共享一些资料，这个密码就是当初魏铮与颜锁心的电脑共享密码。

他稍愣了会儿就猜到了原因。密码是颜锁心设置的，想必她把平时的密码随手当作了共享密码，魏铮猜颜锁心的银行卡密码只怕也是这串数字。尽管他有一半的时间并不住在这个小区，但毕竟跟颜锁心做了六年的邻居，魏铮却还是第一次走进颜锁心的家里。

房子装修得很温馨，靠窗的地方养着许多绿植，墙边的书架上摆着满满的书，但没有一本是专业书，都是些言情书或者菜谱，养花跟种菜类的也有不少，尤其是阳台种菜类的指导书占了一大排。

水声是从厨房传来的，魏铮走了进去，手脚利落地将水龙头关上，而后就径直朝门口走去，逗留在这里令他有种好像在窥探别人生活的感觉，他出了门对保安道："好了，我把水龙头关上了。"

"麻烦你喽！"抱狗的太太满面堆笑地道，"我这也是为大家好，对哦？"

她看魏铮的目光略诡异，仿佛在肯定眼前的魏铮跟楼上邻居之间的关系，前男友、前任……这么一瞥之下，魏铮觉得她可能脑补了一出狗血的剧目出来。

"那我先走了。"魏铮头也不回地直接进了电梯。

此刻的颜锁心与裴严明已经在回城的路上，本来他们可以在吴江住两晚，但是颜伯亮钱要得急，于是他们只能早点回城去中介挂牌卖房子。

"好了，不要烦恼了，爸爸在晚年还能有雄心壮志创业终归是件好事。"裴严明开着车安慰旁边郁闷的颜锁心，"大不了我们租房住几年，再赚点钱在郊区买套房子，那儿房价便宜，空气也新鲜，让我爸妈住过去就可以了。"

"你真是太好了！"颜锁心被裴严明感动了，她抱住裴严明的胳膊，将头靠在他的脖颈处，裴严明笑着伸出手揉了揉她的头发。

坦诚地讲，裴严明对颜锁心有很多地方不满意，但他从来没有想过要换个妻子，有颜锁心的将来包括在裴严明无数种人生计划当中，只是有些计划永远没有变化快。

裴严明跟颜锁心回了一百四十来平方米的新房，裴父裴母看见很久没有回来的儿子儿媳也是分外地高兴，颜锁心跟公婆打过招呼就回自己的卧室查二手房网去了，裴严明则陪着裴母闵佳香在房中闲聊。

"你们住这里还习惯吗？"裴严明给母亲削着苹果。

"好是挺好的，这里离大医院近，我看病也方便，就是上个月我住院把你爸忙坏了，唉，我真怕把他的身体也给拖垮了。"闵佳香叹了口气。

"妈，你住院了？！锁心她没跟我说啊。"裴严明顿住了手。

"是我们没跟她讲，她也忙得不行，给我们送东西也都是用快递的。"闵佳香长年小病不断，她心疼儿子在外地工作，不愿意自己的病拖累裴严明，住院的事索性连儿媳也没告诉，可是另一方面，她又觉得心里很委屈，觉得颜锁心但凡上点儿心，一个星期就来看一趟，哪里会不知道她住院了呢？

颜锁心是真的不知道裴母住院的事。她跟裴严明名义上是夫妻，但两人却差不多还保持着恋爱的状态，裴母生病又是个常态，而且裴家都是裴父操持，颜锁心不想总去麻烦，因此基本上是一个月来看一次。她上班时没事就刷刷淘宝，看到有什么合适裴严明父母的都拍下来，这样的确快递到得比她本人要勤快。

"你知道什么呢？现在年轻人都是网上购物，送东西全用快递的。"裴父进来送茶刚好听见了后面一句，于是替颜锁心分辩了一句。

闵佳香其实抱怨完了也有些后悔，她并不是真的对颜锁心有多大不满，她只是害怕被忽略了，许久没看见儿子总要找点原因埋怨两声，以便让儿子更关注她一点。

"以后我调回来就好了。"裴严明面有歉意，当中既有对母亲的愧疚，也混杂着对颜锁心些许的不满。

隔壁的颜锁心刚把房子在二手房网上登记好。她现在已经完全想通了，至于想通了什么颜锁心也没有去细想，总之方才的郁闷早就一扫而空，她在朋友圈里发了条九宫格："朵拉即将开启新的冒险之旅，旧的小木屋出售，有意者私聊。"

她的朋友圈一发，斯威德微信群里就有人问Dora：

"朵拉，你这卖小房子，是要买大房子了吧？！"

Dora："单纯地缺钱，年关难过啊。"

"都缺钱，跟老板提提，今年工资浮动的比例大点吧！"

提到工资，就没有凭薪水吃饭的人不感兴趣的，无论是白领还是民工，因此群里顿时热闹了起来。

颜锁心跟群里人东拉西扯，魏铮自然看见了，他这个时候大约也猜到颜锁心不是没有看到他的申请，而是故意不理睬他。

这个时候群里问了句："朵拉是跟哪个小伙伴一起去冒险，表哥还是猴子啊？"

有一部美国幼儿益智动漫《朵拉历险记》里的主人公也叫朵拉，她的朋友有猴子、公牛、狐狸，还有她的表哥迪亚哥。

发话的人是"凯文李"，颜锁心知道是李瑞，她还没回答，就看见有人先回答了。

Mr.魏："是变色龙吧。"

颜锁心拿起手机仔细瞧瞧，真的是魏诤。

基本上依照魏诤的身份是不轻易在大群里开口说话的，现在突然冒出来一句，还暗讽得相当没有风度，颜锁心故作没有瞧见。魏诤这条信息就这么飘在群里，不管别人因此在心里催化出了什么样的内容，反正谁也没有吭声。

李瑞给魏诤单独发了条信息："你那句话什么意思啊？"

"你觉得什么意思？"

"感觉你对颜锁心改主意了……"

"你想多了。"其实魏诤当时也不知道怎么了，就是手比心快，等反应过来信息都已经发出去了，众目睽睽之下，他也不好意思再将这条信息撤回。

"难道你真的不是在毛遂自荐？"

魏诤懒得再理会李瑞，将手机丢在一边，任李瑞在疑问的海洋里忍受着好奇心的折磨。

翌日魏诤便依约开车到了斐拉德克，映入他眼帘的是一家中等规模的厂子，红色花岗岩的大门修得有几分气派，门卫是两个体形魁梧、身穿制服的保安，其中一个见到了魏诤便主动上前探问："是魏总吗？"

"我是魏诤。"魏诤放下车窗回道。

"请稍等！"那名保安得到了回复，立即拿起对讲机急匆匆地说了句什么。

魏诤等着保安开门，可是过了五六分钟之后，面前的自控收缩门还是没打开，正诧异间，就看见老储带着一群人匆匆朝着门口走了过来。

"哎呀，我都派了车子呀，你怎么自己开车过来了。"老储比几日前一起吃午饭时还热情，他转身指挥跟来的一个中年人，"老庄，你把魏总的车子开下去，清洗一下，把油加满！"

魏诤正要说不用了，但已经被老储带来的那帮人簇拥着朝大门走去，老储走在旁边又喊了声："小胡，小胡，你过来给魏总介绍一下我们的厂子。"

旁边一名穿黑色小套装的女子小跑着走了过来，她长得也不算什么俏丽佳人，但的确要比之前细眼的骆明珠看上去漂亮多了："魏总，欢迎您光临我们斐拉德克指导工作。"

"哪里，客气了。"

小胡满面笑意地指着正对大门的那栋崭新的楼介绍："这栋楼里是我们厂的

研发部，也是我们的产品陈列部。"

"我们要想做民族品牌，跟国外那些大牌子竞争，除了管理就是技术、技术再技术。"老储边走边爽朗地笑道，"所以这栋大楼里，我就给斐拉德克未来的总经理安排了一间办公室，一间会议室，除此之外就只有研发部跟产品陈列部，连我自己都是在后面的旧楼里办公的。"

魏诤心中有些小震撼，储东明这番举措用脚踏实地都已经不足以形容，简直是将自己低到了尘埃里，虽然有些刻意，但这份求才若渴的拳拳之心还是让人为之动容。

他跟着众人走进了大楼，迎面是道关闭着的玻璃门，小胡没有开门，而是笑吟吟地站在旁边示意魏诤上前。魏诤走到了门边，站在那台电子锁前，只见片刻之后，那红色的灯光便转换成了绿色，大门就在他的面前徐徐打开。

"这是我们研发部知道魏总今天要来而特地设置的，魏总可以只凭刷脸就进入我们斐拉德克公司的大楼。"小胡卖完了关子便熟稔地介绍，"未来的锁，不用钥匙，甚至不用指纹，因为锁能自动识别人脸。"

当李瑞赶来的时候，魏诤已经将斐拉德克的锁厂给参观完了，但他依旧兴致勃勃地给李瑞演示了一遍斐拉德克那个刷脸锁开门的过程，李瑞拿着手机上魏诤的照片也刷开了门，于是开着玩笑问："这锁有什么用？"

"你知道吗？飞机第一次飞行只能飞十二点六秒，只飞了三十六米。第一辆汽车是烧煤的，时速是每小时四公里。"魏诤满怀信心地道，"比起那些，这把锁的起点已经很高了。"

周一清晨，颜锁心看见财务部总监安娜走进了尤格尔的办公室，她猜想尤格尔经过了周末两天的深思熟虑终于还是决定过问发票的事情。

虽然她心里有准备，但一个上午还是喝了三大杯咖啡，连跟戴维扬闲聊时也总是不由自主地提起发票的事情，可惜看起来戴维扬对安娜跟尤格尔交谈的内容一无所知。

颜锁心没能从戴维扬那里打听到消息，魏诤却比她提前一步知道了。

这次德国商务会议，因为客户比较多，办公室实习秘书陈小西也就得了个机会去德国帮助接待客户。那只Prada包是严恩珠买的，陪她购物的人除了魏诤还有陈小西，买包的钱是魏诤刷的卡，严恩珠什么也没说，但的确有让魏诤自己想办法报销的意思。

当时魏诤没有用公司的信用卡，他刷的是自己的信用卡，这个包魏诤是当成自己送给严恩珠的。但是陈小西回来报销的时候，她为着魏诤着想，就偷偷将这张价值好几万人民币的Prada发票也贴进了报销单里。

　　"上个星期我休假,不知道财务部里发生了这件事,要不然我早就提醒你了。"安娜年近四十岁了,过去拼命工作,流产了好几次,现在整天休假,拼命想生孩子。

　　安娜语调直白地道:"魏铮,现在你最好的方法是让陈小西自己去承认,是她自作主张将发票贴上去的,她要把这件事承担下来,就算你不做上海斯威德总经理了,也不能留下这么个污点吧。"

　　外企职业经理人的圈子说小不小,说大也不大,总经理不是没有灰色的报销名目,但都是跟公司双方心知肚明的一些事情,报销客户在海外的费用就是其中一项,但是像这样被公司抓出来公报私用,尤其报的还是奢侈品女包,那就是个不大不小的丑闻了。

　　"我会找陈小西的。"魏铮深深吸了一口气。

　　而后颜锁心就看见陈小西眼圈发红地从魏铮的办公室出来,随后魏铮就去了尤格尔的办公室,下午戴维扬那边总算有了消息,他问颜锁心:"安娜讲,那张发票是陈小西自作主张贴上去的,侬相信哦?"

　　"你相信吗?"颜锁心反问了句。

　　戴维扬的表情当然是不相信,颜锁心却是隐约有些相信的,因为她知道魏铮的家境似乎很好,但是不管相信也好,不相信也好,没有人会真的去分辨当中的真假,他们只会将矛头对准魏铮,因为陈小西太微不足道了。

　　职场上有些人做了某些事掀起了滔天声浪,而另一些人做了同样的事情却不起波澜,其实事情还是那点事情,不过是做事的人没有分量罢了。

　　颜锁心下班的时候,瞧见陈小西缩在电脑后面还在卖力地加班。她觉得戴维扬有句话是很对的,不会做事的人,真还不如少做些事情,像陈小西,随手干件蠢事就把精英魏铮给拉进了泥潭。

　　魏铮给尤格尔的解释是发票是秘书陈小西不慎贴上去的,并且他承认主要的责任是自己没有仔细审核单据,因此才会发生这样的纰漏。

　　他知道其实最好的方式就是像安娜说的让陈小西实话实说,但是陈小西在他的办公室里哭得一塌糊涂。她还未过试用期,碰上这样的事情,那就百分之百不可能通过了。魏铮是个男人,毕竟干不出逼着哭得稀里哗啦的小姑娘砸自己饭碗的事情。

　　可是尤格尔最讨厌伊瑞克什么?

　　他最讨厌的恰恰是伊瑞克那种不诚实的作风,出于先入为主的观念,尤格尔同样不相信魏诤的解释，他认定陈小西就是魏诤抛出来背黑锅的，所以他认为在这件事情上，看到了魏诤身上那种属于伊瑞克的不诚实、投机取巧、逢迎、圆滑和狡诈，这种风气几乎是一脉相承的。

尤格尔选拔总经理的标准是人品要优于能力，因为能力可以慢慢培养，倘若品行不佳，就算能力再强也不可取，像伊瑞克这样爱钻营的人也许在别的地方可以窃取高位，但在他尤格尔的手里那是绝对行不通的。

魏诤此刻还想着该如何跟尤格尔沟通，作为外企的经理人，保持跟顶头上司理念一致是件相当重要的事情，因此他一直试图跟新任CEO建立某种理念一致的机会，他完全不知道尤格尔已经将他拔高到反面典型的高度了。

第二章·

疑窦丛生

　　裴严明回上海述职，当然是要见尤格尔的。

　　长春这两年的业绩虽然不如魏诤管理的成都分部耀眼，但也是稳扎稳打，一步一个脚印。尤格尔有了撤换魏诤的念头，裴严明就走入了他的视线。

　　裴严明当年在总部就是个做实事的人，没有跟着伊瑞克那帮人乌烟瘴气，而且尤格尔对裴严明那种总是考虑一下才回答问题的风格也感到很舒服。相对而言，魏诤的反应就往往显得太迅速了，以至于尤格尔常怀疑他是不是没有慎重地考虑过就选择了投机取巧的答案。

　　两人在比萨店里一顿午饭吃下来，气氛颇为融洽。

　　颜锁心比任何人都要早知道裴严明胜利的消息，尤格尔让人力资源部重拟跟裴严明的合同是她亲耳听到的。

　　出了尤格尔的办公室，颜锁心就给裴严明发了一条报喜的消息，当然她没有提自己告魏诤黑状的事情，她并不希望裴严明误以为他是凭着这些小伎俩才升职的，另一方面她内心也觉得那不是件多光彩的事情。

　　颜锁心不知道的是，她不想领的功劳，转眼就被别人冒领了。

　　任雪几乎是跟颜锁心一前一后给裴严明发来了微信，裴严明稍稍犹豫了一番还是将这则好消息告诉了任雪，接着任雪就给他发来了个附近咖啡馆的共享地址。当被裴严明亲自送到机场的任雪又出现在了他的面前时，裴严明真的是有些目瞪口呆。

"你怎么没走？"裴严明刚坐下就开口问道。

"不看到你成功升职，我怎么能放心地走呢？"任雪心平气和地回答。

"是……陆教授说服了尤格尔？"裴严明猜测着问。

任雪没有给他答案，但喝咖啡的表情却充满了自信，裴严明长吁了一口气："真没想到，尤格尔那么死板的一个人，居然也会听别人的话。"

"尤格尔都在上海十多年了，朋友总是要交两个的。像他们这种人，一般人的话是听不进去的，但陆教授可是管理界有名望的人。"任雪悠悠地品着杯子里的咖啡，"幸亏你在学校里面也是个品学兼优的人，所以我一提起来，陆教授就对你有印象。"

这下痒挠得恰到好处，因为这句话翻译过来的意思是，虽然裴严明升职是她任雪帮的忙，但基本条件也是裴严明本身优秀。

快下班的时候，颜锁心接到了裴严明的微信，说是有个同学出差来上海，他要去接待一下，所以就不能回家吃饭，然后问颜锁心想吃什么，回头他带回来。

"我随便在楼下吃点什么吧。"颜锁心虽然有点失望裴严明不能回来同她一起庆祝，但来日方长，反正裴严明要从长春调回来了，而且既然要卖房子，她其实还有很多东西需要打包。

有时，很多事情发生得极为突然，但往往之前早就跑了一条起承转合的故事线。

颜锁心收拾房间的时候，看到裴严明带回来的行李箱还没有打开，于是就开了箱子看看有没有要洗的衣服。

裴严明的行李箱里，衣服并不多。

他是追着任雪回来的，走得极为匆忙，并没有带多少衣服，但是箱子的内袋里却放着两份礼品，均打包精美，上面扎着五彩的丝带。假如只有礼品盒，颜锁心或许会先给裴严明发条消息去询问，可是很快她又发现了行李箱里的一条新领带。

领带是圆圈图案的，大小的圆点叠套在一起，丝质的料子，看上去很是时髦。时髦总是离着轻浮这些字眼不远，颜锁心当然不会喜欢，出于潜意识，她偏爱给裴严明买素色光面的领带。

她有些惴惴不安，拿起礼盒小心地拆开，两支一模一样的阿玛尼红管400，这种复古红很显气场，最大的优点就是不容易掉色，却不是颜锁心常用的，即使她要买阿玛尼，也会选择像402这样的草莓红。

任雪的那些带有预见性的话就浮了出来，如同毒蛇吐出来的蛇信子。

颜锁心从来没有想过，裴严明会背叛婚姻，会背叛她，在她的观念里，她与裴严明就像父亲与母亲一样，在一起是理所应当长长久久的，所以她的第一反应是不相信，而后便是起了侥幸心理。

也许这只是送给某两位客户太太的礼物，所以才会一模一样，又或者那条领带也只属于某种巧合。她给裴严明找了无数个借口，重新将礼品盒粘好放回裴严明的行李箱，又将行李箱放回原处，仿佛一切都没发生过。

颜锁心随便泡了碗面当晚饭，吃得有点心不在焉，吃过了面她去洗澡，但澡洗到一半水就突然断掉了，这个时候她正揉得满头是洗发露，迫不得已只能穿好衣服顶着一头的泡沫出门去借水。

公寓楼是一梯三户，跟颜锁心同层的两户人家，其中一户业主是做投资买下来的，房子一直空置着，另一户家中也是经常不住人，所以颜锁心只得到下一层住户那里去借水。

她借水的对象正是楼下抱狗的太太。

抱狗的太太姓沈，她住的房子过去是给儿子住的，去年儿子结婚之后，他们夫妻就把自己住的大房子让了出来，跟儿子换地方住，思路跟当初裴严明与颜锁心是一样的。

沈太太是个相当热情的人，也很活跃，才来一年就当选了小区的业主委员，平日里很注意维护业主们的权益，听说颜锁心要借水，连声道："进来，进来！"

颜锁心接水的时候，沈太太就话有所指地道："小颜，你家用的是智能锁吧。"

"是啊。"颜锁心误以沈太太是想了解智能锁，"智能锁比较方便，装了以后就不用带钥匙了，而且要是家里来个什么人，用手机远程遥控一下就能进去了。"

自从颜伯亮做上了智能锁，颜锁心差不多见人就夸智能锁，都快养成本能反应了，这会儿就算心情乱糟糟的，也还是脱口即出。

沈太太哪里是想说门锁，她旁敲侧击地道："这智能锁好是好，但要是密码被人知道了，那安全就有问题了。你一个小姑娘，自己要当心的。"

"密码不要弄得太简单就好了，一般别人猜不出来。"

沈太太见话说到这里颜锁心还悟不透，只好继续拐弯抹角地道："有的时候，这密码就是自己人泄露出去的呀，比方说以前的朋友啊什么的。"

"我朋友不知道密码。"

"那以前的男朋友呢？"

颜锁心听她讲到这里，猜到了沈太太大约是看见了有陌生男人开自己的门，但这个时候她想到的是裴严明，而不是魏诤。裴严明基本不住这间小公寓，但因为这里离机场近，所以他总是将行李放在这里，方便离开的时候让颜锁心开车送他去机场。

"他是我丈夫。"颜锁心跟沈太太道了声谢就端起水盆走了。

沈太太面上表情很是吃惊，她从魏诤不大情愿的态度上猜出来他们的关系很一般，所以她就认定两人是前男女朋友，怎么也想不到两人居然还是夫妻关系。

真是开了眼界了！

颜锁心方才讲那句话时，仿佛就是冲着某个不知名的情敌说的，因此说得极为铿锵有力，连带着自己的精神都为之一振。她用了一个晚上调整情绪，再见裴严明的时候已经能够装得若无其事。她决定先静观其变，倘若只是一场误会那么最好，即便真是在长春偶尔的失足，总归现在人也回了上海。

她是打算要难得糊涂的，但胸间却像被人狠狠地揪住了，令她感到呼吸困难，不打起精神来，还真的是难得糊涂。

当颜锁心的婚姻暗流汹涌时，她的老板尤格尔本人也在经受着来自美国本土的考验。

一般来说各个斯威德分部的总经理是直接汇报工作给本地区的CEO，但同时他们也属于运营这条管理线的，所以他们还需要虚线汇报给全球运营总监。因此这边尤格尔刚更换上海总经理的人选，伊瑞克就在美国总部发力了，全球运营总监麦克就来了电话。尤格尔万万没有想到，伊瑞克都离开上海了，还把手伸得这么长，但他却只能忍着气跟麦克解释更换总经理人选的理由。

伊瑞克虽然是斯威德的新贵，但尤格尔为斯威德兢兢业业服务了二十年，麦克又是他过去的顶头上司，尽管伊瑞克前脚才走，尤格尔后脚就撤换了他定下的总经理人选，令伊瑞克的颜面上很难看，但既然现在尤格尔坚持不肯退让，麦克自然要尊重他的选择。

尤格尔的强硬，不但让傲慢的伊瑞克丢了颜面，并且附带也丢掉了魏诤的新位置。

是的，尤格尔本来对魏诤的安排，就是让他与裴严明互换，裴严明升任上海分部总经理，而魏诤平调长春分部的总经理。

对于外企来说，任何从内部升上来的总经理都有着长期的培养计划，这样的人力资源是很宝贵的，尤格尔对魏诤再不满意，首先想到的也是敲打敲打他，而将魏诤调往长春就算是个敲打。但现在尤格尔彻底被伊瑞克激怒了，他不但决定由裴严明接替法国人任上海分部的总经理，同时他任命长春分部生产经理升任总经理。

当公司里人人知道这些石破天惊消息的时候，魏诤已经递交了辞呈。他没有留下让任何人为他鸣不平的时间，走得极为干脆，连微信工作群也顺带着退了。

颜锁心给尤格尔送文件的时候，路过魏诤办公室，她微转过头，那里已经是空荡荡的了。

"裴严明这次是真的沾了陈小西的光。"戴维扬倒没有对魏诤幸灾乐祸，一般来说他总是代入弱者，帮着说两句胜者的怪话，这令他看起来既可恨又可爱。

他瞧了眼茶水间的门外努了努嘴："我同你讲，裴严明在长春可是有故事的。"

颜锁心心头突突地猛跳了几下，声音干涩地问："什么故事呀？"

"就是大家都知道的办公室故事呀，所以他老婆才着急让他调回来呀。"戴维扬抛了个"你懂的"眼神给颜锁心。

颜锁心想要露个微笑的表情，但是她耳边开始嗡嗡地响，人也有某种失重感，然后就听见什么摔落了下去，破碎得清脆无比，等看清之后，她才发现摔碎的正是她那只用了六年的大碗口咖啡杯。

当初她同裴严明抱怨魏诤抢功劳，抢表现，害得她连泡茶都不敢去，就怕一去魏诤又抢着把事情给做完了，于是裴严明就给她买了这么个大碗口的杯子。

裴严明从来都是个务实的人。

"朵拉，你没事吧！"戴维扬吓了一跳。

"手滑，没拿稳。"颜锁心含糊着找了个借口。

然后她连忙拿了笤帚来打扫地上的杯子残渣，瓷片在光滑的地面上拉出微微刺耳的声音，听起来不像是杯子的碎片，而是她人生里掉了一地的玻璃碴。

颜锁心感冒了，也许因为昨日洗澡的缘故，又或者是其他什么原因，总之她发起了高烧。

她下午请假回到家，今天裴严明回长春，但没有让她送。等颜锁心回来，裴严明的行李箱已经没有了，桌面上放着只礼品盒，还有一张便条，上面写着："提前送你的圣诞礼。"

颜锁心连着瞧了几遍，确认这是裴严明的字迹，他的字体会微微向右侧斜，有种英文书写体的习惯。桌面上摆放的礼品盒显然就是昨天行李箱两只中的一只，她还可以从盒子的边缘看见自己拆动过的痕迹。

女人都喜欢礼物，情人节要情人节的礼物，七夕要七夕的礼物，但颜锁心此刻却希望今天没有收到过礼物。

"小青，我们上次去崇明岛的照片你还有吗？"颜锁心一边用卫生纸擦着不断流出来的清鼻涕，一边翻着手中的相册。

沈青道："那是六七年前的事了。"

崇明岛之行是她们寝室最后一次毕业旅行，当时裴严明作为家属也同去了。每个人都拿手机拍照，拍的时候热情无比，姿势摆来摆去，务必要求角度完美，但拍完了，也就留在了手机里。这六年过去了，小青的手机最少也换过五个了。

"你找找看嘛！"颜锁心这几日在屋里到处寻找过去的照片、视频，仿佛找到了过去存在过的证明，就能证明她跟裴严明的将来不会变。

颜锁心记得她跟裴严明爬到了礁石上，两人举起双手联合起来比了个1314的数字，海风冻得颜锁心的脸都僵硬了，但她固执地等到了一个大浪做背景。

多好的喻义，无论多么大的惊涛骇浪，他们都一生一世。

"你找那么久之前的照片做什么？"沈青疑惑地问。

日子过得顺遂的颜锁心没有寻常女生那种留着爱的凭证将来用于悼念前任与青春的嗜好，她与裴严明仿佛天生要做夫妻的，在任何人的眼里，都是天造地设。

现在她的这种行为，就仿佛是个开惯了支票的人，突然开始计较兜里的硬币了，沈青有些不安。

"不是快十年了嘛，想搞个纪念册。"裴严明没有事的时候，颜锁心会大惊小怪地要沈青分析，可当真有这种可能的时候，她反而不愿意多讲。

好的不灵，坏的灵，颜锁心本能地拒绝祸从口出，所以说坚定的唯物主义者总是好运的多数。

裴严明飞回了长春准备交接工作，颜锁心这两天在床上翻来覆去地睡不安稳，可上了班，同事们依旧夸奖她：

"朵拉，你的皮肤是真的好，白里透红的。"

"身材也好，大家都坐办公室，怎么我的臀部就是越坐越大呢？"

颜锁心梗着落枕的脖子在卫生间的镜子前补妆，听着赞美，口红却接连几遍都画歪了，有种莫名的慌张感，脑子也是晕乎乎的。

回到了办公桌前，她接中介电话的时候，愣神了两三秒才想起来自己卖公寓房的事情，中介问她中午有没有空，有客人想要看房。

"有空，有空！"颜锁心立即答道。

来买房的是对瘦高的母女，女孩的鼻尖上长着雀斑，颜锁心猜测她应当是刚毕业，否则几年工作下来，凭着现在的美容科技，这些纯天然的东西早就不复存在了。

颜锁心的房子单价很高，但面积很小，所以算下来总价还可以忍受，而且她基本不在家做饭，油烟味少，装修显得很新。女孩子看上去很心动，但她的母亲却是一脸的不满，不停地数落房子的不足之处。

"这房子是西边户啊！"瘦高的妇人蹙眉。

中介是个身材单薄的年轻人，名叫曾凡，他解释道："上海春夏雨多，东边户潮湿得很。"

瘦高妇人仍然面色不豫，问："这房子是几楼？"

曾凡面上露出了笑容："是八楼，很吉利吧。"

要想在上海这种地方买房子，好的楼层也是一大优点。

"是吗？"瘦高的妇人皱眉，"怎么不是七楼？"

这句问话，不但曾凡与颜锁心茫然，连她自己的女儿也是面带茫然，不知其意，瘦高的妇人很慎重地道："七上八下呀！"

颜锁心顿时觉得胸中有一股浊气上升，又听瘦高妇人摇着头道："这房子也就四十平，小房子属于过渡房呀，没办法一步到位。"

外面多的是一步到位的房子，你跑来看小房子做什么呢？颜锁心心中暗自吐槽，但仍是客气地道："要是看不上，那就算了呗！"

女孩连忙拉了拉瘦高妇人的衣袖，她是很喜欢这套房子的，尤其喜欢颜锁心养绿植的那面落地窗，阳光璀璨得有种珠光宝气感。

瘦高女人不着痕迹地瞪视了女孩一眼，不情不愿地道："这样的条件，价钱还是要再降一点的。"

"降多少？"颜锁心也是诚心想卖房子。

"最少十万块，倘若不行，我们只能去别处看看了。"瘦高妇人思考了会儿，仿佛才下定了决心道。

曾凡脸上也是为难，买方总是想要压价抹零头，但像瘦高妇人这般狮子大开口的还是少数，他工作资历浅，还没有这样的经历，因此看向颜锁心吞吞吐吐地问："颜小姐，你看……最多能降多少？"

颜锁心想了想到底是摇了摇头，颜父颜母在那个大夏天里跑了一圈又一圈，比过地段，比价格，比过环境，比服务，买了房再搞装修，两人从夏天忙到冬天，累得脱了形。

瘦高妇人见她不同意，脸色一沉，断然道："那就算了，我们去别处看看吧。"她说着就强拉着满面不高兴的女儿走了。

曾凡只得给了颜锁心一个歉意的笑容，然后追那瘦高妇人去了。

颜锁心送走了看房的人，觉得头昏得更厉害了，落了枕的脖子都撑不住头。她关上门用手机跟尤格尔请了个假，吃了两片药就倒在床上睡了。

她刚要睡着，手机就响了，是那个年轻的中介曾凡又打来了电话，意思是那对母女还是决定了要买她的房子，但希望再跟她谈谈家中的绿植。

颜锁心爽快地表示不用再谈了，绿植都送给她们，然后与曾凡约了签合约的时间，就挂完电话睡觉。

有种女人你跟她多谈两句就会有种身体被掏空的感觉，倒不是她提供了多么深奥的话题，而是她的想法很多，且多半都在你的逻辑以外。

魏诤在电脑上编写着简历。他从学校里出来就在斯威德工作，简历六年都没更新过，其实他也完全可以一边在斯威德上着班，一边在外面找工作。

李瑞也劝他骑驴找马，魏诤的薪水很高，何必跟钱过不去呢？

但魏诤是个活得很精致的人，这种精致没有受过太多的挫折，因此少了几分伊瑞克的圆滑，反而多了几分做人的洁癖，这注定了他没法干出人人都知道他魏诤要走了，还赖在公司里拿工资这样的龌龊事。

当然，这里面多少也包含了一些负气的成分。

魏诤更新完了简历，又给自己订了张去成都的机票，现在正是川藏路最美的时候，往年每到这个季节，他都要招待李瑞一次。自驾游是李瑞最热爱的生活方式，他开车旅游的次数那真是要比他做过的项目多太多了，倒是魏诤在成都待了几年，却因为种种原因，没有尽情地玩过，因此他打算趁着这个空当，飞去那里来一次自驾游。

手机的屏幕亮了起来，正是李瑞打电话进来，魏诤拿起了手机。

"在家呢？"

"什么事？"

"老储来上海了，想请你吃饭。"

上次去工厂参观给魏诤的印象不错，可现在他确实有些心情不好，因此回道："下次吧，我吃过了。"

魏诤刚挂完电话，外面的门铃就响了，他起身开门就发现李瑞笑嘻嘻地站在门外："闷在家里做什么呢，吃过了就去聊聊天嘛！"

最终魏诤还是被李瑞拉走了。老储这次将吃饭地方定在了另一家饭店，但吃的仍然是本帮菜，陪同的不再是骆明珠，而是那日负责介绍的那位长了一双猫眼的胡丽娜。

老储这次会面带来了更大的诚意，表示他不仅仅是想请个总经理，还想找到一个可以长期并肩作战的合伙人。

"我们老板已经在搞员工执股平台了，公司近期的目标就是争取三年内上市。"胡丽娜长得不是顶漂亮，但很会活跃气氛，菜没上来的时候她就先给李瑞看了会儿手相，笃定他是线上木星丘，外表花枝招展，内心细腻孤单，逗得李瑞连呼太准了。

老储摆了摆手，坦诚地说："目标是目标，但要达到目标还是有许多困难的，融资不易，管理水平也不够，所以我才愿意用自己手上的股份来换人才。我老储办这个企业，不是为了赚钱，而是为了把它做大，做强！"

外资企业中层的工资不低，但再高的薪水也是薪水，手握原始股上市，转眼从小康奔致富，这大概是所有高级打工者的梦想。

所以李瑞听得心潮澎湃，仿佛看见了一块巨大的饼从天而降，当然他也知道人家是空投给魏峥的，但这不妨碍他情绪亢奋，连连给魏峥使了好几个眼色。

魏峥不是不心动，但作为运营管理者，他看到的斐拉德克在生产管理上跟一个上市公司还存在着相当远的距离。

"魏峥，你现在反正没事，不如……做做看？"李瑞见魏峥迟迟没有拍板决定，唯恐他太矜持而错失了良机。

魏峥犹豫了一番才开口道："我不能马上给你决定，但是这阶段我刚好正在找新的工作，倒是可以给你们厂子做生产管理咨询。"

"好，没问题，你就做我们厂的生产管理顾问，什么时候想走就走！"老储豪迈地道。

一切都谈妥了，老储显得尤为高兴，立即吩咐包房的服务生开了瓶茅台，趁着酒兴他拉着魏峥："你知道老储我最不服气的是什么？凭什么这老外的东西就要比咱们国产的贵好几倍啊？凭什么我们只能有价格竞争啊？倘若我老储也能一把锁卖三千，我就有钱搞研发，我就可以扩大生产规模，我就可以让一把锁不仅仅是一把锁，我要让所有人都知道咱们中国的锁，用咱们中国的锁！我要让全世界的人想起斐拉德克脑海里就浮现出一个字——贵，两个字——高档！"

老储拉住了魏峥无限地感慨："办企业难，办民族企业是难上加难哪，要钱没钱，要人没人，但再难咱们还是要办自己的企业，要树立自己的品牌！"

魏峥拍了拍老储肩臂表示理解，李瑞更是被老储说出了羞愧感，仿佛他在美资企业端了饭碗是件不道德的事情。

李瑞与魏峥送走了有点醉意的老储，李瑞站在门口叹息："他们真是太不容易了……"

魏诤没有回应，然而他的心却是在蠢蠢欲动，仿佛自从离开了高中之后就很少出现的那些不切实际的热血又回来了。老储说的话有些矫情，还有些假大空，但把它折叠起来不就是"理想"二字吗？

这世上有多少伟大的实现就是来源于这些看上去矫情的理想呢？

而且理智地分析，他也觉得从外企到民企这条职业规划是正确的，就目前的形势来说外企虽然谈不上萎缩，但民企的发展无疑更为迅猛。

晚上九点，伊瑞克给魏诤打来了电话，开口就告诉魏诤，他正在跟总部老大争取，绝不会让尤格尔这种不顾公司利益排除异己的行为得逞。

北京晚上九点正好是美国的早上九点，过去魏诤一般都不会在这个时间点上跟伊瑞克谈事情，因为伊瑞克有点起床气，不过想想严恩珠魏诤也能谅解。今天伊瑞克早上九点就主动打电话来，而且态度堪称不错，可见他的迫切。

只是魏诤心里清楚，别看伊瑞克左一句"Political"（争权夺利）右一句"Political"攻击尤格尔，但他坚持要留下魏诤也不是为了什么公司利益，他更多的是为了给尤格尔难堪，同时也是为了挽回他的颜面以及在斯威德的影响力，说穿了一切都是办公室政治。

"我已经辞职了。"魏诤说得非常平静，他突然间就对这种办公室政治产生了厌烦，原本在心里隐隐的念头也变得无比清晰了起来。

他决定接受老储的邀请，去一家民企当总经理。

魏诤当晚睡得很是安熟，天亮便穿上运动服出去跑步，新鲜的空气预示着新的一天、新的开始。直到此刻，魏诤才觉得离开斯威德也许对他来说并不是一件很坏的事情，这令他的心情格外愉悦。

以至于迎面瞧见颜锁心走来的时候，他无意识地说了句"早"。

打完这个招呼，两人瞬间都停住了脚步，大眼瞪小眼，片刻之后，颜锁心才似从牙缝中挤出了一字："早。"出于某种原因，她甚至还挤出了笑容。

这是他们做了近六年的邻居，第一次同对方互道早安，两人仿佛都生出了浑身的不自在，因此等颜锁心回复完了那个"早"字，他们就匆匆地擦肩而过了。

颜锁心直到走进办公大楼都还在琢磨着魏诤那个"早"的含义。

"朵拉，你在想什么呢？"

颜锁心抬起头，是人力资源部的洁西卡吴在朝她打招呼，她半捂着鼻子嗡声回道："有些感冒，脑袋晕晕的，不好意思啊，没听见你打招呼。"

此时恰巧又有一拨人挤进电梯，她们两人就只得向后靠去，趁着距离近，洁西卡吴小心地问："朵拉，长春的任雪你认得吗？"

"谁？"颜锁心一时竟没反应过来，主要是她无法将任雪与长春组合起来。

"长春分部的人力资源经理，她说跟你是大学同班同学，你不认得啊？"

颜锁心这才稍许迷茫地点头："认得，是我的同学……怎么了？"

"我们部门经理不是走了吗？她想调到总部来。"洁西卡吴脸上的笑容很是热切，"丽莎跟她面试的时候，她就说……你是她同学。"

同部门经理出缺，像洁西卡吴这样资深的员工就有机会升职，假如任雪调过来，那么一个萝卜一个坑，属于洁西卡吴的机会就没有了，除非她愿意调到千里之外的长春去。

外企中意年富力强的人，有时像吃青春饭，年过四十的女人跟年过五十的男人即便不会马上出局，但也基本不会有很好的升迁机会。洁西卡吴今年三十五岁了，眼看着一根抛物线就要甩到背面去，这如何令她不焦虑？

她想要旁敲侧击颜锁心，试探任雪是不是走了她的门路，假如两人关系其实一般，那她就可以让任雪这个外来户偷鸡不成蚀把米，顺便让颜锁心恶心一下任雪这种不打招呼就借人际关系的行为。

颜锁心明白洁西卡吴的用意，也的确不是很喜欢任雪，但她说不出"我跟她不熟"的话来，毕竟几天之前，她跟这位老同学才刚刚吃了顿午饭。

洁西卡吴没能从颜锁心这里听到期望的话，脸上的表情微微有些失望。

颜锁心表情客气地跟洁西卡吴分开，她再不喜欢任雪，也不会留下什么话柄让洁西卡吴利用，这个社会谁也没义务给别人当枪使。

走进办公室，颜锁心坐到了自己的位置上，如同往常那般将文件稍稍整理一下，就拿起手机刷起了淘宝，办公室的电脑有IT监控，但手机刷外网是没人管的。

然后她习惯地去摸那只大杯子，却摸了个空，直到此刻她仿佛才意识到那只大碗口的咖啡杯子已经成了过去。

尤格尔是个很好伺候的老板，会议报告喜欢自己写，也不太喜欢出差，这就显得颜锁心有些无所事事，所以才有大把的时间去闲聊与网购。

她也知道这不太妥当，似乎未来就剩下回家生孩子这一条路可以走，但又能怎么样呢？过去是她狠不下心来找工作，现在是狠不下心来从头开始。

女人到了三十岁，仿佛就成了一匹骑在屋顶上的马，总是空有远见，却哪儿也去不了，甚至都不能动，因为一动就有从屋顶上掉下来摔得粉身碎骨的可能。

而此刻的魏诤已经准备开始他的新生活，他收拾了一些衣物与家具，等斐拉德克替他准备好房子就搬过去。

老储非常豪迈地跟魏诤保证，他绝对会按照魏诤在斯威德的待遇来："小车、司机、秘书，这些该有的都会有。"

魏诤倒没有想得这么细，但是被人重视还是会心生愉悦。

手机响了，魏诤拿起来，是快递来的电话，说是来了个大件，让他下来签收。魏诤心里虽然诧异，但还是下了楼。到了楼下，他接过快递单，才发现是老储给他寄过来的。

魏诤想起来，老储从李瑞那里听说了他喜欢收集一些现代的艺术品，因此当时就说要送一件给他当新年礼物，想必这件快递就是老储承诺的新年礼物了。

沈太太抱着泰迪走来问："这网上买大件能放心吗？"

"还行。"魏诤没有跟本地老太太攀谈的欲望。

可沈太太兴致很高，魏诤低头签快递单子时，她又追着问："那网上买大件能便宜多少呀？"

"朋友送的。"魏诤将单子递还给了快递员道。

沈太太看着他们将箱子搬到了电梯内，冲着魏诤的背影喊了句："马上垃圾投放时间就要过了，早点把包装箱处理掉，可不能放到楼道里啊，这些木箱子上的洋钉可是很危险的！"

现在附近的公寓垃圾都需要分类，而且有投放时间。

"好的。"魏诤回了两个字，就关上了电梯门。

沈太太有些讪讪然地转过头来，就看见了提着大包小包从小区门外走进来的梁南珍。往常颜锁心每到周末都会回家，但是这两个星期都没有回去，梁南珍算算那些"补药"应该用得差不多了，因此特地又配了些给颜锁心送过来。

"你是……"看着大包小包的梁南珍，沈太太走过去问道。

梁南珍手里不但有中药包，还有大大小小的装熟食的袋子，天气虽然冷，但她仍是背得一身汗，见有人过来说话，就顺便放下袋子歇口气："你是哪位？"

"我是这个小区的业主委员。"

梁南珍一听就连忙笑道："我女儿住在这里。"

沈太太警惕的表情立刻化成了热情："一看你这副样子就是来看小孩的，这大包小包的，当爹娘的真是不容易！"

梁南珍笑着道："她平时每周都回家，最近也是有些事才没回。"

两人浅浅几句就有些投缘，便坐在小区景观树下的椅上聊起了天。

"看来你家小孩是很懂事的啊！"沈太太夸赞道，"这是很难得的，现在小年轻古怪得很。"她说到这里刚好魏诤下来送垃圾箱，沈太太朝他努了努嘴，"看见这个小年轻了哦？"

梁南珍掉转过头，就看见了身穿印花毛衣下楼的年轻男子，他体态颀长，模样清俊，手里拿着包装用的大木框。

梁南珍对大牌不算精通，但跟着女儿逛街逛多了，也认得毛衣上的印花是某个大牌的商标，价值不菲，心里便对魏诤多了几分排斥："穿这么贵的衣服下来丢垃圾，这洋钉一刮，一件一万多块的毛衣就拉倒了。"

"这算什么……他跟太太，夫妻两个人哦，住同个小区，却不住同套房子，一人一套房子。"沈太太摇着染着栗棕色卷发的头，摸着怀里的卷毛泰迪小狗用见怪不怪的口气道，"现在的年轻人，不肯结婚但要同居，结了婚的不肯要小孩要丁克，还有这种明明结了婚的跟没结婚似的，要假装不认得，你说瞎搞不瞎搞？"

这句话刚巧戳中了梁南珍的痛处，颜锁心跟裴严明隐婚她也是知道的，她虽然有点不大乐意，但是女婿的前程比天大，梁南珍再不愿意也不好反对。

"也不知道那个女的怎么想的……"沈太太笃定地道，"这样的男人就算跟人家讲他结了婚的，都说不定还有女的要跟他闹出事情来，她还要瞒着，这能看得住？！"

梁南珍回头再瞧魏诤，心里就把这个衣着考究、长相标致的男子跟花花公子画了个等号，想起成熟稳重的裴严明，她的五脏六腑就如同喝了碗热汤般熨帖，口里不住地赞同："说得太对了，我女儿要是看中这样的男人，我是绝对不会同意的！"

沈太太道："我要是有女儿，那也是不会同意的，咱们做父母的态度要摆正了，听不听是她的事！"她正说着，刚巧魏诤无意地向这边瞧了一眼，沈太太又挤出了笑容热情打招呼。

梁南珍瞧着魏诤在心里啧啧"还长了一双桃花眼，真是吓死人"，暗自又怜悯了几分沈太太口里魏诤那个不知名的妻子，而后就重新提起大包小包上楼去了。

曾凡见了颜锁心过来，脸上不禁又浮现出了尴尬之色。他也就二十岁出头，刚参加工作，大冷天里为着中介公司形象穿着黑色的西装，瑟瑟缩缩，显得尤为单薄。其实颜锁心这单交易也是他第一笔生意，因此他是很希望能成功的。

"颜小姐，买家的意思……能不能将总金额的零头抹去？"他将颜锁心拉到一边悄声道。

颜锁心看了看金额，这点零头抹掉的话差不多得抹掉将近一万块了，她皱起了眉头："这太多了，你也知道我诚心卖房的，本来就开价不高。"

　　"我知道，我知道。"曾凡的脸色涨得有点红，他是知道颜锁心开的价已经很公道了，"但是你知道的，买家就是这样，没有还掉一点，他们就会觉得吃亏了。"

　　高瘦的妇人本来是在店里，此刻也挤了过来。她一扫看房时满面的不豫，热情洋溢地道："小姑娘，你看你诚心卖房，我也是诚心买房，咱俩都是诚心诚意，你赚了这么一大笔钱，便宜一点点，咱们这就把合同签了，大家都高兴，你说是吧。"

　　颜锁心斟酌了一番，点了点头："好吧。"

　　曾凡松了口气，歉疚地看了眼颜锁心，道："那我去写合同。"

　　瘦高妇人也欢天喜地地跟着他进了屋，颜锁心听见手机响了，便没有跟进去，而是站在门口接电话。电话是裴严明打来的，她一时之间竟然有些恍惚，裴严明走了不足一周，她却有种他已经离开许久的错觉。

　　其实有几次颜锁心都点开了裴严明的号码，但是又立即丢开手机，因为她怕一旦通了电话，她会忍不住质问裴严明，那样她就不能用"也许"来安慰自己了。

　　也许那只是个误会，也许那只是自己多想了，也许……那只是一场虚惊。

　　这些复杂的念头，转起来也不过是一瞬，颜锁心接通了电话，裴严明温和的声音就响了起来："吃饭了没？"

　　"还没。"人只要几天不怎么交流，陌生感就陡然而生，夫妻也不会例外。

　　裴严明责备地道："要按时吃饭，要不然胃不好，以后就麻烦了。"

　　如果是以前，颜锁心会甜滋滋地将这句话当作关心，可是现在她不免会多心些，会疑心裴严明到底是关心她的胃，还是担心她的胃不好了会给他添麻烦。人的情感大抵就是如此，好的时候什么都无所谓，不好的时候对方说什么都是杯弓蛇影。

　　"晓得了。"颜锁心简短地回答，没有像往常那样有错也要狡赖三分。

　　女子若是嚷着"我不管，都是你的错"时，大多并不是不知错，而是在享受着对方的包容，对很多女子来说，男人那句"好，都是我的错"就是世间最甜蜜的情话。

　　为了拥有这样的甜蜜，有些女人便总是掩耳盗铃般拒绝长大，其实很少有人能因此幸运地挽留住一个有着包容姿态的男人，绝大部分倒是让自己变成了一个老而弥纯的可耻女人。

那边的裴严明此前要跟任雪好合好散，他的内心既感到了轻松也有些许歉疚，因此最近对任雪殷勤了些，直到丽莎给他打电话，他才知道任雪居然不声不响地去应聘了上海总部人事部经理的位置。

他是没法想象任雪跟颜锁心有朝一日会在同座办公大楼上班，可是他没法埋怨任雪，因为任雪早就跟他坦白地讲过，她不需要他承担责任，所以让任雪放弃回上海任职的机会他有些说不出口。

"总部是不是在招人事部经理？"裴严明注意到了颜锁心语气的不对劲，但他此刻也顾不上了。

颜锁心回道："你们长春有个叫任雪的人事经理过来应聘了，你不知道吗？"

听到任雪的名字，裴严明略略卡壳了下："你呢，你就没考虑过这个位置吗？"

颜锁心微愣："我没有做过人事，如果跳到人事部，有可能会从主管做起吧。"

裴严明语气略有些不悦地反驳："那魏诤当初做过质量工程师吗？你想想他当初质量经理是怎么做起来的？"

"魏诤也是先跳到项目部，然后才去质量部做经理，而且他本来就有工程师的职称。"颜锁心如实地答道。

魏诤本人的确是理工科出身，只不过是英语八级，因此才被伊瑞克挑上，伊瑞克大约也知道工程是他的短板，所以才精挑细选地选了魏诤做助理。魏诤从学校里毕业出来是助理工程师，在项目部又升了工程师，有时颜锁心想到他，也不得不佩服，即便伊瑞克开了很多方便之门，魏诤也确实很努力。

可裴严明显然不认为这是魏诤自己的努力，他语带不满："魏诤还不就是靠伊瑞克的提拔，你也和尤格尔提一提，你跟了他这么多年，他不会不关照你的。"

裴严明一直对魏诤压抑着不满，他比魏诤早到公司几年，自认各方面都不输于魏诤，可是因为伊瑞克的原因，他事事被魏诤抢了先，如果不是长春分部总经理出缺，他还不知道要等到什么时候。

"尤格尔不喜欢别人走后门。"颜锁心沉默了一会儿，尤格尔是个什么样人她很清楚，她如果提出来，尤格尔会很为难，而且极有可能在经过认真思考之后，婉拒她的请求。

"丽莎的老板约翰跟伊瑞克走得很近，尤格尔未必不喜欢你去人事部，你总归是他的人。"约翰是斯威德全球人力资源总监，一直跟伊瑞克配合得很好，当初也是他支持伊瑞克来上海的，裴严明觉得这就是个突破口，更何况尤格尔能给一个知交教授的面子，还谈什么不喜欢别人走后门？

但这些事裴严明是不能全对颜锁心说的，他只能在心底里埋怨颜锁心的不知进取，埋怨之余也会联想起任雪，觉得如果是任雪或许自己只要稍稍给一点示意，她就能领会他的意思吧，更或许她根本就不需要他来打这通电话。

如果放在过去，哪怕颜锁心不赞同裴严明的意见，她也会摆出虚心接受的模样，然后阳奉阴违，因为她喜欢哄着裴严明高兴，喜欢满足裴严明不会在别人面前流露出来的那些大男子主义自以为是的精明。

然而此刻她却没有那样的心情："我不想去尝试明知道不可能成功的事情，而且我也没准备好换份新的工作，重新开始。"

电话里的裴严明沉默了下去，颜锁心也不知道是谁先挂的电话，但显然是不欢而散，她走进屋子的时候，感到精神都有些恍惚。

曾凡握着合同，表情又开始有些尴尬，目光不时地瞥向坐在边上喝茶的瘦高妇人，支支吾吾地道："是这样，她们的资金要过了年才能到位，希望先付两万定金……"

颜锁心忍不住问："那她为什么不过了年再出来看房呢？"

"小姑娘，我刚刚才知道你这套房不是你唯一的房啊，我们要多交不少税的嘞，不过就是晚两个月，能有多少利息？！"瘦高妇人理直气壮地道。

颜锁心倒是平静了，她深吸了口气转身对曾凡道："房子我不卖了。"

她说完就转身出了中介公司，听到后面那个瘦高妇人大声控诉："这人也太难说话了，现在是年底呀，哪里资金都紧张的呀，两个月的利息我补给她好了。她不是唯一一套房，我还要多交税，我说什么了？！"

有些人得寸就要进尺，要是当中少让了她一寸，她便会诧异你原来是这么小气的人。

李瑞下班的时候去魏诤那里欣赏老储送的现代艺术品，见是尊有三张表情不同脸的人头像，便笑着道："这是什么含义？三位一体？"

魏诤摆弄着这尊半人高的艺术品淡淡地道："是一体三面吧。三，在宗教里往往既代表完满，又代表无限的意思，比如你说的三位一体，又或者是三生外物，三世诸佛。"

"我只听过日本的三面迦罗，那是财神。"李瑞笑道。

"庸俗！"魏诤瞥了眼李瑞。

但魏诤不知道李瑞真相了，老储因为办公室里供奉了这么一尊三面的财神，因此才会在看见这尊现代艺术雕像时心生好感，觉得吉利，将它买下来转赠给了魏诤。

晚上魏诤陪母亲吃饭，魏母白岚五十来岁，仍然穿着时尚。她做音乐教学出身，退了休就开了琴行，生意不错，最近她又准备跟新恋人去西班牙旅行，显得颇为忙碌，虽然他们才刚从澳大利亚回来。

听到魏诤要去吴江上班，她诧异地道："你要去乡下工作？"

"上海人提到法国的普罗旺斯就想到葡萄酒，想到香水，想到薰衣草，想到玫瑰，觉得那里是个顶浪漫的地方，但其实普罗旺斯就是Provence，在英文里就是乡下的意思。因为巴黎人除了巴黎，看什么地方都是乡下。"魏诤切着手里的牛排道。

白岚受西方音乐的熏陶，出来吃饭十顿有九顿都选西餐，而且特别喜欢去法国餐厅，她听见反驳，便笑着摆手："我讲一句，你有十句等着，你对女人这样不客气，难怪一副好模样到现在还是找不到女朋友。"

"我找不到女朋友，不是因为我找不到，是因为我比别人要认真。"魏诤反驳道。

白岚知道儿子心里的想法，只好叹气："你爸那事……都过去这么久了，我都不记得了，你也不要放在心上。"

魏康安当年跟自己单位的女同事闹绯闻，最后同白岚离婚，带着自己的新恋人去了南方，杳无音信好多年，差不多到魏诤上大学了，才回到上海。

"你爸爸最近想同你吃顿饭，有空吗？"白岚对二十年前那段不幸的婚姻已经看开了，毕竟当时他们一直也不算和谐，有些脚跟有些鞋子，分开来看都不错，但搭配起来就是一场灾难。

魏康安为人务实上进，他在一家纺织厂从技术员做到副厂长，可谓每一步都是拼出来的，但在学校里教音乐的白岚却是个爱浪漫的人，一束花看得比一顿饭还重要。

他们的婚姻假如不出现第三者，那么鞋子跟脚磨合着，也许再过个几年，也能磨合到位了，也会像大多数夫妻那样，变得你中有我，我中有你，但可惜没有那么多假如。魏康安就是碰到了他觉得更合适的那双鞋，为了追求这种向往已久的舒适，他甚至不惜背井离乡就为了抛妻弃子。

白岚从某种方面来说是幸运的，因为她还有个坚强的儿子。十岁的魏诤照顾着母亲，将她从濒临崩溃中拉了回来，安抚她的自尊心，赞美她的琴声，听她发牢骚，将早饭钱省下来为她买花，宠爱着自己的母亲。

所以二十年过去了，母亲依旧相信着浪漫，不再怨怼，但儿子始终耿耿于怀，无法原谅，因此魏诤冰冷地回了句："没空！"

白岚也不勉强，她开始向儿子抱怨新恋人："上次他带我吃日本的纳豆，我觉得黏糊糊已经够奇怪了，这次去墨尔本他一定要让我尝尝那叫什么维吉……"

"Vegemite（澳大利亚一种食用酱）。"魏诤补充道。

"就是那种黑乎乎的酱，那个怪味简直一言难尽。"她忧愁地道，"这口味区别太大，将来也是个问题啊。"

"没什么问题啊，照这样我觉得他肯定会欣赏你的臭豆腐。"魏诤吃着盘子里的东西平静地道。

白岚压低了声音惊呼："完全不一样好嘛，臭豆腐闻着臭，吃起来香，可我吃完了那纳豆，真是到现在还觉得好像有一团鼻涕似的东西粘在胃里。"

魏诤放下手中的刀叉，拿起纸巾擦了擦嘴："那再换一个？"他对母亲那位新任的男朋友并没有什么好感，因为那是白岚的前夫——他的父亲魏康安介绍的，魏诤有些"厌"屋及乌。

"要是人也像首曲子，只蔓延情绪，不牵涉任何实际的东西就好了。"白岚感叹。

白岚的命运也算是有过坎坷，但都没在她的身上留下什么痕迹，韶华已过的她仍像首莫扎特的《费加罗的婚礼》，满是天真的期待。

魏诤摇了摇头，取出卡招手结账，临走的时候白岚又小心翼翼地问儿子："那你什么时候有空见你爸爸呢？"

"对他，什么时候都不会有空。"魏诤没有丝毫动摇地道。

白岚觉得尽了心也就算了，拿起手提包上了来接她的新恋人的车。那个男子长得瘦削迷离，很有几分艺术家的气质，但魏诤知道他其实是做酒店公寓的生意人，跟魏康安算是生意上的伙伴。白岚一直喜欢这样瘦高的男人，大概是觉得这样的男人会有艺术感，但男人身体里潜藏的是什么，哪里能从身形上看得出来，魏诤觉得起码从他父亲身上看不出来。

瘦高男人似乎想要走过来跟魏诤说两句，但车里的白岚不知道说了什么，他最终只是朝魏诤有礼貌地点了点头，然后就开车走了。

第三章 ·

一叶障目

　　颜锁心回到自己的小公寓，看到家里像有田螺姑娘光顾过似的，厨房里盛放着做好的饭菜，卫生间里堆积下来的衣服也都洗掉了，地板上还散发着洗衣粉的味道，她就知道母亲梁南珍来过了。

　　她和衣躺在床上，整个人很累，却又无法睡得很踏实，脑子里像有什么在不断地膨胀，令她的神经紧绷。迷迷糊糊中她拿起手机给裴严明打了个电话，想要跟他说自己病了，想要听到裴严明往常那样柔声细语的安慰。

　　然而手机接通了，还没有等她开口，那边就传来了轻柔的女声："喂，是哪位？"

　　颜锁心瞬间就清醒了，她蓦地坐起了身，可还没有等她开口，那头就像是意识到什么，果断地挂掉了电话，只留下颜锁心拿着手机呆呆地坐在床上。

　　其实"也许"早就难以宽慰颜锁心，因为无法解释为什么裴严明回家间隔变长了，为什么电话变少了，为什么变得陌生了，有些事情只要暴露了，那些掩藏在生活里的细枝末节就会立时变得有迹可循，瞬间让人恍然大悟。

　　人生倘若是一场修行，那么遭遇背叛就是一桩令人醍醐灌顶的事情。

　　颜锁心挣扎着走进厨房，想倒水吃点感冒药，灶上放着只煎药的药砂锅，里面散发着阵阵药香，冰箱的留言板上还有梁南珍的留言，短短的四个字：记得吃药。

看着那四个字，她忍不住联想起了一则关于吃药的笑话：任性出门碰见个性说，你要记得吃药，个性对任性说，那你一定是许久不吃药了。这则笑话是魏诤说的。

某次年会主持人点兵点将点到魏诤上台表演节目，魏诤上台就这么神情平静地说了这则冷笑话。颜锁心当时听着没觉得有什么，后来晚上回来却越想越好笑，以后每次想起来都想笑，但她现在没什么笑意，她现在拼命地回想起那些好笑的东西，只是为了遏制住涌上来的能将她淹没的悲伤。

可偏偏隔壁传来了交响乐声，那正是富有悲情的音乐大师柴可夫斯基最后的经典曲目《6号悲怆交响曲》，悲伤的情绪一下子就蔓延了过来。

手机里沈青给颜锁心发来了微信：你的照片我可算找到了，现在都发给你啊。颜锁心看着那些传送过来的照片，照片上的情侣亲密地靠在一起，她感到心中有什么溃然决堤，眼泪瞬间就涌了出来。

魏诤坐在沙发上翻看着胶片的包装，这是白岚从澳大利亚给他带回来的礼物。魏诤其实不太喜欢柴可夫斯基作曲里那种情绪太过饱满的戏剧化的表达，但是白岚喜欢，她把从古董店里特地淘换的黑胶片送来给儿子当礼物，魏诤也就放来听听了。

乐声中隐隐似有哭声传来，魏诤忍不住抬头看了眼留声机，怀疑自己是不是产生了错觉，大师的乐曲悲成精了？然而认真细听下那哭声似乎又没了，他便放下手中的胶片套，靠到了沙发上开始闭目欣赏交响乐。

胶片在留声机中循环往复，乐曲在空间里回旋着，然后从四周向外逸出。突然间动听的交响乐中夹杂了刺耳的门铃声，那铃声一下接着一下，颇有种刺穿耳膜的歇斯底里。

魏诤起身打开门，刚皱眉想要说什么，却见门外站了个披头散发的女人，她半撑着墙，身上还散发着酒气，仿佛走到这里已经用尽了力气："魏诤，你有病吧，你又不住在太平间里，为什么一直放哀乐？"

"你今天吃药了吗？"魏诤抱起双臂靠在门边平静地问。

"魏争先！"颜锁心指住了魏诤，这是她以前背地里给他起的外号，当年颇受欢迎，后来还是因为魏诤进入了斯威德高层才渐渐少有人提及，而这些年颜锁心也早圆润地不会再做这种偷偷在背后给别人起外号的勾当了。

"神经病！"魏诤要关门，但是颜锁心却挡住了门，他试了试没关上，于是瞧着眼前把"败犬"写在脸上的女人，决定说两句不入耳的真话，"颜锁心，男人不要你了，你才要把自己收拾得体面一点，要不然别人会说你活该。"

颜锁心的瞳孔因为酒意而扩充，视线里靠在门边的魏诤嘴角弧度也被拉长了，看上去满是讥笑，她的耳旁似有轰隆隆声响起，像是什么在咆哮。

后来她的记忆都是飘着，那感觉就像是她被猫抓伤了，但没敢还手，于是她一直憋着，一直憋着，直到看见了一只老虎，终于憋不住了，冲上前咬了一口。

半夜里醒来，颜锁心看见了又变得很凌乱的屋子，散发着洗衣粉清香的瓷砖地面上横七竖八地堆放着一些啤酒罐。她并不擅长喝酒，外企也没有酒文化，因此近七年工作下来，颜锁心仍然保持着一杯即倒的酒量。

她本来不想喝酒，可是隔壁的魏铮放的哀乐像钩子一样，哪怕她塞住了耳朵，还是会一下下钻进她心里将悲伤勾出来，于是她出门买了几罐啤酒，本来是想喝醉了就睡的……她也隐约记得后来她去找魏铮了，还记得魏铮嘲笑她，但不记得自己是怎么回来的。

颜锁心的视线从滚落的啤酒罐上移到了卧室里的其他地方，心里是陌生的空落落之感，总感觉有什么需要填补。她借着灯光慢慢瞧过去，最后看到了身后床头上那片空白的墙面。

这里通常是新婚夫妇用来放婚纱照的地方，但她与裴严明是隐婚，因此就将这里留白了，颜锁心心里没有丝毫遗憾，反而有些扬扬自得。床头上放婚纱照，以及穿着婚纱跑到酒店里请人吃中餐，这多么俗气，而她与裴严明不需要。

现在仔细想想，那些俗气烦琐又累人的仪式，何尝不是一种慎而重之的宣告？自即日起男方与女方，夫与妻，我与你，从此结为一体，生同屋，死同穴。有这样的仪式宣告着，男人会记得已有妻子，女人会记得已有丈夫，就算自己记不得，旁人也会替你记着，从此没有了退路，老实安分着成家立业吧。

很多总对婚姻生活有别致想法的女子大多不是因为有个性，而往往是因为天真。

颜锁心此刻瞧着那块空白的墙面心里就想到了这点。这么空落落的一片墙，俗气是不俗气了，但看着就有些不吉利。于是她爬起来，用打印机把沈青传来的照片统统打印出来，又从储物柜里将许久之前买的相框也给找了出来。

她平日里上班空闲的时候很多，喝咖啡闲聊之余常刷淘宝，很多东西买的时候觉得挺好，但是买回来又用不上，家里的相框便是这么来的。她原本是想做一面相片墙，可是等买回来后又想起裴严明的照片不能挂，也就没有了兴致，因此相框就一直放在储物柜的角落里生灰。

颜锁心将打印好的照片放进了相框，又找出工具和钉子，将相框一只只钉到墙上去，锤子落在钉子发出清脆悦耳的叮叮当当的响声，深夜里像敲在人的耳边，隔壁的魏铮想不醒都难。

他起身在床头上靠了一会儿，隔壁敲洋钉的声音仍然络绎不绝，魏铮想今夜是不可能睡了，于是只得起床放了张李斯特的演奏CD，然后调整了下音量，打开沙发旁的灯随便抽了本书看了起来。

李斯特创造了钢琴独奏的表演方式，大师能单靠钢琴演绎出一部有鸟鸣、潮汐、日落星升的大戏出来，所以配着敲钉子的叮叮声颇有谐趣感。

在醉酒的颜锁心的幻想中她是扑上前凶狠地咬了老虎一口，可其实她只是头昏目花向前栽倒，魏诤伸手扶了她一把，而她拉住了魏诤手臂上的毛衣，仅此而已。

一个人的悲伤是最消耗力气的事情，因为眼泪是一件不能交换的东西。

魏诤听了半夜混杂着洋钉声的李斯特独奏，早上从沙发上站起来都觉得耳边有幻音，有点分不清是敲击洋钉的声音还是李斯特演奏曲子里的某个前奏。

刚吃过早饭，他就接到了司机老庄的电话，尽管魏诤说过自己可以开车，但言出必行的老储还是将司机派过来了。

魏诤下了楼就又见到了司机老庄，那是个年过四十岁的中年男人，穿了件带条纹的衬衫，里面是保暖内衣，衣摆束在皮带里，裤子拉到了腰以上，外面套了件灰色的带棉夹克衫，手里拿着杯泡着浓茶的透明保暖杯。

看见魏诤下来，他连忙盖上茶杯，一边拿着茶杯一边拉开了后座车门。魏诤还真有些不习惯，虽然他在斯威德是配了车子跟司机，但其实除非长途，一般还是自己开车。

现在车门都打开了，魏诤只好坐了进去，等老庄进来放好茶杯，他才道："不用这么客气，以后我自己开车就可以了。"

"应该的，你们这些当领导的脑子里的事情多，不像我们脑子里没有旁的事情，可以专心开车。"老庄看上去很是实诚，也很会说话。

三言两语之后，大半夜没睡的魏诤就靠在车上闭目养神，最后还小睡了一会儿，下车的时候精神好了许多，心中不禁对老储的这份体贴又多了几分好感。

这次站在门口迎接的是胡丽娜，她仍然穿着黑色套装，丝袜加高跟鞋，寒风簌簌的冬日她倒也不怕冷，比起跟老储一起，单独的时候胡丽娜显得更亲热一些："魏总，办公室我已经给你收拾好了，有什么需要的你尽管跟我提。"

"我的房子租好了吗？"魏诤问道。

"人事本来是想在附近的小区租一套房，但我想哪能让魏总您去住小区啊，所以我就想办法弄到了一套小别墅，不过腾挪多用了几日。"她说着朝魏诤挤了下眼。

魏诤猜胡丽娜大约就是老储安排给自己的助理了，他知道胡丽娜有讨好自己的意思，于是点头以示谢意，胡丽娜果然面上高兴。两人说着话，迎面有个穿着灰扑扑的工作服的老头步履铿锵地朝他们走来。

来的是颜伯亮，他得过甲亢，眼睛微微凸起，因此魏铮觉得迎面走来的老头眼珠子很大，然后就听胡丽娜笑着给他介绍："这个是我们公司……生产经理，颜经理。"

"你好，我是魏铮。"魏铮礼貌地伸出手打了个招呼。

"你好。"颜伯亮跟魏铮握了握手，同时也在打量着魏铮。

老储说魏铮是厂里请来的管理顾问，但魏铮来了，他就从颜总降成了颜经理，他颜伯亮又不是傻瓜。当然他也能体谅老储，也不反对请个更懂管理的人回来，毕竟时代在往前跑，科技要现代化，管理也要现代化。

他颜伯亮一向开明。

可是眼前的年轻人身上穿着价值不菲的西服，脚上的皮鞋也是一尘不染，看着就不像是能经常蹲生产车间的人，而且眼底青黑，说两句话就要抬手遮住唇看上去像是在打哈欠。普一照面，还没等魏铮开口，颜伯亮就先有了不太好的印象。

"我要带魏总去看办公室，等下再聊啊。"胡丽娜当然知道老储真实的目的就是想请魏铮来当总经理，于是避免了两人交锋，领着魏铮朝着那栋最新的办公大楼去了。

照例是刷脸进门，胡丽娜直接将魏铮领进了上次介绍过的总经理办公室，魏铮点了点头，顺理成章地接受了，胡丽娜显得颇为高兴。

今天原本只安排魏铮看看办公以及住宿的环境有什么不满意的地方，但既来之，则安之，魏铮也没有浪费时间去矜持，放好了东西，就去生产车间实地查看。

斐拉德克所面临的问题，老储其实早在饭局里反复提过了，说起来也就是个产能问题。家居产品都有季节性，遇上旺季，来单又多又密，当时恨不得将生产线的规模扩充几倍出来，可是真要扩充生产线，设备投资还是其次，最主要的是需要多养几倍的生产线员工，一旦没有足够的订单，锁厂立刻就会进入亏损状态。

总之一句话，忙的时候鸡飞狗跳，闲的时候心慌意乱。

魏铮在车间里转了一圈，最后抱着双臂站在装配生产线旁，静默地看着员工们操作，车间里的机器大多停运着，但装配生产线还是忙得不可开交。工人们难免心里好奇，有些人忍不住想要回头瞧，但立刻就被长了一双鹰眼似的颜伯亮给喝止住了。

颜伯亮几乎整年都泡在车间里，谁手上的活他都会做，比手速那也是妥妥地赢过这里大部分的员工，忙起来他自己本人就是个最好的操作工。

他瞥了一眼魏诤，暗自皱眉，光瞧能瞧出个什么花来？果然魏诤也就看了半个多小时，然后要了车间员工们的计件统计表跟工资单就走了。

颜伯亮回去跟梁南珍讲："现在的小年轻，不能跟老人比啊，他们都没下过苦功夫，就会装模作样，他要是想在我的生产线上吹毛求疵、胡说八道，我可是不会给他脸面的。"

那个时候颜伯亮还不知道，仅仅一周，这个看上去没下过苦功夫的小年轻就将他心里那完美的生产线整了个七零八落，且一点也没给他颜面。

颜锁心站在航运楼的出口处，看着裴严明拉着行李走出来。他穿着黑色的呢子大衣，皮肤白皙，下颌微圆，即便不是十分英俊，但沉稳敦厚，有股书生的温润之气，让人见之就会生出安全感来。

裴严明瞧见了颜锁心，脸上露出惊异之色："你怎么来了？"

那次在电话里不欢而散之后，隔了几日裴严明打来了议和的电话，他表示尊重颜锁心的看法，并好言温抚了几句，也顺便告知了归期，并不知道颜锁心中间曾给他打过电话，也不知道任雪帮他接了电话。

颜锁心在公司里听见对裴严明最多的评价就是身段柔软，放得下架子，也赔得起笑脸，以前她总觉得这是裴严明为人太老实所故，但此刻想想又觉得并没有她想得那么光明磊落。

"怕你东西多，我请了假过来接你。"颜锁心答道，她心中烦乱，因此话讲得有些生硬。

裴严明微微沉吟，他知道颜锁心是个有些懒散的人，平时待人也没那么殷勤，即便她想到了行李多的问题，也只会先打个电话问问裴严明能不能自己解决。因此裴严明完全没想到她会来接自己，他是跟任雪一起回来的，只是她行李更多些，裴严明先出来叫车而已，颜锁心的突然出现打了他一个措手不及。

"你怎么知道我的航班的？"裴严明有些心虚，拉着颜锁心快步离开，在路上给任雪发了条微信。

"我打电话问了你们办公室的凯莉许。"颜锁心淡淡地道。

凯莉许是裴严明在长春的秘书，而颜锁心作为上海总部CEO的助理，没有什么是问不出来的。裴严明表情有些不自在，车里很安静，只有他的手机不停地响起微信提示音。是任雪发过来催问的，她好像有些不相信颜锁心是真的来了，最后裴严明不得不将手机掏出来佯装看信息，随手将手机调成了静音。

颜锁心开着车子出了停车场，面前开阔笔直的高速公路，给人以一马平川、康庄大道的心旷神怡感，可是她的车子却是越开越慢，直到停在了路边。

"怎么了，车子出问题了？"裴严明脱口问，这也是他第一个反应。

颜锁心双手抱着方向盘，两眼瞧着跳闪的仪表灯，她努力保持着镇定，但声音仍然带了些许的颤音："你是不是在外面有了别人？"这句话原本是她在深思熟虑过后决定不问的，但在见到裴严明的第一时间还是克制不住问了。

有些情绪就像坏了的罐头，只要遇上一条哪怕再细小的缝，就会瞬间暴发开来。

难得糊涂是真的很难。

裴严明有些慌乱，他本能地反驳："你胡说什么，你是不是听谁胡说八道了？"

"前两天我给你打电话，是个女人接的。"颜锁心道。

"是同事帮忙接的吧？"裴严明最担心的是魏诤说了些什么，毕竟魏诤曾亲眼见到他与任雪，听见不是自己所担心的那样，他松了口气。

"晚上九点的时候？"颜锁心有些愤怒。

裴严明皱起了眉头："前几天我都在加班，我回来得急，有一大堆的交接工作。你是不是又从你爸妈那里听了什么话，就开始胡思乱想了？我早就跟你说过了，这些无事生非的八卦少听听……"

"我想看看你的手机信息，可以吗？"颜锁心没等裴严明把话说完就开口道，她甚至没有转头，只是伸出了手。

裴严明的声音戛然而止，不提过去的残留，他的手机里刚刚就收到了几条不轨的证据，颜锁心的这句话如同一双无形的手，揭开了他们之间那层朦胧的遮盖布，颜锁心显得伤心而失望。

奇妙的是，那刻裴严明在狼狈之余也有失望。

裴严明也许失望于颜锁心的稀里糊涂不能自始至终，倘若她能一直糊涂下去，那么他就有足够的时间将这件不光彩的事情悄悄抹去，他们的婚姻仍然可以白璧无瑕，从恋爱到结婚，十年乃至百年，旁人说起都像是幸福婚姻的模板，然而颜锁心却在最不适合的时候揭破了这件事。

他并没有想离婚，也没有不想回归家庭啊，裴严明内心也是觉得委屈。

难堪的沉默过后，裴严明最终也没有给颜锁心看他的手机，但也没有承认有外遇："我不能为了证明你一时胡思乱想的事情是不存在的，就同意你没有道理的要求，我们在一起十年了，我是个什么样的人你难道不清楚吗？"

颜锁心很想说我相信你，甚至想要很戏剧地表示只要是裴严明说的她就会相信他，而后两人相拥在一起抱头痛哭，从此误会解开，海晏河清。

可惜现实是他现在说的话，她一句也不相信。

裴严明没被颜锁心允许进门，只得带着行李讪讪地开车回了父母住的那套房子，可是他的车子还没开到地方，就收到了前秘书凯莉许的电话："裴总，总部的朵拉问，你是跟谁一起回的……我要不要告诉她啊？"

凯莉许并不知道颜锁心是裴严明的正牌太太，但身为秘书却敏锐地察觉到了上司跟任雪存在着某种关系，颜锁心过问裴严明的航班还算正常，但特地打听任雪就让凯莉许警惕了。

裴严明自觉平时掩饰得很好，他这次要回上海，任雪正好也要回上海参加二轮面试，就表示要跟他同行。也许是为了表现得光明正大，裴严明也就不避嫌地让凯莉许一起订票了。可是凯莉许现在打来的这通电话，无意中就戳破了裴严明粉饰的太平，令他整个人的脸颊都在燃烧。

"不，不用告诉她了吧，你就说我是一个人回来的。"裴严明挂完了电话，那种无地自容的尴尬依然挥之不去。

凯莉许是个专业的秘书，知道什么该说，什么不该说，可是再专业，她也有自己的私交圈与利益，很难保她不会在某个场合就将这件事捅出去。有些事情明明旁人心照不宣，但颜锁心却偏偏要跑去捅开这层窗户纸，裴严明在心底里不禁有些埋怨颜锁心的幼稚和没有城府。

他现在埋怨她不够聪慧，浑然忘了方才他又希望过她能够天真。

公寓的门铃一直在响，颜锁心只得从沙发上起身走到门边，门外站着的是曾凡，他将手里的塑料袋提起来，忐忑地道："刚才上楼的时候，看见下面有人在卖草莓，我觉得挺好的，给你带了点。"

颜锁心没什么兴致地道："不用了，你自己吃吧。有什么事吗？"

曾凡尴尬地收回手，脸色微微泛红："颜小姐，那位客户确实不是故意拖款子，她年底的资金的确很紧张。"

"那她为什么不过了年手头宽裕了再买房呢？"

曾凡神情略古怪，支支吾吾："因为她觉得年底的房价要便宜一些。"

颜锁心气极反而笑了，周树人笔下的两脚伶仃圆规，不是因为瘦的，而是因为这样的人两脚岔开转个圈，就以为是世界的中心了。她也懒得跟曾凡多说，转身就把门给关上了。

她进屋没多久就收到了一条短信，是曾凡发过来的："对不起，打搅你了，我把草莓放在门口了，希望你别介意。"

颜锁心起身出门，果然见门边放着装草莓的塑料袋，她无奈只得将袋子拿进了屋里。

草莓不太能放久，所以她就拿进厨房里冲洗。袋子里的草莓只只完好，看起来是仔细挑选过的。洗好后的草莓鲜艳如火，令颜锁心虽然没有胃口，也拿起一只塞入口中，有些酸，又有些甜，本该令人心生喜悦，她却鼻间泛酸。

颜锁心以前看过某本书，作者说，青春的时候，傻占了一半，现在却希望能傻回去。她以前的理解是作家宁可傻着，也想要回到活力无限的青春，可是此时她觉得那位作家或许只是想傻回去。

斐拉德克的操场上很热闹，流水线上的工人们分成了两队准备比赛赛跑，人人都憋着笑，因为新来的魏铮要通过这种方式证明他改革过后的生产线效率会更高。

这谁听过？

颜伯亮板着脸，眼珠子瞪得更大了，魏铮倒是表情平和："颜经理分好了吗？"

事情的缘由来自魏铮对装配生产线的改变。原本的模式是上游的员工加工完将产品放到传送带上传给下游员工，如同击鼓传花一般。

但魏铮取消了击鼓传花的方式，他让流水线彻底变成了一条自动的运输带，在外围另外扩建了一条操作平台，除此之外，他还取消了许多硬性的规定，比如不许带手机进车间。

颜伯亮认为附加一条操作平台完全是多此一举，工人还是这些工人，干活的手还是那几双手，换种方式又能改变什么？更不用说魏铮居然还允许工人们带手机上岗，要知道平时上班的时候，颜伯亮都要求集中保管车间工人们的手机。

这还是颜伯亮虚心跟某个在工厂里工作过的厂长学来的，据说那个工厂又是从日本工厂那里学来的，总之他的车间从来是干干净净的，员工们的态度那也是认认真真的，而魏铮一来就要把生产车间弄得七零八落，到时候他魏铮走了，这人心还怎么收？

颜伯亮意见很大，老储也很为难，魏铮就说可以通过玩个游戏来证明他理论的正确性，颜伯亮简直要气笑了，若非老储力挺魏铮，他根本就不想搭理。因此颜伯亮虽然勉勉强强答应了，心里却十万个不情愿，生产线哪里是通过游戏就可以证明正不正确的，简直是儿戏嘛。

"颜经理，你分好了吗？"魏铮又催问了一声。

"分好了！"颜伯亮只得黑着脸回答。

魏铮就从气喘吁吁跑回来的胡丽娜手里接过了两样东西，分别是一根长棍子跟一根长绳子，然后他将这两样东西分给了两个小队，让他们其中一队拿着棍子赛跑，另一队拿着绳子跑。

老储亲自下场吹哨子，随着哨响，拿绳子的那队撒腿就跑了个没影，而拿着棍子的那队却还在手忙脚乱，闹成了一团，甚至还有人不慎摔倒了，惹得厂里围观的人都笑翻了天。

"怎样？"颜伯亮表示不解，傻子也知道拿绳子的跑起来方便啊。

魏诤指着拿棍子的那队道："这就是你现在的流水线模式。"然后他指了指拿着绳子跑远了的那队，"这就是我改变过后的模式。"

"我不觉得这当中有什么联系！"颜伯亮有些光火，他觉得魏诤这是在拐着弯骂他僵化。

而魏诤来了这里一周，就明白颜伯亮的利益跟他是有冲突的，因此他的刁难魏诤有心理准备，但他不允许颜伯亮妨碍他对斐拉德克的改革，而改动车间生产线仅仅只是个开始。

魏诤微微沉吟了下，道："那这样吧，先临时按我的方式生产一周，倘若产能达不到你的两倍，那我就离开斐拉德克。"

"好，要是你有本事达到我的两倍，那就我走！但要是达不到，以后生产车间不许你插手！"颜伯亮这辈子从不落人后，一激之下就梗着脖子跟魏诤杠上了。

老储面上挺为难的，他当然希望少掏钱却能让产能扩大一倍，可颜伯亮脾气大工作却很认真，管理水平有限但对斐拉德克忠心耿耿，最关键的是颜伯亮能影响绝大部分从国营时代过来的老员工，影响他们手上的股份。

他是有心想要上前打圆场的，但是魏诤比他更快："好，就按你说的办！"

虽然有这样不和谐的小插曲，但总的来说魏诤初到斐拉德克的这周还是很愉快的，缺少了各种管理流程的斐拉德克，对魏诤来说像一张正等着绘画的白纸，令他充满了斗志。

因此尽管斐拉德克能给他的年薪只有斯威德的百分之七十，他依然跟老储签订了合同，而老储则以公司百分之十的股份作为回赠，当然附带的条件是魏诤必须为斐拉德克工作满三年，并且公司年增长不能低于百分之十。

但这依然是极其慷慨的合约，依照魏诤对未来智能家居市场的预估，斐拉德克将会进入一个飞跃期，有可能一年就能实现产销量翻倍，何况是百分之十。

等合约签订了，李瑞认为很有必要庆祝一下，他便提出来跟斯威德的旧同事们聚一聚，魏诤上次走得匆忙，跟谁都没有告别，恰巧成都分部有人来上海，他便同意了。

魏铮到了酒店的门口，意外地发现李瑞的旁边就站着陈小西，她穿了件浅蓝色的大衣，脚上是双鲁布托的高跟鞋，浅口鞋配大衣有些不合时宜，但很时尚，而且看得出来都是新买的。

在魏铮的印象里陈小西算得上是斯威德公司衣品最不好的人，几乎每天都是黑色的小套装工作服，在德国开展会期间也没见她买过什么，那些精美的奢侈品，她从来不买，甚至也不走近，看得出来家境应当是很一般。

所以魏铮能理解陈小西将Prada包的发票贴到报销单中的原因，也许并不仅仅是因为想要讨好他，更多的还是真的舍不得，同样他也能理解当事发之后，陈小西所表现出来的瑟缩与痛哭流涕，她可能实在是害怕丢失眼前的工作。

出于理解，魏铮将大部分责任都揽到了自己身上，即便因此而离开，他也从头到尾没有责备过陈小西一句，可这并不代表魏铮很喜欢看见这个害他背了个大黑锅的人。

陈小西敏感地感到了魏铮看见她并不算高兴，头不由自主地垂得更低了："魏总……"

李瑞大咧咧地笑道："小西知道今天我们要聚会，一直求着让我带她过来，她说就在门口跟你说两句话，她不进去。"

魏铮瞥了一眼李瑞，知道他妇女之友的老毛病又犯了，动了怜香惜玉的心，于是朝陈小西笑了笑："都到了门口，就进去吧。"

垂头丧气的陈小西整个人好像又活了过来，激动得眼圈都红了，连忙去拿魏铮手里装酒的袋子："魏总，我来帮你拿！"

即便魏铮其实并不想让陈小西帮他提东西，但总不能跟陈小西抢袋子，只好由着她将手中的袋子抢了过去。

陈小西接了袋子就乖巧地先进酒店去了，李瑞在背后吃吃笑了几声，压低了声音对魏铮道："我觉得陈小西其实很不错啊！能做事，能受气，对你又是从心底里感激。"

魏铮说："行，那回头我跟陈小西说，你看上她了，让她看在我的面子上考虑考虑你。"

李瑞急忙道："我可没看上陈小西，你不要乱讲，这扰乱了一池春水可怎生了得？"

魏铮不理会他只管走路，李瑞只好投降："别，魏总，你知道我为人轻浮，找个妖孽互相祸害可以，这样的良家子我是不敢碰！往后，我再也不给魏总你乱牵红线了可以吗？"

"等下你吃饭就吃饭，可别信口开河！"魏铮趁势警告了下这位妇女之友。

李瑞笑道："哪能呢？！"

两人说着就推开了包厢的门，包厢里已经坐满了人，他们不像魏诤要从吴江开车上来，到得都比他要早，除了成都的同事，到席的还有几位斯威德的中高层，人力资源部的总监丽莎也来了，财务部的总监安娜和魏诤的关系也不错，但她如今还在休假养胎。

"魏总，你可真是不出手则已，一出手就是一鸣惊人，离开我们才两三天，就成大股东了，以后多关照呀。"洁西卡吴笑着说道。

洁西卡吴本名叫吴姗，现任的人力资源部的高级主管，除了陈小西她也算不在魏诤预料之中的客人。

李瑞见魏诤的目光瞧来，就笑着道："今天的包厢可都是洁西卡帮忙订的，今天大家不醉不归，上面就是五星级客房，醉了就让洁西卡帮你们开房间。"

吴姗笑着接道："没醉的想开房也可以啊。"

众人心领神会般地笑了，气氛就活跃了起来，几轮酒喝下来，说话就更随意了，陈小西则一直在旁帮着倒酒递茶，自己却是滴酒不沾。

吴姗一直关注着魏诤他们聊天，此时转过脸来笑着道："小西，倒酒什么的有服务员呢，你就别去抢别人的工作了。"

陈小西原本跟众人都不算熟，想插话也插不上，而李瑞有魏诤的警告在先，也不敢特别关照她，所以她只能抢着服务的事情来做，免得显得格格不入，现在被吴姗给点出来，她的脸不由自主地就红了。

吴姗是很清楚陈小西因为什么而来的，其实来吃饭的，就没人不知道原因。

而那张发票究竟是怎么回事，魏诤也解释给安娜听过，虽然他最后选择给了尤格尔其他的说法，但等魏诤走了之后，安娜可不在乎得罪一个实习生，更加不会替陈小西保密。

别看尤格尔不相信魏诤，公司里其他的中高层大多却是相信魏诤的，毕竟魏诤与他们共事了六年，在他们的认知里，魏诤并不是个贪图小利的人，更何况他还升职在即。

这样陈小西在斯威德的日子就很难过了，即便跟魏诤关系不怎么样的人也不会喜欢她，谁会喜欢一个让自己的上司背黑锅的下属？

比如吴姗就知道丽莎已经决定不让陈小西通过实习期，办公室在行政上是归属人力资源部管辖的，因此丽莎不想要陈小西，基本上陈小西在斯威德的日子也就是在倒数了。

陈小西敢跑到魏诤的面前来，吴姗是有点佩服她的勇气的，但看魏诤在酒席上基本不与陈小西接触，丽莎更是从头到尾没有跟陈小西说过话，连陈小西给她倒的酒都拒绝了，吴姗就自觉她有义务为上司出气。

"今天小西穿得漂亮吧，她为了这身漂亮的衣衫可是吃了好久的泡面哦。"吴姗好像没看见陈小西脸上涨红得好似要滴血，她招了招手笑嘻嘻地道，"哦哟，你快坐下来吧，你就算不站着别人也能看到你今天穿了身漂亮衣服的呀。"

她的语调好像是在哄小孩，仿佛没有看到这个"小孩"如坐针毡，又皮笑肉不笑地道："小西，魏总真要给你敬上两杯，没有你，魏总都不一定能当上大股东，说不定早就去上海分部了，这外企总经理说得再好听，也总是在替外国人打工呀，哪有给自己打工强。"

酒席间的气氛有些微妙，大家似乎在刻意地忽略吴姗对陈小西的奚落，陈小西僵直地在位置上坐下来，她手里还握着酒瓶，突然间她给自己倒了满满的一杯酒，然后笔直地敬给魏诤："魏总，这杯酒是敬你一直以来的照顾。"

魏诤都还没答话，她就一口气将满杯的酒都饮了下去，然后又倒了一杯端起来道："这杯是敬你谢你教会了我很多东西。"

她说完抬手又倒了杯，魏诤没说什么，李瑞倒是先不忍心了："算了，算了，咱们不流行这套，意思意思就可以了。"

吴姗见魏诤与丽莎都不开口，更是眉飞色舞地道："凯文我跟你讲，你这就是瞎操心，小西这趟来，要做什么，要讲什么，人家都想了好几个星期了。"

陈小西端起杯子里的酒，她苍白着脸，手里的酒杯也有些摇晃，李瑞都有些担心她会栽倒下去，但她到底是稳稳地拿着酒杯站起来了："魏总，这杯是，是敬你，敬你的宽宏大量……"

李瑞连忙给魏诤打眼色，但魏诤完全没有抬手阻止的意思，而是等陈小西又勉强将酒喝完，这才拿起手里的酒杯道："你既然是我魏诤教出来的，那在斯威德可要好好给我争个面子，别让丽莎以后跟我抱怨。"

陈小西在卫生间里吐了个昏天黑地，出来的时候面白如纸，外面等着的李瑞扶起她叹气道："你也真是的，魏大少爷就不是个小气的人，你何必喝那么多酒，这多伤身体。"

"没事，是我犯的错，但又不敢承担责任，反而连累了魏总，喝些酒又算得了什么？"陈小西扬着脸朝他笑了笑。

陈小西给李瑞的平日印象是个沉默不语、戴着黑眼镜、瘦瘦小小的模样，今天他很仔细地看了，竟然觉得陈小西化着淡淡的妆，还是挺眉清目秀的。

"你坐外面喝点热茶吧。"李瑞扶着陈小西朝大厅走去，他是怕陈小西回了宴会厅又要被吴姗他们灌酒。

陈小西也是头晕目眩，她心里也知道再喝就该人事不知了，于是点头同意。她歪坐在沙发上见李瑞去泡茶，有些迷迷糊糊地道："你给自己也倒杯牛奶吧。"

李瑞的胃不太好，他经常开车自驾游，饥一顿饱一顿的，常吃些冷硬的东西，时间久了就有了胃病，陈小西想必是注意到了他方才没吃什么东西。

李瑞没想到她喝醉了还会惦记他，显然平时是习惯了考虑他人，因此他就有些感动了，他就是个很容易感动的人，虽然有些善忘。

等魏诤他们吃完了饭出来，本来半靠在沙发上的陈小西就立即站了起来，等魏诤送走了其他人转过身来，在旁陪站的李瑞才道："魏诤，你顺便送下陈小西吧。"

魏诤转头去问陈小西："你能打车吗？"

陈小西被灯光耀得发白的脸又涨红了起来，结结巴巴地道："我、我可以的。"

李瑞愤愤不平地道："那我打车送你。"

陈小西已经背起了包："不、不用了，我可以打车。"她见李瑞还想争辩就又补充了一句，"我真的可以。"

等陈小西打到车离开，李瑞上了魏诤的车，还有些不满："老魏，我记得你不是这么没绅士风度的人啊？"

"那你以为陈小西又是什么样的女人？"魏诤淡淡地问。

此刻李瑞还没有忘记刚才的那份感动，因此对陈小西有些维护："一个涉世未深的小女孩罢了，就算她犯了点错，但你看人家那副瘦瘦小小的模样，就稍微宽容一下吧。洁西卡吴在酒席上那么挤对她，你也不吭一声。"

魏诤漫不经心地道："陈小西是个瘦弱但不羸弱的人，所以她需要的不是宽容，而是机会。你怎么知道，吴姗的挤对不是她想要的？"

李瑞错愕："不是吧，你的意思是她故意让洁西卡吴挤对？"

"不然你以为呢？"魏诤瞥了一眼李瑞。

李瑞喃喃："你想得也太灰暗了，人家就是想跟你道歉罢了。"

"倘若仅仅是想道歉，她求你带她到我家里来不是更好吗？"魏诤反问。

李瑞不服气地道："你的意思是，她是道歉给其他人看的？"

"主要是道歉给丽莎看的吧，当然顺便也消除一下别人对她的不满。正如你所说，她毕竟是个涉世未深的实习生罢了，洁西卡吴挤对她挤对得越厉害，旁人就越会从对她不满到抱有同情心。"

"那也是……被逼无奈吧。"李瑞满怀同情心地叹息，"要不然你最后也不会帮她说话吧，证明你心里也是对她同情的嘛，刚才何必那么没风度？送送就送送呗。"

"我可以被别人借用一次，但不代表我喜欢被人一借再借。"魏诤冷淡地道。

李瑞对魏诤的说法有些嗤之以鼻："说来说去，你就是不高兴陈小西让你背了个黑锅罢了，但我要告诉你，陈小西是给你制造了个黑锅，但把这个黑锅给你背上去的人却不是她，而是颜锁心！"

"你怎么知道？"魏诤愕然。

李瑞抽了张纸巾，揉了下刚才站在酒店门口吹冷风而有些堵塞的鼻子："跟你说吧，你那件事情是财务部戴维扬发现的，可是他就告诉了颜锁心，你说尤格尔是从哪里知道的？"

"他就告诉了颜锁心这件事，怎么会被你知道了？"

李瑞大声道："我听见安娜在楼梯口问戴维扬！"

魏诤早就知道这件事情肯定是从财务部流传出去的，但财务部的总监安娜最近常请假在家养胎，而除了她以外，财务部其他人并没有直接汇报给尤格尔的权力，所以他也怀疑究竟是谁在财务部收到了消息，又汇报给了尤格尔。

这下他总算是知道了，那个背后偷偷告他黑状的人是谁。

此刻的颜锁心还在酒店里，给裴母闵佳香过寿。

虽然裴严明没有告诉家里人他与颜锁心争吵的事，可是自从他回上海就一直跟颜锁心分居，颜锁心又这么多天没有回来过，裴父与裴母就算再迟钝，也知道两人有了矛盾。刚巧闵佳香六十大寿，于是裴父裴建林便借着寿宴的事将颜锁心叫了过去，也算是给两人制造和好的机会。

同时裴严明的姐姐闵薇也回来了，闵薇比裴严明要大四岁，当初裴家将闵薇过继给了不能生孩子的闵佳香弟弟，而后裴母才生了裴严明。

正因为如此，尽管在舅舅家没有受到过什么不好的待遇，但闵薇却是满心的怨气，认为父母是为了再生个儿子才将她抛弃了，为了弥补这样的失落感，她参与到裴家的大小事务中来，对什么事都要发表意见。

闵薇迟到足有大半个小时，这才慢悠悠地拖家带口地出现在饭店，先是指挥着丈夫廖俊智将订好的蛋糕提给闵佳香看："这家店的蛋糕难订得要死，我们排队都排了一个小时。"

"不错，一看就是蛮贵的。"闵佳香满面高兴地示意裴父看。

裴建林凑过来瞧了瞧，"嗯嗯"了两声表示赞同，末了又道："锁心买的那个蛋糕也挺不错的。"

闵薇跟廖俊智似乎这才发现旁边的酒柜上还放着一个大盒蛋糕，廖俊智"哎呀"了声，语调略夸张地大声道："小颜你已经买蛋糕了，早点跟我们打招呼啊，我们排队都要排死了。"

廖俊智埋怨，仿佛忘了他买蛋糕的时候同样也没有跟颜锁心打过招呼。

买一个蛋糕有多难？左右不过是给人过生日，生日蛋糕是最便宜也最实惠的礼物，往往还最有面子，毕竟在座的人都会知道谁买了生日蛋糕。

颜锁心倒不是冲着最实惠去的，往年她总是提前将生日礼物备好，可是偏偏今年给忘了，便匆匆买了蛋糕。

闵佳香瞧见生日蛋糕的时候表情淡淡的，跟看见闵薇的蛋糕时的那种兴高采烈截然不同，因此裴建林才故意提了提颜锁心的蛋糕，以示公平。

其实闵佳香倒不是因为礼物之间的区别而不高兴，她更多的还是因为生气颜锁心跟裴严明闹了这么久的别扭，想给颜锁心脸色看，多少透着点替儿子出气的意思。

裴建林避免节外生枝："赶紧上菜吧，我看小圆、小山都饿了。"

小圆与小山是闵薇的一女一子，一个六岁，一个四岁，通常有他们俩在桌，那基本上整张餐桌就是围绕着他们在转，大致的情形就是裴母负责小圆，裴父负责小山，两小则不停地对着满桌的菜发号施令。

如果还有些旁的什么，那就是当中还会夹杂着廖俊智的各种吹牛，裴严明对这位姐夫也算宽容，只要廖俊智的话不要太不靠谱，他都愿意奉承两句。

廖家开的是电镀厂，高污染企业，时不时就会被环保局盯上的那种，因此廖俊智最爱吹的就是他们家，乃至他自己本人与政府官员的交情。

"今年环保抓得多严，我们那一片儿没什么关系的小电镀厂全都关了。厂里的单子多得根本都做不了，我就吩咐下面的人，旁的厂也就算了，斐拉德克的单子一定要优先安排！"廖俊智端着酒杯冲着颜锁心比了比，"怎么也要给自家人一点面子，对吧！"

"厂里的事情我也不大懂。"颜锁心勉强笑了笑。

当初廖俊智接斐拉德克的电镀单子走的是颜家的门路，颜伯亮为了女儿与婆家关系平顺，老头子半辈子清廉，就在这一件事情上徇了回私，尽管廖家的加工费更贵，但还是将单子给了他们。

可是往后，廖俊智就会时不时地将工厂单子紧张这件事情拿出来说一说，仿佛不是他接了颜家的单子，而是颜家欠了他们家不少人情，这让颜锁心也是很无奈。

"算了，人家不在乎，你讲什么讲呀！"闵薇不高兴地瞪了廖俊智一眼。

闵薇大事小事爱发表意见，而且多半是在唱反调，所以颜锁心有点远着这位大姑，两人不太亲近，闵薇心里也对这位弟媳有些意见。

"怎么会？斐拉德克这几年发展得不错，正准备增资呢，还不都是你们这些合作单位配合得好嘛！"裴严明笑着跟廖俊智手中的杯子碰了碰，没让他手里端着的酒杯落空。

闵薇就插嘴问了句："谁给他们厂投资啊？"

"是股东集资。"裴严明话音顿了顿又笑道，"我本来就想跟爸妈说呢，因为锁心她爸妈要增资，所以锁心将那套小公寓给卖了，往后可能我们就要跟爸妈住在一起，再挤两年。"

这件事牵涉到裴父裴母，两人也都停下了给外孙、外孙女喂饭的手，齐齐将目光投了过来，闵薇转过脸来追问颜锁心："你家要增资多少啊？"

颜锁心并不想回答闵薇，于是含糊地道："也没多少。"

"这没多少到底是多少，没多少又怎么会要卖房子啊？！"闵薇不依不饶地追问。

裴严明答道："二百来万！"

闵薇的脸色微微一变，裴父裴母更是倒抽了一口冷气，二百万对于他们来说绝不是一笔小数字，倒是廖俊智口气很随意地道："也还好吧，不就是严明两年的工资嘛。"

"话怎么能这么讲啊，外企那点工资听着好听，年薪百万，一半是要交税的呀！这套房子还有几百万的贷款没还呢，严明不用吃喝、不用养车、不用出去交际应酬吗？他好歹是个总经理！"闵薇不满地道。

廖俊智见太太反对，语气立马就转了个风向："这投资是有风险的事情，尤其是做实体，这不光要有钱，还要有关系！颜伯父年纪也不小了，还能再做几年？这钱要是投进去，说不定就被老储给挪作它用了。"

他神情笃定地道："你们是不知道，老储的底细我是最清楚不过，他当年就是借鸡生蛋，靠空手套白狼起家的，所以这家伙特别爱冒险，根本就靠不住。"

闵佳香的脸色是越听越黑，她觉得自己终于找到了儿子与儿媳闹矛盾的理由，她忍了忍，还是没忍住委婉地道："锁心，我知道你孝顺父母，但是决定不是这样做的。你也知道我的身体不好，怕吵，当初因为考虑到你有一套小房子，我们才卖掉了自己的房子，为你跟严明买了这套新房……"

闵薇立刻赞成："就是嘛，现在卖房是两家人的事情。你也要考虑考虑你们以后生活要怎么办，妈身体不好，将来你再生了孩子，挤在一套房子里，这日子还能过得顺心吗？"

裴严明没想到家里人对颜锁心卖房的反应会这么大，有点后悔不该在饭桌上提起，刚想说什么，颜锁心已经先开口了："房子是我爸妈买的，他们现在有需要，要卖我是不能反对的，假如爸妈想要单独住，那就把这套房也卖了，另外买套不用贷款的小房。"

闵薇吃惊地道："把房子都卖了，你们俩住哪里？"

颜锁心淡淡地道："租房住好了。"

裴家人面面相觑，最终是裴严明咳嗽了声打岔道："事情还在商量当中，总会有解决办法的，今天是妈的生日，不谈别的，切蛋糕吧！"

裴建林也跟着道："行了，他们的事情他们自己会想办法，你们就不用瞎操心了。"

仿佛约定俗成一般，切的是颜锁心的蛋糕，几人分了一块，吃了几口，最后以两小将蛋糕捏成了泥作为这场生日家庭宴席的终曲，自然闵薇带来的蛋糕又被她原封不动地带走了。

闵薇上了车，廖俊智就道："人家要卖自己的房子，你们说不让人家卖就不卖了？何必白白得罪人。"

"是她的房子怎么了？当初不是说了是陪嫁的嘛，你们家的彩礼也是你们家的钱，结了婚能要回去吗？"闵薇白了他一眼。

"行，行，你说得都有理。"廖俊智开动了车子，他不太想得罪颜锁心一家，毕竟斐拉德克是家里厂子的大客户，现在电镀厂虽然生意不错，但也还远没到卖方市场的地步。

但闵薇却信了他平日的那套说法，真的认为廖俊智给了颜家多大的面子，因此就越发不满颜锁心对她那不冷不热的态度，认为这弟媳实在太不懂事，太不会做人了。

她突然心血来潮地问："房子是婚前财产，不过卖了之后就变成婚后财产了吧，是不是卖了房，严明该有一半钱啊？"

廖俊智也不太了解："她那套小房子好像结婚后也还过贷吧，也不完全算婚前财产吧。"

看到裴严明跟颜锁心出去结账，闵佳香就满腹怨气地道："你刚才那话是什么意思，什么叫他们两口子的事？！哦，他们家想买房就买房，想卖房就卖房，不用打招呼，不用跟我们商量的？"

裴建林叹着气："现在都已决定要卖房了，咱们争论还有什么意思，难道让他们两个接着吵下去？"

闵佳香的委屈瞬时如滔滔洪水泛滥开来："他们当初说有小房，让我们卖房支援他们买大房子。等大房子买好了，她转眼就把小房子卖了，我们倒要住在旁人的屋檐底下，看别人的脸色。"

此刻闵佳香已经完全想不起来当初卖房是他们自己做的决定，虽然根源的确是因为听说了颜锁心有一套小房。

颜锁心跟着裴严明转回来，恰巧就听见了闵佳香的数落声，裴建林见他们走了进来，连忙打住闵佳香的抱怨："锁心他们回来了，咱们就回家吧！"

闵佳香怨气未消地瞪了他一眼："回家，回谁的家？"

颜锁心拿起放在包厢沙发上自己的包："爸，妈，我还要回吴江，就先走了。"

闵佳香没有想过平日里看上去还算乖巧的颜锁心居然如此强硬，连句柔和点的话都不说，可是颜锁心都已经走了，她就算要发脾气，要表示不开心，又能给谁瞧呢？

裴建林也觉得很意外，两人有些面面相觑。

"锁心！"裴严明追在后面追了上来。

颜锁心不由自主地放缓了脚步，经过了几日的冷战，她的心情已经没有最初那般毁天灭地了，悲伤与愤怒都在消退，转而开始思考当下该怎么办。

她的内心深处还是不希望跟裴严明闹到不可开交的地步，或者说她期盼着裴严明能幡然醒悟，表示出后悔，那样她就能网开一面，坦诚地跟他谈一谈了……

"锁心，我觉得姐夫的话有几分道理，你劝劝爸，二百六十多万不是一笔小数字，可不要让人给骗了！"

"你追来就是为了说这个？"颜锁心瞬间感到了失望。

对于颜锁心来说，裴严明的悔意，如同家门的密码，出门了按了密码还能回家；但对裴严明来说，这样的悔意就是潘多拉魔盒的密码，等于不打自招，只要招认了从此以后他就不得安宁。

裴严明故作不知地道："爸妈年纪不小了，有些事情他们考虑不周到，咱们要替他们考虑。"

此时裴母跟着裴父也出了包厢，大堂经理就手里捧着束花走了过来笑问："你是闵佳香女士，对吧？"

闹腾了半天，闵佳香心情不佳，开始觉得身体有些不适，因此脸色有些阴沉，听见大堂经理问就下意识地回道："我是，怎么了？"

大堂经理立刻把花递了过去，笑着道："祝您生日快乐！"

闵佳香以为是裴严明订的饭店好，有这种生日送花的服务，因此接过了花，见不是什么敷衍的康乃馨而是香水百合，对饭店的服务又满意了几分。哪知大堂经理又递了只装饰精美的礼品袋过来："还有您的生日礼物。"

"还有生日礼物？！"闵佳香对饭店的周到程度有些惊讶。

大堂经理笑着解释："这是有人特地托我们送给您的，花跟礼物都是。"

闵佳香的身体顿时就觉得轻松了不少，脸上也忍不住露出了笑容，她转过头嗔怪地对裴严明道："你搞这个做什么，妈妈还用得着你买花？浪费钱。"

裴严明支吾了一下："妈你喜欢就好。"

颜锁心从看到了这束花开始，就有种不太好的预感，等看到此时裴严明脸上闪过的不自然，心里就大致明白了，她头也不回地离开了饭店，甚至都没同裴父裴母告别。

闵佳香瞧着推门出去的颜锁心不禁埋怨："真是不知道这颜家是怎么教育自己小孩的，不尊重长辈，连起码的礼貌都没有！"

裴严明也被任雪的突然之举弄得心里七上八下的，强自笑着道："妈，你别怪锁心，她也是最近心里烦。"

"烦也不能这样啊！"闵佳香略提高了嗓音，"当初我就说过他们家太宠孩子了，小孩就是要严格教育，才能有出息，要不然出息没有，脾气倒不小，你看咱们家严明是那样的吗？"

裴建林关照道："这话也就私底下说说，你可不能当着颜家爸妈的面说。"

闵佳香嘟囔了句："我是什么人你还不知道吗？只有受别人气的份，哪有本事给人气受。"

裴严明落后了半步，发了一条带有责备语气的微信给任雪，他觉得任雪能够从中体会到他并不喜欢这样的"惊喜"，然而他不知道还有更大的"惊喜"即将接踵而来。

第四章·

歧路徘徊

颜锁心上了出租车，等车子开到小区门口的时候，她就已有了悔意，她本该抓住这个机会跟裴严明开诚布公地好好谈谈，然而她就这么轻易地被激怒走了。

她有些懊恼地打开房门，却发现门上贴着一张纸条，一行流利的钢笔英文书写："What you do not wish yourself, do not do to others."

这句翻译过来是《论语》中一句经典的话："己所不欲，勿施于人。"

纸条是魏诤写的，他想表达的是既然颜锁心不喜欢隔壁的音乐声，那么就该知道她半夜敲洋钉的声音更会打搅到邻居。

当然让他恼火的真实原因还是知道了颜锁心告了他黑状的事情，但魏诤不会这么直白地撕破脸皮，即便将中文书写的内容贴在别人的门上他也觉得不太体面，因此颜锁心的大门上才会出现这么一张迂回的由英文书写的留言条。

以前魏诤跟颜锁心交接工作的时候，经常会有手书的英文留言，颜锁心是认得魏诤那手漂亮的印刷体的，因此不用具名她也知道是谁留下的。

颜锁心原本想三两下撕掉留言，但想了想拿起笔在下方写了几笔。

这个晚上很安静，魏诤一夜好眠。他觉得英文条虽然迂回但也足够让颜锁心领会到他的不满了，这令他的心情重新变得愉快起来，直到他晨跑完了回来看见自家门上也多了一张纸条。

纸条依旧是他昨日的留言条，只是多了一行字，现在变成了：

What you do not wish yourself, do not do to others.

By an extremely sensitive man who has small heart. （一个极度敏感并且小心眼的男人留。）

魏铮将纸条连看几遍，然后拿起笔也添了一句：You are so lucky because of your big heart. （你心大所以你走运。）

其实上了车，他就已经开始后悔这样幼稚的行为，他觉得跟一个婚变的女人计较实在是有失男人的风度，尤其是这样充满幸灾乐祸的行为。但车子已经上了高速，他也没有再回去撕下那张留言条。

魏铮九点准时到了斐拉德克，此时的颜伯亮已经在工厂里转了无数圈，远远的魏铮能看见这个大眼珠子的老头子正在喊人清理某个角落里的油污。

一般来说，颜伯亮是没有准确的上下班时间的，早上吃完了饭就来工厂，下了班吃完了饭，随时又会返回去。

"哎呀，这都九点了，这是来上班的还是来吃午饭的？！"颜伯亮轻指着腕上的浪琴表语带嘲笑。

这只表是裴严明上班后买的，要八千来块，后来他又有了更贵的，就把这只表送给了自己的岳父。颜伯亮一向很珍惜这只表，往常总是塞在衣服里，也只有在掏表看时间的时候才会亮出衣袖。

"魏总有时也加班的。"打扫卫生的老女工笑着道，"我上中班的时候，看见魏总有时也要到了晚上八九点才回家。"

"有时加班？"颜伯亮加高了嗓门，"我们这辈的人那是天天加班，是有时准点下班。"

"他们这些年轻人哪里能同您这样的老企业家相提并论？"老女工笑着道。

魏铮自然没留意他们的谈话，在斐拉德克的第二周他也面临着第二个问题，那就是仓库里堆满了成品货物，销售部却在嚷着生产跟不上销售。

"既然产量跟不上，为什么仓库里会积压这么多产品？"魏铮在跟销售部开例会的时候提出了这个问题。

销售部的经理曹乐水是个秃顶的中年人，脑门上遮盖着寥寥几缕细嫩的发丝，但他本人却精力旺盛、能言善道，胡丽娜给魏铮暗示他来头不小。

曹乐水唉声叹气地解释："魏总，咱们做终端的，市场是千变万化的呀，有时这个月磨砂壳的产品特别好卖，可是等了两个月厂里才生产出来，那时就不好卖了呀！"

销售部的其他人员也齐声抱怨："生产部门反应太慢了。"

曹乐水摊手道："我们跟老储说过很多遍了，这事老储也清楚！"

散会后，魏诤问胡丽娜："这曹乐水什么来头？"

"他是老板的大舅子，平时除了老储，谁也不放在眼里。"胡丽娜说着还特地小心地看了下四周。

魏诤觉得胡丽娜语调怪怪的，似有些同仇敌忾的意味，但他也没有很在意，只让胡丽娜把所有供应商的名单都拿过来，他翻阅了下每个供应商从下单到交货的日期后又问："电镀的单子为什么需要这么久？"

"现在环保抓得很严，听说电镀单子比较多，这家电镀厂是咱们常年的合作单位，走的是颜经理门路。"胡丽娜又给出了一条重要的信息。

魏诤没有吭声，只是仔细地翻看合约，而后道："那跟颜经理约一下，我们抽空去一趟这家廖氏电镀厂。"

"好的。"胡丽娜踏着高跟鞋利落地出门去了，她提到电镀厂瞧着是无意的，实际上就是给魏诤送子弹。魏诤与颜伯亮新老交替，迟早要决出胜负，既然战争已经开始了，她胡丽娜当然要提早做出贡献。

谁胜谁负，这不是一目了然吗？

她很快就按照魏诤的吩咐去找了颜伯亮："颜经理，魏总说要跟你一起去廖氏电镀厂。"

"去廖氏的电镀厂做什么？"颜伯亮从生产线上下来问。

"不大清楚，可能是销售那边说咱们产量的事情，曹经理提了要求，魏总可能各个环节都要过去看看吧。"胡丽娜装作不解地猜测道。

果然提起销售，提起曹乐水，颜伯亮就满面的不悦："曹乐水那家伙，明明是他们自己卖不出销量，专门挑做不出来的嚷嚷，仓库里这么多货他们怎么不卖？"

生产部跟销售部是大吵三六九，小吵天天有，至于曹乐水跟颜伯亮那就是死对头，胡丽娜早已习以为常，委婉地问："那我跟魏总说什么时候过去？"

"我们下午正好要过去签合约，就下午一点过去吧。"此时恰巧有统计员从车间里走出来，颜伯亮招手把他叫过来，接过他手中的统计表扫了一眼，脸色就有些难看。

刚开始新的流水线生产了许多不合格的产品，这让颜伯亮很是得意了一番，然而仅三天之后，从昨天的统计数据来看，新模式的混乱似乎已经有所改观，良品率在逐渐好转，而产量更是大幅度飙升。

下午魏诤走下办公楼，就看见颜伯亮穿了一件黑色的呢子大衣站在台阶下面，他还是第一次见颜伯亮穿工作服以外的服装，中长款大衣很衬颜伯亮挺直的腰背，于是真心地夸了句："颜经理穿大衣挺有气势的。"

"在厂里面要的是把事情踏踏实实地做好，要气势做什么用？"颜伯亮不太领情地道。

这老头还真是别扭，魏诤转过了头，胡丽娜笑着打圆场："颜经理不用气势也能吓唬得了工人。"

颜伯亮没有去搭胡丽娜的腔，显得有些倨傲。

"老庄呢？"魏诤没有看见司机老庄的人影，于是问胡丽娜。

胡丽娜还没有回答，颜伯亮倒先开口了："老庄送货去了，咱们民营企业盘子小，养不起专门给人开车的小车司机，老庄是开大车的。"

魏诤此时才明白，原来老庄是厂里的大货车司机，给他开车只是个兼职。

胡丽娜略有些尴尬地道："主要是平时魏总您用小车的时间也不多……"

魏诤仅是有些意外，倒也没多想："那开我的车吧。"

颜伯亮上了车之后有些意外车子的整洁，他没想到魏诤管理车间不讲究，自己的车子倒是弄得挺干净。

胡丽娜则表情羡慕地左右打量车子："魏总，车子配置不错啊，很贵吧？"

"还行吧。"魏诤眼望着前方发动了车子。

颜伯亮上车时光顾着看干不干净，倒没注意到这辆车子贵不贵，现在细细地瞧来果然价值不菲的样子，于是他嘴里嘟囔了句："代步的工具罢了，实用性为上，花那么多钱买的那都是面子……"

胡丽娜看得艳羡，忍不住扭头反驳了句："颜老，这车是油电混合的，很环保你知道吗？"

颜伯亮对车子是不大懂的，但他一直都是个大方向不错的人，环保当然是没错的，因此他也就不吱声了。

很快廖氏电镀厂就到了，来迎接他们的是个短发的女子，看上去很是精明能干，胡丽娜很客气地称呼她为闵经理，然后低声跟魏诤介绍："这位闵经理就是小廖总的夫人。"

闵薇见魏诤看着有些陌生，但对相貌英俊的魏诤有些好感，便笑着问："这位是……"

胡丽娜立刻笑着回道："这是我们斐拉德克新来的总经理魏诤，魏总。"

闵薇目光就略略瞥了下颜伯亮："原来是魏总啊，那往后多多关照。"

"不客气。"魏诤问，"闵经理管销售还是生产？"

"都……不是。"闵薇稍许一愣。

胡丽娜帮着答道："闵经理管财务的。"

廖氏结款催得很紧，每次都是闵薇来，还特别爱摆谱，因此胡丽娜对闵薇很是熟悉。

魏诤习惯了外企人员的各司其职，大家都按流程办事，一时之间有些不能理解闵薇一个做财务的人跑出来见自己做什么，他今天来是为了解决加工周期的问题，于是就问："我能见一见你们厂里的销售跟生产负责人吗？"

闵薇跟胡丽娜都没想到魏诤这么直白，几人有些面面相觑。廖俊智带着秘书满面春风地从办公楼里迎了出来，连声地道："厂里实在是忙不过来，怠慢了，怠慢了啊！"

廖俊智习惯了让闵薇先出来接客户，然后他才慢悠悠地出来，好显得他业务繁忙，简单地相互介绍过后，他将魏诤引进了会议室，转头对闵薇道："你去泡杯咖啡吧。"

闵薇抬眼看了廖俊智身后那年轻俏丽的秘书，心头就有无名之火，瞪了眼那个女秘书："还不去泡咖啡？"

秘书瞄了眼廖俊智，见他没吭声，便低着头闷不吭声地出门泡咖啡去了。

"我这咖啡可是特地托人从印尼带回来的，说是正宗的麝香猫……"廖俊智打了个哈哈挺机灵似的没有完全把猫屎两个字说出来，"咖啡，魏总你可要帮我鉴赏一下，听说你是从外企出来的，那对咖啡很有见解吧。"

"我对咖啡没什么研究，我平时喝茶多点。"魏诤客气地道。

廖俊智立刻扬声吩咐秘书："白菱，泡壶茶过来，要大红袍。"

"还不快去！"闵薇又冷脸吩咐白秘书。

"廖总不用客气，我们这次过来是想解决一下加工的周期问题。"魏诤开门见山地道，"现在廖氏平均的供货时间是四十五天，这周期是不是长了点？"

"啊呀，魏总你是不知道，现在环保是个大问题，那些做不下去、没有背景的小厂都关门了，现在也就是像我们这样的大厂才能正常生产。"廖俊智立刻倒起了苦水。

颜伯亮插嘴道："我们公司产销增得比较快，最近还要接一批大单子，你看你们厂能不能帮帮忙？"当中隔着一层姻亲，因此颜伯亮说话还是很客气的，电镀层加工是归他管的，他其实心里也知道廖氏工期有时是太拖了点。

其实廖俊智就是因为看到了这层关系，有时反而会将斐拉德克的单子往后挪一挪。

"忙我是一直在帮的呀，那真的是看颜伯你的面子，要不然斐拉德克的一些单子我是真的排不了，现在一般的关系是做不了电镀这行的。"廖俊智刚想把廖氏跟某个政府官员的关系再聊上一聊，却听魏诤问道："你们排污也不达标？"

廖俊智愣了愣，然后大声笑道："怎么会呢？我们可是正规生产，排污肯定没有问题。"

"能参观一下你们的车间吗？"魏诤又问。

"当然没有问题！"廖俊智满口答应。

他们起身的时候，白菱刚好端着茶进来，闵薇状似不小心地碰了她一下，白菱手中托盘里的茶壶就掉到了地上，滚烫的水溅了她一身。

"你怎么搞的？笨手笨脚。"闵薇恼怒地小声道，"等会儿把地毯擦干净！"

廖俊智好像没看见闵薇把白菱呼来喝去一般，连声招呼着魏诤他们朝前走，猫屎咖啡跟大红袍都没喝上，廖俊智觉得这位斐拉德克的新总经理有些来者不善，但他自负能应付得了。

廖俊智带着他们逛了一圈工厂，看得出来车间的规模不算小，设备也很新，他最后特地带他们参观了厂里的污水处理系统，指着那两个高大的储水罐不无得意地道："魏总，这就是我们的污水处理系统。你放一百二十个心，我们工厂抓环保，那可是当工厂生命线在抓的，绝对不会像一些小厂那样，面临整改停产的风险。"

颜伯亮也很满意，他虽然看在女儿的面子上才定下在廖氏电镀厂做加工，但他是个做事情很讲原则的人，廖氏的表现越好当然他脸上就越有光。

魏诤瞧着那两只高大的储水罐道："污水处理要有点时间吧。"

"最少要四十八小时！"廖俊智叹气，"污水处理是既影响产量，也增加成本，所以耽搁工期啊，我们也是没有办法，所以我跟颜总说了，这新合约是无论如何也要给我们提提价了，要不然老朋友也合作不下去啊。"廖俊智顺势提了提涨价的事情。

"你们一个月用水量挺大的吧。"魏诤点了点头。

"那当然！"廖俊智肯定地道，"我们厂是用水大户，一个月最少九百吨，现在水费也涨得厉害。"

"你那个储水罐至多是十五吨吧，两个三十吨，四十八小时处理时间，也就是每天能处理污水十五吨。"魏诤转过头来问，"你们每天用水是三十吨，扣除三吨的生活用水，你们每天产生二十七吨的废水，污水处理掉十五吨，剩下的去了哪里？"

廖俊智突然觉得平时灵活的舌头有点僵硬，有些目瞪口呆地看着面前这位着装时尚、相貌俊秀，似乎很有点华而不实的年轻人。

回程的路上三个人都没有说话，胡丽娜自然是沾沾自喜于自己的先见之明，这位从外企来的魏总果然很有办法，一下子就抓到了老颜的要害。

颜伯亮脾气不算太好，做事情也爱较真，在斐拉德克之所以德高望重就在于他严于律己，从不以权谋私，可廖氏的事情让颜伯亮显得不那么高风亮节，也不再那么理直气壮了。

回来的路上颜伯亮是全程都黑着脸，方才那一刻廖俊智没有红脸，他倒是已经先涨红了脸。自从跟廖氏合作以来，廖氏的加工费比别的厂要高，工期也比别的厂要长，他都予以了支持，理由正是因为廖氏"正规"，他一直相信即便是老储在廖氏那套崭新的污水处理面前，也会认可这个理由。

然而今天魏诤仅凭三言两语就拆穿了这块"正规"的遮羞布，颜伯亮痛恨廖氏不争气之余，也开始正视这个年轻人并没有自己想象得那么简单，相反他是狡猾的，还相当的有手段。

对于正在开车的魏诤来说，他远没有想那么复杂。他之所以来廖氏，一方面的确是为了解决加工周期问题，而另一方面他认为加工合约不应该由管理生产的部门签订，他想将签订权收归到供应部，方便以后进行供应链整合。

魏诤看来这也就是个流程问题。

"胡丽娜，你也有其他的兼职吗？"回程的路上太过寂静，于是魏诤带着闲聊的口气问胡丽娜。

从来反应迅速的胡丽娜却被问得卡壳了，支吾地道："我、我在会计部做出纳……"

魏诤明白了，老储给他配的司机与秘书看来都是份兼差，他轻微地摇了摇头笑道："辛苦你跟老庄了。"

胡丽娜见魏诤没有生气，神情顿时就变得轻松了，嘴里却半真半假地道："都是给老板打工嘛，还不是老板说做什么就做什么，魏总你没来之前，我是给老储做秘书的。"

听着胡丽娜那撒娇的口吻，后车的颜伯亮突然就咳嗽了起来，魏诤的脑海里不知怎么闪过了那位小廖总背后白秘书的样子。

回到斐拉德克已经是下班的时间，颜伯亮下了车道："咱们开个会，讨论一下换电镀厂的事情吧。"

魏诤看了下腕表："明天再开吧。"

"这么重要的事情怎么能放到明天？"颜伯亮瞪着眼睛语气不满。

但魏诤没迁就他："我们需要跟供应部一起开会，现在已经下班了。"

颜伯亮很笃定地道："我们的供应部是天天都加班的。"

"没有必要的加班，跟没有准备的会议都是一种坏习惯，纯粹浪费时间，无谓增加办公成本，以后跟办公室里的人说，要开会就提前通知，没有事情就按时下班。"

颜伯亮眼睁睁地看着魏诤驾车头也不回地离开了斐拉德克的大门。

隔日中午颜锁心就接到了梁南珍的电话，她最近几天只要听见电话铃声响就会忍不住心跳，猜想这是不是裴严明打来的求和电话，往常冷战从来不超过两天就会打来求和电话的裴严明，这次却变得异常的"沉得住气"。

"锁心啊，饭吃了没？"

"吃过了。"颜锁心难掩心中的失望有气无力地回道。

"你怎么了？不舒服啊？"梁南珍有些激动地压低了声音问，"会不会是有孩子了？"

颜锁心只怕母亲沿着这条思维发散下去，连忙打断了道："妈，你别瞎猜了，怎么可能？"

梁南珍的语气就有些索然无味："你爸让我问，你那房子卖得怎么样了？"

"还在卖呢。"颜锁心最近的心思都放到了裴严明"外遇"这件事情上，接连几次客户要看房都没心思去。

"那你抓紧点啊，你爸催着呢。"梁南珍的语调里有些犹豫，但又透着几分焦急。

"怎么了？"颜锁心问，她了解自己的父母，没有事他们是不可能催她卖房的。

果然梁南珍语气立刻就变得愤愤不平："老储请了一个人当总经理，门槛精得要死，你爸爸这个阿木林（吴江方言：傻瓜）在单位里就要被人轧出来了。"

自从颜锁心到了上海外企上班就习惯了说普通话，久而久之连带着梁南珍也跟着颜锁心说起了普通话，今天情绪一激动又说起了本地方言。

颜锁心当然知道斐拉德克对于颜伯亮的意义，她也有些着急地问："那现在怎么办呢？"

"我去替你卖房，你就不用操心了！"梁南珍大包大揽地道。

颜锁心没法不答应梁南珍的提议，又有些发愁梁南珍过来会发现她与裴严明的问题，反复纠葛下就觉得肚子不舒服，上了卫生间听见同事们正在议论婚外情："我有个朋友被第三者插足了，那个第三者表示要谈，你们说这怎么谈？"

"这有什么好谈的？！"有人立刻道，"你家里东西被偷了，小偷要找你谈话，谈什么？博同情啊！你同情她，你有什么好处？小三要跟你谈，难道要跟你道歉呀，她是来劝退你的！"

另一个同事也感慨地道："这个偷人比偷东西的可要厉害多了，偷东西的人，他搬不走你的房子，搬不走你的家，但这偷男人的女人，她是连着你的男人、你的家、你的房子、你所有的东西都要一口吃掉！"

前面一个同事又道："这种做了人家的小三，还敢跑到人家原配面前去谈的都是厉害的角色，女人半辈子遇上这么一个，搞不好一辈子都要为她买单。碰上这种女人，只有战，不用谈，没有第二条路。"

等人都走光了，颜锁心才起身，随着冲水声，她觉得自己有很多天真的想法也随之被水冲走了，她一直沉浸在受到了伤害等着裴严明来道歉的心情当中，然而此刻她似乎才领悟到……也许她等来的不是道歉，而是一场战争。

梁南珍隔日一大早就买票前往上海，等她进了小区的门就碰到了抱着卷毛泰迪的沈太太，两人热情地闲聊了一番。听说梁南珍要卖房，沈太太可惜之余也很热情地答应平时要是梁南珍不来，她可以帮着招呼客人看房。

沈太太是小区的业主代表，安全问题梁南珍倒是没太担心，更何况现在的家电也不是多值钱的东西，都偷了也不值几个钱，只要颜锁心贵重的证件随身带着，晚上将门反锁上就好。

梁南珍很开心找到人帮忙，当机立断就带着沈太太先认识下家门。上次两人仅在楼下闲聊过，沈太太并没有"登堂入室"过。沈太太则很聪明地提议先将自己的狗放回家，顺势邀请梁南珍先去她家，等看见了沈太太的家，那么巧就在同栋楼，梁南珍对沈太太更是信任了几分。

两人有说有笑地上了楼，来到颜锁心的房前，沈太太的表情才变得有些古怪："这就是你女儿的房子啊？"

"临时住的，我女儿女婿在浦东有新房子，女婿前两年在长春上班，所以女儿就住到了这里。这儿离他们的单位近，他们俩都是在外企上班，单位也算是世界五百强。"梁南珍故作谦虚地道。

沈太太跟着梁南珍进了屋，里面的东西大致已经打包好了，包括刚挂上去的照片，只留下满墙的洋钉。

"这孩子搞什么呀，房子都要卖了，敲那么多钉子在墙上做什么？"梁南珍瞧着那堵沾满了黑色小脏点的墙，感到匪夷所思。

沈太太的表情却古怪里有通透，像是领会到了某种深层次的东西，看着一脸懵懂的梁南珍小心翼翼地问："梁阿姨，你女婿在这个小区没有房子吧？"

"没有啊。"梁南珍不解沈太太是何意。

沈太太的表情更增添了几分笃定，看着梁南珍语带同情："梁阿姨，本来这些话我是不大好讲的，不过咱们谈得来，我就大着胆子提醒你一句……"她手指了指那面满是钉子的墙，"你女儿跟住在隔壁的那个男人好像关系不错……"

梁南珍隔了少顷才领会了沈太太的意思，在她的震惊中沈太太又补了一句："就是上次你看见的那个，样子长得蛮好的年轻人。"

"这不可能，我家小孩不是这样的人！"即便沈太太讲了整个来龙去脉，梁南珍仍是难以置信。

可同时她也说不清楚，倘若没有关系，一个陌生的男人怎么会知道颜锁心的家门密码，而且眼前这满是钉子的墙似乎也在向她暗示着，颜锁心的婚姻的确存在问题。

"也许是老早的男朋友吧。"沈太太宽慰她道，"不过你女儿既然跟人家分了手，这个大门的密码要早点换了呀！"

沈太太给梁南珍透露完了这则石破天惊的消息，就很知趣地回家去了，给梁南珍留下了消化的空间。

梁南珍坐在沙发上，越想越心慌。裴严明是个多好的女婿啊，怎么女儿不懂得珍惜呢？她在心中暗自责备着，同时她也下了决心要帮女儿将这个麻烦，不动声色地，暗地里，偷偷地解决了。

一个长着桃花眼、模样标致的男人瞧着就是个祸害，梁南珍迅速地就将责任都归结到了同她仅有一面之缘的魏狰身上。

到了晚上，梁南珍刻意地等着跟颜锁心吃过了饭才回去。饭桌上她几次旁敲侧击，颜锁心满腹心事根本没意识到母亲的反常，而梁南珍从颜锁心的魂不守舍上却更加肯定了自己的猜想。

无论如何要解决掉这个桃花眼的男人，梁南珍心中再次下定了决心，她心里揣着这个大秘密，同谁都没有讲，连丈夫颜伯亮都不例外。

而颜锁心这几日的夜晚都是在辗转反侧中度过的，她想了很多，脑海里闪过了很多与裴严明相识相恋的点点滴滴，令她再一次相信了这十年的感情。

她为此特地向戴维扬询问了不慎有婚外情的男人的心理。

戴维扬说："这男人嘛，说句不好听的，真的一辈子对谁忠贞不渝也是不太可能的啦！能拉得回来还是要拉回来的，把他推出去便宜第三者呀，二锅头烧酒香，二婚的女人就一言难尽啦。"

他端着咖啡打了个不指名道姓的比方："比如那个谁……外企总经理，听着是很好听，但其实就是个天花板呀，难道美国人还会让你当全球CEO？不可能的嘛，他们宁可用印度人。所以这男人过了三十五岁，心里就会想要做点什么，事业上做不了什么……那就要在其他上面出花头喽。"

戴维扬说者无意，语调轻飘飘的，颜锁心却是听者有心，心情越发沉重。

梁南珍经过了几天的艰难等待，总算碰上了开车回来的魏铮，他因为这几天保姆请假，没有人料理家中的那一缸鱼，因此不得不亲自从吴江赶回来喂鱼。

同时魏铮还带回了斐拉德克的智能锁，打算将自己的门锁换一换，以后只要通过App远程遥控开门，就可以请其他人帮忙解决问题，没必要亲自驱车往返两个多小时就为了回来喂趟鱼。

魏铮抱着智能锁从电梯里出来，就看见自己家大门口站着位皮肤白皙、面貌和气的中年妇人，她原本是有气无力地靠在门边的墙壁上，但是看见魏铮走出电梯，整个人立刻就挺直了，像是处于某种备战的状态。

"你是许阿姨叫来的？"魏铮腾出一只手掏出钥匙边开门边问道，他没有过多的考虑，只以为眼前的中年妇人是保姆许阿姨叫来顶工的。

"你……叫什么名字？"梁南珍心情很复杂，她很想直接开口让这个长相标致的男人以后离女儿远一点，但眼前的问题是，她连他叫什么都不知道。

"我姓魏，许阿姨没有告诉你吗？"魏铮打开了房门走了进去。

"我不认识什么许阿姨。"

魏铮抱着手中的智能锁盒转过了身："你不是我家保姆介绍过来的，那你是谁？"

梁南珍深吸了一口气，挺起了胸膛："魏先生，你认识我女儿颜锁心吧？"

魏铮错愕了几秒："认识。"

梁南珍神情变得更肃穆了几分："那她已经结过婚了，这，你也应该知道吧？"

"她从来没说，不过我有感觉。"魏铮内心充满了困惑，不明白颜锁心的母亲为什么要跟他谈论颜锁心的婚姻状况。

"魏先生，锁心是个单纯的人……"梁南珍原本想义正词严地奉劝魏铮不要介入别人的婚姻，甚至还想警告她两句，这几天里她打了很多腹稿，然而她说第一句就卡住了。

"可以这么说。"魏铮表示了同意。

尽管颜锁心让他背了黑锅，但魏铮生气过后就觉得作为一个男人，实在没必要跟一个婚姻失败的女人记仇，更何况出于礼貌，当着别人母亲的面，他也应当赞同梁南珍的话。

"魏先生，婚姻对于一个女孩子来说有多么重要，你也是知道的吧？"梁南珍声音哽咽了起来。

　　"当然。"魏诤的语气很肯定。

　　梁南珍似乎受到了鼓舞，她无比诚恳地道："魏先生，您的条件那么好，想必将来一定能找到合心意的女孩子。"

　　魏诤开始预感到有点不妙，梁南珍已正式向他提出了要求："我希望你们以后不要再见面了，可以吗？"

　　瞬间，魏诤总算弄明白了梁南珍在讲什么，她竟然在怀疑他跟颜锁心……搞婚外恋？！他觉得头顶上仿佛响起了道炸雷，忍不住提高了声音："你说什么？！"

　　梁南珍却误会他不肯跟颜锁心分手，于是急切地道："你不是想破坏锁心的婚姻吧？我跟你讲，我们对女婿是很满意的，他们两个从大学就谈恋爱，有十来年的感情，跟你这样一时……一时的意乱情迷那是不一样的！"

　　梁南珍的语气越说越坚定，她斩钉截铁地道："而且我们也绝对不会同意锁心找像你这样的男人做丈夫！"

　　"喂，老阿姨，你、你是不是弄错了？"魏诤感到不可思议，都有些口吃了，"我什么时候跟颜锁心搞婚外恋了？！"

　　梁南珍冷笑，果然是个花心的男人，转眼就会推个一干二净，她字字千斤地沉声道："没有，那就最好了，锁心这边的房子我们已经决定卖掉了，你们以后就不要再见面了，此事就到此为止吧。"

　　她转身要走的时候，又瞧见了魏诤怀里的智能锁包装盒，看见上面的品名，眼皮不由自主地跳了跳，这样的把柄可不能留在这里。她当机立断从魏诤的手中抢过了智能锁盒："这么有钱能请保姆，锁还是自己买吧。"

　　为了怕魏诤纠缠，梁南珍抱着盒子一溜小跑，连电梯都没搭就沿着安全楼梯跑下楼去了。

　　魏诤双手还维持着抱盒的动作立在原处，他被梁南珍一连串的话跟动作惊呆了，比起眼前这只黑锅……魏诤觉得颜锁心之前让他背的那只黑锅实在算不了什么。

　　隔天颜伯亮就又看见了打着哈欠开会的魏诤，这次老储也来参加会议，商议的正是更换电镀加工厂的事情。

　　几天前魏诤已经决定了要更换的加工厂，但出于尊重老储，他仍旧解释道："廖氏有严重的排污问题，随时都有可能被查封，这会给我们后续的合同带来隐患，所以我才决定更换成太仓电镀园的加工厂，那里是由园区政府统一处理污水的。"

老储连连点头:"知道,知道,环保是个大问题,我们的确需要考虑,那园区厂的价格怎么样?"

魏诤道:"是会比过去廖氏的加工价格稍贵些。"

老储有些为难地道:"但廖氏这次可是同意单件加工费下降十元,这价格是很有竞争力的,而且他们也保证了以后我们加工单优先安排,工期也可以再压缩一周!至于你说查封……廖氏厂是很有关系的。"

魏诤摇了摇头:"园区厂的价格虽然贵点,但更正规,廖氏有严重排污问题,那迟早会有整顿的风险,怎么能寄希望于他们所说的跟相关人员的那点关系呢?!"

老储机灵地问:"他们既然排污有问题,但还没被关门,这不就证明他们是有关系的吗?"

魏诤一时之间,竟然有些答不上来。

散了会,他觉得脑子里都有些糊涂,不知道是因为睡眠不足,还是被老储这关系论给绕的,在办公室里坐了一会儿,魏诤仍然决定要说服老储更换电镀厂。

于是他先给供应部打了个电话,让他们暂时不要与廖氏签合同,供应部的经理陈安却吞吞吐吐地道:"我们已经把合同发给廖氏了……"

"发给廖氏了,怎么会?!我还没有签字,你们怎么能发合同出去?"魏诤有些惊愕,作为斐拉德克的总经理,工厂的合同是需要他的审批与签字的。

陈安理所当然地回答:"可是老板同意了啊……"

魏诤此刻才隐约意识到,在这里可能什么他都说了算,也可能什么他说了都不算,因为在这里没人听他的。在民企,大家都只听老板的。

魏诤决定要找老储谈谈,却没能立即找到老储,这个时候魏诤才发现老储经常是神龙见首不见尾,于是他找来了胡丽娜询问。

"老板去看地了。"胡丽娜果然很清楚老储的动向。

"看什么地?"魏诤一时没能反应过来。

"看地盖房子啊,卖房子可比卖锁赚钱多了。"胡丽娜感慨道。

魏诤有些哑然,他此时才想起来老储还是个跨行的房地产商,他微微沉吟:"那老储什么时候有空?"

胡丽娜见魏诤的表情有些不太愉快,于是小心翼翼地问:"魏总,发生什么事了吗?"

魏诤想了想,决定还是先给老储思考缓冲的时间,于是他通过胡丽娜表达了自己的不满："供应部的合同没有我的签字，就直接发给廖氏了。"

"他们怎么能这样做？！"胡丽娜立刻道，但其语调不是那么强硬，甚至还有些飘。

魏诤没有理会这位兼职秘书的小心思："公司的所有权跟管理权若是不能分开，那我留在这里的意义也就不大了，因为那意味着斐拉德克只需要老板，而不需要管理者。"

过后胡丽娜怎么去跟老储说的魏诤不知道，但是老储却很快雷厉风行地召开了部级会议，将大小经理都聚到了一起，明确了魏诤的地位，也重申了他的重要性："往后要是有谁不经过魏总的批准就随随便便地跟人签合同，那就是不把公司的规章制度放在眼里，谁不遵守规章制度，谁就给我走人！"

传言里老储还语重心长地道："外面的世界太大了，但咱们能邀请的管理人才却少之又少，受到邀请还愿意来我们这里的人那更加是万中无一！魏总能来，是咱们斐拉德克的福气，咱们怎么能不配合他把事情做好呢？"

这次会议魏诤没有参加，他完全是听胡丽娜转述的，无论她有没有添油加醋，对于老储这样立场鲜明的支持，魏诤还是挺感动的。

销售部的曹乐水私底下跟陈安说："场面话说得再好听，我们也不可能不听老板的，你说是不是？"

陈安肯定："那是老储让我们给他面子。"

曹乐水立刻不满地道："那我们都给他面子，他不能谁的面子都不给吧？！你看他前面不给老颜的面子，现在也不给你的面子，你们可都是跟了老储多年的老人！"

"人才难得嘛，再说人家五百强的总经理到咱们民营来，那是咱们斐拉德克的面子，面子不就是实力的一部分嘛，咱们要替老板着想，心胸跟格局都要放大点！"事情虽然是供应部弄出来的，但陈安却不会来当销售部的炮灰，话说得滑不溜丢。

曹乐水肚子里哼了一声，心里颇有些瞧不上陈安的胆小。

梁南珍很快就将颜锁心的房子给卖了，买家依旧是那对瘦高个的母女，那瘦高的妇人对梁南珍道："你家女儿真的很难说话，这么一大笔房款总归有个不凑手，现在又是过年的时间，你说对吧？你女儿是不是不想卖房啊？"

"不会，不会。"梁南珍勉强地笑道，"主要是这笔钱我家老头子急用，我女儿是着急了点，不过你说得对，过年的时候确实资金紧张，你过年了给也可以。"

对于梁南珍来说，现在重要的已经不是房款，而是把房子卖掉，因此她爽快地答应了付款条件，倒是曾凡担忧她答应得过于爽快，签合约的时候把交房放到了付全款之后。

梁南珍期间还跟踪过魏诤一段时间，最后没被魏诤发现，倒是被闵薇撞见了，她好奇地问："梁阿姨，你为什么跟踪……他啊？"

"没有，没有，我就是觉得他有些面熟，但就是想不起来是谁。"梁南珍吓出了一身的冷汗，她也不敢多说，留下狐疑的闵薇匆匆就走了。

闵薇事后跟廖俊智说："颜锁心的妈妈跟踪那个魏诤，你说为什么呀？"

廖俊智答道："为了颜伯亮吧，听说他在斐拉德克跟这位新总经理斗得不可开交。"

闵薇听了有点不大相信，但找不到其他的理由，也只好算了。

周末李瑞找魏诤健身，他在跑步机上边挥洒着热汗边道："听说你将斐拉德克的老厂长给撵了出去？"

"是骆明珠这么说的吧？"魏诤反问。

李瑞当即否认："当然不是……她就是跟我描述了一下当时的场景。"

"那你应该知道那可不是我逼的。"魏诤按了停止键，从跑步机上下来，拿起白毛巾擦头上的汗。

李瑞"啧"了声："魏总你这可就欺负人了，一个城乡民营厂的老厂长怎么会是你的对手，你就是故意的吧？"

生产车间的流水线改动过后，产能首先超过了两倍，然后是三倍，再加上出了廖氏电镀厂的事情，颜伯亮觉得颜面扫地，不顾老储再三挽留，硬气地辞职回家了。

"总之是他自己要辞职的。"魏诤拿着白色的毛巾擦了擦汗，然后将毛巾折叠好向着更衣间走去。

"喂，喂，你这就走了？！"李瑞大叫道。

"跑了一个小时了。"

"我这内啡肽才刚跑出来，而且我的肱二头肌跟胸肌都还没有锻炼！"

"回去抓哑铃吧。"魏诤头也不回地道。

李瑞只能十分惋惜地下了跑步机跟上魏诤，继续着刚才的话题："人家为厂里工作了一辈子了，就算做也做不了几年了，也得给人留点面子吧。"

"他们要是想议论那就议论吧，西班牙有句谚语，要想猴子不背后丢石头，比不让它们上树还难。"魏诤从箱子里取出自己的背包，他不想明说，但他的确是存心的，铲除掉颜伯亮这样食古不化的人，对工厂的改革会容易得多。

李瑞搭着魏诤的肩："你上次不是说过，任何公司在多元化的社会里都是不可或缺的政治机构。政治机构什么力量大？人的力量大啊，你过去就是想有一番作为的嘛，反正杀鸡儆猴的目的也达到了，就放这老头一马，当缓和气氛。"

"我不需要缓和气氛，更不需要不懂配合的生产经理，都年过六十岁了，早点退休回家吧。"魏诤又补充了一句，"另外那句话不是我说的，是美国的社会学家德鲁克说的，下次你要引用千万别说是我魏诤说的。"

李瑞被拒绝也没觉得太突然，魏诤对于工作一向很有原则，他笑着道："走，走，吃饭去，顺便给我饯行。"

"你又要休假旅行？"

"去成都啊，这个时候不去海螺沟泡着温泉看雪景，一年都会有遗憾的。"

魏诤笑着摇了摇头，李瑞这人有点浪子的性格，无论是对景，对人，对感情还是对事业，情绪永远是在路上，他也喜欢在路上。魏诤的内心深处是极度不喜欢这样不安定的感觉的，但就是那么鬼使神差，李瑞居然成了他最好的朋友。

李瑞那辆爱驾普拉多当然已经运去成都了，因此两人都坐上了魏诤的车子。前面十字路口亮起了红灯，魏诤的车子缓慢地降低了车速，车内响着李斯特的钢琴曲，他随意地往窗外一瞥，就看见了坐在路边公交车站台的颜锁心。

她穿着一件黑色滑雪服，厚实的衣服让她看上去像是被裹在了茧子里，眼神有些迷离，眸子随着路上的缓行的车子无意识地游动着。

"快瞧，那是谁！"旁边副驾驶座上的李瑞也有发现，魏诤掉过了头顺着他示意的方向看去，而后就看见了背脊挺直，背着香奈儿黑色小包，手插在白色呢料大衣口袋里过马路的任雪。

李瑞大约怕魏诤已经想不起来这是谁，贴心地解释道："任雪，我跟你说的……裴严明在长春的那个情人，这女人可了不得，听说都要挤到总部来了。"

前方的绿灯亮了，魏诤重新开动车子，李瑞仍在絮絮叨叨："她来了总部，这往后不就跟裴严明同在上海了，真不知道裴严明那正牌夫人知不知道这件事？这种事女人被蒙在鼓里可怜，被揭开了真相也可怜。"

魏诤道："你这种怜香惜玉的精神给认识的人就可以了，什么时候连不认识的女人也怜惜上了？"

李瑞笑着道："就是因为不认识才同情啊，你说这位裴夫人怎么也不想办法认识认识丈夫的同事们，咱们也好给她点暗示啊，免得她吃了哑巴亏你说是不是？！"

"你怎么知道她不知道？！"

"你认识裴严明的太太？"李瑞惊讶地道。

"不认得。"魏诤略有些生硬地回答。

李瑞还要再问，但是他的手机有微信的提示音，他打开来看了一眼就立刻大嚷："停车，停车，我要下去！"

"你不是要去喝茶？"魏诤问。

"抱歉，抱歉，佳人有约！"李瑞眉开眼笑。

魏诤将车停好，李瑞就下了车，他大踏步走了没多久，就看见了在另一处车站上等他的陈小西。

她仍是穿着那天的浅蓝色大衣，只是没有穿上次那双精致的布鲁托浅口鞋："不好意思，你给我介绍的口语老师，他说今天可以见面，所以还要麻烦你陪我出来见一见。"

李瑞笑道："放心吧，我李瑞走南闯北，普通话能听懂三十种，英语虽然没有三十种，但七八种还是听得出来的，杰克的纽约口音骗骗咱们'底特律'总部领导是绝对没问题的！"

陈小西"扑哧"笑了一声，脸上总带着的淡淡阴霾，骤然间就烟消云散，前后对照让人眼前一亮。

他们说着话就走进了一家花园式咖啡馆，经过走廊的时候，陈小西突然低低地"呀"了声，李瑞顺着她的目光看去，就见咖啡馆的下沉式庭院里面对面坐着任雪与颜锁心。

虽然上海冬天的温度基本都在零上，但经常会有种贴着肌肤的湿冷，尤其是坐在没有太阳的地方，因此整个下沉式庭院里喝咖啡的就只有她们两人。

"好像是朵拉在跟朋友喝咖啡。"陈小西跟李瑞道。

李瑞轻笑了声，神情里带了点轻佻的不以为然："跟她喝茶的那个，很快就是我们的同事了。"

"是来接替人事部经理位置的？"陈小西很聪明，一点即透。

"没错。"李瑞肯定了她的说法。

"那……她跟朵拉认得？"

"听说是老同学。"李瑞颇有深意地提醒陈小西，"这可不是个纯良的女人，你以后，要离她远点。"

陈小西没有回答，只是若有所思地点了点头。

他们走进咖啡馆室内找了张位置坐了下来，李瑞自然地接过了餐单："你想喝什么咖啡？"

"我……无所谓，什么都可以，我对咖啡不是太懂，以前就喝过速溶的。"陈小西赧然道。

"那来杯焦糖玛奇朵吧，甜一点，比较容易上口。"李瑞笑着道，"其实我也不懂，我就是看女孩子点得比较多。"

陈小西浅笑了下，然后问："我约你出来的时候，你好像在听交响乐啊。"

"对，我在魏诤的车上，本来是准备跟他去喝茶，不过也没什么正事。"李瑞笑着道。

"魏总喜欢喝茶吗？他在办公室里总是喝咖啡的，我觉得他好像挺懂咖啡的。"陈小西讶异地道。

"因为大家都喝咖啡嘛。"

"魏总真是个好人。"

"他这种人就是精致的利他主义，自己活得累，也不让周围的人轻松。"李瑞吹牛道，"不是我说，绝大部分的人都愿意跟我李瑞吃三顿饭，也不会愿意跟他魏诤喝一顿茶。"

"魏总是有责任感，他大概家里的条件很好，所以习惯为生存条件没那么好的人多考虑一些。"陈小西轻声反驳道。

李瑞当然不会过深地讨论魏诤家里的私事，于是概括了句："大概是吧，所以你不必把那件事放在心上，对他而言就是换了份工作而已，再说了他离开斯威德也不全是因为你。"

陈小西喝着咖啡，然后从包里摸出一支录音笔问："这支笔录音能把对话录清楚吗？"

李瑞惊讶地接了过来问："你买来录英语对话的？"

陈小西点头，李瑞感慨地道："就凭你这么好学上进，斯威德的人事要是不聘用你，那是她们没有眼光，就算不在斯威德工作，你也能找到好的工作。"

他将录音笔还给了陈小西："放心吧，这笔挺好的，能录清楚。"

"能录多远的对话？"陈小西接过了录音笔又问。

"十米以内吧，要是你英语老师不介意，那就放近点。"

"谢谢。"陈小西将录音笔不着痕迹地插入大衣口袋中，站起了身说，"我先去上个卫生间。"

庭院里的任雪已经慢悠悠地喝了半杯咖啡，才将手中的杯子放下："你不用再大张旗鼓地四处打听了，跟你丈夫有私情的人就是我。"

"你、你跟裴严明……"颜锁心自从接到任雪的邀约电话后就有了某种猜想，因此两人方才才古怪地沉默着，她强忍着不开口就是为了等任雪自己挑明，可是面对任雪这份"坦诚"，她的质问显得有些不太连贯。

好运的女人，日子舒坦得久了，逐渐就会像一只蜗牛，遇到点风吹草动就缩到壳子里去，可是此刻的颜锁心却更像是一只没有壳的蜗牛，因为属于"家"的壳已经不在了。

"没错，就是我。"任雪薄薄的嘴唇涂着红色的唇釉，看上去就是富有气场的阿玛尼400，"你想知道什么就问吧，我都可以告诉你，这样比你东打听西打听让别人看笑话要好。"

任雪的理直气壮让颜锁心产生了错位感："我被人看笑话，难道被人笑话的不应该是你跟裴严明的偷情行为吗？"

"你觉得自己跟裴严明还有感情吗？你在上海过着安逸的生活，裴严明在长春被当地人排挤，你有关心过他吗？两年里你去过几次长春？陪着他度过这些日子的人是我。"任雪语调平静而冷酷，"所以我不觉得那是偷情，偷情的前提是严明对你有感情，但是你们之间早就没有感情了。"

她的话听起来就像是有人问你借了车，然后因为在借车的同时她也照顾了车，现在她开始觉得比起你这个不太懂得照顾车子的旧主人，她更值得拥有这辆车。

颜锁心手足冰冷，双颊却在发烫："我跟裴严明有没有感情，不是你一句半句说没有，就没有的。"

"这话不是我说的，是裴严明亲口说的。他的原话应该是，他其实跟你一直就没有过像对我那样的感情，所以并不是我主动去介入你们的婚姻，我只不过是被动地接受了一个人的感情罢了。"

此时有人走过，任雪适时地停住了声音，而后才重新开口道："没有人会因为一张结婚证就能天长地久，裴严明是你名义上的丈夫，但他更是个独立的人，女人自以为有着一张结婚证，就可以去讨伐男人，你不觉得那既是侮辱婚姻，也是侮辱女人吗？"

任雪很有条理地阐述着自己的看法："合则合，不合则散。何必在一段没有感情的婚姻里委曲求全呢？一段有问题的婚姻，出现第三个人是迟早的事，没有我，裴严明也会有旁人的，所以说我从来不是真正的问题。"

颜锁心的大脑里闹哄哄的，像是旧式的火车拖着汽笛声碾压过她的神经，耳边却清晰地回响起戴维扬那混合着口音，但一语成谶的话："小三要跟你谈，难道要跟你道歉呀？她是来劝退你的！"

任雪仍然态度诚恳地规劝道："理性一点讲，颜锁心你是幸运的，至少你跟裴严明没有孩子的拖累，而且外面的人也不知道你们都结婚了，此时抽身正是个好机会，你还可以向裴严明多要点财产做补偿……"

其实颜锁心也有许多话，比如她跟裴严明从恋爱到婚姻，这十年里覆盖了她人生里最美好的时光，他们有许多誓言，许多计划，许多许多点点滴滴，它并没有任雪口里说得那么浅薄，但是这一刻她却像是失去了跟任雪辩驳下去的力气。

颜锁心抓起面前的杯子一口气喝了半杯咖啡，然后道："任雪，我听说过有一种理直气壮的贼，惦记别人的东西，嘴里却是振振有词，但我没想过有朝一日自己会碰见。不过既然碰到了，那我就要跟这个贼讲清楚，我不允许你去我家里偷东西，哪怕你看上的是我家的破烂，但在我还没有把它丢出门以前，别进来做贼，否则我就会像现在这样——"

她说着将手里喝剩下的半杯咖啡朝着任雪泼了过去，褐色的液体溅了任雪一身，她惊呼着从椅子上站了起来。

颜锁心重重地放下手中的杯子："我本来想给你一记耳光，但又觉得还是不要脏了自己的手。"

任雪那件雪白的大衣上面沾满了咖啡渍的痕迹，看上去像是在泥地里打过滚，她此时已全然忘了理性跟风度，反复地说着："蛮不讲理，真是个蛮不讲理的女人！"

然而有种女人，你要是跟她讲理，只不过是给了她不讲理的机会。

颜锁心头也不回地走出了咖啡馆的门，并没有留下任何费用。她以前看原配与丈夫的情人摊牌的戏，经常见到原配无论谈判失利还是得利都会留下钱付自己的账，颜锁心就想，为什么呢？要知道她们一定让你的丈夫付过不少账。

那时颜锁心从未想过，她会有机会用行动表达自己的不同看法。

任雪察觉到旁人投来的奇异目光，她也不敢逗留，连衣服都没清理就结账匆匆离开了。她刚离开，陈小西就快步走了过去，从旁边的花盆里捡起了自己的录音笔。

她方才大着胆子走过两人的身边，然后将这支录音笔放到了隔壁的装饰花盆里，陈小西希望录到颜锁心给任雪走后门的对话，却没想到所录的内容远超她的想象。

魏诤的门铃响了，他起身打开门，门外站着的是陈小西，他问："你……有什么事吗？"

陈小西总是透着几分胆怯的脸上带着红晕，透着兴奋，她从自己大衣口袋里掏出录音笔："魏总，你听听这个！"

魏诤狐疑地接过了录音笔，然后打开，里面的对话就响了起来，陈小西看着魏诤皱着眉头听完，才语调迫切地道："魏总，颜锁心跟裴严明是夫妻，她是为了自己的丈夫才故意跟尤格尔告你的黑状，而且裴严明在长春跟任雪搞婚外情，现在甚至还把任雪弄到总部来了。"

"所以……你的意思是？"魏诤拿着手中的录音笔问。

陈小西的声音略略高亢："他们能做初一，我们就能做十五，把这个放到公司的内网上，让所有的人都知道这件事情背后真相是什么！"

"把别人的丑闻公布出去，然后我就能赢回那个上海总经理的位置？"魏诤摇了摇头，将录音笔还给了陈小西，"我魏诤不需要这样的手段，因为我不会做那样的事情。"

"为什么？"陈小西捏着录音笔，既有些困惑也有些失望地问。

"别人做初一，我们就要去做十五，那只会让自己整天为了……变成一个自己所不屑的人而忙碌。"魏诤指了指录音笔建议道，"所以，你也把它删了吧。"

"好的。"陈小西低下了头。

隔壁回来的颜锁心想着今天发生的事情不禁笑了，然后笑着笑着就哭了。她歇斯底里地哭了会儿，就听见了隔壁响起的钢琴乐，她不知道那是门德尔松的《无词歌》，却还是受到了这温暖而轻快的乐曲感染，大哭过后的放松让她伴随着乐声昏昏沉沉地睡了过去，直到手机响起。

她迷迷糊糊地赤脚下去，打开包摸出手机。这几天每当手机响起，她都隐约期待电话是裴严明打来的，总是会想倘若他开口向她恳求原谅，那么她要不要原谅呢？

然而她没能等来裴严明言辞恳切的道歉，却等来了第三者的摊牌。

"锁心，我是闵薇。"

颜锁心稍许愣了会儿，才意识到是裴严明的姐姐。闵薇在电话那头气呼呼地道："你爸爸是什么意思啊，你跟裴严明闹矛盾跟我们没有关系？他有什么权力打电话来叫我们把斐拉德克的加工合同退回去？！搞搞清楚好吗？现在的老板是人家储东明，不是他颜伯亮！"

闵薇一通的埋怨，颜锁心不了解其中的来龙去脉，但她反感闵薇的口气，于是反驳道："我爸的确不是斐拉德克的老板，这你们早知道呀，那当初就该去找储东明！"

大约是没想到颜锁心会这么不客气，闵薇有些卡壳，半晌才气道："好，好，你们家就是这么对待亲戚的，我算是了解了。"

"现在了解也不算晚，我不欠你们的，我爸就更加不欠你们的！"颜锁心红肿着眼睛不客气地回道。

颜伯亮虽然被魏诤怼回了家，但老头子心高气傲，觉得廖氏当初是他介绍过来的，现在有问题，那他就算是离开了也要把这首尾了结干净，因此才有了他打电话给廖俊智索要斐拉德克合同的事情。

闵薇跟闵佳香抱怨了这件事情，闵佳香就将裴严明夫妇闹矛盾的事情告诉了她，闵薇瞬时就认为他们是因为这件事才被颜伯亮给针对了，于是在路上就忍不住生气地给颜锁心打了电话。

只是她没想到的是，颜锁心会回得如此不讲情面，一向在裴家上下受到优待的闵薇哪里受得了这口气，随即打了个电话找裴严明告状。

"夫妻之间吵吵闹闹，这是很正常的呀！谁家父母不是尽量做好事劝和不劝散的，哪有像他家这样把事情做绝了的？！"闵薇语重心长地道，"我倒不是为了那点生意跟你提，但是你一定要表明立场，他们总是这样为人处世，往后你这日子还过不过了？"

裴严明也不清楚究竟发生了什么事，但他了解颜锁心在父母那里的娇宠程度，所以基本上他是相信颜伯亮会因为颜锁心而搅了廖氏与锁厂的生意当作惩罚。因此一方面他为颜父颜母知道了自己出轨的事情而感到羞惭，另一方面他又对颜锁心将婚姻里的私事捅出去而感到强烈的不满。

他含含糊糊地道："我知道了，我会跟锁心沟通的。"

闵薇足足说了四十多分钟才将电话挂了，裴严明刚松了口气，就接到了沈青的电话。

最近沈青有些预感，于是经常给颜锁心打电话，所以也就是在半个小时之前，她终于从颜锁心那里知道了裴严明出轨的事情，当即就像爆竹似的炸了。

她几乎立刻就给裴严明打了电话，而且开口就是："我是沈青，我问你，你是不是在外面偷人，搞了个小三？"

"你听谁胡说八道？"裴严明有些脸黑地道，他一点也不喜欢颜锁心的这个闺密，这位从小父母离异的闺密，说好听点是自立自强，说难听点就是欠缺教养。

沈青冷笑："裴严明，你在外面搞外遇的时候，怎么不想想，你当初的学费是谁出的，没有颜锁心，有今天的裴严明吗？你吃锁心的，用锁心的，你还敢欺负她！"

裴严明读研的时候，闵佳香身体不好经常住医院，再加上当时闵薇家开厂不顺利，经常要回来借钱。相比之下颜锁心家就宽裕多了，因此有几次裴严明的学费都是颜家垫付的，但那只是借而已，基本上裴严明很快就还上了，但显然沈青不是这么认为的。

她尖锐地道："别以为你裴严明今天插了几根彩色的羽毛，就把自己当锦鸡了，我警告你，你要是敢对不起锁心，我就让全上海所有认识你裴严明的人，都知道你是个忘恩负义的东西！"

裴严明在沈青炮轰式的讥嘲之下，既感到愤慨，又觉得无地自容，整个脸都在烧，甚至不知道沈青是什么时候挂断电话的。

拥有着水晶吊灯的西式餐厅里，白岚跟儿子魏诤道："你苏伯伯有个世交家的侄女，钢琴弹得很好，人也长得漂亮，听说脾气性格都不错，要不安排你们今天见见面？"

"我没空。"魏诤不是不支持白岚寻找新的幸福，但要不要跟她男朋友家里牵绊过深那就又是另一回事了。

"你今天不是休息吗？"白岚惊讶地道。

"要去买几张碟片。"魏诤搪塞道。

"你想买什么？"白岚问。

"就是买一些……"魏诤切着手里牛排道，"听起来让人心情好点的乐曲。"

白岚立刻关切地问："你心情不好吗？"

"不是！"魏诤道，"我替别人买的。"

"男的……还是女的？"白岚的眼睛亮了起来。

魏诤抬起头来看着跃跃欲试的白岚："是个女的，不过人家已经结婚了，我跟她就是……最普通的那种关系。"

白岚有点失望，叹息道："你说你，难得这么体贴，怎么就不找个没结婚的呢？"

"这不叫体贴，这叫怜悯，是最基本的人类感情。"魏诤纠正道。

"门德尔松的《无词歌》就很轻松啊！"

"她是个外行，品味也很一般，我觉得应该欣赏不了《无词歌》！"魏诤不太客气地评价道。

白岚笑着道："那就理查德·克莱德曼呀，流行钢琴乐，通俗易懂。"

"理查德·克莱德曼可以。"魏诤点头道。

没等魏诤吃完饭，老储十万火急的电话就来了："廖氏被查封了！"

廖氏排污有问题，电镀厂被查封完全在魏诤的意料之中，只是他没想到的是，这件事会来得这么快，这么巧。

他们刚给廖氏下的那张单子是来自国内著名品牌宜居的加工单，宜居是做门窗起家，目前也想跨足智能锁行业，之前由于产能的问题，他们的加工单老储是想吃又吞不下来，现在魏诤令斐拉德克产能翻了几番，老储就亲自带着曹乐水把宜居的单子给争取了过来。

这是他们首次为宜居供货，宜居牌子大，要求也多，内部斗争更是激烈，断供带来的后果不可估计。老储急得如同热锅上的蚂蚁，为了能尽早实现上市的目标，他很看重跟宜居的合作。

"好的，我知道了，我马上就到。"魏诤挂完了电话，跟白岚说了声，然后开车回了斐拉德克。

进了办公室，魏诤就吩咐胡丽娜将之前他整理好的那些备用电镀厂资料拿过来。

胡丽娜一边拿资料一边拿眼睛偷瞥，魏诤翻着手中的文件夹问："你有什么事？"

"魏总，你可真有办法，这么快就让廖氏给查封了？"

魏诤抬起头不解地道："廖氏查封跟我有什么关系？"

胡丽娜连忙改口："是，当然给魏总你没关系！他们是不知道得罪了谁，叫人给举报了。"

魏诤翻看着资料，像是看穿了胡丽娜的想法："不是我举报的。"

"我去给您泡茶啊！"胡丽娜面色讪讪地走了出去。

廖家被查封有些令人始料不及，但所幸魏诤一直没有放弃跟其他厂家联络，因此很快就联系到了电镀园里的一家厂，斐拉德克上上下下，从魏诤到下面的物流部整整忙碌了两天才算将加工的货物转送了过去，一场断供的风波才算是彻底消弭。

魏诤刚收拾完手上的文件，就听见了敲门声，抬起头见是人事部骆明珠站在门口。

"魏总，你忙啊？"骆明珠笑着走了进来，看见她那双细长的眼睛，魏诤莫名地就想到了李瑞，如果李瑞能放弃只喜欢大眼的嗜好，魏诤倒觉得李瑞的这位骆同学很适合他。

"我是过来跟你谈颜经理的事情。"骆明珠一进来就开门见山地道，她似乎知道了魏诤不太喜欢绕圈子。

"他不是离职了吗？"魏诤淡淡地道。

骆明珠听出了魏诤语调里不愿妥协的意思，于是她选择了退而求其次："魏总，你知道我们这家厂原本是集体股份，现在有相当一部分股份还在以前的员工手里，以后无论我们是要搞融资还是上市，都需要他们的支持。而颜经理已经在这家厂工作二十年了，这样的老员工，就算是离职了，我们也应该去慰问一下，你觉得怎么样？"

魏铮当然听明白了，这是要让他跟颜伯亮缓和关系，因为颜伯亮不但手里有斐拉德克的股份，而且还能影响其他小股东手里的股份。他当然不能拒绝，只是他想不到自己刚刚把尊大佛请出去，回头就又要去给它烧香。

颜锁心在家里吃着饭，梁南珍瞥着她问："严明怎么回事啊？都好久不来了。"

"他忙吧。"

"再忙，也没有说连跟你回趟家的时间都没有吧。"梁南珍没有见到女儿女婿缓和的迹象，心里藏着的秘密就越发像块石头。

"知道了。"颜锁心低着头道。

"知道了，知道了，你到底听进去没有！"

旁边的颜伯亮不高兴地道："裴严明没有来，你骂锁心干吗？又不是她让他不回来！"

门铃适时地响了，颜锁心立即道："我去开门。"

她快步过去将门打开，外面骆明珠提着一只大水果篮子笑眯眯地道："锁心，你在家啊，我跟魏总是来看你爸爸的，颜厂长他在家吧？"

颜锁心没有看骆明珠，而是看着她旁边的魏铮发呆，两人几乎异口同声道："怎么是你啊！"

骆明珠愣了愣，随即道："你们俩认识啊？"

魏铮怎么也没想到被他撵回家的倔老头竟是颜锁心的爸爸，而颜锁心也没想到梁南珍口里反反复复念叨的那个门槛很精的斐拉德克新总经理会是魏铮。

"以前的同事。"魏铮有些郁闷地道。

颜锁心补了一句："我们不算太熟。"

骆明珠"哦"了声，笑着道："那我们进去说吧。"

颜锁心没有答话但侧过了身，魏铮很想掉头离开，但他不愿意表现得如此小家子气，于是硬着头皮跟着骆明珠一起走进了门。

"梁阿姨，你真是越来越精神了啊。"骆明珠一进门就笑着先同梁南珍打招呼。

梁南珍满是震惊地看着她身后的魏铮，这个跟女儿有瓜葛的年轻男子原来就是斐拉德克新任的总经理，她的脑海里本能地冒出了许多的阴谋，脱口而出："怎么是你啊？！"

魏铮开始后悔自己没有在第一时间走人了。

"梁阿姨你也认识魏总啊，他是特地来看颜厂长的。"骆明珠连忙笑着介绍魏铮。

梁南珍神情僵硬地道："不认识。"

上门即是客，况且颜伯亮也不能把笑脸吟吟的骆明珠一起撵出去，冷着脸道："外面天气冷，进来喝口热茶吧。"

颜锁心进厨房泡茶，梁南珍尾随了进来："你那么热情干什么？"

"不是爸说让喝茶的吗？"颜锁心不解地道。

"这个男人一看就是个花花公子……"

"人家长相好，但不代表会乱来，他在单位里风评挺好的。"颜锁心虽然觉得魏铮不怎么讨人喜欢，但母亲这样无缘无故地污蔑别人有些不大好。

梁南珍压低了声音道："你老实告诉我，你跟严明是不是因为他才闹别扭的？"

"妈，你胡说什么呢！"颜锁心惊愕地道。

梁南珍敲打她道："颜锁心，我跟你讲哦，你不要身在福中不知福，你以为找个像严明这样的好丈夫是件容易的事情啊？"

颜锁心不知道母亲哪里来的匪夷所思的想法，她气愤难平地道："你怀疑我跟裴严明是因为魏铮不合，你还不如怀疑是因为外星人呢！"

她的话音刚落，魏铮出现在了门口，他将水果篮递了过来冷淡地道："你爸让你把水果洗了。"

等脸色微红的颜锁心将水果篮子接了过去，魏铮收回了手："苹果要趁新鲜吃，有些东西坏了就是坏了，不是你捂着它就能新鲜回去的，它只会让你住的地方越来越臭，还要污染别人的空气。"

他说完就走了，没留下颜锁心对答的机会。梁南珍没好气地道："谁会把坏了的水果捂臭掉，这人讲话什么意思啊？"

颜锁心没有吭声，因为她觉得魏铮形容得很对，她的婚姻就像是那只坏了苹果，而她就是那个捂着坏苹果的人。

要是有一件不幸的事情，它发展的速度总是比预料的要更快。

周一颜锁心回到上海，刚进斯威德大楼，就在电梯前碰到了吴姗，她用神秘的口吻道："朵拉，你知不知道长春那个任雪后来面试怎么样了？"

"不是通过了吗？"颜锁心维持着面上的无动于衷。

"她体检出怀孕了呀。"吴姗难掩眼角的喜色，嘴里很遗憾地道，"丽莎说，这怀孕了也没办法呀，咱们办公室工作强度大，不适合收留孕妇的。"

颜锁心忽然就说明白了，任雪那天找她并不是单纯地为了找她心平气和地谈谈，可能真实的目的就是为了让她现在能听懂这条流言。

在这么一瞬间，她觉得自己集起来的所有的勇气、能量都烟消云散了，旁人说遇上第三者等同是上了战场，颜锁心觉得自己可能还没有准备好，就要在这个战场上输了。

"她还打电话来问，你说这还用问吗？她也算是做人事的，丽莎当然不会说不用孕妇，但肯定不会让她入职的呀。"吴姗用好笑的口吻道。

颜锁心整天都浑浑噩噩的，下面转过来的几份文件也都没能仔细看，连尤格尔都关切地问她要不要回去休息。

"不用，我还好。"颜锁心拒绝了别人让她请假回家休养的好意。

她仿佛看见有黑压压的海浪正朝她涌来，而她的四肢却像没有上过油的机械，呆滞僵硬，每挪动一下都能听见嘎嘎声，只能在窒息与惶惶然里任由巨浪将她没顶。

浑浑噩噩地度过了一天，当颜锁心回到家中，发现裴建林与闵佳香站在了门口。

闵佳香的面色不太好，但是在裴建林的咳嗽声中，才勉强摆出笑容："锁心，我们今天包了点青糯米团子，送点过来给你尝尝。"

"不用客气。"颜锁心打开门，请他们进去。

她听见闵佳香在身后小声抱怨："不用客气，你听听她讲得什么话。"

"少说两句。"裴建林低声呵斥了句。

颜锁心只当没有听见他们的说话声，给坐在沙发上的裴父裴母倒了两杯茶，裴建林接过了茶："锁心，早上闵薇的电话你别当回事，她就那脾气，心直口快！"

对于裴建林，颜锁心还是尊重的，因此她低头捧着自己的杯子没有说话。

闵佳香此刻还不知道廖家发生了大事，她将杯子往茶几上一放："说来说去，都是一家人呀，前几天你们家缺那二百万，我还想着能不能找薇薇借借，这样你们就不用卖房子了！你们倒好，因为一点点矛盾，就不跟廖家做生意，你让薇薇怎么回家开口？！薇薇怎么说也算是你姐姐啊，就算她打电话口气不太好，你也不能这样讲话！"

闵佳香忍不住抱怨着，裴建林挥手打断了她："好了别说了，都是小事。"

颜锁心闷闷地回道："我们家的事情，我们自己会解决。"

"你们怎么解决？！"闵佳香提高了声音，"你把房子卖了，有没有想过别人的感受，你这样不讲情理也不能怪严明跟你闹矛盾啊？！"

"裴严明跟我闹矛盾，不是因为房子，是因为他有外遇！"颜锁心终于觉得忍到了尽头，口中的话语如同冲膛而出的炮弹，"他有外遇，那个女人甚至都怀孕了，现在你们明白了？！"

颜锁心的话刚一出口，就听见背后有重物落地的声音。她转过头见自己的母亲梁南珍目瞪口呆地站在门边，纸包里中草补药撒了一地。

客厅里一片寂静，如同轰炸过的现场，万籁俱寂，一片狼藉。

闵佳香似乎晕了，搞得旁人一阵手忙脚乱地给她端水喂药，倒反而顾不上谈论裴严明外遇这件事了，直到裴建林扶着有气无力的闵佳香出门时，才抽空对屋里的母女说了句："等有空咱们坐下来谈，好好沟通，你们放心，这事如果真是严明有错，我们是绝不会偏袒他的。"

人都走了，梁南珍还有些不敢置信地问："严明在外面有女人了……这、这是真的吗？"

颜锁心流着泪道："妈，我比任何人都希望这件事情是假的。"

"怎么会这样，怎么会这样？"梁南珍嘴里的声音喃喃的，像撕碎了的棉絮，有气无力，她平日里总是反复提点女儿颜锁心要看牢裴严明，但内心其实是相信着女婿裴严明的。

失神了一阵，梁南珍就道："这事不用担心，刚才你公公也说了，他们会站在你这边的。"

梁南珍见颜锁心一副没精打采的样子，打起精神来规劝道："你不离婚，你是总经理的太太，离了婚就是个二婚的女子。你不离婚，你就是别人眼里的赢家，离了婚之后你在别人眼里什么都不是，旁人可不看你的婚姻有没有意思！"

"那女人都怀孕了……"

"怀孕了，难道就一定生得出来吗？"梁南珍苦口婆心地劝道，"锁心，你现在要忍住，只要你忍住挺过去了，以后裴严明就是欠了你的，这个家里就是你说了算，否则你就是在给那个第三者腾位置，懂吗？"

颜锁心听着母亲梁南珍的话，觉得像是雪天屋檐下的冰碴子，寒冷，坚硬，却又摇摇欲坠般易碎。

直到颜锁心睡下，梁南珍才回家。她走出小区门时刚巧看见魏铮从外面走进来，他穿着浅色的格子呢大衣，衣着精致入时，手里拿着一只纸袋。

此时两人面对面都有几分尴尬，梁南珍勉强笑道："魏总，斐拉德克不是给你租了房子，你怎么还回上海？这来回开车多累啊。"

"回来喂鱼。"魏诤提了提手中的纸袋诚实地道，他瞧着梁南珍白中带青的面色问，"你不舒服吗，要不要我帮你去叫颜锁心？"

梁南珍立即否认："没有的事，我刚才就是多吃了几个青团子，锁心她公公婆婆特地包了送过来的……"

"哦。"魏诤不置可否。

他瞧着夜色中梁南珍匆匆离开的背影，颇为同情地摇了摇头。搞外遇的男人有时就像一场瘟疫，能让全家上下都传染上一场大病，而且往往久久不愈。

新年到了，斐拉德克每个职员都到老储的房间里拿了一只数量保密的红包。可能考虑到魏诤对这样的方式感到尴尬，因此对魏诤是按照外企的模式，在月底的时候给他多发一个月的工资。

由此可见，虽然老储管理的书读得不多，但是他有着与生俱来当领导的天赋。其实大多最早做起来的民企老板们都深谙人情世故，有着原始的人格魅力，熟悉他们的人总会说"他们人其实很不错"。

魏诤来到斐拉德克第二个月，就碰到了股权事件。尽管在入职前老储就表示会赠送魏诤百分之十的股权，但骆明珠过来找他时委婉地表示，按照持股平台上的规定，股权不能赠送，魏诤必须有出资的记录。

"当然，储总说会慢慢地通过奖金将这笔出资还给你。"即使精明如骆明珠，也显得有些不太好意思，最初他们争取魏诤的时候是说赠送股份，等到魏诤过来了，又变成了出资购买。

"要出资多少？"魏诤问。

骆明珠说了一个数字，大约一百万的样子。她的语调一反过去的爽快，有些不好意思，因为按照目前魏诤领到的工资来讲，他大约来斐拉德克一个月，就要倒贴给斐拉德克九十多万。

这听起来有点滑稽。

魏诤倒没有那样的想法。一方面他看好智能家居市场，也看好斐拉德克的未来，另一方面斐拉德克迟迟没有招生产经理，老储颇有让颜伯亮去而复返的意思，这令他提前有了一种权力掣肘的危机感。

因此他略略沉吟了下，问了一个完全在骆明珠意料之外的问题："我能多购入一点股权吗？"

魏诤那边跟斐拉德克谈股权，颜家则打算跟裴家谈裴严明和颜锁心的婚姻问题。

当初说要坐下来好好谈谈的裴家迟迟都没有给梁南珍回复，因此内心不安的梁南珍不得不将这件事情告诉颜伯亮。

颜伯亮果然立时就血压上升，就在梁南珍担心老头子倔脾气发作时，他倒是恢复了冷静："正好过年，他们家不方便，那咱们就当提前去拜个年吧。"

"你可千万要好好说话。"梁南珍关照道。

颜伯亮瞪眼："我好歹也当了几十年的领导，还不知道该怎么讲话？"

梁南珍按照习俗买了些滋补品，她的内心还是倾向于跟裴父裴母保持良好的关系，以便在这场女儿的婚姻保卫战中能得到裴家长辈的支持。

巧合的是，裴家出来开门的正是裴严明。当裴严明看着站在门外的岳父岳母也是吃了一惊，嗫嚅地叫了声："爸，妈，你们……怎么来了？！"

颜伯亮的回答就是给了他一拳。裴严明被这拳打得跟跄着倒退，摔倒在了身后客厅的沙发上，引起了闵佳香惊慌的叫声，屋内裴建林也跑出来劝阻："有话好好讲！"

"这一拳是替锁心打的，因为你对不起她！"颜伯亮指着裴严明呵斥，他先发制人，打算先教训了女婿再谈后面的事。

可惜裴家的人似乎远没有他想象中那么羞愧，裴父裴母也没有要跟他一起教育儿子走正道的意思。

裴建林不吭声，闵佳香则哭诉着道："你们就有理了，严明再有错，你们也不能做出举报薇薇家厂子的事情来，你们这是要搞得我们家破人亡！"

颜伯亮气得脸红脖子粗："我几时去举报廖家了，你们有什么证据啊？！"

"薇薇家厂子都开了多少年了，从来没有事，你带着人跑到厂里去，又说他们偷排污水，又说要取消合同，随后他们就被人举报了，不是你们家，还能是谁啊？"闵佳香气愤地回道。

梁南珍在后面连连示意，但颜伯亮却听得气不打一处来："他们被人举报，那是因为他们偷排污水，跟我颜家可没有半点关系！"

"这是他说的吧，薇薇没猜错，就是他家害的。"闵佳香红着眼圈跟丈夫和儿子控诉道。

颜伯亮怒极反笑："不检点自身的毛病，反而怨起了别人，上梁不正下梁歪，难怪你们儿子、女儿都有问题！"

他说得痛快，但后果就是闵佳香心疾犯了，裴家人不得不叫救护车，颜锁心赶到时见到的就是这么兵荒马乱的场面。

楼道里已经三三两两站着窃窃私语的邻居，裴严明顶着半个黑眼圈道："爸，妈，我跟锁心都不小了，婚姻是我俩自己的事，该由我们自己来解决，有错那也是我的错，你们这样跑到我父母家里吵闹，我父母有什么错？"

颜伯亮铁青着脸，他觉得自己有理，但是现在闵佳香被他气得犯了病，他有再多的理也不好再多说什么了，裴建林插了句嘴："你们的心情我们理解，不过总归我们都想要的是亲家，不是冤家，你们说对不对？"

梁南珍只好道："那严明你跟锁心好好商量，把事情妥善地处理了。"

裴颜两家的谈判可谓一地鸡毛，魏诤却与老储愉快地达成了协议。

最后魏诤以三百五十万的总价购入斐拉德克百分之五的股份，加上赠送的百分之十，这个持股比例刚好比颜伯亮多出百分之二，因此斐拉德克的第二股东就从颜伯亮换成了魏诤。

颜锁心一身疲惫地回到家里，看到拖着行李箱在门外等候的沈青，她忽然间无比清醒，上前环住沈青的脖子："小青，我大概要离婚了。"

"怕什么，旧的不去，新的不来！"沈青拍着她的肩，咬牙切齿地道。

两人买了许多啤酒，打算一醉方休，颜锁心问沈青："小青，你说是不是因为我不够好，因为我没有关心他，因为他在长春工作我从来都没去过，所以他才会喜欢上别人。"

"你没有去长春探望他，他裴严明就可以忘记他在上海是有妻子的吗？"沈青对颜锁心的说法不屑，"离了婚哪怕他上天，那都是他的自由，但婚姻是受法律保护的！"

然而在颜锁心的内心里，一桩要靠法律才能维系的婚姻是悲哀的："感情不在了，还要婚姻干吗？"

沈青实际无比地道："婚姻除了感情，还包括你大大小小所有的财产，你住的房子，你晚上睡的床，你银行里的存款……锁心，离婚不是说一句'我不再爱你了'就结束了，那代表着你家卫生间里的牙刷，也要被人带走一把！"

颜锁心从感情的象牙塔跌到了残酷的世俗现实里，有气无力地道："我跟裴严明两人都是经济独立，这两年我跟他都在供房，存款没有多少。"

"但是这套公寓，我记得是伯父伯母在你毕业的时候买的，而裴严明住的那套房子是婚后买的吧？"沈青替颜锁心打开罐啤酒递过去。

"是婚房，不过是他们家出钱买的。"颜锁心道。

沈青冷笑："那刚好，就让裴严明拿这套房来赔！爱情诚可贵，自由价更高，他裴严明不是追求自由跟爱情吗？这么贵的东西，一套房子卖他还便宜了。"

啤酒饮在嘴里，有种麦芽发酵后的苦涩，颜锁心将罐子里的啤酒都喝完了，然后倒在沙发上。

隔壁钢琴的乐曲声隐隐传来，沈青问："你隔壁有小孩在学钢琴吗？一直放理查德·克莱德曼的钢琴乐。"

"是我以前的男同事……"颜锁心闭着眼睛回答。

沈青惊诧地道："你男同事喜欢整天听理查德·克莱德曼？"

颜锁心想了想："他人还是不错的，就是有时候……女性化了点，我在咖啡杯里喝点方便面汤，他都要大惊小怪好多年。"

"他没住过大学宿舍吗？没在电热杯里煮过方便面？"沈青惊奇地道。

颜锁心想了想魏诤那从头到脚光鲜亮丽的模样，由衷地叹气："他这样的人，大概不适合跟人同居吧。"

沈青喝了通酒胡乱地发着牢骚："以前咱们多迷韩剧、日剧啊，现在仔细想想，我们真的喜欢那些长头发的欧巴吗？我们只不过是喜欢那些爱情剧里的高级生活罢了，我们喜欢男女主角们身上的大牌时装，喜欢他们开的车子，因为相信他们的高级生活，所以相信他们的爱情。可当有一天你开着高档车子发现你的生活仍然是一团糟，你就不会再有那颗爱韩剧、日剧的少女心……"

她喝了一大口啤酒道："所以有个爱听理查德·克莱德曼钢琴曲的、富有少女心的男同事当邻居，挺好的。"

隔壁的魏诤将外放唱机的音量调到了一个合适的音量，然后另外拿了个耳机塞住自己的耳朵，打开电脑心情愉快地开始制作斐拉德克的未来发展计划书。

沈青在上海待了几天，每天都拉着颜锁心出去，不是去见过去的老同学，就是在酒吧认识新的男人，她仿佛专程过来为颜锁心找第二春的。颜锁心感觉自己像片被牵住的浮萍，虽然依旧游荡得漫无目标，但是内里锥心的疼痛却减少了，尽管她依旧能看见伤口在流血。

几乎所有遭遇婚变的女人，都会面临交际圈狭窄、人脉萎缩这一困境，颜锁心同样如此。从跟裴严明恋爱开始，她的社交名单就处于不断地缩水当中，尤其是当他们隐婚之后，为了避嫌，她几乎跟所有人都是泛泛之交。

同学们早就渐行渐远，而同事们虽然亲密地朵拉前、朵拉后的，但大多都是看在她是尤格尔助理的份儿上。

生活安逸如山，令颜锁心觉得似乎没有过多的交际需求，然而今天她瞧见了沈青，内心却感到了庆幸，因为有这么一个知交的朋友，她才不会在此刻因为看见那短短的手机联络名单而感到背脊发凉。

某次两个人微醉后回家，迎面碰上了魏诤，沈青大惊小怪："锁心，你们小区有个极品的男人呢！"

颜锁心瞧了眼魏诤，贴耳对沈青道："这就是隔壁那个爱听《水边的阿狄丽娜》的少女心的男人。"

"他刚才看了你几眼，我觉得他好像有点关心你呢。"沈青醉醺醺地笑道。

颜锁心偏过头去，魏诤已经上楼了，她扭过头跟沈青说："他不是关心，他是嫌弃。"

沈青等到颜锁心休假的最后一天才走。等送走了她，颜锁心看着手机上裴严明几天前发过来的微信，看了许久然后回复道："可以，你到我的公寓来谈吧。"

颜锁心出去买了菜，当她回去的时候，裴严明已经比她先到了。他穿着簇新的浅灰色毛衣，大衣整齐地摆放在右膝边的沙发上，看到颜锁心进门他站起了身，显得有些局促。

"我去放东西。"颜锁心匆匆走进厨房，对着洗水槽深深吸了好几口气，将心情平复下来才走出去。

裴严明脸上有些灰败："锁心，其实前几天我一直都在想怎么跟你讲……这件事情其实是个意外……"

"是个意外，然后呢？"颜锁心问。

"那天是校友聚会，我喝醉了……事情发展到今天，我是没料到的。"

"事情发展到今天你没料到，然后呢？"颜锁心再问。

裴严明突然含怨地道："锁心，这事我并不想的，可是你完全没给过我机会，你把事情搞得人人皆知，你让我们一点退路都没有！"

"我一声不吭，任雪怀孕的事情就不会发生了吗？"颜锁心问。

裴严明脸上的灰败之气更重了几分，他垂下了头："你说怎么办就怎么办，我都听你的。"

颜锁心转了下眼珠子，将眼泪分散了，以免流出眼眶："快吃午饭了，我做西红柿鸡蛋面给你吃吧。"

江沪人喜欢在西红柿鸡蛋面里配上几根绿绿的小油菜，色泽艳丽，口感清爽，明明是一碗寻常的面，却偏偏叫人还没吃就心生满足感。很多年前，裴严明生日的时候，颜锁心给他做了一碗西红柿鸡蛋面，这是她第一次给他庆贺生日，亦是第一次给他做饭。

当面端上来，裴严明手里拿着筷子，久久未动，两人都低垂着头默不作声。

片刻之后颜锁心听见了裴严明的哭声，隔着雾气腾腾的两只面碗，颜锁心仍能感觉到裴严明的挣扎与痛苦，然后她听见自己说："我们离婚吧。"

裴严明放下手中的筷子，抓住了颜锁心的双手泪流满面，话也说得有点语无伦次："我不想离婚的，我真的不想离婚的……"

看到他现在如此痛苦，颜锁心的心里竟有种放生的感觉，同时又有着一丝隐晦的期待。

裴严明的话数次被他的哽咽打断，说得也是断断续续："你在我的心里……没有人能取代，即便我们以后不在一起了，我依旧会对你负责的。"

那丝隐约的期待落空了，颜锁心略有些失望："我会照顾好自己。"

"不，这是我应该承担的！"裴严明坚决地摇了摇头，握紧了颜锁心的手，"是我一时失足给你带来了伤害，是我背叛了我们的感情，我一生都不会原谅我自己！"

"那你以后一定要好好的……"颜锁心的眼泪终于无法自抑，在无数个辗转难眠的夜晚，她已流过很多眼泪，本来以为不会再有眼泪了。

两人执手面对面地流泪，仿佛不是一对即将离婚的夫妇，更像是一对生离死别的情侣，多少的执子之手，并不一定是为了与子偕老，而是为了讲声"对不起，以后的路要你一个人走了"。

颜锁心在眼看就要翻篇到三十岁的时候离婚了，而且是她自己主动提出来的，要是让沈青知道，一定会骂她脑子坏掉了，一定会说她这是利索地给人挪位置。

但颜锁心不想那样纠缠，彼此憎恨，将过去十年美好的日子一起埋葬，她甚至没有索要离婚的赔偿，只收下了那部开了三年的丰田。他们的婚姻是因为爱情的到来而开始，也因为爱情的离开而终止。

第五章·

远香近臭

　　过年的时候，白岚总算逮到了机会给魏诤介绍了那位"世侄女"。世侄女姓肖名蓉，穿了件粉色的大衣，头发上也别着粉色的发饰，不是那种亚克力的材质，而更像是定制的首饰，看上去家境富裕。

　　肖蓉本人的气质也不错，模样甚是娇憨可爱，看得出来她对魏诤很中意，因此言谈之间颇为主动。

　　白岚见两人互动良好，心中大定，悄悄对自己的男友苏柏文说："阿诤因为我之前婚姻失败的缘故，不喜欢那些很精明的女孩子，这样天真的小姑娘他多半会喜欢。"

　　苏柏文其实也是受魏康安所托将肖蓉介绍给魏诤，因此笑了笑没有说话。

　　那边肖蓉在问魏诤："我听伯母说，你现在在吴江工作了啊？"

　　"是的，在一家民营企业工作。"

　　"你真了不起，在民营企业工作肯定没有在外资企业那么舒心吧！"

　　魏诤回道："也还好。"

　　"我清楚得很，我家那企业，七大姑八大姨的，每天都是一部宫斗戏！"

　　"跟那么多长辈共事，你在公司也挺不容易的。"魏诤说道。

　　"我是小辈，这对我是不利，但有时也很有利。"肖蓉朝魏诤古灵精怪地扮了个鬼脸。

她瞄了眼在旁边的白岚与苏柏文，故意问魏诤："我们在你小区门口碰见的那个女孩子，是你的追求者吗？"

白岚今天带着肖蓉直接到魏诤的公寓门口去接他，当魏诤出来的时候就正好撞见了来拜年的陈小西，她拎了点水果，见魏诤要出门，便也没有逗留，很有礼貌地打了个招呼就匆匆走了。

魏诤回答："普通同事罢了。"

肖蓉托着腮道："这位姐姐看着就让我想起《浮生六记》里的那句'肩肩长项，瘦不露骨，眉弯目秀……'"

"怎么，你还看《浮生六记》？"

肖蓉倒也没有隐瞒，大大方方地道："我听苏伯伯说白阿姨喜欢，为了讨好她，我才看了点，可是每次看头几页就想睡觉了，所以通篇也就几句印象深刻。"

白岚一直假装没有听见他们在谈什么，此刻忍不住插嘴问："你们都聊《浮生六记》了呀？"

肖蓉笑着撒娇："白阿姨，你这么有品位，我们当然要跟你学习啊。"

事后白岚问魏诤："你觉得蓉蓉怎么样啊？"

魏诤回答："挺聪明的。"

白岚高兴地道："那就处处看吧。"

"以后再说吧。"

白岚不满地道："既然没有瞧不过去的地方，为什么不试着接触一下呢？现在这些女孩子浮浅得很，要找个像蓉蓉这样喜欢古典音乐，又喜欢看《浮生六记》的有品位的小姑娘不容易的，这夫妻之间最要紧的就是品位一致。"

"妈你喜欢，你就多见几回吧。"魏诤跟苏柏文打了个招呼就径直离开了。

白岚无奈地看着他离开，转头问苏柏文："你说小诤会不会真的看上了早上那个女孩子？"

苏柏文给她倒了杯咖啡："管他喜欢谁呢，重要的本来就是他喜欢。"

"可是小诤那么好的条件，完全可以配蓉蓉这样条件更好的女孩子。"白岚轻摇了摇头，"'肩肩长项，瘦不露骨，眉弯目秀，顾盼神飞，唯两齿微露，似非佳相。'蓉蓉引用的这句点评误打误撞还是满到位的。"

苏柏文给她夹了块甜品笑着道："那女孩子就是单薄些，以后结婚丰满了，面相会变的。"

白岚惊呼："你不要引诱我吃甜点，我可是刚下定了决心要减肥的！"

魏铮刚上车就接到了李瑞的电话，他接通了之后问："怎么，在海拔四千米以上的地方没有找到中意的驴妹？"

李瑞大叫道："你话可不能乱讲，我李瑞立得直，走得正，旅行就是旅行，怀揣的是一颗游子之心，欣赏的是一路自然风光。"

"听明白了。"

李瑞不放心地问："你听明白什么了？"

"你怀揣着一颗浪子之心，欣赏了一路的风花雪月。"魏铮开着车笑道。

李瑞语塞，道："你出来，咱们聊聊。"

"你还在上海？"魏铮诧异。

"最近有点事，推迟几天去。"李瑞有些吞吞吐吐，"我想借你的车用几天。"

"去哪儿？"魏铮也没有细问。

"我最近在上海分厂做个项目，总部分厂两头跑，没辆车子不大方便。"

"把车借给你，我家的鱼怎么办？"

"以后都我给你喂！"

"那清理鱼缸、消毒、换水……"

李瑞立刻道："都包给我，都包给我，可以了吧！"

魏铮笑着道："这可不是我逼你的。"

"哪里，谢谢魏总给我机会替你喂鱼。"李瑞语调诚恳。

"那我现在把车子给你送过去？"魏铮问。

李瑞笑着道："那我顺便请魏总喝一杯吧。"

魏铮问完了地址，便开车向着李瑞说的酒吧而去。他停好车推开酒吧的门就看见一缸的热带鱼摇曳生波，李瑞见了他就笑问："怎么样，那门口的鱼还符合你的口味吧？"

"我只知道你喜欢自然风月，没想到还精通酒吧生活。"魏铮坐下来道。

李瑞连忙申辩道："你这可冤枉我了，这是戴维扬推荐的！"

驻唱的歌手正在唱一首名叫Until you的英文歌："Life was good to me, but you just made it better……（生命待我不薄，但你却令它变得更好）"

李瑞摇晃着头，跟着哼唱，空气里弥漫着威士忌跟香水混合的气味，像极了花快凋谢前散发出来的味道，人渐渐多了起来，DJ开始播放热血澎湃的摇滚乐，魏铮感到呼吸不畅，恰巧李瑞又有几个朋友过来，他便顺势退了出去。

沿着街道走了很久，他也没有叫到出租车，约车软件显示服务繁忙，魏铮只得朝着离此最近的公交车站走去。他走了没多久，就在某个酒吧间里看见了跌跌撞撞走出来的颜锁心。

颜锁心其实本来打算来吃顿大餐，然后又决定小酌一杯，最后却喝醉了。她努力地走直线，可是眼前却是不停旋转的天地，她只得靠着墙壁坐在了台阶旁。

魏诤略略停了下脚步，看见酒吧间里有经理走出来，他就继续朝前走。精致的生活通常都有着清晰的边界，生活、娱乐，还有人际关系，他可不想跟一个正处在离婚旋涡的女人有什么牵连。

走了一段距离，他又回过头，觉得出于道义，应该看到颜锁心没有安全问题了再离开。

那边的经理劝说道："小姐，你不能坐在我们店门口啊，要不然我们替你通知你的家人朋友？"

颜锁心只是一个劲地摇着头，魏诤也在那边想着该通知谁，通知她的父母显然不合适，至于颜锁心的密友，他也只想得起来财务部的戴维扬，可是那似乎也不合适。

该不该通知裴严明？魏诤想着。

颜锁心却睁开朦胧的醉眼看到了他，她招手喊道："魏诤！"

"你们认识啊？"酒吧经理很高兴地道。

魏诤只得走过去，从颜锁心的包里摸出手机，输入了跟她的大门一样的密码，在手机的电话列表里逛了一圈，最终点开了朋友的类别，挑中了日常往来次数最多的一个叫沈青的号码。

"你是……颜锁心的朋友吗？"

"是的！"那头传来的声音有警惕之意，"你是谁？"

魏诤没有回答她的问题，而是道："她在新天地附近的酒吧喝醉了，你能过来接她一下吗？"

那头传来了女子的惊呼声："锁心不会喝酒的，她现在怎么样了？"

"还行，就是醉了。"

"你们在哪里？"

魏诤报上了地址，但那边又索要了酒吧经理的电话，然后酒吧经理的手机就响了，隔着手机，魏诤也能听见那边的女声说话又快又急。

经理放下手机，眼神略微尴尬地问魏诤："你跟这位女士不是朋友吗？"

"我们只是同事。"

"那你方便送这位喝醉酒的女士回家吗？"

"可以让她的朋友送啊。"

"她是南京人，不住在上海。"经理解释道。

"行吧。"魏诤觉得现在拒绝有些不近情理。

可是经理又非常有礼貌地道："那您给我们登记一下身份证行吗……刚才电话里那位女士要求的。"

魏诤忍着气将钱包掏出来，翻到身份证的那页给酒吧经理做了登记，然后才弯腰搀扶起颜锁心。但此刻的颜锁心即便没有完全人事不知，也失去了走路的能力。

她只知道醉酒可以使人亢奋，却不知道那种斗志是仅存在于虚幻之中的，真正喝醉了的人其实是瘫软如泥的。

魏诤尝试了几次搀扶颜锁心站起来却无果之后，只能认命地背起她，打算走几条街出去打出租车。

吹着萧萧的寒风，颜锁心清醒了几分，她抬起了头，沙哑着喉咙问："你是……"但没等魏诤开口，她就大声道，"魏诤！"

她说得无比肯定，但魏诤并没有回过头，他不明白颜锁心的直觉从哪里来，那种感觉有些奇异，他忍不住问："你……怎么知道是我？"

"你的香水不是叫'想死的伯爵'吗？戴维扬说的。"

"那不叫'想死的伯爵'……那叫'绝望的伯爵'。"魏诤脱口道，但随即又觉得跟个喝醉的女人争论香水牌子有些愚昧，"醒了你就下来自己走吧。"

"我就是绝望得想死啊。"颜锁心喃喃地道。

"为了个男人想死，你可真有出息。"魏诤背着颜锁心朝前走。

颜锁心嘟囔："我胸好闷啊，魏诤，讲几个笑话来听听。"

"不说。"魏诤顿了顿又道，"不会说。"

"那说两句人生格言吧，要励志的……"颜锁心有气无力地说。

魏诤略有些不耐烦地道："好好学习，天天……"

颜锁心打断了他："要跟爱情有关的，不要学习，不要工作。"

"跟爱情有关的，跟励志就没关系，没人会把爱情当志向。"

颜锁心坚持："要跟爱情有关的，要励志的。"

魏诤无奈地想了想，作为一名务实的男人，他的脑袋里的确没存什么"励志"的爱情格言，但他有个浪漫的母亲，于是魏诤想起了白岚热爱着的某句："以前的时间很慢，因为车很慢，马很慢，路变得又远又长，于是，信也很慢。于是，每个人的一生，都只够爱一个人。"

谁知颜锁心听了却笑个不停，魏诤不解地问："你笑什么？"

"难道……不好笑吗？"颜锁心反问，"过去很慢，一生的时间只够爱一个人，那古人的三妻四妾是从哪里来的？"

这确实是个悖论，魏诤也有些失笑，但是紧接着他觉得脖子一热，颜锁心的眼泪掉下来滑过了他的脖子。

风有些大，天空还飘起了小雪，稀稀落落地洒下来，洁白的雪落在地面上瞬间就化成了泥水，颜锁心在魏诤的背上呼吸均匀，像是睡着了。

可等出租车来的时候，魏诤才发现她的眼帘微微下垂，却是睁着的。

魏诤问："你还好吗？"

颜锁心没有丝毫反应，她的头靠在车窗玻璃上，双眼毫无焦距地望着窗外，看上去充满了茫然，魏诤只好侧过身将她的脑袋从玻璃拉到旁边的软衬上，以免在行驶过程中磕伤。

行车的过程中有点无聊，魏诤握拳轻咳了声："爱情总有一天会消亡的，所以我觉得即便身为女人，以后对工作还是要上心一点，别以为眼前的安逸是永恒的，不然有一日你可能都会被像陈小西这样的人所取代……"

魏诤自觉这番话都是金玉良言，但颜锁心却没有多少触动，甚至看不出来她有思考的痕迹，魏诤轻轻地摇了摇头，放弃了跟她讨论人生。

但当他将颜锁心送回家，转身去厨房给她倒水，出来后看见她坐在玄关上抱着双膝盯着大门发呆时，他决定再说两句金玉良言："你知不知道，女人最好学着聪明点，不要天真太久，因为每双鱼眼珠子其实都是从天真的眼珠子来的。"

可是令他没想到的是，整晚都显得特别沉默的颜锁心却在此刻爆发了。她转过头来冲着他嚷："那你们男人呢？你们一个月不会来一天的大姨妈，一辈子不用生一个小孩，你们的人生从来不会被打断，也没有第二条路需要去思考，是做个顾家的贤妻良母，还是当个顾事业的女强人？"

颜锁心哭着道："你们希望女人既能生得了孩子又顾得了家，出了门还能流着血跟其他男人拼个你死我活；你们自己越长越油腻，却希望女人始终貌美如花；你们男人十个有九个不怎么样，反倒指望身边的女人是个人生赢家！"

"我的意思是……"魏诤在连珠炮似的颜锁心指责声中插了一句，就立即被她打断了："你魏诤结过婚吗？你连一段成功的恋爱都没有，一个女人都没有真正爱过，却跑来指教别的女人如何做女人，你是不是很好笑？！"

"好，好，算我多事！"魏诤被骂得狗血淋头，不由得气结，放下杯子转身就出了门。

他觉得自己是为了颜锁心的不知好歹而感到有点生气，可是他整晚都有些辗转反侧，为了几句话一晚上都没睡好，连他自己都不知道为什么。

隔日大清早，因为宿酒而头昏脑涨的颜锁心接到了曾凡的电话，他支支吾吾地问，买家租的房到期了，想在新房过新年，问能不能提前几天交房，她们可以先付一半的房款，年一过完就把尾款付清。

于是原本等着过完年再搬家的颜锁心只能提前搬走。沈青特地从南京跑回了上海给她帮忙。她见颜锁心对着那一箱子的相框犹豫，便拖过来干净利落地将里面那些照片撕碎，然后连同相框一起丢进了垃圾分类的箱子里："这些东西还留着它做什么，现在一平方米的地要四万块，你觉得它值四万块吗？"

沈青在生颜锁心的气，她认为女人离婚不可怕，像裴严明这样的男人不离，难道留着他过年吗？可是颜锁心却没有让裴严明净身出户，她恨铁不成钢地道："裴严明有过失在先，就算闹到法院，你们那套婚后的房子也只会判给你。"

"他那套房子是他父母卖了老房凑的首付，法院总不会把老人赶到马路上去。"颜锁心晃了晃手中的卡，"再说了也不是没赔，这不给了现钱嘛。"

沈青冷笑："堂堂一个外企总经理，出轨跟前妻离婚，占了婚房连十万块都没赔足！"

颜锁心赧然："还有一辆车呢！"

"二手的！"沈青白了她一眼。

"那要怎么样，跟他打官司，上我自己工作的公司去又哭又闹，撕得人尽皆知，就为了多得几十万？"

沈青见颜锁心眉宇间有疲惫之色，到底没再多说什么。于是大年三十放假那天，颜锁心上午跟裴严明拿了离婚证，下午就拉着行李离开了那套曾经被赋予了很多期待与人生计划的小公寓，将它留给了那对瘦高母女。

颜锁心离开的时候，魏诤刚好跟来还车的李瑞出去吃饭，透过车窗他看到了拖着行李箱离开的颜锁心，耳旁李瑞恰巧在说："我前两天碰见裴严明跟那个任雪在一起了，你说裴严明那个太太现在究竟知不知道，咱们裴总在外面又找了一个红颜知己？"

魏诤瞧着车窗外的颜锁心，她整个人都裹在一件黑色的滑雪服里，衣服很好地替代了她正飞逝而去的圆润。

李瑞拿起旁边的CD封套感慨："尽管我不是很喜欢听李斯特的《瓦伦城之湖》，但它的某句名言我是深表赞同的：'无论怎样努力，两条腿都不可能使两颗心更接近，人们更愿意接近生命力不枯竭的大自然。'所以我才会明智地省下谈感情的时间用在旅行上。"

"那是《瓦尔登湖》，不是《瓦伦城之湖》，《瓦尔登湖》是本散文集，作者是美国的作家梭罗。"魏诤收回目光不太留情地驳斥道，"你能不能在掉书袋之前，先核实一下资料是否正确？"

李瑞颇有拿来主义的勇气，毫不羞耻地笑道："这不就核实了吗？下次再碰上驴妹，我就可以放心地引用了。"

"你说谁说的都没关系，只要别说是我魏诤讲的就行。"魏诤看着远方的红绿灯道。

梭罗在《瓦尔登湖》里说："我步入丛林，希望生活有意义。我希望活得深刻，吸取生命中所有的精华，把非生命的一切都击溃。以免当我生命终结时，发现自己从未活过。"

然而就像梭罗从来都不是什么真正的野人一样，大多数人也只会选择止步于丛林的外围，因为面对丛林，人往往看见的不是它的幽深，而是自己内心对未知的恐惧。

六年前，魏诤跟颜锁心一起做助理，两个人隔着一道半人高的隔断，他在座位上忙碌得起起落落，她则像一尊坐在电脑椅上的泥菩萨，一副眉眼弯弯、见人就笑、有求必应的模样。他身上穿的是白岚在世界各地旅游时买回的奢侈品牌，而她穿的是手织的粗条纹毛衣，橘色的光谱，安逸而惫懒，令她看上去就像是有父母娇宠的女子。

颜锁心这位总裁助理是尤格尔刚爬上总裁位置时招进来的，等到伊瑞克从天而降之后却没瞧上她，而是另招了魏诤做助理，因此尤格尔总裁的位置没有了，但还配着总裁助理。

天线分部总经理的艾达，不知是有意还是无意，有时就想越过尤格尔差使一下颜锁心。

某次，他匆匆忙忙地过来让颜锁心订当天去深圳的飞机票，要去参加某个电子商务会议，颜锁心查询了之后就告知没有了，艾达相当不满地问："你们不是有很多黄牛票吗？"

办公室里的人都震惊于艾达想买黄牛机票的奇思妙想，但没人愿意帮着颜锁心触怒气焰很盛的艾达。正当魏诤犹豫着要不要开口帮忙解释时，颜锁心却背起包出门去了，整个办公室里的人都在诧异她要怎么交差。

两个小时之后颜锁心回来了，给艾达弄回了一张绿皮火车票，挺认真地道："现在火车都实名制了，往后说不定连绿皮车都搞不到了。"她一副你且用且珍惜的口吻。

艾达瞪大了棕色的眼睛，搞不明白这样的误差究竟是因为他跟颜助理的脑回路不同，还是不同文化差异造成的。魏诤当时正在艾达的办公室里拿文件，俩人神色如常地一前一后从艾达的办公室里退了出来。

回到座位，魏诤就听见了颜锁心憋不住的笑声，笑得她坐着的电脑椅都不停地颤抖，可能是因为这样的好戏魏诤看见了并且默契地配合了，于是颜锁心又会跟他分享她开涮艾达的其他玩笑。

比如她会说："我觉得艾达家里现在一定还有很多2B铅笔没消化，因为他小时候囤多了。"

魏诤不知道该不该笑，这个笑话有点不雅，白岚是个极罗曼蒂克的人，当然不会开这样的玩笑，措辞不雅的笑话魏诤常听男同学乃至男同事说，还没听女性讲过，所以颜锁心乐不可支了一番之后，只能跟魏诤大眼瞪小眼，最后两人默默地退回了各自的格间。

其实魏诤私底下想想也还是笑了的，伊瑞克的性格是极端的护短跟要面子，他的人就要处处占上风，字典里从来没有谦让二字，因此身为他头号亲信的艾达的行事风格也就可以理解了。

公司碰上周年会、研讨会，又或者跟中资开会，魏诤常听颜锁心在隔壁一字一句地反复念着给尤格尔拟定的发言稿。其实尤格尔就算发言，也往往是念不完的，伊瑞克有着超强的插嘴跟自我发挥的能力，所以魏诤从来只给他几个提示要点，而不会自作多情地写什么发言稿。

可是颜锁心不但写，还会在尤格尔的发言稿里添些幽默的段子，且不说旁人能不能消化这些幽默的段子，只要想到尤格尔那副苦大仇深的样子读段子，魏诤就觉得那场面冷得让人难以消受。

这些记忆本来早已经模糊了，毕竟两人刚开始还只能算是话不投机，但后面就彻底变得无话可说了，甚至关系还有些恶劣。

可是当这个女人蹲在他家门口哭泣的时候，那些记忆又突然间变得清晰起来，他记得她认真地给不太有趣的尤格尔编段子，而她穿着橘红色粗条纹毛衣，眉眼弯弯同他说笑话的样子也仿若就发生在昨日。

斐拉德克还没有过年就像是要翻篇了，大量的订单如同雪花般涌了进来，当中尤其以宜居的订单量最大，魏诤却有些皱眉地瞧着手机上从销售部传来的电子合同，他不用反复地计算，也能看出这张单子完全没有利润。

有时没有利润，就意味着亏损。

中午老储打来了电话，表示有个专门做融资的林总要过来，让魏诤一起陪客人吃饭，于是魏诤关了手机对李瑞说："我有事要马上回斐拉德克。"

李瑞顿时不满："我菜都点上了。"

"你就叫那位……你专程借车接送的女士一起过来吃吧。"

"你、你这话是什么意思？"李瑞瞪大了眼睛。

"车上储藏抽屉里的备用口红，总不是你的吧？"

"我这是帮忙，纯粹是帮忙的性质！"李瑞连忙辩解。

魏诤拿起了钥匙："这个女士能让你放弃了海拔四千米以上的清新，又能让你这么个同情心泛滥的人注意力集中地连续帮了一个多星期的忙，你干吗不承认，她对你来说挺特别的？"

李瑞表情丰富，挤眉弄眼的却什么也没说。

当魏诤赶到斐拉德克的会议室，刚好看到老储正在滔滔不绝："现在市场讲什么，用什么？讲民族企业，用民族品牌。我敢断定从现在开始，就是民营企业崛起的黄金十年，投资民营品牌绝对是一本万利。"

魏诤跟老储才合作了一个多月，但已经完全了解了他的风格，斐拉德克之前可以是德国品牌，现在也可以是民族品牌，反正看需求。

坐在老储对面听他演讲的，是个戴金丝眼镜的男人，约莫四十五岁，身材保持得很好，衣着得体，眼神锐利，看上去就像是做融资咨询之类的人。

老储看见魏诤，就大声介绍："这位就是我们重金从五百强外资企业聘请过来的高级管理人才魏总，他过去是在五百强外资企业当总经理的。"

魏诤被老储这样的介绍方式弄得有点起鸡皮疙瘩，倒是那位林总似乎感兴趣，很热情地伸出右手："林海沫！"

"魏诤！"魏诤抬手跟他握了握，觉得这个人的手不冷，但可能用了护手霜，有种滑腻感。

老储四四方方的身子重新坐回椅子里继续演讲："我们斐拉德克讲的是工匠精神，最注重的就是质量管理，所以我们才会高薪聘请五百强企业的总经理过来帮助我们管理工厂。"

"可是品牌管理不仅仅只有质量啊。"林海沫转身问魏诤，"你怎么看呢？"

魏诤考虑了一下回答："目前来说，大的品牌往往喜欢在市场上寻找那些小品牌生产厂家合作，然后通过市场换价格，用代工跟贴牌轻易地就能进入另一个产品领域，所以这导致了品牌赢家通吃的局面。而对于品牌不大的厂家来说，我们现在可能最需要的是累积资本，做代工也好，做贴牌也好，通过扩大生产，进行技术积累，然后在实力的基础上提升品牌。"

旁边的老储听着连连干咳了两声。

魏诤顿了顿道："当然，斐拉德克的基础很好，我们有些独一无二的技术专利，另外工厂的规模在专业领域里也属于比较大的，现在需要的就是进一步提高我们的产能跟市场占有率，逐步扩大我们品牌的影响力。"

林海沫对老储说："魏总的思路很清晰，你请了个不错的总经理。"

老储显得非常高兴，但又背着林海沫悄悄关照魏诤说："你后面那部分说得很好，前面那部分就不用说了嘛，咱们民营企业要想找点资金不容易啊。"

魏诤以前在斯威德的工作，只知道cost down（控制成本），还真不知道不停地找资金是个什么样的感觉，鉴于自己对民营企业的生态缺乏了解，他点头道："我以后会注意。"

两人刚讲完话，林海沫从卫生间回来，等老储吩咐服务生替他满上红酒后才道："刚才魏总的思路是很清晰，但我个人的看法，主要思路还是出于一个生产管理者的观点，对于品牌的经营来讲欠缺了一点。"

"林先生认为欠缺了哪一点？"老储虔诚地看向林海沫，虚心求教。

"欠缺了一点进取心。"林海沫交叉着双手，"品牌是什么，浅白一点说，品牌就是供给消费者识别的符号，所以这个符号的知名度越高，越容易被识别出来，你的品牌越有价值。"

他不紧不慢地道："你看国外很多大的品牌，他们只做设计，根本没有工厂，就像魏总说的，真正的生产者恰恰是那些没有品牌的生产厂家。"

老储仿佛有所悟，又似乎没有悟透："那您的意思是……"

林海沫道："品牌可不是光有技术跟质量，现在早已经不是酒香不怕巷子深的年代了，做品牌不但要会生产，更要会营销。譬如我投资给你们一个亿，坦率地说我就希望你们能用八千万来做好这个品牌的知名度。"

"林总的意思是，我们用资金的八成去打广告，剩下的两成来做产品？"魏诤有些质疑。

"魏总你一定从来没有做过品牌吧。"林海沫镜片后面露出一点精光，他微微笑道，"有的时候一个会打广告的品牌往往要比那些不会打广告的品牌要卖得更好，价格可能更高。假如斐拉德克已经是名牌了，它还需要操心生产吗？"

老储回来的路上坐在车子里感慨："有道理啊……"

胡丽娜道："可是我觉得魏总好像不大赞同林总的意见。"

"哎，他从外企出来的，又能懂咱们民企多少？林海沫可是专门做民企融资的，投资了不知道多少个品牌，那可是个行家。"老储"啧"了声，"咱们现在做的是低端生产，品牌做起来了，咱们做的就是服务行业，这从劳动生产到服务行业，不就是产业升级吗？"

魏诤从饭店里出来，内心感到荒谬，但他又的确欠缺一些做品牌的经验，无法直接反驳林海沫。回到斐拉德克安排的小别墅，仍然有些烦闷，于是就干脆出去夜跑。

白岚打来了电话："你爸爸让你过去吃年夜饭。"

魏诤边跑边道："我不过去了，我还有事。"

"那你年夜饭在哪里解决？"

"跟单位加班的同事一起吃。"魏诤岔开了话题，"你们已经上飞机了吧？"

"上了呀，本来以为大年三十走，肯定人很少的，哪里知道还是这么多人，这前后左右的都是旅行团。"白岚抱怨地道，"你说中国怎么就这么多人？！"

"可能中国人怕寂寞吧，所以有生孩子的机会都不会放过。"

白岚笑得前仰后合："你小的时候，一看见别人家的小女孩就想骗回家当妹妹。"

魏诤打岔道："我好像听见苏叔叔在叫你！"

白岚"哎呀"了一声："那我挂了，我到了西班牙再给你打电话！"

通话结束，蓝牙耳机里重新恢复了音乐，魏诤按下了暂停，站在湖边做放松动作，刚做了几个动作李瑞的电话又进来，不过他倒不是为了来拜年。

"魏总，我有个问题非常困惑，需要借助你的智慧。"

"能让李大少爷困惑的问题，我可不敢随便给答案。"魏诤费劲做了个拉筋的动作。

"别啊，这个问题真的很有难度。"

"既然这样，那就说来听听吧。"

"这世上有两种人最可怕，一种是老师，喜欢把自己的想法塞到别人的脑袋里，一种是老板，喜欢把别人的钱装到自己的口袋里，大部分男人既不喜欢老师也不喜欢老板，但是你说他们为什么还那么急切地想要找一个老婆，找一个既喜欢把思想塞到你的脑袋里，还喜欢把你口袋里的钱都掏空的女人？"

"这个问题我不可能有答案。"

"为何？"

"因为我没有这样的顾虑，我的脑袋跟口袋都不像你这么空荡荡的。"魏诤道。

"魏诤，你是不是不顾我们即将七年的兄弟情！"李瑞哇呀呀地大叫。

魏诤想了想笑着道："可能是喜欢吧，但是我觉得……如果没有比喜欢更多一点的感情，男人还是不要轻易地让一个女人觉得她既可以往你的脑袋里塞思想，还能掏空你的钱包。"

"为什么？"

"因为她们以为那样就是一辈子。"

李瑞有些默然。

挂掉了他的电话，魏诤活动了一会儿，太阳已经落下了地平线，白天五光十色的湖面此刻变成了一片微青的暮色，而后他听见了水声。

魏诤侧过头去看见了不远处有人影正朝着湖面走去，岸边高大的芦苇稍稍遮挡住了那人的身形，但还是可以看出那是个女子。

这女人要自杀！

魏诤吃了一惊，来不及多想，立即跑进湖中，涉水跑到女子的背后一把将她抱住，怀中的女子传来了尖叫声，两人便随着她的挣扎一起摔落在湖面上。

"怎么了，怎么了，锁心！"随着一个人的大喊声，魏诤狼狈地从水里爬起来，而后就看见颜伯亮穿着皮裤瞪着眼珠子站在面前。

"魏诤！"同样湿漉漉站起身的颜锁心吃惊地道。

魏诤尴尬地道："你、你没事跳进湖里做什么！"

颜锁心拿起还拽在手中的渔绳："我就是过来……放个地笼。"

魏诤此时才注意到颜锁心的身上也穿着连身皮裤，颜伯亮在他们三言两语间大致明白发生了什么，连声道："水里太凉了，快起来，快起来！"

上了岸，看着身上运动衣完全湿透了的魏诤，颜锁心道："你衣服都湿了，先去我家把湿衣服换下来吧。"

"不、不用，回去换就可以了！"寒风中浑身湿透了的魏诤冷得牙齿都在打战。

"行了，就去我家吧，我家不是别墅，但是离这近。"颜伯亮挥了挥手道。

魏诤虽然不太想去颜家，但是颜伯亮都把话说到这份上了，他倘若坚持不去，就不知道这偏老头又会生出什么别的想法来，更何况此时他的确冻得四肢都有些僵硬。

等魏诤从颜家的洗澡间出来，颜锁心已经给他泡茶了："你要喝红茶还是喝绿茶？我家可没有雨前龙井，不过茶叶也是今年的新茶。"

"你随便泡吧。"魏诤用毛巾擦着头发。

颜锁心又道："我家就一把紫砂壶，不过我爸平时爱对嘴喝，我用玻璃杯给你泡了？"

魏诤回道："你别拿碗泡就可以！"

听着客厅里的对话，梁南珍忍不住埋怨颜伯亮："你叫他来做什么？"

"人家下湖也是为了救锁心，这么冷的天，让他回去不合适。"

梁南珍没好气地道："谁要他来救？搞得鱼都没捞成。"

"人都湿成这样了，哪里还能顾得上收地笼？！"颜伯亮觉得自家的老妻不讲理，但最近家里气压低，他也不敢太过顶撞梁南珍，免得她又想起裴家的事，梁南珍对那件事多少有些埋怨的。

于是他缓和了语气道："再说我以后还要跟他共事呢，你不是希望我晚点退休，再多赚两年钱嘛！"

颜伯亮回家之后，老储就委任了销售部的曹乐水做生产部的经理，此时魏诤才发现自己犯了个错误，因为比起奸猾的曹乐水，颜伯亮要实在多了。

因此很快，魏诤就给颜伯亮安排了个车间顾问的位置，颜伯亮对魏诤有气，但更不愿意车间落入曹乐水这样的人手里，于是两人一拍即合，目前已经成功地把曹乐水给架空了。

梁南珍打起了精神，小声地道："说得对，咱们可要给女儿多存点钱！"

这几日她几乎是寝食难安，每每想起颜锁心的将来就觉得一片愁云惨雾，仿佛离个婚，天就塌了。

颜锁心还不知道自己在母亲的心目中已经进入了倒贴的行列，她还在跟魏诤争辩泡茶容器的事情："大碗茶也是茶，你没听说过吗？"

魏诤被颜锁心的话给噎住了，梁南珍跟颜伯亮端着菜碗适时地走了出来，梁南珍轻咳了声："吃饭了！"

几人落座，魏诤被梁南珍看得浑身不自在，他稍稍挪动了一下姿势，还没抬起手，面前的筷子就被颜锁心拿过去了，她将筷子放到杯子里烫了烫，然后递还给魏诤："我家没有消毒液，开水烫一下将就吧。"

"谢谢！"魏诤接过了筷子，颜锁心又说："还有我家的红烧肉里面不放八角，不过拍的黄瓜里面喜欢放大蒜头。"

"你连八角、大蒜头都不吃？"梁南珍问道。

"没有的事！"魏诤连忙道，"只是平时工作的时候，我会避免吃香料，免得嘴里会……有味道，下午见客户不大礼貌。"

"说得是！"颜伯亮立刻赞同地道，"就比如廖家那个小子吧，我几次下午跟他见面，他都是一身酒味，闻着就让人心里不舒服，瞧着就不像是个做事的人！"

梁南珍又咳了两声，打断了颜伯亮借着廖家发泄心中的不满。

"人家那是对生活讲究的。"颜锁心指了指桌子上的餐具，"就像咱们家的盘子，魏总那多半不会用的。"

梁南珍看着桌面上花式漂亮的盘碟狐疑地道："我这餐具有什么问题？"

"没有……没什么太大的问题。"魏诤略微尴尬地道。

"有问题就提嘛！我们看着像不能接受意见的人吗？"颜伯亮瞪眼道。

魏诤只好硬着头皮，指着桌上的碗碟："瓷器上的花纹含铅，所以一般来说要买釉下彩，就是盘子外面带花纹的餐具，其实最好的还是用白色的瓷器。再比如说这筷子吧，也最好不要买带油漆的，不管是什么样的油漆对人体都是有害的……"

吃完了饭，梁南珍一边洗着碗一边小声跟颜伯亮嘀咕："好好的盘子，说什么带铅，新买的筷子又说油漆不好，这么事多的人还真是少见。"

颜伯亮不以为意，擦着盘子道："你不满什么呀，人家也就是凑巧跟你吃了一顿饭。"

"哦哟，幸亏跟他吃一顿饭，你看到没有，我做了一桌子菜，他就没动几筷，想当初，严明……"梁南珍说到这里突然卡住了，她想起来了那个心目中的理想女婿已经出轨别的女人了。

"他不是说了吗？今天中午陪客户了，吃得有点晚。"颜伯亮道。

梁南珍又问："你刚才听见没有，他说他妈妈跟新男朋友去西班牙旅行了？"

"怎么了？"颜伯亮不解地问。

"哎呀，那说明他们家是单亲家庭，而且吧，这家风还很……"梁南珍比了个手势，一时找不到合适的词，最后挤出两个字，"新潮！"

颜伯亮道："人家新潮关你什么事？"

梁南珍对自己丈夫的迟钝有些恨铁不成钢，她将手中的抹布一丢："我跟你讲，锁心要再找，这个人一定要稳妥再稳妥，咱们可绝对绝对不能再出错了！"

颜伯亮总算听明白了老妻的意思，他吃惊地道："你不会是以为魏诤看上咱们家锁心了吧？你可真敢想。"

梁南珍有些恼羞成怒："我怎么不敢想？就算他看上锁心，我还不一定同意呢！"

颜锁心开车送魏诤，道："我爸的车，十年的老帕萨特，别介意啊。"

魏诤上了车，拉过保险带忍不住问："颜锁心，我好像没你描述得这么……挑剔吧？"

"难道你没有不吃香料吗？没有让餐馆更换过餐具？没当众评价过天线部门的运营总监开车不长脑子，光贡献污染？"

魏诤忍不住争辩道："他买了辆超跑，开在虹口的马路上，刚开跑就要刹车，不是贡献污染是什么？再说了，我没有当众说，我只跟李瑞说过。"

"我的车排2.0，也不小。"颜锁心瞥了他一眼，"你跟李瑞说……跟在大庭广众之下批评别人，有区别吗？"

"颜锁心，你跟裴严明也是这么针锋相对的吗？"魏诤说完就后悔了，两人沉默了一会儿，他快速地道："对不起。"

颜锁心看着车窗外："可能我也是有问题的吧，他遇上了更适合的人，所以我被淘汰了。"

"荒谬！婚姻又不是淘汰赛。"魏诤嗤之以鼻，"假如一个女人的毛病结婚之前男人就知道受不了，那他根本就不该跟她结婚，出轨之后才说受不了，那不是女人有毛病，那是男人卑鄙又无耻的借口。"

"严明……他没有你想的那么……"颜锁心习惯地替裴严明辩护。

"不是我想的，是他做出来的。"魏诤道。

"你能不能别对一个你不了解，又有过节的人轻易下判断？"

魏诤挺无情地道："颜锁心，你最好别做他会幡然醒悟这样的美梦，破镜重圆从来不包括出轨，而且对一个出轨的男人做破镜重圆的梦，既可悲又可怜。"

颜锁心一脚踩下刹车，将车停在了路边，然后拿起车座后面装湿衣服的袋子塞到他怀里，不客气地撵人："下车！"

"这是……哪里？"魏诤看了一眼窗外。

"你住的地方附近。"

魏诤只好拿着袋子下了车，颜锁心将窗户放下来道："魏诤，说的永远比做的容易，祝你在新的一年里，先找到一个能入你法眼的女人吧！"

看着颜锁心的车子消失在黑夜里，魏诤有些悻悻然地提着袋子转身，却看见一对男女朝他走来，男的殷勤地道："魏总，你回来了。"

借着灯光看清了男人的面目，魏诤诧异地道："你是廖氏的……"

"廖俊智，廖俊智。"男人脸上的笑容更殷勤了，"魏总真是好记性。"

魏诤看了一眼提着大包小包的两人："你们有什么事吗？"

"我们特地来给魏总拜年。"

"谢谢，不用客气。"魏诤淡淡地道，"没什么事，我就先回去了。"

他刚走了几步，廖俊智连忙挡住他："魏总，别急嘛，咱们能谈谈吗？"

"有什么事，你们可以过年之后去斐拉德克谈。"

廖俊智讪笑道："有些私事我们想跟魏总私下里谈。"

"我不觉得我跟你有什么事是需要私下里谈的，对不起，我还有些事，先回去了。"魏诤说完刚转身，却不妨旁边的闵薇劈手夺过了他手里的袋子。

魏诤满面惊愕，廖俊智也压低了声音："你干什么呀！"

闵薇冷笑着翻开袋子里的衣物："刚才送你回来的那个女人是我弟弟的前妻吧，你跟一个女人晚上出去，洗了澡换了衣服，你们俩是什么关系就不用我说了吧？"

"开玩笑，开玩笑！"廖俊智一边拉闵薇，一边摆手朝着魏诤解释。

闵薇仍是满面的愤怒："怪不得你一来我们的工厂就找碴儿，怪不得你要去投诉我们家的厂子，我就奇怪呢，我们跟你无冤无仇的，你为什么要针对我们家？！现在都明白了！"

魏诤用一种不可思议的眼神瞧着闵薇："你神经错乱了吧，你这样说话有没有什么依据？"

"这就是证据！"闵薇举高了手中袋子。

魏诤没什么表情地道："你最好把袋子还给我！"

"我为什么要还给你？这是证据。"闵薇连声冷笑，混合着气愤跟得意，似乎抓到了魏诤什么软肋。

"因为这里面的运动服，以及它口袋里的手表，总价值超过了十万，你再仔细想一想，你要不要还给我！"魏诤抱起双臂冷冷地道。

廖俊智不等闵薇开口，一把夺过她手中的袋子递给魏诤，连声笑道："魏总，你别介意，我内人跟你开玩笑的。"

"我跟你太太很熟吗？"魏诤反问。

廖俊智尴尬地笑道："不，不熟。"

魏诤认真地道："没有事实的胡言乱语，那不叫玩笑，那叫诽谤，知道吗？"

"是，是。"廖俊智连声道。

魏诤这才接过了袋子走了，这样的气氛显然不适合再谈什么私事了，廖俊智识趣地将还不太情愿的闵薇拉走了。

老远魏诤还能隐约听见他们传来的争吵声，尤其是闵薇尖锐的声音："都抓到证据了，为什么不能说？！"

"神经病！"魏诤没好气地摇了摇头，然后就朝着自己的住处走去。

闵薇上了车，廖俊智就没好气地道："你不看看，都是你们家搞的好事，弄得我们廖家都快破产了！"

"我会想办法的。"闵薇的脸上没了刚才的歇斯底里，反而有些瑟缩。

"你有什么办法？"廖俊智冷笑。

闵薇想了想道："我听斐拉德克的人说，现在车间的大权还在颜伯亮的手里，我们去问他要加工合同，他要是不答应，我们就把锁心跟那个魏诤勾三搭四的事情说出去！"

颜锁心回到家中，颜父颜母正在客厅里看新春晚会，她一回来，两人都将目光投向她，又不约而同地立刻挪开。

"送走啦？"还是颜伯亮问了句。

"送走了。"颜锁心回答,她知道这几日父母的心情都不好,只不过竭力在她面前装得若无其事,竭力让她感到好像一切都没有变。

但怎么可能什么都没有变呢?闵佳香的身体不好,所以她跟裴严明的年夜饭基本上都是在颜家吃的,吃完饭后四个人会其乐融融地一起看春晚,听外面的爆竹声。

她还记得裴严明说过:"在咱爸妈家吃年夜饭,就为了能听见外面的爆竹,觉得特别像过年,特别有家的味道。"

然而再足的年味,再多家的味道,也挽留不住一个想要离家而去的男人。

"听说明年咱们这儿也要禁爆竹了。"颜伯亮没话又找了一句话。

梁南珍道:"早该禁了,尽污染环境!"

颜锁心心中叹息着,拿起手机翻看,手机微信里的讯息很多,都是群发的拜年消息,稍许有心一点的,会换个抬头,往常这些人里自然少不了颜锁心,但今年她有点懒得动,只是上下不停翻看着,从上到下,再从下到上,每个群都看一遍。

工作群里李瑞开了个玩笑:"你们知不知道,男人比较喜欢过年,还是女人比较喜欢过年?"

"男人吧,女人通常一过年就想到自己的年纪。"有男同事道。

"假如你们男人能够自觉上交年终奖,其实我们女人也挺喜欢过年的。"某个女同事开着玩笑。

"答案是男人中的女人,跟女人中的男人。因为男人中的女人喜欢过年足够热闹,女人中的男人喜欢过年的时候足够冷清,伪娘通常都比较喜欢购物,女汉子装了一年的男人,过年的时候总算可以休息一下了。"李瑞公布了答案。

有人道:"这么刁钻的话,又是Mr.魏跟你讲的吧。"

李瑞一连串的"哈哈哈哈",将锅甩给了魏诤:"当然是他讲的,我这么纯良的人怎么会讲这种话?"

颜锁心看着群里的对话,忍不住"扑哧"笑出声,她从包里拿出自己的笔记本,首页上贴着职工联络电话,魏诤的电话还在上面,她将它输入手机,存储的时候本来想输魏大小姐,但最后用的还是MR.魏。

回到家中的魏诤打了好几个喷嚏,他倒了杯热水,细致地给自己冲泡了一杯板蓝根来预防感冒,将空调调到一个合适的温度,坐在沙发上,听起了他的交响乐。

工作群有了这一波李瑞的高潮之后,就再也没有什么人出来活跃气氛,颜锁心机械地滑动着手机的屏幕,突然有一条新来的微信映入她的眼帘。

"新年快乐！"

那是裴严明发过来的，简单的四个字，却瞬间让她模糊了双眼，她此刻才意识到自己这样反复地查看微信，等的不过是这简单的四个字。

过了年，老储就决定给斐拉德克打广告，形象代言人找了一圈，价格把斐拉德克上下都吓了一跳，一线明星基本请不起，靠一线的也要大几百万。

胡丽娜连连惊叹："这明星们的钱也太好挣了吧。"

"你现在去做群演也太晚了。"魏诤翻看着手里的资料道。

胡丽娜嗔道："魏总，你现在讲话没以前那么客气了。"

听到胡丽娜带尾调的嗔音，魏诤立刻收起了轻松的语调，问："老储还没定吧。"

"定了啊，就是那个开价一千万的。"胡丽娜道。

魏诤讶异地道："可是中介不是透露说，这个明星的私生活有点不太检点？"

胡丽娜眨着眼："但他要便宜一点嘛！"

"可这不是在选品牌形象代言人吗？"魏诤难以理解。

胡丽娜不以为然地道："魏总，明星是看流量的，至于他们私下里是好还是坏谁知道啊？这个明星还是挺有流量的，你就不用操心了，合同都跟经纪公司签了。"

魏诤指着桌面上的文件问："那这文件还拿来给我签做什么？"

胡丽娜有点委屈地道："魏总，你不是说，合同一定要有你的签名，做事要符合流程吗？"

魏诤看着胡丽娜，有那么一会儿，他都不知道自己该从何说起。

斯威德的大楼里，放了一个月长假的颜锁心刷卡经过了通道，她忽然发现前面站了个高挑眼熟的女子，尽管经过了许多心理建设，但她见到了这个女人还是无法完全平静。

只是颜锁心弄不明白的是，任雪怎么会出现在这里？

颜锁心没有同任雪打招呼，任雪也仿佛不认得颜锁心，事到如今两人都不必要维持表面的客套，楼层停在了人事部，任雪走了出去。

直到她走出去的那刻，颜锁心才感到紧绷的背脊微微放松了下来，人也随着这样的松懈微微摇晃着，旁边有人轻声说了一句："朵拉，你没事吧？"

颜锁心才发现财务部的总监安娜站在边上，她连忙道："我没事。"

安娜关心地道："我看你的脸色不太好，你可要多注意。"

"谢谢，我没事。"颜锁心看着安娜隆起的肚子问，"你现在还是要当心的，不如在家多休息几日吧……"

安娜笑了笑："我是过来办离职的。"

"为什么要办离职？"颜锁心吃了一惊，她将年假都放在了春节里，想要彻底放个长假，因此比公司其他人晚了二十天才来上班，并不知道发生了什么事，"公司不可能让你走啊。"

"公司是没明说让我走，可是话里话外地表示为难，说我占着位置不出力，不知道多少人有意见，我安娜还不需要别人为难的同情。"安娜笑了笑道，"生完了孩子再战江湖，我还怕找不到工作吗？我现在只怕自己生不出孩子！"

颜锁心有些唏嘘，略略沉默了会儿问："我刚才好像看见人事部来了个新同事，我过年请了二十天的假，她是谁啊？"

"哦，那位是从长春调过来的人事部经理，听说能力还蛮强的，现在还在读人力资源的博士学位。听说因为这个还搞了个乌龙，她为了一篇论文打电话来问丽莎，公司对怀孕的应聘者会怎么处理，结果人事部以为她怀孕了，让洁西卡吴空欢喜了一场。"

颜锁心有些恍惚，心情七上八下的，整个脑海里的思绪都乱成了一片。

安娜轻笑了声："不过我觉得这位还没上任，就让自己的上司出洋相，并不太好。"

她们也没多谈，出了电梯安娜拿着辞职信就进了尤格尔的办公室，颜锁心坐到了自己的办公椅前，有那么一阵子她心里充斥着抑制不住的悔意。

她的脑海里闪过无数个假设，假设自己能沉住气，不被任雪挑拨，不被这些真真假假的讯息所迷惑，是否她跟裴严明就不会离婚？只要她能再坚持一会儿，就像裴严明说的，不要弄得所有的人都知道"这件事"，那么他们是不是还有挽回的机会？

颜锁心拿着手机，翻看着裴严明过年时发来的"新年快乐"，那四个字发送的时间正好是新年的十二点整，一秒不多，一秒不少，想必裴严明是特意候着准点给她发送的信息。她眼泪止不住地往下掉落，只能快步走到卫生间，将自己反锁到格子间里抽泣。

一刹那间，她内心里的痛惜似乎盖过了她对裴严明不忠的愤怒，脑海里更多的是那些甜蜜的往事，她开始相信裴严明的解释，这就是一起误入歧途的事件。她在想裴严明是不是也像她那样在煎熬，以至于她差点冲动地想要即刻拨打电话给裴严明。

这一整天她就如同被块毛玻璃从这个世界隔离了，所有人的声音都飘在很远的地方，下了班，回到新租的房子里，手机都还握在她的掌心里，几乎捏出了汗。

而后……手机响了。

她迫不及待地接通，甚至都来不及去细看号码。可惜电话不是裴严明打来的，而是她的母亲梁南珍，她焦急地道："闵薇上门来闹，你爸爸高血压犯了，好像、好像中风了。"

颜伯亮自从上次在裴家大战一场，身体就有点不舒服，但由于不想给心情欠佳的妻子女儿增添更多的烦恼，他也就没有提及自己的不舒服。今天他在厂里就有些头晕目眩，所以破例没有加班，提早回了家。

可谁曾想刚好遇见闵薇上门来吵闹，两人一争执，颜伯亮就一头栽倒在地上，闵薇不敢停留，匆匆跑了，只留下了惊慌失措的梁南珍。

颜锁心慌意乱地问："叫救护车了吗？"

"叫了，还没有来！"梁南珍急得直掉眼泪，"我现在搬不动你爸爸，怎么办？"

"搬不动，搬不动……"颜锁心反复念叨着，她突然想起了什么，"妈，我先挂电话，我叫人，我去叫人！"

她挂完了电话，立刻就拨通了裴严明的手机，嘟嘟声响了五六下没有人接，颜锁心觉得那几下无比的漫长。

终于电话那端通了，裴严明压低了声音问："锁心，你有什么事？"

颜锁心结结巴巴地道："严、严明，爸爸好像中风了。"

"中风？"裴严明声音略略抬高，又压低了问，"叫救护车了吗？"

"叫了，可是我们抬不动爸爸。"

裴严明略略停顿了几秒，道："我现在赶过去也来不及了啊，你找邻居帮下忙吧。"

那边传来了一个女声："严明，你电话打完了没有，大家都叫你进去呢。"

颜锁心握着手机有些呆愣，裴严明加快了语速："爸爸身体一向很好，高血压犯了，不一定是中风，你不要太担心，救护车来了，医护人员会帮你的……我现在有事，等一有空，我就去看你们。"

手机那边有忙音传来，颜锁心眼前的毛玻璃好像突然清晰了，因为一直含在眼眶里的眼泪掉落了下来。

每个女人都会在内心里隐藏着一种期望，那就是她们爱情的保质期会大于她们婚姻的存续期，她们心里往往着某种错觉，那就是即便她们的婚姻不在了，但她们仍然存在于那个男人的心里面。

然而他们都不能保留一个女人身边人的位置，又怎么会给这个女人保留心中的位置呢？一个男人没有顾惜就在眼前的你，又怎么可能还会怜惜已经消失在他生活里的你呢？

　　爱情之所以为爱情，天然地包含了责任，因为除了这个，剩下的都是苟且。

　　颜锁心将电话打给魏诤纯属鬼使神差，又或者就是一种急病乱投医，然而让她没想到的是魏诤没有丝毫犹豫就同意过来帮忙，等颜锁心赶到的时候，他已经替颜伯亮联络好了上海的医院。

　　尽管颜伯亮的病情在当地医院得到了初步的医治，可是转院的路上他们仍是争分夺秒，护士们从救护车拉下病床就飞快地推往诊室。

　　颜锁心追在后面，轮子在光滑的长廊上滚动着，狭窄的甬道似乎看不见出口，咽喉仿佛被什么给扎紧了，飞快地喘息着却仍感到几乎要窒息。

　　她眼睛的余光瞥见了跑在病床一侧的魏诤，他的大衣是敞开着的，露出里面黑色的毛衣，奔跑令他平顺的头发有些凌乱。然而看见他的身影，她紧缩的心脏就莫名地松了，心里有什么重新落回了实处，连呼吸也平顺了。

　　"家属帮下忙！"病床在电梯的一端卡住了，护工急忙喊了声。

　　"哦！"颜锁心慌忙上前去抬病床。

　　"我来！"魏诤接了过去，将病床轻轻抬起，又轻轻放下，病床就平滑地进入了电梯。

　　颜锁心交完诊费回来，魏诤正坐在诊室的外面，看见她皱眉问："有什么问题吗？"

　　"其他没什么问题，就是没有……病房，可能要先睡在走道里。"

　　魏诤握拳咳嗽了声，抬手接过颜锁心手中的病历："我来想办法。"

　　颜锁心想起这家医院的专家诊治是魏诤联络的，想必有些关系，于是道："谢谢。"

　　"不用客气，举手之劳。"他说着又轻咳了两声。

　　颜锁心注意到魏诤的脸色有些不正常的酡红，她不禁道："你病了吗？"

　　"没有，刚才呛了点风。"魏诤转过了话题，"替颜伯伯诊治的是这家医院的方副院长，他是脑梗方面的专家，你不用太担心。"

　　颜锁心轻轻"嗯"了声，颜伯亮进了诊室，隔了会儿又被推出来，做了各类的检查，当中都是魏诤在帮着将颜伯亮的病床搬上搬下。

　　偶尔的瞬间，颜锁心会误以为那个半蹲在病床前，将颜伯亮背上背下的人是裴严明，然而只是眨眼，她就清楚地知道他是魏诤。

"病人是暂行性脑缺血，不是脑梗，也不是中风，再留院观察几天，你们不用太担心。"方副院长和颜悦色地跟颜锁心笑着道。

等颜伯亮从诊室出来的时候，被安排进了一间单人病房，看着他已见好转的面色，颜锁心紧绷的神经才彻底松懈下来，由里到外地感到了疲惫。

她弯腰在柜子里找到了热水瓶出去打水，打开门听见方副院长站在门外笑着对魏诤道："你爸爸说，你难得让他帮次忙，要我无论如何全力以赴。"

魏诤还没有说话，方副院长就先看见了颜锁心，便笑道："你就是病患的家属？"

"我是他的女儿，今天多谢方副院长，麻烦您了。"颜锁心客气道。

"不用客气，你要谢就谢他吧。"方副院长笑着指了指旁边的魏诤。

魏诤有些不自在，咳了两声道："我跟她……跟她爸是同事。"

方副院长笑着收回了目光："今天病人还要留院观察，你们多辛苦了。"

颜锁心打了水回来，见魏诤靠着墙壁闭目休息，听见她的脚步声他睁开了眼睛，颜锁心给他倒了杯热水："我看你有点不舒服，就回去吧，我在这里看着就行了。"

"我等会儿去买点吃的，你喜欢吃什么……还是泡面吗？"魏诤接过了杯子问。

颜锁心欠了他一个很大的人情，难免要客气些，所以只好道："帮我买盒拌面就好了。"

魏诤出去不多久就提着袋子回来了，让颜锁心意外的是他居然给自己也买了盒方便面，两人坐在病房外面的走廊里各自端了一碗方便面，魏诤用叉子翻着面不解地道："真不知道你怎么这么喜欢吃方便面？你知不知道，实验证明，当方便面进入你的胃里，三十六个小时之后……它还完好无损，也就是说你吃一盒方便面，有可能要一个星期才能排出体外，这得有多不健康。"

颜锁心吃面的动作不由自主地停顿了，叹息着问："魏诤，你这么多年还爱吃大白兔奶糖吗？"

魏诤"扑哧"一声，口里的面汤都喷了出来，他剧烈咳嗽着，颜锁心急忙抽出纸巾，手忙脚乱地给他擦下巴，他伸手去接纸巾，两人的指尖相触，都下意识地缩了回去。

颜锁心尴尬地道："所以我平时很少吃汤面……"

魏诤接过纸巾，匆匆将自己的嘴边、身上喷到的面汤擦干净，而后认真地申明："你给我听好了，不是我喜欢吃奶糖，是我妈喜欢吃！我都是给她买的！"

颜锁心立即道："我猜也是！"

"你猜什么？"魏铮挑眉。

"整天吃糖的人不可能像你这么讲话。"颜锁心吃着面道。

魏铮转过脸来道："所以你就跟公司里的人造谣说，我每天兜里揣着糖就是为了讨好伊瑞克那个六岁的小女儿。"

颜锁心没想到魏铮会在这时翻起以前的账，她委婉地道："我哪有造你的谣，我就是看到你每次都能从口袋里摸出糖来哄伊丽莎白，感觉你特别细心，特别贴心。"

"真的？"魏铮看着她反问。

"假的。"颜锁心避开了他的目光，"我觉得你就是故意的。"

魏铮瞪着她，隔了半天才解释："我只是……觉得小孩的话太多，影响我的工作，有糖吃，她能安静一点。"

"伊丽莎白还好吧。"

魏铮生硬地道："那是因为她从来不找你！"

"那你是不是也在背地里讲我，相貌是二三十岁，办事效率是四五十岁，智商是十四五岁？"颜锁心也问道。

"那是因为你在背后跟人讲，我像个三十多岁离了婚的女人，一脸的荷尔蒙失调，那我就失调一下给你看看！"

他说完就发现又说错了话，两人面面相觑地沉默着，仿佛此时才省悟，原来坐在旁边的这个人跟自己关系是这么的不好，又或者直到此刻才省悟，这个人其实……也还好。

沉默了好一会儿颜锁心突然问："你看一下微信？"

"什么？"魏铮摸出了手机。

"我刚刚申请了好友，通过一下啊。"

魏铮被她旧事重提便道："我也申请了你几次，你怎么不通过呀？"

颜锁心诚恳地致歉："人民错了，应当以教育为主，机会还是要给的。"

"我魏铮申请好友还叫人给拒了的，就只有你，别随便代表人民。"魏铮点开微信，抬手通过颜锁心的申请，然后发现她发过来的申请语是，为今天的事谢谢，还有为过去的事抱歉。

"我没那么小气。"魏铮说着通过了申请，然后又想起了什么，"你大门的密码该换换了，你不会从办公室的文件，到大门，再到你的银行卡都用一个密码吧？"

"你怎么知道？"颜锁心吃惊地道。

"因为你家的水龙头没关，你楼下的那位抱狗的卷发女人带着物业逼我想办法，我给你打了十几个电话你不接，申请好友你也不通过，我只好试试了，还真是让人没有意外。"

颜锁心此时才知道魏诤申请好友是为了提醒她家里的水龙头没关，而不是为了她在超市骂他娘娘腔的事，她愣怔片刻才笑道："我忽然发现我的眼光可能真的不太好。"

"确实不好，否则怎么会看上裴严明？"魏诤一点也不客气地道。

"在你看来，他是个怎样的人？"颜锁心并不想跟魏诤讨论前夫，可是又忍不住好奇地询问。

"一个小心眼的男人。一个男人的小心眼要是刻在骨子里的，再多的功成名就也改变不了，要想彻底改造，除非重新投胎。"魏诤嘲讽地道，"所以他看待太太有个特定的位置，你不能超过他，让他感到没有自尊，也不能落得太远，让他承担压力。"

颜锁心有些尴尬，魏诤的话似乎也是在嘲笑她，嘲笑她那种觅得良人万事足的自以为是，她转过了话题："我算明白你为什么跟李瑞走得近了，比起李瑞，你才是妇女之友吧。"说完也不等魏诤回答，她端着面桶回到了病房里。

魏诤以为颜锁心是不高兴他讥讽了裴严明，他也有些后悔自己的口不择言，其实除了对李瑞，对其他人说话他并没有那么直接。他跟李瑞是朋友，而他跟颜锁心又算得了什么关系？

颜锁心坐在父亲的病床前，也不知道什么时候趴在床边睡着了，夜半的寒意让迷迷糊糊的颜锁心再次醒来，她起身看了眼还处于熟睡中的颜伯亮，揉了揉发僵的脖子轻轻打开了病房门。

当她走出病房时吃惊地看见，她以为早就回去了的魏诤还坐在门外。他裹着大衣斜靠在墙壁上，两条长腿随意地交叉平伸着，下巴埋在立起来的领子里，姿势看上去很不舒服，但他依然睡着了。

颜锁心知道魏诤是不放心她一个人留下来，因此尽管她让他走了，但他还是留了下来。仅仅两个月前，她还对自己的生活很是满足，然而眼前却只剩下了他，一个不算朋友，甚至都算不上关系很好的旧同事——魏诤。

她走进去拿出自己的毛毯轻手轻脚地盖在了魏诤的身上，身体微倾的时候，魏诤埋在大衣领里的五官她看得分外清楚。魏诤的俊秀不是那种纯良型，亦不是邪气的，而是透着精明强干的那种，外表精致，眼神挑剔。

公司里有人私下里评论魏诤的相貌，唇边带刀，眼角带梢，既多情又无情，但颜锁心觉得魏诤就像一颗颜色不那么红，滋味却很甜的葡萄，她在心里替以后那位有勇气去品尝这颗葡萄的女人赞了声好福气。

魏铮睡得并不安稳，他自从上次落水便有些咳嗽，晚上时不时地会因为咳嗽而惊醒，当他再次睁开眼，便发现自己的身上多了一条毛毯，不用想他也知道这条毛毯是颜锁心给他的。

他拿起毛毯打开病房门，颜锁心已经重新趴在床边睡了过去。她这一日虽然跑得没有魏铮多，但是精神上的紧张担忧却远胜魏铮，大大地消耗了她的精力。

魏铮重新将毛毯盖回了颜锁心的身上，在这么紧要的关头，她再病了，对颜家来说那就真的要手忙脚乱了。他刚将毛毯盖好，忽听颜锁心含糊地道："谢谢你。"

有一刻魏铮以为她醒了，可细看发现颜锁心完全是闭着眼睛的。她的眼形没什么特色，却长着颇为妖娆的长睫毛，尤其是侧着看，浓密的长睫毛从眼帘处洒下来，给人一种静处生欢的隐秘喜悦。

魏铮思考了一下，猜想也许颜锁心只是恰巧在做梦，然后恰巧在梦里对他说谢谢。可当他想到他出现在颜锁心的梦中，忽然就有了一种很奇怪的感觉，那种感觉像是有什么爬上了心头，有些痒，又有些悸动。

为了不总麻烦魏铮，颜锁心隔日就请了位护工，因此梁南珍来的时候并没有看到魏铮，她毕竟年纪也大了，昨天颜锁心坚持不让她跟着来。

当梁南珍问过颜伯亮的病并没有想得那么严重才松了口气，将带来的粥给颜锁心盛了一碗，然后打量了一下病房："这个单人病房……是魏铮帮忙的？"

"是他帮忙联系的。"

梁南珍沉默，等颜锁心粥都快喝完了才道："这个小伙子吧，人本质上还是不错的。"

魏铮帮了个大忙，梁南珍对他的印象好了不少，但绝对没好到会支持颜锁心将魏铮当作二婚对象考虑的地步，毕竟有些人当朋友很不错，可是当丈夫是万万不行的。

颜锁心没弄明白梁南珍语调里那可惜的意味从何而来，因为裴严明来了，他来得也不算晚。出于某种原因，他没有进病房，而是站在门外跟颜锁心说话。

裴严明穿着一件驼色的时尚大衣，里面则是黑色笔挺的西服，领口露出半截领带，款式正是圆点的图案，整个人看上去气色很不错。相对而言，颜锁心最近食睡都不安宁，再加上昨晚又熬了一夜，圆润的脸显得有些瘦削，衬着大大的黑羽绒服，让裴严明好像又看到了十年前那个懵懵懂懂的学妹。

"你自己也要当心身体。"他自然而然地伸出了手，但随即似乎又想起了什么，伸出的手极其僵硬地又塞回了口袋里。

"需要我帮忙找人联系一下吗？"裴严明边说边在脑海里搜索了一下，印象里似乎认识那么一个在医护系统做事的同学，但他并不敢肯定这个不经常联络的同学是否能帮得上忙。

也许还可以再问一下任雪，在人脉的方面，任雪的确要比他宽广得多，裴严明正思忖着，却听颜锁心语调平淡地说："不必了，有朋友已经帮我们解决了。"

裴严明知道颜家在上海并没有亲戚故交，而颜锁心一向也没有什么太有能力的朋友，他以为她是在埋怨自己昨晚没能及时出现，因此语气很诚恳地道："你不用推辞，这是我应该做的。我说过了，只要你有困难，我一定竭力帮忙的，昨天……我是真的刚好有事。"

他们说话间，一行人走过来停在病房的门口，颜锁心朝着最前面的中年男子打招呼："方副院长。"

"昨晚一夜辛苦了。"方副院长也笑着点头示意，然后就带人走进了病房，颜锁心也跟在后面走了进去。

等裴严明进了病房，才发现颜伯亮住的是单人病房，这令他很意外，此时他才相信昨天确实有人帮了忙，这令他有些脸红，想起颜锁心冷淡的态度又有些不是滋味。

"已经没有大碍了。"方副院长做过检查之后说道，此时颜伯亮已经醒了，只是还有些头晕目眩，他昏厥主要还是脑部缺血造成的，中风却是虚惊一场。

"谢谢方副院长。"颜锁心由衷地露出了笑容，梁南珍更是千恩万谢。

方副院长笑道："让病人多休息吧。"

裴严明同颜锁心将方副院长送到门口，态度殷勤地道："方副院长医术高明，遇上您，是我爸的福气。"

方副院长诧异地指着他问颜锁心道："你们……是兄妹？"

裴严明不禁失声，颜锁心微微沉默了一会儿，才平淡地道："他是我前夫。"

方副院长没想到会问出这个，只能连连"哦哦"了两声，又说了两句闲话，就匆匆带着人走了。

等他走了之后，裴严明这才压低了声音道："人家问你是兄妹，你应付两句就可以了，何必要跟人实话？"

"我没有什么需要跟人隐瞒的。"

"你……"裴严明看着人来人往的走廊，只得又压低了声音，"我也是为你好。"

"那我要不要同你说声谢谢？"颜锁心讽刺地问。

裴严明还没有回答，梁南珍提着水瓶从屋里走了出来，裴严明瞧见了她表情有些不自然，喊了声："妈……"

梁南珍对裴严明的喜爱之情一向溢于言表，有时自己的女儿颜锁心也要靠边站。她出来的时候本来是板着一张脸的，但被裴严明这一声期期艾艾的"妈"给叫红了眼圈："不敢当。"

她说完就拿着水瓶头也不回地朝着热水间去了，裴严明沉默了一阵，又道："我知道，这件事都是我的错，事已至此……说什么都没用了。可离婚是咱们的私事，能不让人知道，最好还是不要让人知道，对你对我都好，你说是不是？"

颜锁心抬头细瞧着眼前这个依然气质温文的男人："你不如直说，你不想让斯威德的人知道……你是跟我离婚了！"

她直视着他，那双看向他从来是满心欢喜的眼睛，现在仿佛能渗出实质的鄙夷来，这让裴严明有些无地自容，他狼狈地道："把事情都抖开了，对你又有什么好处？我们总还是要开始新生活的，不是吗？"

"要开始新生活的人是你吧？不，也许我该说，你早就开始新生活了。"颜锁心转过了目光，语气又变得平淡，"如果你担心的是我会对过去纠缠不放，非要告诉别人我跟你结过婚，那你大可以放心，我还没那么闲。"

"那……我先走了，你有事就给我打电话。"再多说下去，似乎也是徒增一场争吵，裴严明低头说了句，也没有等梁南珍打完水回来就匆匆地走了。

裴严明的脚步声逐渐远去，站在走廊里的颜锁心知道，他不是正在离开这家医院，而是一步步地永久离开了她的生活。

"至亲至密至疏夫妻，再也没有比一个年过三十岁失婚的女人更能体会这句话的了……"她坐在医院的走廊里，给远在南京的沈青发了一条短消息。

苏青很快就给她回了微信："至亲至密至疏夫妻，这句话就没有下限，总的来说四十岁离婚的女人比三十岁的女人要多明白一些，五十岁离婚的女人又要比四十岁的女人领悟多一些，基本上年龄越大离婚就理解得越透彻。所以你应该感到高兴，你现在就离了，我对你有信心，你总有一天会跟裴严明这样的男人说，多谢你在我三十岁的时候就跟我离婚了！"

"说得对，我从现在开始就要奋发图强，做个以事业为荣的女人。"颜锁心回道。

几日之后颜锁心刚送完饭走出医院的大门，忽然看见一位衣饰体面的短发中年女子朝她走过来："是颜锁心小姐，对吗？"

"您是？"

"是魏诤的爸爸让我过来请你的。"

颜锁心听说是魏诤的爸爸立刻打起了精神，她可还记得方副院长正是魏诤的爸爸介绍来的。

"我姓吴，你叫我魏太太、吴阿姨都可以，今天是魏诤爸爸的生日，我们刚好订了附近的饭店，听说颜小姐是我家小诤的好朋友，就顺道过来请颜小姐一起吃个饭，不知道是不是冒昧了？"吴太太笑意吟吟地道。

"当然不会，那我去买个礼物。"颜锁心被搞得有点手足无措。

魏太太笑着道："都是自己人，用不着这么客气，而且时间上也来不及了。"

颜锁心只得跟着那位魏太太上了车，那是辆银灰色的奔驰，车型不算小，等她上了车魏太太才笑道："上海的交通很挤，所以我家先生不爱开车，他在单位有司机，在家我就是他的司机。"

"魏先生跟魏太太真是恩爱。"颜锁心由衷地夸了一句。

"颜小姐过奖了。"魏太太笑道，她的皮肤白皙，眼眶狭长，不是很精致，但别有一种利索的韵味，年过五十岁，却不显老。

"我以前常见魏诤给你买奶糖，魏太太您现在还爱吃奶糖吗？"

"小诤不是给我买的奶糖。"魏太太笑得仍是不多不少，"我是他爸爸的第二任妻子。"

"不好意思，我搞错了。"颜锁心没想到自己会闹个大乌龙，颇有些不好意思地道。

"没有关系，其实我嫁给小诤的爸爸之前，也有一次婚姻，我们都算是再婚。"

"那魏太太一定运气很好。"颜锁心恭维道。

"我这个人从来不相信运气，只相信谋事在人，我听说颜小姐最近也经历了一次婚姻失败？"

颜锁心这时才意识到哪里不对，那就是这位魏太太显得过于客套，半点也不像是来请儿子的朋友吃饭的样子，倒更像是请个有潜在合作关系的人吃饭，客气里包含着试探。

"那都过去了。"颜锁心含糊其词道，她有些后悔轻易地上了这位魏太太的车，她从包里摸到了手机，想要见机给魏诤发条信息。

魏太太似乎已经猜到了她的想法，仍然满脸堆笑地道："你要不要给小诤打个电话？免得他怪我们吓他一跳。"

她如此落落大方，颜锁心倒反而不好太生硬，便给魏诤发了一条短信。她们进入酒店包厢的时候，看见一个颇有威严的戴黑框眼镜的男人，另外陪坐着一对年轻的男女，男子是黑色的修身西服，女子则是一身露肩的小礼服裙，两人陪着男人说话。

魏太太带着颜锁心一进来，那位少女就站起身来很热情地拉着颜锁心坐到身旁："你就是颜锁心姐姐吧，我早听爸爸说起你呢。"

颜锁心觉得魏家人可能有什么误会，但是这样的情况下她又找不到合适的机会来解释。

"别没大没小，等会儿你颜锁心姐姐要陪你小诤哥哥坐呢。"魏太太含笑说了句。

那位少女也不见外，笑着道："我叫魏琬，这是我二哥魏珏，琬跟珏都是美玉的意思！"魏琬一口气连名字带含义都介绍了一遍，然后又抱住那位戴黑框眼镜的男人的脖子，"这就是把我们当美玉的最最亲爱的爸爸了，也是小诤哥哥的爸爸哦。"

颜锁心觉得那名叫魏珏的年轻男子瞥了她一眼，眼里似有不屑，但细看又不那么明显，而魏诤父亲则上下瞧了眼颜锁心，语调还算温和地道："来了就不要拘束，想吃什么跟你吴阿姨说。"

"还要多谢伯父帮我爸爸介绍医生。"颜锁心礼貌地道。

"都是小事。"魏父关心地问了句，"你父亲好点了没有？"

"好多了。"

魏父也没有问旁的，魏太太拿着菜单过来低声跟他讨论要添什么菜，一子一女也在旁边参谋，一家人其乐融融，有种旁人插不进脚的感觉。

颜锁心没事就打量周边的环境，中西合璧的风格，是那种老上海的民国风，墙壁上挂着艺术画，角落里还放着一只留声机，整个厅里就放着他们这一张长条形的桌子，材质是花梨木的，露出餐布的惊鸿一瞥里可以看到它漂亮的木质。

"三千块一位，也没啥好吃的嘛。"魏琬嘟着嘴道，她转过去问颜锁心，"颜锁心姐姐，金箔海胆蒸蛋你吃吗？"

"我不挑食。"颜锁心收回了目光答道。

魏珏却不满地道："那有什么好吃的？！"

"颜色好看呀，金灿灿的，再说锁心姐姐说不定没吃过。"

魏太太笑着道："那就把黑鱼子跟鲍鱼都点了吧，这家店的火腿也不错，伊比利亚的，颜小姐你也尝尝。"

魏父朝颜锁心点了点头："不挑食这很好。"

魏琬朝着众人吐了吐舌头："爸这是拐着弯在骂我呢。"

颜锁心瞧着他们你一言我一语的，倒有几分像是红楼里招待刘姥姥。她陡然间发现房间里的人声小了些，侧过头见魏诤走了过来，他拉过椅子便坐了下来，周身的冷气让颜锁心都忍不住打了个寒战。

"怎么现在才到，让人家颜小姐等？"魏康安皱了皱眉，魏太太出声笑道。

魏诤身形笔挺，抬起头道："我好像不知道你要请我的朋友，你不打一声招呼就把人接来了，现在你反过来怪我让人久等？"

"你阿姨也是好心，她听方副院长说你交了个朋友，便好心接过来吃顿饭，你这发的是哪门子脾气？"魏康安不满地道。

"好了好了，魏琬魏珏，还不跟你们大哥打声招呼。"魏太太打着圆场道。

魏琬跟魏珏声音不高地齐声道："大哥。"

"不敢当，我父亲喜欢乱认儿女，但我不喜欢乱认弟妹！"魏诤冷着脸毫不留情面地道。

"你这个逆子！"魏康安重重地合上了手上的餐单。

魏太太那张笑脸也冷了下来："小诤，今天怎么也要看在你爸爸过生日的份儿上，你这也太不懂事了。"

"比起担心我不懂事，魏太太你还是操心一下自己的儿女。你的儿子整日开着跑车泡妞不干正事，留学六年大概只学会了Fuck you，你的女儿不是整天逛街，就是花钱追捧小明星，不过有你这样的母亲，生出这样轻骨头的女儿也不奇怪。"

别说魏家四口，就是颜锁心也是一脸呆滞。她以前就知道魏诤的嘴巴厉害，但他平时还算矜持，现在才知道他火力全开竟是如此凶猛，魏诤接着波澜不惊地道："我劝你最好平时多把精力放一点在你的儿女身上，而不是在我身上动脑筋，否则你可能要趁着年老色衰前，再给你这对儿女找个便宜父亲，因为一个便宜爸爸可能供养不起他们了。"

"魏诤，你给我滚出去！"魏康安一拍桌子，震得上面的碗碟都在发出响声。

魏太太脸色苍白，扶着椅子好像有点站不住的样子，魏琬上前扶住她哭泣道："大哥，你太过分了，我们听说你找了个离过婚的女人，本来想表示一下我们的支持，好心好意请你们吃饭，你却在这里骂我们，骂爸爸，骂妈妈！"

"那我要不要感谢你们开明地请我们吃了顿饭？"魏诤冷笑着对魏康安道，"你以为是你的儿子，就喜欢找人妻谈感情的吗？"

颜锁心再也坐不住了，她站起身来道："首先多谢你们的款待，但你们弄错人了，我不是魏诤找的女人，更不是他找的太太。我今天来就是为了向魏先生表达谢意，现在谢意表达过了，那我就先走了。"

"颜锁心姐姐，你真的不是魏诤大哥找的女朋友啊。"魏琬满目可惜地在她背后道。

颜锁心深吸了一口气，转过身对魏琬道："魏小姐，有一位俄罗斯的作家说，天真的人，生活里总是充满了喜悦跟甜蜜，反过来说，只有生活里充满了喜悦跟甜蜜，才能使人天真。但你的生活如此复杂，你是怎么天真起来的呢？"

她快步走出了这家富有格调的私菜馆，心里充满了愤怒，但又不知道这股怒气从何而来，魏诤从后面追了上来："我送你回去。"

"不必了，我坐这边的公交车正好到家，再说了我们也不顺路。"颜锁心笑着客气地答道，然后转身朝着公交车站而去。

魏诤看着颜锁心逐渐远去的背影，心中有种说不出来的滋味，似是有些懊恼。

颜伯亮恢复得很快，不过颜锁心还是请了两周的假，一是为了陪伴自己的父亲，二是为了适应即将到来的新生活，适应她的生活里不再有裴严明，适应她从未设想过的人生，重新找到生活的重心。

销假的那天颜锁心特地化了个精致的妆，从镜子里看去，她没有任何萎靡之色，相反因为消瘦而显得更精神了。

到了公司，她刚刚整理了一下办公室，戴维扬就已经急不可待地将她拉到了茶水间："你知不知道，你请假这么多天，陈小西给你上眼药了？"

颜锁心错愕："陈小西还在咱们公司？"

"在啊！"戴维扬道，"本来听说丽莎是不想要她的，刚好你又不在，办公室缺人手，那个新来的HR说可以再给她一个机会，就让她留下了。"

颜锁心还是有些茫然："就算她顶了我几天的事，又能给我什么眼药？"

"你过年之前，上海生产分部是不是给了你一份产能扩充的文件？"戴维扬问。

"好像……是有的。"颜锁心年前因为裴严明的事情魂不守舍的，现在只依稀记得有这么一份报告，"我已经送给尤格尔签了呀！"

"哎呀，就是这份文件有问题的呀。"戴维扬焦急地道，"文件里下季度的BP数据是错的，他们把欧洲的销量预算重复计算了，你没发现呀？"

BP就是Business Plan，是对未来的销量预测，工厂一般会根据这个数据安排生产数量，所以BP数据也是生产部门扩产的必备数据报告之一。这份文件虽然是尤格尔签的，但出现了错误也只能算到她这个助理身上。

戴维扬不满地道："你请假走了，办公室就让陈小西顶替你几天，但人家多厉害，这送送报告也能被她发现文件上的数据是有错误的。这脑子削尖的哟，都赶得上筷子了！"

颜锁心忽然明白了为什么今天从她踏进公司开始，同事们看她的目光都有些奇怪，这不是她请假太久以至于对公司同事对她有了陌生感，而是因为她颜锁心犯的错让一个还在试用期的小秘书陈小西给纠正了。

　　"你可要当心陈小西哦。"戴维扬用一种警告的口吻道。

　　其实不用戴维扬警告，颜锁心也有了一种危机感，她才想认真工作，奋发图强，却忽然发现现在工作里也有了强劲的对手。

　　聊完了陈小西的事，戴维扬又向颜锁心透露了一个消息："听说伊瑞克在总部有可能升到VP（Vice President,副总裁）了。"

　　"这么快?！"颜锁心也有点吃惊。伊瑞克回到美国之后就在斯威德全球策略部门做总监，完全没想到他这么快又要高升了。

　　依照伊瑞克与尤格尔的积怨，这对尤格尔来说显然不算是好消息。

　　颜锁心跟戴维扬通完消息，回到了自己的办公桌调出来那份文件的电子备份，仔仔细细算了一遍，发现果然是欧洲那边的数据多算了两遍，但是好在主要的销量增长还是来自本土，因此即便是数据算错了，并不改变需要扩充产能的决定。

　　算好数据，颜锁心才长长地松了这口气，起身朝尤格尔的办公室走去。

　　尤格尔看见自己的助理还是很高兴的，他关切地问："朵拉，你父亲好点了吗？"

　　"好多了。"颜锁心也没有跟尤格尔绕圈子，她直截了当地提起了那份文件，先是很诚恳地向尤格尔道歉没有仔细核对数据，但也委婉地提出这个数据并不改变任何东西。

　　尤格尔听完了她的话，他微微沉吟了下回答："朵拉，维维安提出了不同的意见，我已经让她准备报告了，你可以在晨会上听一下。"

　　颜锁心略呆滞了两三秒，才反应过来维维安大概就是陈小西了。魏诤在的时候，陈小西跟着他也是不用英文名的，现在魏诤走了，几周不见，陈小西不但成功地留在了斯威德，还给自己起了英文名。

　　斯威德每周一早上九点半晨会，基本上中高层经理必须参加，其他部门人员就有事来说事。等颜锁心踏进会议室的时候，就见陈小西在跟保洁阿姨一起整理会议室。

　　陈小西主动打了声招呼，态度虽然很客气，但给颜锁心的感觉却有些微妙，仿佛一个办公室里的若有若无的影子，几日不见就变成了一个存在感很强的人。

　　同事们陆陆续续进了门，然后颜锁心发现代表人事部门来开会的，居然不是总监丽莎而是任雪。她穿着浅色的职业小西装，脸上画的是淡妆，没有用每次见颜锁心时那支阿玛尼复古口红，而是选了支半哑光的，显得干练而专业。

颜锁心为了努力克制自己不要将情绪流露出来，将身体侧过半边避开了与任雪的对视。

安娜离职了，新的总监还没有到位，因此财务部来开会的是戴维扬。他用手捅了一下颜锁心："你跟那个新来的HR不是同学吗？"

李瑞还没这个胆子指名道姓地跟人讲，新来的这位人事部经理任雪就是裴严明在长春的情人，因此戴维扬并不知道任雪的事情。

"不是很熟。"颜锁心低头佯装整理自己的笔记本。

"哦。"戴维扬可有可无地道。

门外传来熟悉的声音，颜锁心抬起头就看见裴严明陪着尤格尔走了进来，他显然也是见到了会议室里的颜锁心跟任雪，脸上稍稍露出了几分不自然，挑了个离两人都不近不远的位置坐了下来。

尤格尔很重视上海分部扩充产线的事情，因此开会上来就直接讨论上海生产分厂扩充产能的事情。

上海分厂要扩产线这件事其实从上任法国总经理在职的时候就开始讨论了，只不过因为他即将离职，因此才拖延了下来，谁也没想到他在离职前递交的这份购买新设备的报告会出问题。

会议室内有片刻沉默，裴严明稍作犹豫道："我觉得如果不是数据算错了的话，购置新的设备是没有必要的。"

颜锁心想过今天会有人翻数据错误的账，但没想过首先开枪的居然是裴严明。她脸上闪过一丝绯红，下意识地反驳道："即便数据重新计算了，它也已经超了，不是吗？"

然后她听到有人回答："不是的，朵拉，你计算的方式错了。"

开口说话的人正是陈小西，她口齿清晰地道："你计算的方式，采用的是工人每天工作八小时，每周工作五天，对吗？"

这个数据报告当然不可能是颜锁心计算的，这根本就是工厂提交上来的，但此刻她却不能当着很多人的面强调说，这可不是我算的，这是法国人算的！

她只能保持着耐心听陈小西接着往下讲："但事实上，工厂的工人并不止工作八小时，更不止工作五天。"

"你的意思是我们工厂在强迫工人超时工作吗？"颜锁心反问。

陈小西没有反驳颜锁心的话，而是接着道："他们通常会上六天的班，假如一个工人一个月的基本工资是五千块，那么平均每天就是两百块，周六做一天双薪就是四百块，四个周六就是一千六百块。他们加上四天班，就能为自己挣出一个月所需要的房租，或者挣出一个月的饭钱。事实上，不是我们在强迫工人加班，而是他们希望能加班，其实一个不怎么提供加班的工厂是很难招到稳定的工人的。"

她用委婉的口吻道："朵拉，你在办公室待得太久了……可能不太了解工厂里的人，但是我了解，因为我在那里工作过。"

尽管办公室里没什么人出声附和陈小西，颜锁心还是觉得无比的难堪，整个面颊都止不住地火烧，陈小西总结道："所以如果按实际计算，产能会比报告中的多出百分之二十五。"

尤格尔听到这里就开口道："那扩充产线的事情就先搁置吧。"

晨会刚结束，任雪突然用熟稔的口吻调侃道："朵拉，你真的要好好谢谢维维安，你不在的时候，她可是帮了大忙。你可要请人家吃饭。"

颜锁心忍无可忍地道："我要不要请陈小西吃饭，我自己会考量，怎么，你很喜欢替别人当家做主吗？"

会议室里的人还没完全散去，众人有些诧异于颜锁心的不客气，任雪却大度地笑了笑："我请也可以啊，我刚调来总部，本来就是要请同事吃饭的，择日不如撞日，今天我就请大家吃比萨吧。"

陈小西不好意思地道："怎么能让你破费？我刚转正，我请吧。"

任雪边往外走边笑着道："以后有的是机会，等你升职再请我吧。"

"哪有这么快，我才刚转正呢。"陈小西谦虚地道。

"我对你有信心，像你这么做事情用心的人，是错不了的。"

两人说说笑笑着走出了会议室，颜锁心的衣袖被人拉扯了一下，她低头见是戴维扬。他朝她使了个眼色，示意她不要说话。其实颜锁心也知道方才有些失态，可是她怎么也压不下胸中的那股怒气。

裴严明落在后面跟尤格尔说了几句话，他出门的时候刚好撞见戴维扬与颜锁心离开，他避开了颜锁心的目光，朝她们略略点了点头，然后就走了。

等颜锁心跟戴维扬分开了，才发现裴严明在办公室走廊的拐角处等着她。她目不斜视地经过裴严明，他不得不压低了声音跟上来道："你知不知道，除了BP数据报告，那份采购预算也是有问题的。"

颜锁心停下了脚步转头问："什么问题？"

裴严明道："法国人给你的预算报告里包含了一份清单，里面指定了所有的设备采购品牌跟价格，对不对？"

"是有这样一份清单。"颜锁心刚刚重新看过报告，所以很清楚报告的内容。

"你知不知道，法国人是打算在这次采购上捞一笔，然后再把这个锅抛给我这个后来者，因为设备到时是在我就职期间采购进来的。"

颜锁心明白了什么："所以你看出了这份采购清单是有问题的，才会在会议上迫不及待地指出我的错误，好借此表明你是不同意采购设备的，对吗？"

裴严明被她噎了一下："我是想提醒你，坐在这个位置上，就要多动脑，不为别人，也为自己。"

颜锁心忍不住反唇相讥："为自己多动脑子，你一直做得很好。"

走廊里人来人往，拐角处虽然僻静，但也保不准会有人经过，裴严明只得低声说一句："该说的我都说了，你好好想想。"说完，他就低头匆匆地走了。

魏诤是在饭店的洗手间里接到李瑞的电话，他最近几乎都在为接待斐拉德克各式的投资者而忙，绝大部分都是林海沫介绍来的客人，以至于魏诤常有一种错觉，仿佛他不是斐拉德克的总经理，而是他们找来的一个高级前台。

"吃了没？"

"马上吃。"魏诤语气不算好。

"那你知道我在吃什么？"李瑞心情完全没受影响。

"我又不是你爸爸，管你吃什么？"魏诤抽了一张纸巾擦着手语气不善地道。

"别这样嘛，我跟你说，我正在吃……任雪买的比萨。"他压低了声音笑着道，"任雪你还记得是谁吧，就是那个……"

魏诤顿住了擦手的动作："我知道是谁，你怎么会吃她买的比萨？"

"她现在在总部工作了呀，你忘了，我跟你说过的。"李瑞笑道。

魏诤正沉思间，李瑞又道："再跟你说件事，我今天可算是看了一出大戏，颜锁心踢到铁板了，陈小西今天替你狠狠出了一把气。"

"替我出气，替我出什么气？"魏诤皱眉。

"上海分部那个法国佬也不知道是不是燃烧了最后一把对斯威德的爱，临走之前还递交了一份产线扩充的申请报告。颜锁心吧，收到了文件她也不细看，就拿给尤格尔让他签了。后来她请假了，陈小西就去接替她的工作，然后发现里面一堆数据统计错误，你真应该来看看今天开会时颜锁心的脸色。"

"上海分厂要扩产线，法国人跟尤格尔讨论很久了，这不关颜锁心的事情。"作为差点当了上海分部总经理的魏诤非常清楚里面的事情。

"但法国人走了啊，现在总不能说是尤格尔弄错了吧，这只锅她做助理的不背谁背，谁让她做事情不当心，同样的问题怎么陈小西就发现了啊？"李瑞兴奋地道，"我跟你说，之前丽莎不是还摆出一副'到期你就走人'的腔调吗，现在不是也要给人家陈小西正式的Offer，所以说机会都是给有准备的人。"

"陈小西一个实习秘书，最多也就是让她送送材料，她半路上不但翻阅了文件，还把里面的数据重新统计了……"魏诤将手中的纸巾揉成一团扔到垃圾桶里，"这不是有准备，这叫居心叵测。如果我是尤格尔，我非但不会让她转正，我还会让她立刻走人。"

电话那头李瑞愣了半晌才道："喂，你站哪边的啊？陈小西可是替你出了气啊。"

"有些人做事情，总会为自己寻个合适的理由，但归根结底他们其实都是为了自己。"魏诤毫不领情地道，"她如果说为我，那我不过恰巧是那个合适的理由罢了，我可不会自作多情。"

"行了行了。"李瑞嘀咕道，"你不领情就算了，颜锁心做错事情总是事实吧，陈小西就算抓住她的错处，那也是公平竞争。总不能说，她颜锁心就是总裁助理，别人就不能做！"

他末了又指出："你以前在斯威德不就喜欢用陈小西吗？"

"所以？"魏诤反问。

李瑞顿时才想起魏诤正是因为陈小西才背了个大黑锅离开斯威德的，于是又嘻嘻笑道："别这么小气嘛，你现在可是在振兴民族品牌的大业，多有意义啊！"

魏诤回到办公室，拿起手机浏览了几条讯息，然后点开了颜锁心的对话框，两人加了好友之后，还没有通过信，因此对话框始终是一片空白。他对着空白的对话框想了一会儿，最终还是放下了手机，重新投入到工作当中。

胡丽娜娉娉婷婷地从外面走了进来，最近形势一片大好，智能家居市场正在蓬勃发展，斐拉德克的销量也是节节攀高，全厂上下都充满了乐观的情绪，很多人都已经在推测斐拉德克何时能够上市。

基本上大家都觉得不是今年就是明年了，当然递资料给证监会再到正式上市还是需要时间的，可是那之前A轮、B轮的融资就可以轮上几圈了呀，到时手上的原始股真不知道要涨上多少倍了啊！

胡丽娜将文件放到了魏诤的面前："魏总，这些采购订单都比较急，你签了，我好给供应部送过去。"

魏诤拿过合同翻了翻："怎么又要采购原料，不是月初才下过订单吗？"

"厂里面采购得越多，当然生意就越好啊，你怎么不是怀疑这就是怀疑那的？"胡丽娜嘟囔。

她跟魏诤接触了一阵子，终于发现百般讨好也很难讨好得了魏诤，女性魅力

144

在他面前根本不好使，而且搞不好还会碰一鼻子的灰，所以在魏诤的面前就有些懈怠了，主要的原因还是她最近也有些膨胀得厉害了，谁即将成为千万富翁了还伏低做小啊？

魏诤也没理会她，他将合同放到一边，打开电脑查看了一下仓库的数据，发现还没有更新，于是道："去仓库那边，把这个月的库存单取来。"

等胡丽娜将数据取来，魏诤翻了翻，面色变得不太好，他给那位新任的生产经理打了个电话，让他来办公室。

隔了老大一会儿，过去的销售经理、现在的生产经理曹乐水才出现。他年纪四十来岁，头顶有些稀疏，一边走一边还用手捋着剩下的几缕头发，因为跟老储是亲戚关系，显得有些倨傲。

魏诤开门见山地问："开年二十多天，你就增加了二万套的库存，这是销售那边的订单吗？"

"这都是常规品种啊。"曹乐水回答。

"既然没有订单，为什么要盲目地把它们生产出来？"

曹乐水一听就不乐意了："魏总，话不能这么说，我说了这是常规品种，预备电商618搞活动要用的，怎么能说盲目？合着我把车间的产量搞上去了，还有错了？"

魏诤瞧着理直气壮的曹乐水都有些气笑了，但他当然不会去争执究竟谁对产量做出了贡献，于是沉吟了一下解释道："曹经理，你也做过销售，应该知道生产管理不是能生产多少就生产多少，还需要兼顾上下游。你这么开足马力地生产下去，到了618将会积累起多少库存？假如电商平台的销量远没有你们想的那么乐观，你知道一家工厂资金链断掉的后果吗？"

胡丽娜在旁边插嘴："魏总，工厂资金紧张是常有的事，代理商拖我们的，我们就拖供应商的……"

魏诤打断了她："你去跟销售部说，我要跟他们开会。"

胡丽娜带着不高兴走了，魏诤没有等到她去通知的人，倒是等到了老储的电话："魏诤啊，最近正是市场扩张的时候，这个时候谁的产量高，谁的资金大，谁就能占得住地盘。你不要一看见异常数据就紧张，数据是死的，人是活的嘛！"

他又语气含糊地点拨了下魏诤："现在投资者不是很关注我们一年的产能是多少吗？有产能才有市值，有市值才有投资的价值嘛！你知道林总之前给我们的估值是多少？五个亿，那还是之前的产量，现在我们翻了几倍，你说说融资的时候该算我们几个亿？"

魏诤领会了老储的暗示，他是想通过增加产能、扩大库存来抬高斐拉德克的市值，但是他不禁道："可是东西制造出来，是要能销售得出去，否则压在库里……"

　　老储打断了他："这你就不用操心了，老曹他们是有数的，你现在啊，就专心解决咱们融资上市的问题，这些才需要你这样高级的管理人才，像生产、销售啊这些的……你就交给他们去弄吧！"

　　老储挂完了电话，坐在沙发上的曹乐水对他道："你当初就不该花那么大的代价把他弄过来，又是送股份，又是高价聘请，你知道他的工资让下面这些中层干部有多不满意？他一个人的工资都能请三个中层干部了，其实能有多大区别啊？"

　　"你们现在说得好听，他没来的时候，你们的产量能上去吗？"

　　曹乐水不服气地道："有些东西咱们那是不知道，知道了就很容易，你看现在生产我让魏诤插手了吗？产量怎么样？当初聘请他做个顾问就可以了，这样我们最多也就是付他一笔钱。"

　　老储跟大多数民企老板差不多，一团乱麻的时候四处求经，一旦求到了，又会觉得那其实也很容易，因此他有些同意曹乐水的看法，但他摆了摆手："你们懂什么呀？魏诤什么也不用做，他坐在那里，那就代表着我们的管理是上档次的，你们把工厂管理得再好，你们坐在那里，有投资人看得上吗？"

　　魏诤跟老储通完了电话就靠在椅子上思索，他开始觉得不是自己的错觉，斐拉德克真的就是想要个高级前台。

·第六章

祸不单行

梁南珍见颜伯亮足足讲了半小时才搁了电话,不由得问道:"你跟谁说话呢?"

"魏诤。"颜伯亮随口回答。

"你跟他有什么说的呀?"梁南珍狐疑。

"说厂里的事。"

梁南珍凉凉地道:"你跟他说厂里的事,他之前费尽心机要把你从厂里给撵出来,怎么又会跟你讨论起厂里的事情来了?"

"说曹乐水,这家伙手黑,做什么都要捞点走,以前我在的时候,把他压得死死的,现在我生病住院了,魏诤哪里顶得住?"颜伯亮有点得意地在客厅里转着圈活动筋骨。

"你现在有病,还急着回去当炮灰?"梁南珍不满地道。

"我哪有病,我哪有病……"颜伯亮瞪大了眼珠子一连串地反问。

"你有病!"梁南珍一句话盖棺定论。

梁南珍最近是看什么都不顺眼,她也知道自己的心结在哪里,没有看到女儿颜锁心重新找到结婚对象之前,她觉得自己的心情大概是不可能好起来了。

过去小区里大到街道活动,小到广场舞,哪里都有她活跃的影子,有些人生赢家是靠儿女得来的,譬如女儿嫁给外企总经理的"岳母"梁南珍。

颜锁心离婚之后，梁南珍就不怎么在这些群体活动中露面了，只是还联络着几个过去关系比较好的朋友。她担心颜锁心受了打击会排斥再谈婚论嫁，但是心情可以等，这女儿家的年纪等不了啊，所以她就暗地里帮着颜锁心寻找相亲的对象。

　　四栋103室苏阿姨也是个"人生赢家"，因为她的女儿是政府公务员，平时两人的关系不错，因此梁南珍就将媒人的主意打到了苏阿姨的头上。公务员多好，职业稳妥，而且还有组织管束，不像外企，想找个工会主席主持公道都找不到！

　　梁南珍不是没想过去斯威德找领导，但是被颜锁心一句"婚姻是大家的私生活，外企没人管这事"给驳了回来。

　　这对梁南珍来说无异于废了一只撒手锏，甚至还有些茫然，她年轻的时候跟颜伯亮吵得不可开交要闹离婚，就是工会主席来主持公道，主要流程是先将颜伯亮臭骂一通，再语重心长地劝劝梁南珍家和万事兴。

　　所以在梁南珍的时代，大家都知道婚姻里有工会主席，闹得再厉害也还可以在那里找到下来的台阶，因为工会主席既负责调停婚姻矛盾，也负责打道德分，要想搞外遇什么的，那所付出的代价可能远超想象，基本上意味着前程就此止步。

　　梁南珍越想越觉得公务员合心意，苏阿姨对颜锁心的遭遇也很是唏嘘，满口答应了做媒的事情，很快周五的时候苏阿姨给她来了回音，因此梁南珍立刻就兴冲冲地跑出去找她。

　　苏阿姨看到梁南珍将她拉过了一边，和颜悦色地道："我给锁心找到了个合适的。"

　　梁南珍的心"扑腾"跳了一下，竟比她当年跟颜伯亮相亲的时候还紧张："要是成了，我绝对大礼谢你。"

　　"不用客气。"苏阿姨摆了摆手笑着委婉地道，"这个男孩子呢……是我的侄儿，我侄媳是生病去世的。"

　　"哎呀，这也是可怜人。"梁南珍嘴里唏嘘，睁大了眼睛听苏阿姨接着说其他的条件。

　　苏阿姨犹豫着道："我的侄子今年已经四十岁了，比起你家锁心大了点。"

　　"差十岁啊……"梁南珍稍许卡顿了一下就道，"男的大点，人成熟，知道疼太太，也是好事。"

　　苏阿姨立刻眉眼舒展了开来："可不是嘛，男的还是要大点好，见的世面多了，也不容易做错事，对吧？"

"那，他是做什么的？"梁南珍问道。

苏阿姨笑道："他是在街道做事的，也算是公务员，而且他投资眼光特别好，光在上海就有三套住房，每年炒股票都能挣不少钱，根本不靠工资吃饭。"

梁南珍微微勉强地笑道："哦，那他……有没有小孩？"

"有两个小孩，一子一女，女儿已经十岁了，就是儿子小了点……"苏阿姨为难地道，"所以锁心可能要晚几年再生孩子。"

"儿子小，多小？"梁南珍追问了一句。

苏阿姨面色微微尴尬地道："几个月大，他妈妈就是为了生他，才难产病故的。"

梁南珍腾地站了起来冷着脸道："苏秋荷，你是故意来羞辱我的吧？一个四十岁的半老头子，还有不满周岁的奶娃，你想让我家锁心过去给他当现成的老妈子吧？"

苏阿姨也不高兴了："你说话不要这么难听，我要是故意羞辱你，我犯得着让你家锁心做我的侄媳妇吗？我也就是看你们家锁心性格脾气还算可以，要不然我才懒得管你呢！二婚的女人，你以为是二手的房子呀，转手越多越值钱，那就是部二手的车子，从买回来那天那就一直在掉价，你的眼睛还朝天看呢，现实点吧！"

梁南珍气得七窍冒烟，指天发誓："我家锁心再嫁一个绝对不会比上一个差！"

苏阿姨好笑地道："你做梦吧！"

颜锁心在电梯里又碰到了人事部的吴姗，过去见了面总要拉着她闲聊一会儿的吴姗却只是对她点了点头，就扭头去跟其他新同事窃窃私语。

这种变化即便颜锁心再迟钝也有所察觉，自从重新上班以来，她就似乎从一个人人都欢迎的总裁助理变成了一个大家都小心翼翼保持距离的人，这种疏离尽管被掩饰过，但很难不被察觉。

戴维扬拿着杯子路过她座位的时候给她使了个眼色。自从财务部来了新的总监，他的日子也变得不太好过，所以很久没有跟颜锁心开过茶水间会议了。

"你今天有事？"颜锁心跟着戴维扬走进茶室问。

戴维扬刻意地瞧了四周，才弯腰小声地道："外面在传你不好的流言，你知道哦？"

"不好的流言，什么？"颜锁心脑海里第一想到的是她跟裴严明离婚的事情被人知道了，心脏怦怦地乱跳。

"外面都说你收了代理商的好处，你一点风声都没收到呀！"戴维扬"啧"了声。

颜锁心用不可思议的表情问："我收了哪个代理商的好处？！"

"就是上海分部要扩建的那条产线的设备代理商啊，外面传有人看见那个代理商过年时提东西去你家找你。"

颜锁心断然否认道："绝对没有这回事，我年前就回吴江了！"

"那你可要去弄弄清楚。这种事情一般是传不出来的，能传出来就说明现在你要当心了。"戴维扬也不敢久留，给颜锁心透露完消息，泡了一杯咖啡就匆匆忙忙地走了。

颜锁心坐回办公桌，打起精神整理各部门递交过来的文件，却发现今日仍然少了几个部门的文件，而且都是一些比较重要的部门，比如来自三个分厂的合同备份之类的文件。

她突然意识到了什么，起身径直走到陈小西的座位前，开口道："麻烦请把属于我的文件给我，我很感谢在我请假的时候你的帮助，但是现在我回来了，所以有些工作你不需再做了。"

陈小西抬起了头，过去总是架在鼻梁上的那副黑框眼镜已经不见了，代之以精细而低调的妆容，她为难地道："这部分内容以后交给我来做，你不知道吗？我以为丽莎会找你谈的。"

"你说什么？"颜锁心耳边有嗡嗡声在响，陈小西无辜地道："是这样，人事部决定咱们之间部分工作内容对调，这也是尤格尔同意了的。"

职场上的溃败有的时候来得悄无声息，而且往往你是最后一个知道的。颜锁心工作的第七年才真正理解了这句不知从哪里听来的职场警句。

她周末回家，看到的是母亲在包馄饨，便洗了手上前帮忙。梁南珍的目光时不时地朝她瞥来，她抬头问："妈，你怎么了？"

梁南珍收回了打量的目光轻咳了声："你最近是不是很忙啊？我觉得你瘦多了。"

"最近有点忙。"颜锁心含糊地道，她知道父母最近为她的婚姻而烦恼，所以不愿再把工作上的压力再带给他们，"妈，你怎么包这么多馄饨？"

"你爸让包的，他说……今天魏诤会过来吃饭。"

自从过年的时候魏诤落水后在颜家吃饭，再到颜伯亮送医的事情，念及魏诤一个人住在这里，颜家偶尔也会送一些吃的过去。

颜锁心手上微顿："魏诤要过来？"

"嗯，说是跟你爸讲生产上的事情，他们倒是和好得快。"梁南珍语气不善，反正她现在看什么都不顺眼。

门铃叮咚响了，颜锁心道："我去开门。"

等她将门打开，看见外面站着的一对男女脸色立刻就沉了下来："你们来干什么？"

廖俊智拿着手上一堆补品笑着道："上次是薇薇不对，我们特地来给颜伯伯赔罪的。"他说着用胳膊肘推了一下旁边拉着脸的闵薇，"说话呀。"

闵薇才不情不愿地道："我上次来说错话，让颜伯伯不高兴了。"

"赔罪就不用了，我们家不想看到你们，请你们以后不用来了。"颜锁心说着想要关门，闵薇立即挡住了她，廖俊智就趁着空当提着大包小包溜了进去："颜伯伯颜伯母，我们来看看你们。"

颜伯亮沉着脸从书房走了出来，梁南珍怕他们再起争执，连忙站起身来道："行了，我们也不用你们家道歉，你们该回哪儿回哪儿吧。"

廖俊智涎着脸道："颜伯母，我们是真心实意来道歉的，咱们以前好歹也是亲家，你不会一点面子也不给吧。"

"那行吧，你的道歉我们收下了，你们可以走了。"颜伯亮摆了摆手道。

廖俊智干笑了几声："颜伯父，我这次来其实还有别的事，既然你不生气了，那我们再谈谈。"

"你要是想谈合同的事情，那就省省力气。我劝你们不要把心思动在这些歪门邪道上，有这点精力把自己的厂好好整顿一下，争取早日开工。"

廖俊智的表情有些难看，他们家开电镀厂的这几年的确是挣了不少钱，后来见形势好就干脆贷了笔钱将地给买了下来，如今是想搬厂也搬不了，想卖地又没人愿意买重污染的地，想开工在严格排污下的价格又拼不过电镀园，最近客户流失了一大半，毕竟没人愿意为了便宜几块钱的加工费，而去冒廖家随时会关厂的风险。

"要不是因为你们家女儿跟魏诤，我们家的厂现在用得着来求你吗？"闵薇气愤难平地道。

"我跟魏诤怎么了？"颜锁心冷着脸道。

颜伯亮生气地道："我上次就跟你们说过了，你们家的事情跟我们锁心没半点关系！"

"没半点关系？要不是为了颜锁心，魏诤犯得着跟我们过不去吗？我们对他客客气气的，他跟我们有什么私仇？"闵薇的眼珠子都红了，她这一阵子来算是吃尽了苦头，如果不是生了一子一女，廖家都要把她当扫把星给撵出门了。

"你的意思是，你们厂因为我才被查封的？"颜锁心被闵薇的逻辑给震惊了。

"就是你，我说呢，你跟我弟弟离婚离得这么爽快，根本就是私底下勾搭上魏铮了！"闵薇一扬手，"你们要是不让我们活，我们也不会让你们好过！"

梁南珍转身走进厨房，拿了把刀出来，冷笑道："好呀，我看你们怎么不让我们活。"

闵薇吓了一跳，连连退后了几步，颜锁心赶忙走过去，拦住梁南珍："妈，你干什么呢！"

梁南珍用刀指着闵薇道："我告诉你，你要是敢在外面乱说我家锁心，我就先让你们活不了！"

闵薇有些害怕，嘴里却道："你女儿跟魏铮勾三搭四，这是事实，怎么不让人说？"

颜家的人还没开口说话，就听人先开口道："我怎么勾三搭四了？"

魏铮从门外走了进来，一直不吭声的廖俊智立刻赔着笑脸："魏总来了，你别见怪，我家这位不会说话，你跟锁心怎么能叫勾三搭四呢对吧，应该叫般配……"

"其实我本来这几日也想去找你们，在这里遇见那就刚好，省得我跑一趟了。"魏铮打断了廖俊智的话道。

廖俊智略诧异，复又露出喜色："魏总，你这是说哪里话，你给我们合同，哪能让你跑一趟？"

魏铮从风衣口袋里拿出了手机："有个人托我带段话给你们，她不方便当着你们的面说，所以我就把它录下来了。"

廖俊智有些困惑的目光落到那只手机上，在场的其他人也都有些疑惑，但随着录音的响起所有疑问都解开了，包括廖家被人举报的事情。

"我是白菱，当你们听到这段录音的时候，我已经离开了。不过在离开之前，我有些话想要说。首先你们弄错了，举报廖家排污问题的人是我，白菱。我从十八岁来到廖家工作，廖俊智便对我甜言蜜语，让我做他的情人，还承诺迟早会跟姓闵的女人离婚，跟我结婚……"

廖俊智听得目瞪口呆，闵薇则是瞪着他咬牙切齿，手机的声音接着道："从十八岁到二十六岁，整整八年的青春，廖俊智一边对我甜言蜜语，一边任闵薇对我各种虐待，我是贪慕虚荣，我是个乡下女人，但不代表我是个傻子。廖俊智你以为自己聪明绝顶，骗了一个女人白白被你玩弄，那我就让你知道这世界上没有那么便宜的好事。闵薇你这个疯婆子，你管不了自己的丈夫，就通过虐待其他女人来获得优越感，但你知不知道你在廖俊智的眼里就是个不需要花钱的老妈子……"

后面的话大家都听不清了，因为闵薇扑上去跟廖俊智扭成了一团，颜伯亮吼了句："要打滚出去打，别脏了我们颜家的地方。"

廖俊智狠狈地推开闵薇，刚好能听清手机里白菱轻快的声音："想想你们这对浑蛋夫妻现在所要面临的困境，我就心情愉快。再见了，不，还是永远不要再见了！"

魏诤冷冷地道："现在你搞清楚了，举报你们廖家电镀厂的人，跟我、跟颜家都没有关系，假如我以后再听到一句你们的胡言乱语，别怪我采取法律途径，好好想一想，到时你们还能不能付得出律师费。"

廖俊智再也待不下去了，他在闵薇的追打下，跑出了颜家的大门。远远地还能听见他们的吵闹声，颜伯亮摇了摇头："持身不正，迟早连累事业跟家庭。"

梁南珍回厨房去放下了刀子，颜锁心也大松了口气，一场风波被魏诤三下五除二给解除了，颜伯亮在饭桌上忍不住好奇地问："你怎么知道举报廖家的人是白菱？"

魏诤显然是怀疑到了白菱才会去找她，白菱也才会录了一段话在他的手机上。

"上次去廖家电镀厂的时候，我注意到他们三人之间有些不寻常的关系，后来听说廖家被人举报，我就猜是不是这个白菱，所以找她试了试。"

颜伯亮大为赞赏："你只见过那么一面，就能看出他们之间的关系，证明你心很细，也很有判断力。"

"谢谢颜伯父夸奖。"魏诤谦虚地道。

颜锁心一直低头吃饭没有插话，自从经历了魏父生日宴上的事情，她见了魏诤就种不大自在的感觉。

吃过了饭，梁南珍边洗着碗，边悄声问一旁帮忙的颜锁心："魏诤……有没有女朋友啊？"

"大概还没有吧。"颜锁心擦着碗道。

梁南珍半晌才又小声道："那他怎么会知道你大门的密码？"

颜锁心微微一愣，然后道："妈你是怎么知道的？"

梁南珍神情严肃地说："你就说吧，他怎么会知道你大门的密码？"

"我跟他一起做助理的时候，有些文件是共享的，我用来锁文件的密码就是我大门的密码。有天我忘了关水龙头，小区的物业找到他，他联络不上我，所以就试着开开，没想到就打开了。"

"原来……是这样。"梁南珍应道，也不知道是放心还是失望。

"魏诤就算没有女朋友，那也不是他条件不好，而是因为人家条件太好了，所以才要睁大眼睛好好找嘛。"颜锁心顿了顿，笑着叮嘱梁南珍，"妈，你可千万不要起别的念头，免得大家都尴尬。"

梁南珍闷闷地道："我能起别的什么念头，那等会儿你装点馄饨给他带回去，这魏铮倒是跟严明一样都喜欢……"她原本想说他们都喜欢吃荠菜馄饨，可是话到嘴边又顿住了。

正好颜伯亮进来倒茶，听见了沉着脸道："以后这个人的名字都不要再提了。"

"妈，这个人从今往后都跟咱家没有关系了。"颜锁心也道。

"知道了。"梁南珍低头洗着碗道。

魏铮走的时候，颜锁心拎了保温桶出门送他，走出了门才道："我想向你请教上海分厂买扩产线的事。"

"我还以为你不会问呢。"魏铮笑了声。

"你知道这件事？"颜锁心问。

魏铮瞥了一眼颜锁心："你忘了？你没告我黑状之前，那个位置本来是我的。"

颜锁心神情尴尬："我跟你道歉，行吗？"

"是裴严明坐了那个位置，又不是你，你来道什么歉？"魏铮道。

颜锁心转过了话题："你是不是一直知道……法国人要扩产线是有问题的？"

"为什么我在的时候法国人不提交申请报告，直到我走了他才提交，你说呢？"魏铮反问。

"那你也不提醒一下。"颜锁心脱口道，说完她就想起魏铮是没有义务提醒他们的。

魏铮没好气地道："我有什么必要提醒裴严明法国人会给他留一个坑？只不过没想到，撞上这个坑的人是你罢了。"

"那算不算是我的报应？"颜锁心叹气问。

魏铮笑而不答，三言两语之间，他们因为魏父生日宴引起的隔阂与尴尬似乎又少了些。

颜锁心疑惑道："我有点不懂，法国人已经走了，就算真的购买设备，也会有其他人谈合同吧，他又怎么从中捞到好处呢？"

"因为品牌代理经常通过客户信息注册的方式来确保同一个品牌下，不会产生几个代理争夺订单互相杀价的情况。"魏铮解释道，"也就是说只要某个代理商提前将斯威德购买设备的信息注册进去，那么无论谁来谈合同，这张订单都会回到跟法国人联络的代理商那里。"

"所以法国人才要指定品牌。"颜锁心恍然大悟。

"通常情况下，标配的价格是透明的，但是一条产线总有需要订制的部分，法国人只要在合同里增多非标配的部分，就能拉开差价，他所申请的金额至少比正常的价格要贵出百分之七十。"

颜锁心倒吸了一口冷气，魏诤又道："尤格尔急于摆脱伊瑞克的影响获得成绩，法国人就是看中了这点，才一直蛊惑他扩大产线。"

他瞄了眼颜锁心补充道："陈小西之所以会盯住那份报告，也不是她真的有那么聪明，而是我在斯威德的时候，跟她说过法国人想要扩充的那条产线有问题……"

颜锁心苦笑道："她做了你几天的临时秘书，通过只字片言就能察觉到什么不对，而我做了快七年的总裁助理，却连简单的数据复检都做不好，我真的要好好反省自己。"

"一个好的助理未必需要泡一手好咖啡，可是假如你连泡杯咖啡的企图心都没有……职场上，在你的身后永远不缺乏雄心勃勃的人，很多时候，他们等待的就是你懈怠的那一刻。"魏诤突然轻咳了声，"你以后有什么不懂的，尽管请教。"

"真的？你愿意教我？"

"从工程到运营，从财务到物流，除了研发我稍微差点，很少有部门的事情我是不懂的。"

魏诤的口气很大，颜锁心却笑得灿烂："我会努力请教你的，先多谢了。"

回到别墅，魏诤连灌了两杯水才给李瑞打电话："我的鱼喂了吗？"

"魏总的吩咐，小的怎么敢不听！"李瑞爽朗的声音传来，即使他性格活泼，魏诤也能听出来他心情不错。

"看来跟陈小西最近发展得不错嘛。"魏诤又给自己倒了杯水。

李瑞的笑声小了些："我不就是上次告诉你她转正了嘛……魏总这又是听谁说的？"

"我听谁说的不重要，重要的是看来这是真的。"

"她最近很受尤格尔的赏识，是金子嘛，它上哪儿都会发光。"

"她顶替颜锁心的职务了，那颜锁心现在做什么？"魏诤拿着水杯问。

"没有没有，颜锁心还是尤格尔的助理，不过尤格尔让陈小西帮着处理一些事务，哪个做上司的不想有个肯干会干的下属，你不是也说过颜锁心连杯咖啡都泡不好，这样的助理送给你，你都不要。"

魏诤没心思听李瑞唠唠叨叨，直接打断了他："是不是因为法国人的那张设备订购清单？"

李瑞忍不住幸灾乐祸地道："这都怪她运气不好，过年的时候设备代理商上门送东西，正好被人看见了。你想啊，如果是普通的年礼，快递过去就是了，这直接上门送的是什么呀，大家都不是傻子，你说对吧？"

"这设备代理商上门送贿赂，正好被一个既认得他又认得颜锁心的人看见了，难道是颜锁心特地给这人讲解的吗？这种事你也相信，还跟着传得不亦乐乎，你还说你不是傻子？"

李瑞被魏诤骂得一头雾水："喂，魏诤我早就想问你了，你怎么回事啊，你该不是忘了究竟是谁告的黑状，才让你丢了上海分厂总经理的位置？这么大的仇你也能以德报怨，你这不是不计前嫌，你是喜欢颜锁心吧？"

魏诤口里的水全都喷了出来："你别胡说八道，我警告你！"

挂了电话，魏诤忍不住想为什么那么多人觉得他跟颜锁心有……那层关系，难道他跟她真的看上去就像廖俊智说的"很般配"？

他站在浴室里看着自己的脸，拿出手机找出颜锁心在团建的时候拍过的某张照片，将它放大然后跟自己比画了一下。从镜子里看过去，魏诤突然觉得这个举动有点傻，他连忙收起手机，走出了卫生间。

颜锁心在公司的处境变得越发艰难，她总不能满世界去解释，她根本没有收受贿赂，流言的可怕之处就在于：关于流言，它不需要证据，而大多数人却都宁可信其有。

其实尤格尔虽然将颜锁心部分的工作交给了陈小西，却没有更改她们的职务关系，从某种层面上来说他还是偏向着自己的助理，毕竟公司里传出了总裁助理收下面供应商好处的流言，对尤格尔本人也是有伤害的。

陈小西的进步跟努力也是有目共睹的，于是就有人为她打抱不平，比如跟陈小西一起进来、一起留在斯威德的同事，还有就是人事部的吴姗。一般来讲人事部的同事总是相对圆滑，但颜锁心却几次撞见吴姗替陈小西出头。

"维维安，别人每天准时下班，就你每天都要加班，划得来划不来啊？"看见颜锁心过来，吴姗故意将声音放大了说。

陈小西拉了拉吴姗："以前魏总说过，班都是为自己加的，多出来的活都是为自己干的，没什么划不来的。"

"这可说不定哦，说你以前的魏总吧，能力多强，可还不是……被人告黑状弄走了吗？"

颜锁心觉得至少吴姗说对了一件事，那就是魏诤真的是被她告黑状排挤走的，所以她也没觉得冤枉，她快走几步与她们分开时，不由自主地松了口气。

"锁心。"颜锁心刚走到僻静之处，就听有人小声喊道。

裴严明跟了上来，他们虽然不常见面，但是每周的晨会还是必然会碰面的，颜锁心发现他们之间的熟悉感正迅速地被一种陌生感所取代。

"我听说了公司里发生的事，你还好吧？"裴严明语调关切地问。

"还好，谢谢关心。"颜锁心语气平淡。

裴严明也没有多计较，他也知道要让颜锁心完全没有怨言那是不可能的，接着道："我今天来找你，是想问你有没想过换家公司上班？"

颜锁心诧异地道："为什么我要换家公司上班？"

裴严明语气温和："我知道你不会收受贿赂，但是有这样的流言对你以后的前途是很不利的，而且公司里全是流言蜚语，你做得也不开心，何不换下环境？"

"假如我现在走了，那岂不是坐实了我受贿的名声了吗？"颜锁心反驳道。

"只要你离开了，这样的流言又能传多久？之前魏诤报销女包费用的事情，现在不也没人提了吗？"裴严明耐着性子劝说，"伊瑞克很可能会取得全球VP的位置，倘若你那时还留在公司，尤格尔可能会因为压力劝退你，到了那个时候你就没有退路了。"

裴严明见颜锁心抿紧了唇，她这种倔强令他有些头痛："至于工作，你不用担心，我有个同学在其他公司做总经理，他们公司目前也在招助理，我可以把你介绍过去……"

"不必了，不用你操心，我的事我自己会处理。"颜锁心转身拉开了车门。

裴严明习惯地抓住了她的胳膊，这时有人走过来，他慌忙地缩回了手，压低了声音道："你再考虑考虑，想通了给我电话。"他说完就低头快步走了。

颜锁心也不想引人注意，她径直找到了自己那辆丰田坐了上去，这辆二手的丰田也算是裴严明补偿她的东西。

吴姗跟陈小西又多聊了一会儿，进停车场的时候正好瞧见颜锁心跟裴严明在谈话，随后裴严明就带着掩饰匆匆离开。等看见颜锁心开车离开，她似乎想起了什么。

颜锁心以前住得近用不着开车上班，所以这辆丰田是停在颜锁心小区的停车位上，离婚之前，这辆车子是裴严明在使用，直到他拿到了公司给的配车。

尽管裴严明很小心，但这辆车还是被人瞧见过，吴姗就是其中之一。

旁的人可能早已经忘了裴严明曾经开过这么一辆不起眼的日产车，但是吴姗偏偏记得，她一向自诩对人对事都过目不忘，而且分析透彻，所以怀才不遇。

比起现在境况不佳的颜锁心，任雪到了斯威德总部却是如鱼得水，短短时间里就受到了尤格尔的信任，连丽莎的上司全球人力总监约翰也对她颇为赏识。

年后约翰来上海，任雪几乎全程陪同。开会的时候约翰就夸艾丽丝任敢于直言，勇于发表建设性意见。这个建设性意见是什么，大家私底下都猜是针对经常请假保胎的财务总监安娜。

安娜算得上是斯威德的元老，在斯威德工作十几年了，可是在美资企业元老并没有特别值钱，甚至某种程度上，他们不太喜欢这样的元老。

任雪怎么操作的不知道，反正安娜很快就主动请辞了，要知道论情论理论法，斯威德想要将随时有小产风险的安娜辞退，那基本是不可能的。

一个初来乍到的HR经理逼退了一个财务总监，令任雪的顶头上司丽莎也沉默了不少。丽莎今年四十五岁了，她三年前离婚，独自带着一个读高一的儿子，正当叛逆期的儿子牵涉了她大量的精力，尽管丽莎工作是认真的，但要想让她超时工作也是不可能的。

一个是守成者，一个是来势汹汹的后进者，但真正让吴姗彻底倒向任雪的原因是她无意中得知，任雪跟上海分厂总经理裴严明关系匪浅……

任雪有裴严明这么强大的外援，又有全球总监约翰的赏识，有能力，有人脉，会做人，会做事，吴姗从中看到了自己的机会。假如任雪以后能顶替丽莎总监的位置，那么HR经理的位置不就又是她的了吗？

颜锁心将车开到小区，她约了曾凡过来问那对瘦高母女什么时候将剩下的房款付清，最近斐拉德克也在催股东入款，而且催得很急。

见了面曾凡相当不好意思："我一直在催着呢。"

"她们当初住进去的时候说年后一周就付款，现在都快一个多月了。"颜锁心皱着眉道，"如果不是这样，我也不必在外面租房住的。"

"明白，明白。"曾凡连声道。

他们在门口按了会儿门铃，但是里面却没有人回应，曾凡不禁尴尬："我明明跟她们打电话约好的。"

颜锁心抬手拍门："我知道你们在里面，你要是不开门，我就报警，别忘了这房产证上还是我的名字。"

隔了一会儿，门总算打开了，瘦高妇人沉着脸走出来："刚才在卫生间，来不及开门，这么大力拍门做什么？"

"我们来是想问你们，这剩下的房款，你们到底什么时候可以付？"曾凡插嘴问道。

"啊呀，不就是一百多万嘛，谁家还缺这点钱了！"

"我缺！"颜锁心没好气地道，"我要是不缺钱，还用得着卖房子吗？"

"许太太，你可是说好的，你说只要过了年，你理财产品就到期了！"曾凡在旁焦急地道。

瘦高妇人立刻道："是到期了呀，谁知道过年的时候，我公公喝多了，脑梗，要动脑部手术，我总不能……为了买房子见死不救，你们说是不是？"

曾凡结结巴巴地道："那、那你们想什么时候付钱！"

"快的，快的！"瘦高妇人连忙保证，"三个月，再过三个月，我一定一定把剩下的尾款给颜小姐！"

"你不会拿剩下的一百五十万，又买了九十天的理财产品吧？过年的时候听说推出的理财产品利息都不错啊。"颜锁心讽刺道。

瘦高妇人脸上闪现出一丝不自然，张嘴结舌了一番："这、这怎么可能！"

颜锁心推开她，径直走进去坐到沙发上："要么你们付清房款，我立刻过户给你们，要么你们现在就搬出去。"

瘦高妇人拉着曾凡："小曾，你评评理，这做人要有同情心的呀，谁家还不出点事，你说是吧，难道我看着家里的公公脑梗不给动手术啊。"

曾凡脸色有点发红："这跟颜小姐是没有关系的，你买了她的房子，你就要付钱，你家人有病，那是你家的事。"

瘦高妇人立刻翻了脸："你怎么当中介的，你怎么这么说话？是我让你赚中介费啊，你骂我家有病！我要去你公司投诉你！"

"够了！"颜锁心打断了瘦高妇人的高声嚷嚷，"要么你付钱，要么我打110，报警让你搬走！"

瘦高妇人冷笑着打了个哈哈，隐晦地道："你来钱那么方便，就不知道也给别人一点方便？这老话说得好，给别人方便，就是给自己方便，你不想给别人方便，你就不想想你自己？"

颜锁心愣了两三秒，好似明白了什么，她突然从沙发上站了起来指着瘦高妇人，颤声道："是你，是你收了供应商送过来的好处！"

白岚从西班牙回来就跟儿子宣布："我要结婚了。"

因为这句话，魏诤不得不开车从吴江赶回上海。他们照例约了在西餐厅吃饭，白岚红光满面，整个人容光焕发，她摊开双手："我知道你们都是怎么想的，你们都觉得我快六十岁了嘛，一个绝经的女人，结什么婚呀？而且还是因为爱情而结婚。"

白岚自从离婚之后，不是没有过结婚的念头，但一般都像是间歇性精神病发作，来去都匆匆，这次她却似乎是认真的："我要向所有人证明，女人六十，也可以嫁给自己喜欢的人，也可以因为爱情而结婚，女人六十，也是可以重新开始的！"

　　魏诤有些头痛地道："可是你自己说过，你不适合结婚，你只适合谈恋爱，你说你对感情的要求太高，接受不了平庸的生活。"

　　"你不想我结婚？"白岚问。

　　魏诤回答："我不想你受到伤害。"

　　白岚将手放到儿子的手上有些遗憾地道："我知道妈妈给你做了个坏榜样，让你觉得人总有一天会厌倦平庸的婚姻，但并不是那样的。我害怕，只不过是因为没有找到那个不会令我害怕将来的人。"

　　魏诤回到家中，他习惯性地拿起桌上的鱼食盒走到了鱼缸前，鱼在水里摇曳，姿态优雅，即使前一刻曾仓皇逃窜，但是只要危险一消失，它们又会恢复之前的怡然自得。

　　鱼的记忆只有七秒，人对大小事却往往能记一辈子，越是不好的事情越是记得牢，所以人才总是不能淡定。他感慨间忽然发现美丽的热带鱼之间多了一条黑色丑陋的鱼，他不由自主地贴近了鱼缸看，最后确定的确有这样一条鱼。

　　他立即拿起手机拨通了李瑞的电话问："你在我的鱼缸里放了什么鬼东西？"

　　"清道夫！"李瑞得意扬扬地笑道，"你还算喜欢养鱼的，竟然连清道夫都不知道，它号称水中的屎壳郎，有了它不用换水，也不用洗鱼缸，这叫生态利用。"

　　"那你知不知道，清道夫还喜欢吃幼鱼，也喜欢吃带病的鱼，事实上它实在没得吃，才吃水里的杂质，所以鱼缸里放清道夫的，通常养到最后就只剩这玩意儿。你不看新闻，也不上网的吗？你不知道这外来物种都快把广西湖里的鱼都灭种了吗？"

　　李瑞愣了半晌才道："我去，我不小心放了条怪兽在你家！"

　　魏诤没好气地挂了电话，就用网兜将水缸里的清道夫捞了出去，然后用塑料袋包住打算直接拿去丢进垃圾桶。等他下了楼，就看见沈太太抱着泰迪跟几个人仰头看楼上的热闹。

　　"两家人吵起来了呀！一家说房子买下了，一家说钞票还没到账，还有讲什么冒充人家房东随便乱收礼什么的，复杂！"沈太太摇着头跟左邻右舍传播道。

"你是业主委员啊，你不上去劝劝！"邻居们道。

沈太太连声叫道："我怎么能上去呀，这外地人要是动手打人，我怎么办？"

魏诤拨开看热闹的人群，也没搭电梯，直接就从消防通道的楼梯跑到六楼，他推开安全门，刚好碰上瘦高的妇人挥舞着双手冲过拦在中间的曾凡朝颜锁心扑来……

然后她就绊倒在了魏诤的脚上，结结实实地摔倒在地上。

颜锁心踩着一只高跟鞋，手里还拎着一只鞋，有些狼狈地站在那里，看见魏诤有些惊愕："你、你怎么来了？"

"来看看发生了什么事。"魏诤若无其事地收回了脚。

瘦高妇人躺在地上大声喊："哦哟，我的腿断了，我的腿叫人打断了，我要报警！"

"没事，我扶你站起来！"曾凡想要上去搀扶她，但他的手搭着瘦高妇人，稍微用力她便叫得更厉害了。

"你没有按照合同的限期付房款，就需要按规定交付违约金，你冒充旧房东收受不明财物，就是构成了诈骗罪，同时这位女士还可以向你追究名誉损害罪。"魏诤居高临下瞧着瘦高妇人，"要报警，好啊，报吧！"

瘦高妇人气焰稍减，但仍是不甘心地道："你们有什么证据说我收人家送她的钱啊，这说不定是她自己收的，你们不要冤枉好人啊！"

颜锁心脸再次微微涨红了："许太太，你们说过年的时候没地方住，所以我才将房子让给你们住，是你们说付款有困难，所以我才答应你们缓到过年之后再付清，但是你们回报了我什么？你们住在我的房子里，以我的名义收下不该收的东西，你们害得我工作都快没了，我们是公平交易，不是你买了我的房子，你就真的是我的上帝。"

颜锁心将辞职信拟了好几个开头，一晚上辗转难眠，到了早上才迷迷糊糊地睡着了一会儿。

闹钟准时响起，她起身梳洗完毕，然后用粉底遮去新冒出来的黑眼圈，打开抽屉，看了眼放在角落里的那支原封未动的阿玛尼400，最终拿起来拆除包装，将口红抹在了唇上。

走进公司，她跟同事们挨个打招呼，然后打卡，进电梯，开电脑，尽可能表现得若无其事，没有任何异常。

坐在办公桌上她酝酿了一会儿情绪，又去了趟卫生间重新检视了自己的妆容，发现口红衬得她的面色有些苍白，成熟的颜色反而令她看上去惶惑而茫然。

她叹了口气，取出腮红修补了下妆容，才拿起辞职信向着尤格尔的办公室走去。

尤格尔的办公室里已经有人在了，颜锁心不得不回到自己的办公桌坐下。过了一会儿，他的房门打开了，人事部总监丽莎从里面走了出来，她经过颜锁心办公桌的时候很和气地打了个招呼。

等颜锁心起身走进去，尤格尔看见了她用非常抱歉的口吻道："朵拉，我很高兴你证明了清白，但是我们可能没办法起诉这个行骗的女人，因为这牵涉到很多事情，包括我们跟供应商之间的合作关系，还有一些公司的形象问题。"

颜锁心有些反应不过来，尤格尔已经看到了她放在桌面上的辞职信："你这是……"

"一些……我对这件事情的看法，不过现在觉得还是要更多考虑公司的立场，有些意见可能不太成熟，我要再想想。"颜锁心下意识地将桌面上的辞职信收了回去。

尤格尔更加抱有歉意："一般来说，公司的高层都会倾向于避免海外公司卷入当地的司法案件……不过无论如何，你能证明自己，这就是一种成熟的表现。"

出了尤格尔的门，颜锁心长出了一口气。她首先想到的就是魏诤，但是不知道他采用了什么样的方法。她自问做不到让反复无常的许太太坦白，供应商也不可能出来指证，基本上这就是件死无对证的事情。

仿佛知道她心里有疑问，中午丽莎打来电话，约她出去吃午饭。当颜锁心到餐厅的时候，发现魏诤也在，看见他的一瞬间，她觉得自己的心加速地跳动了几下。

"想吃什么，自己点。"魏诤将手里的菜单很自然地递给了还有些局促的颜锁心。

"我吃什么都可以，你们点吧。"颜锁心说完又补了一句，"今天我请客。"

丽莎笑着道："你真要好好请魏诤的客，为了你这件事，他可是费了不少劲。他请了人查了你家房客的底细，又找了律师，再拉着我盯了你家那房客一天，她才不得不老实交代。"

颜锁心转头对魏诤很认真地道："谢谢你。"说完了，她忽然发现最近这段时间似乎已经对魏诤说过很多次这三个字了。

丽莎笑意吟吟地道："奇怪，我以前一直以为你们俩关系不太好呢，原来还是挺不错的，看来还是财务部的戴维扬看得准啊。"

"不，不是你想的，我们就是……"颜锁心有些担心魏诤感到尴尬，连忙申明，"也就是普通朋友的关系。"

丽莎笑了笑，转过话题："可惜是中午，要不然真要替你庆祝一下，祝贺你跳过了一个很大的坑。"

颜锁心有些琢磨不透丽莎的言外之意，旁边的魏诤接口道："职场上是有很多坑，但我觉得最终能让人立足的，不是你有多会摆坑，也不是你有多会跳坑，而是你有多少工作能力。"

丽莎笑了笑："这是当然。"

吃过了饭，魏诤也没有抢着跟颜锁心结账，丽莎中午要去学校见儿子的班主任，因此就先走了，颜锁心对魏诤说："我送你吧？"

"你送我去哪儿？"

颜锁心赧然："就是送魏总去停车场……顺便消消食。"

两人并肩走在街上，颜锁心想起来他们认识这么多年好像就没有肩并肩一起走过，因此直到现在她才发现魏诤的身量也很高，不亚于她印象里高大的裴严明。他的头发乌黑，很近地细瞧发梢，有不太明显的微卷，像很轻微的波澜，但他侧面轮廓却又很清晰，每个转折都很分明。

颜锁心走着神，魏诤突然开口道："今天的口红颜色不太适合你。"

"这个颜色不好看？"颜锁心不由自主摸了一下嘴唇。

"那倒也不是，只是更适合刻薄的女人。"魏诤道。

"大家不都说刻薄的女人聪明吗？"

"那也是因为先有聪明才有刻薄，假使你不聪明，再怎么刻薄也是无济于事的。"在颜锁心流露出窘然的表情时，魏诤却道，"你以前的就挺好。"

颜锁心心情顿时又豁然开朗。

从这天开始，颜锁心在公司陡转而下的处境又一日好过一日，尽管这件事情最终不了了之，但丽莎这样精于人事的人当然不会好事只做一半，因此公司还是人人都知道她被新房客坑害了的事实。

而在工作上，陈小西毕竟资历尚浅，跟尤格尔无论是感情还是默契，都不可能比得过颜锁心，而且她受制于英语水准，在一定程度上也影响了工作，原来分配给她的任务逐渐回到了颜锁心的手中。

头顶上的乌云似乎正在散去，颜锁心却比以往任何时候都更明白，旁人对她恢复热情，不是因为深信她是清白的，而是因为她重新在公司里站稳了脚跟。

她开始深刻地理解魏诤说的那句："职场上有很多坑，但最终能让你立足的，不是你有多会摆坑，也不是你有会跳坑，而是你有多少工作的能力。"

"我有桩事要同你讲。"颜锁心最近很少见到戴维扬，新来的财务总监乔治吴是个成本控制型的人，大到工厂预算，小到水费电费、办公室用纸，什么都要核算，不但各个部门怨声载道，财务部也是忙翻了天。

"你今天怎么有空了？"颜锁心笑问。

戴维扬吐槽道："我是忙里偷闲，我正在统计各部门的用纸，这个还用统计吗，肯定是办公室最多啦，因为厕纸归办公室管呀！"

颜锁心怕他长篇大论下去，于是催促道："我等下还有事，你有事快说。"

戴维扬立刻神神秘秘地问："你知道是谁在背后传你收了设备代理商的贿赂？"

"谁？"颜锁心不是没有好奇过的。

戴维扬小声道："人事部的洁西卡吴。"

颜锁心有些疑惑地问："她怎么会认识设备供应商？"

戴维扬提醒她："你没听说过一个人跟另一个人之间的联系当中不会超过五个人吗？你跟奥巴马之间的联系都没超过五个人，洁西卡吴跟设备代理商之间能差几个人？"

两人的目光对视下，颜锁心猛然想到了某种可能，脱口道："是任雪告诉她的！"

任雪也未必认得那位供应商，但裴严明作为上海的总经理却是一定认得的。

颜锁心大年三十搬家，将裴严明的东西都存放到了物业，裴严明大约是过年来公寓取东西的时候看到了送礼的代理商。所以确切地说，是裴严明告诉了任雪，然后任雪又透露给了洁西卡吴。

直到此刻，颜锁心才弄明白丽莎那别有含义的"坑"指的是什么。戴维扬瞧着她的脸色发青，小声地规劝："你不会真的忘不了裴严明吧，人家在长春就已经跟爱丽丝搭上了呀！"

颜锁心有些失笑，她转过了脸认真地道："他现在白送给我，我都不要。"

戴维扬赞赏地看了眼颜锁心，用只可意会不可言传的语调说："这就对了，三只脚的蛤蟆难找，两条腿的男人还是很好找的。"

颜锁心有些啼笑皆非地看着戴维扬，也不知道他的性别立场究竟是什么，同时她也深深地为自己的眼光感到叹息，身旁有戴维扬这位"妇女之友"，她竟会觉得魏净"娘娘腔"。

办公桌上的电话响了，前台告诉她楼下有客人找，等颜锁心到了底楼就看见曾凡坐在待客区，看见颜锁心走来他连忙站起来："颜小姐，我是来跟你讲许太太她们的付款方式。"

"要再等三个月，我是无论如何也不会接受的。"颜锁心口气生硬地道。

"不是这个意思！"曾凡摆手，"她们同意这个星期付款了。"

颜锁心讶异："真的？那你在电话里跟我说就好了……"

曾凡的面上莫名闪过红晕，略有些结巴地说道："我、我就是想特地过来当面告诉颜小姐你这个好消息。"

颜锁心带着谢意道："这件事也让你受累了。"她猜也猜得到让那位很能折腾的许太太最终松口立即付款，曾凡不知道要跑多少趟。

"这是应该的。"曾凡脸上露出了由衷的笑容，然后迟疑了一下，才鼓起了勇气问，"颜小姐，你今天有空吗？我……想请你看电影。"

颜锁心有些错愕，她没想到曾凡会提出这样的邀请，为她办卖房手续的曾凡自然知道她刚离婚，而且她年过三十岁，而曾凡的模样却应当只是刚大学毕业，仅有二十三四岁的样子。

颜锁心正不知道该怎样拒绝才算合适，就听有人喊了声："朵拉。"

颜锁心转过头，见是裴严明朝着他们走来，他瞧了一眼曾凡问："这位是？"

"朋友。"颜锁心表情极淡地回道。

曾凡向裴严明伸出了手："你好，我是曾凡。"

"你好。"裴严明伸手握了握，却没有介绍自己是谁。

"你先走吧，你说的事我考虑一下，我会给你电话的。"颜锁心对曾凡说道。

曾凡本来没有抱太大的希望，听见这句话有些意外之喜。

他刚开始注意到颜锁心时，是因为眼前的女子皮肤白皙细腻，说话温和，但眼里总是透着闷闷不乐，让他不由自主地想要多为她做些事，之前由于帮助颜锁心卖房不是很顺利，因此他不好意思开口，直到今天有了点眉目，他才大着胆子一试。

"好的，没问题，那我等你的电话。"曾凡带着明显的喜悦回答。

裴严明大致猜到了眼前这个陌生的年轻男子大概就是颜锁心新的追求者，这给他的感觉有些古怪，因为在不久之前，颜锁心还是他太太。他用挑剔的目光上下略打量了下曾凡，除了模样比较清秀，气质与衣着其实都很普通。

"其实有些话我也不知道该不该说……"等进了电梯，裴严明才对颜锁心道，"但我还是要提醒你，这个男人太年轻了一点。"

"我自己会考虑。"

颜锁心表情冷淡，裴严明也不方便在这种事上给建议，虽然在他的心目中，他觉得前妻该选择那些想要静下心来过日子的男人，而不是冒险去找像曾凡这样蠢蠢欲动的年纪很轻的未婚男子。

　　裴严明在总部开完了会，下班回到家中，发现久不见面的闵薇又来了，红着眼圈不知道又告谁的状。过去裴严明还是很能体谅这位过继出去的大姐，但现在不知道怎么瞧见她就心烦。

　　裴建林提着保温盒出来，闵薇看了一下腕表："时间不早了，我先回去了。"

　　"那你开车小心点。"闵佳香关切地说了一句。

　　闵薇接过裴建林手里的保温盒应了声，就匆匆地走了，裴严明皱眉："廖家的厂还没有整改好？"

　　闵佳香不高兴地道："还不都是因为你，要不是你跟颜锁心闹，颜家会去举报薇薇家？这搞到最后，你离婚了，薇薇家也要破产了！"

　　裴建林在旁边道："苍蝇不叮无缝的蛋，那也是他们家的厂本来就有问题。"

　　"你不是一向都不太喜欢颜锁心不会做人，不会做事，我这不是给你换个你喜欢的？"裴严明语调很不耐烦。

　　父子俩一起上阵，闵佳香有些语塞，只嘀咕了句："这二婚哪里比得上头婚？"

　　"妈，都什么年代了？"裴严明道，"再说了我是二婚，人家任雪是头婚啊，而且锁心也有新男朋友了。"

　　"这么快就有了？"闵佳香吃惊。

　　"嗯，我今天看见的。"

　　虽然没有理由，但闵佳香微微感到了不悦："什么样的呀？"

　　"年纪挺轻的男人，相貌还可以，不过看样子家境跟工作都很一般。"裴严明低头吃着饭道。

　　"他们家也是高看了自己，以为还能找到第二个严明，都说家丑不可外扬，他们闹得满城风雨，非说严明在外面搞大了别的女人的肚子，又去举报薇薇家，这婚不离也没办法呀。"闵佳香刚才的那点抑郁一扫而空，"你看看现在打回原形了吧，现在后悔还来得及吗？"

　　她转头向裴严明又求证了一遍："那个任雪是你们公司的部门经理吗？"

　　"是经理，而且她还是个留洋硕士，过几年等他们部门的总监丽莎走了，估计她升任总监的可能性很大。"裴严明说道。

闵佳香终于生出欢喜来："你看看，同样离了婚，咱们严明照样能找个更好的。"

"以后别人家的事少在家里议论。"裴建林道。

与颜锁心不同，裴严明与任雪的关系逐渐变得公开化。经过了几次同事的偶遇，再到洁西卡吴放出讯息，最终落实了上海分部的总经理裴严明跟人事部的经理任雪是一对。

"那裴严明之前的太太呢？"不免有人要这样问。

而后某次任雪就有意无意地解释说，之前他们是不想因为私人的关系影响工作，至于现在嘛，那当然是年纪大了，总不能一直瞒着大家不结婚吧。

于是众人跟着恍然大悟，原来裴严明口里那位上海太太就是任雪啊，想一想，任雪不就是众人猜想里那个高高瘦瘦，会做人会做事，在某家外企任中层的女人吗？

两个能力都不错的男女，在同个单位各自奋斗，最后守得云开见月明，简直一段佳话啊！

颜锁心听到这段佳话时有些愕然，因为她想不到任雪就这样把她的人生嫁接到了自己的身上，假如是当初刚离婚的时候，她可能会觉得愤怒，但是现在她的内心里只剩下了些许滑稽感。

可难免有些人觉得佳话不如八卦精彩，于是颜锁心喜欢裴严明的事情也在私底下传得沸沸扬扬，甚至多年前她倒追裴严明的事情也有人翻出来讲，最后连尤格尔也委婉地跟颜锁心打听。

颜锁心有些不胜其扰，跟戴维扬说："你去跟他们讲，我祝他们早成正果，越早越好！"

"我都说了几次呀，你对裴严明没有那种意思！"戴维扬也是一肚子的郁闷，在安娜没走、任雪没来之前，他还没尝试过，他戴维扬放出去的风声被人不当回事的滋味。

这个社会，正室即正义，跟颜锁心没有什么交情的、腹诽她的大有人在，于是任雪私底下乱传颜锁心收受贿赂谣言也变得可以被原谅，谁让颜锁心觊觎人家的丈夫呢？

也许是在自己的老友身上吸取了教训，沈青放低了要求，重新找了一份工作，在一家工厂的自有外贸部任职，因此经常要送货来上海的出仓库："我过去可好歹是个经理，现在整天做贴码单押车送货的事情，你能想象吗？！"

"能啊。"颜锁心将刚从菜场上买来的番茄放在厨房的水槽里，"你做经理的时候二十七岁，是美貌的熟女，而你现在年过三十岁，开始像块水分不足的老豆腐，你还能再次找到工作，就要感谢社会还没有完全放弃你。"

沈青被噎了下，半晌才道："女人真的是一刻不能放弃自己，因为你就算不放弃，也像出厂的罐头，一天天地逼近过期。"

"你是军用罐头，一百年不坏，不用担心。"颜锁心笑着道。

"一百年不坏怎么可能？别说军用罐头，木乃伊都做不到！"沈青在电话里叫嚷。

门铃响了，颜锁心匆匆挂了沈青的电话出来开门。来的是她的房东夫妇，他们进屋客气地寒暄了一番，女房东就面带歉意地问她能不能尽快搬家。

"是我有什么地方不妥吗？"颜锁心困惑地问。

"不是，不是。"女房东连忙解释道，"是这样，我家儿子谈了一个女朋友，突然就准备要结婚了，所以这房子我们也不能租了，要给他做婚房。"

男房东也道："你在这里住了一个多月，这样吧，租金我们就不要了，当作补偿。"

女房东连忙又叮嘱了一句："租金我们不要了，不过你这周一定要搬走哦。"

颜锁心送走了房东夫妇，无奈地瞧了眼刚刚整理好的房间，给沈青发了一条短信："我又要搬家了……"

"你不是刚租了房子？"

"房东的儿子突然要结婚，缺婚房。"

"他儿子结婚就不租房了吗？你可是有租约的。"

"结婚的时候能住在自己的房子里，幸福指数会更高一点吧，我总不能挡了别人幸福的路。"

"你还真是喜欢给别人的幸福腾位置！"沈青嘲笑道。

颜锁心讪讪的，知道沈青始终在不满她没有让裴严明吃到苦头就轻易地离了婚："我不是给别人挪路，我是给自己挪路，我相信善有善报，恶有恶报。"

"垃圾自己不收拾，你还等着老天收拾啊？"沈青嗤之以鼻。

颜锁心觉得现在讨论裴严明，感觉像在讨论一个陌生人，一个陌生人不值得她穷凶极恶，当初离婚时她觉得是她在放裴严明生路，现在她觉得是放了自己生路。

应付完沈青，她开始考虑该怎么搬家。她并不想为了腾地方就那么仓促地随便找个地方，最终她决定先住几天宾馆，然后再好好地找一个能长期居住的房子。

隔天中午魏诤又陪着老储与林海沫吃饭，席间林海沫要求老储尽可能地扩大产量，以便进一步抬高斐拉德克的估值。

"抬高了产量，不等于抬高了销量，只是抬高了库存量而已，并不会改变工厂的价值。"魏诤忍不住道，事实上他没说的话是，过高的库存量同时还会带来现金流的压力和运营的风险。

林海沫含蓄地笑道："产量不上去，销量怎么上去呢？而且从某种意义上来说，产品放在仓库里，卖不出去也是工厂的资产。"

老储打着圆场："林总是做融资的，他是个专家，这方面我们听他的没错。"

魏诤跟他们有些话不投机，于是便找了个理由先走了，等他走了以后林海沫感慨："魏总是个有理想的人，不过理想就是个奢侈品。"

他笑了笑又补了一句："还是最昂贵的那种。"

老储打了个哈哈："年轻有为，成也年轻，败也年轻。"

魏诤回到斐拉德克，刚巧看见一名拿着皮质公文包的中年男子追着供应部的经理陈安："陈经理，你再不给货款，我们厂可要停产你们家的电机了。"

"陈经理，怎么回事？"魏诤停下了车子，放下车窗玻璃。

"魏总，小事，小事，我们会处理好。"陈安笑着拉住了身后的中年男子，低声说了些什么，那个中年男子才不情不愿地被他拖着朝后面的楼走去。

魏诤想了一下，他对这个中年男子有些印象，是斐拉德克的核心供应商之一。他对旁边的胡丽娜道："现在资金很紧张吗？怎么连供应商的货款都付不出来？"

胡丽娜道："民营企业的资金一向都很紧张的呀，所以我们才要去找融资啊。"

"公司不是刚向股东融过资吗？我记得这个月的财报上也明明显示公司账上是有钱的。"魏诤问道。

胡丽娜有些支支吾吾："我也不是很清楚，我就是个财务部的出纳。"

魏诤回到办公室，拿起手机看了几条信息，上面有李瑞发来的几条："这世上真不公平，努力的人一路洒汗，一路拼命，可回头一看，都给别人拉了马车。"

"那可能是因为她太卖力地跑在别人的跑道上。"魏诤毫不留情地回了一句。他随手点开了跟颜锁心的对话框，自从两人添加了好友还没有通过消息，因此对话框还是一片空白。

可就在这时，对话框里突然就跳出了一行字："有空吗？"

魏诤愣了稍许，才回道："什么事？"

"我有些东西没地方放，可以暂时先放在你那里吗？"

"你不是租了房子吗？"

颜锁心发了一个摊手的动作表情："房东的儿子要结婚，所以要收回房子做婚房。当然，如果你不方便的话，不用勉强。"

"那你现在住在哪里？"

"暂时住在宾馆，我准备周末的时候好好去找一找。"

"我的房子租给你吧。"魏诤输入了消息，隔了一会儿才见颜锁心回道："你把房子租给我，那你回上海住在哪里？"

"我家在上海，你忘了？"

"会不会不方便啊？"

"不会。"魏诤放下手机，他又想起了那名电机供应商，因此下了楼，等了一会儿果然看见那个中年男子面色不悦地从后面的大楼出来。

"你是荣达的陆经理吧？"魏诤迎了上去问道。

陆经理稍许一愣就挤出了笑容："魏总啊。"

"我刚才看见你，好像跟我们的陈经理有什么问题？"

"魏总，你们斐拉德克是我们的大客户，可是我们公司总不能一直垫资为你们生产吧？"

"我们欠你们货款有多久？"

"魏总，你们九十天前的货款都没有付哪！"陆经理愤愤然道。

这时陈安又赶了过来，好说歹说地将那位荣达的销售经理给送了出去。

魏诤转身进了财务部，经理萧钟正在跟胡丽娜聊天，萧钟坐在位置上打了个招呼："魏总你怎么来财务部了？"

"公司为什么不付荣达电器的货款？"魏诤开门见山地问。

萧钟不紧不慢地回答："魏总，这付款的事情要老板批准的。"

"合约上写的是交货四十五天付款，供应部没有给你合约备份吗？"

"魏总，合约是这么写的，不过付款还是要老板说话，咱们账上现钱紧张啊。"

"紧张？"魏诤微微扬眉，"公司这个月不是刚收了宜居集团的两千万订金？"

萧钟吐着苦水："可是我们这个月请明星代言就要一千万，还要给广告公司的摄制费，还要付宣传费，两千万就是左手进右手出！"

"那股东的融资呢，我上周刚交给公司三百五十万，也没有了吗？"魏诤追问道。

萧钟稳坐钓鱼台，丝毫不见慌乱："这个老板还有其他的用途，要我们预留着的。"

"也就是账上的确是有钱的，但你不按合约付供应商的货款？"魏诤不可思议地道。

"我们都是按老板的吩咐啊。"总之萧钟千言万语都是这一句话。

在魏诤回办公室的路上，项目部的许铭偷偷走了过来对他小声道："魏总，财务部真的没钱，钱都给老储转走了。"

许铭是魏诤来了之后提拔上来的。魏诤来斐拉德克的时候他正在闹离职，许铭虽然也算是老储的某个远方亲戚，但因为观念问题并不怎么讨老储的喜欢。可是魏诤在看过许铭跟进的工程项目之后，却留下了他，并将许铭提到了项目部主管的位置上，因此许铭对魏诤颇有知遇之感。

"转去哪儿了？"魏诤有一丝不太妙的感觉。

"老板又看中了一块地皮，付了六千万的订金。"

"行了，这事你不用管，还是去深圳那边，争取把技术合作的项目谈下来。"

许铭本来就一直担心由于经费问题，他这边的新科技项目合作会不谈了，没想到魏诤依然支持，他高兴地应了一声："你放心吧，我保证咱们会是第一个面部识别家用智能锁的生产厂家！"

然而等他走了，魏诤却开始认真思考自己将前途跟斐拉德克绑在一起，究竟是不是个明智的选择。

他坐回办公桌，通过邮件的方式将自己的想法整理下来写给了老储。发过去之后，他又拿起电话给胡丽娜打了声招呼："我给老储写了一封信，比较重要，你记得提醒他收一下。"

胡丽娜挂完电话对财务部的萧钟道："魏总做事情挺有意思的，咱们重要的事情都当面讲，他全都要放邮件里讲，没了网络，就不能沟通了啊。"

萧钟优哉游哉地道："咱们老辈才信奉千金一诺，现在的小年轻只信白纸黑字，否则口说无凭！"

颜锁心心情愉悦地准备下班，人力资源的吴姗就过来笑道："朵拉，裴总要请总部的人吃饭，你去吗？"

"吃饭，吃什么？"颜锁心问。

"他调到上海分部任总经理，现在满三个月了呀，裴总说请大家吃个饭。"吴姗笑着道，"他跟我们任经理一起请的，你也去吧。"

颜锁心笑了笑："我就不去了，我今天还要搬家。"

吴姗好像早就料到了："那你忙吧。"

颜锁心觉得吴姗脸上的笑容有些古怪，但懒得理会。她提前跟尤格尔请了假，打算开车回吴江跟魏诤签订租约，顺便拿房间钥匙。

可是她刚走到车边就接到魏诤的电话："你在哪里？我过来给你送钥匙。"

"我……刚从公司出来。"颜锁心没想到魏诤会回上海。

"那你先等会儿，我就到了。"

"你到了哪儿了？"颜锁心忍不住问。

然后她身后的喇叭响了几声，她转过头见魏诤坐在车子里朝她挥手，然后就将车子停在了她的车旁。颜锁心走了过去，魏诤拿着一只文件袋从车里走了下来，将袋子递给了她："里面是出入卡跟钥匙。"

"那合约你想怎么签？"颜锁心接过了文件袋问道。

"随便吧，你拟好了寄给我。"魏诤顿了顿问，"你要人帮忙搬家吗？"

"不用了，也没有太多东西，不麻烦你了。"颜锁心知道魏诤问这样的话也许只是出于同情，或者是一个男人的责任感，所以她不想因为别人的好意，而弄得自己心猿意马。

颜锁心有些走神，文件袋里的钥匙就从她手上滚了下去，随后滑落到了旁边另一辆凯迪拉克的车盘下面。两人不由得面面相觑，因为要想拿到这把钥匙，只有跪下甚至趴下才能摸到钥匙的位置。

"你、你在这里，我上楼去借个工具。"颜锁心不好意思地道。

"不必了。"魏诤道，他深吸了一口气，单腿跪下俯身伸出手，却没能摸到钥匙。

"怎么样？"颜锁心蹲下问。

"还没有。"魏诤不悦地道，"这凯迪拉克的底盘设计得那么低干什么？"

"底盘低稳啊，倒是你，一个智能锁厂的总经理，自己家里还用钥匙开门。"

"是我不想装的吗？还不是因为……"魏诤说了一半又闭上了嘴。

"因为什么？"颜锁心忍不住好奇地问。

魏诤脱下了身上修身的大衣，将它塞到了颜锁心的怀里："拿好。"他整个人趴在地上，终于看清了那把钥匙的位置，将它摸到了手里。

颜锁心看着趴在地上的魏诤，要是半年前有人告诉她，傲慢挑剔的魏诤有一天会趴在停车场的地上替她捡钥匙，她一定会认为那个人的神经错乱了，即使是现在，她还是有一种不太真实的感觉，以至于她忍不住伸手想要触碰一下魏诤乌黑的头发，以求真伪。

"好了。"魏诤拿着钥匙起身，猛地撞到了颜锁心的手，颜锁心想要轻碰他发丝的手就变成了摸了他的脸。

颜锁心张嘴结舌，她感到浑身的血液都在往脸上涌，有种十万个解释都说不清为什么的困窘，以至于魏诤说了什么，颜锁心什么也没听清，直到他又说了句："有人来了。"

她这才如梦初醒，连忙收回了自己的手。来人的脚步声已经走得有些近了，声音也渐渐清晰："你们知道什么呀，当年颜锁心就倒追过裴严明，不过裴严明当时就没看上她。"

"人力资源部的吴姗。"颜锁心深吸了口气，很快就听出了那说话女子的声音。

然后又有旁人问："可是为什么朵拉会跟裴总用一辆车子？"

"你这样小姑娘是不懂的啦，男人嘛，来者不拒的呀。不过我们部门的艾丽丝就可怜了，这小三跟自己一个公司工作，你说心里郁闷哦？"吴姗嗤笑着道。

"难怪，艾丽丝会说颜锁心受贿，原来这里面还有这么多事。"

魏诤刚想站起来，却被颜锁心死死拉住了，吴姗还在那边长吁短叹："就是因为心里憋屈呀……"

她这句话还没有说完，就看见前面的车子旁突然站起了一名男子，他身材颀长，衣着入时，眼睛没有看她们，而是弯腰态度关切地低头问："扭到的脚好点了吗？"

颜锁心是绝不想站起来的，但是魏诤拉住她的手臂却很用力，她等于是被他拽起来的，然后让她意想不到的是，魏诤竟然将她给抱了起来。

她脑子里一片空白，魏诤将她放到了自己的车座上，很自然地半蹲下身子，揉了揉她的脚脖子："是扭到这儿了吗？我觉得还是要去医院看下。"

"好，那就去医院。"颜锁心已经不太会思考了，只是顺着话回答。

而后魏诤起身打开驾驶座那侧的车门，坐了进去，再将车子开走，从头到尾，他没看那三个尴尬莫名的女人一眼。颜锁心能肯定自己的脚脖子没事，但车后三个女人的脖子一定被扭到了。

"你刚才为什么要躲？"等车开出了停车场，魏诤才问道。

颜锁心的大脑稍稍恢复了一点清明，明白了魏诤是配合自己演出了一场戏，她讷讷地说："难道我要跳起来跟她们争辩，我跟任雪谁才是小三吗？"

"难道不应该吗？"魏诤反问，似乎还有些生气。

颜锁心扭头看向窗外，良久才道："我不想让别人知道我离婚了。"

"因为你不想让别人知道你是离婚的女人，所以你宁可让别人误会你是个插足其他人婚姻的女人。"魏诤有些不可思议地道，"我从来不知道，女性魅力还可以这样的。"

颜锁心被他语调里的讥讽给刺激到了，她随口反驳道："是，我不想让别人知道我是个被抛弃的离婚女人，我宁可让人以为我是个擅长破坏别人家庭的小三，你满意了？"

两人都僵持着没有再说话，颜锁心突然道："停车，我要下去。"

"这是高架桥。"魏诤道。

"一个擅长勾三搭四的女人，我还找不到另一辆车子送我下高架桥吗？"颜锁心没好气地道。

魏诤将车开到急停车道上："随你！"

颜锁心拿起包打开车，甩上车门，真的头也不回地下去了。

魏诤有些气闷，他不明白自己跟一个因为离婚而满腹怨念的女人争执什么，于是他开车头也不回地消失在了她的视野里。

高架桥上的风很大，车辆川流不息，几乎所有的车辆都是以八十公里的时速通过。也许有人奇怪这个女人走在高架桥上，但没人会为此放慢一下速度。

指示牌上显示离下一个出口还有三公里，颜锁心觉得还不算远，但她走了一段距离就开始感到脚疼，因为脚上穿的是高跟鞋。她过去喜欢穿平底鞋，可是自从婚姻失败、职业遇到危机开始，她就改穿高跟鞋了。

高跟鞋仿佛是女人的战靴，每当要鼓起斗志面对挑战的时候，她们都会想起高跟鞋，但高跟鞋却不方便走路，最起码不能走很长的路，这点矛盾而好笑。

也许在女人的心里，成功意味着找到作家匡匡笔下的那个会将她们妥善珍藏，令她们不用辛苦赶路的人，又或许女人很早就懂得，成功就是穿着双窄脚的高跟鞋走了一段长而崎岖的路。

颜锁心脱掉了脚上的高跟鞋，因为她不确定自己能穿着这双八厘米高的鞋再走上三公里，光裸的脚踩在平实又带有温度的柏油路面上，有种脚踏实地的安然。

一辆车子停在她的身后，颜锁心半侧过身。此时夕阳已垂挂在了桥边，她身后的车玻璃上反射出耀眼的光，她下意识地抬手遮了下眼，看清了车子里的人，那些胡思乱想瞬间就烟消云散了："你不是走了吗？"

魏诤也下了车，尽管桥上的风很大，但他没有特意回去披上外套，仍是穿着黑色的薄羊毛衣，看上去瘦削而挺拔。颜锁心瞧着他，他握拳轻咳了声：

"你……要搭顺风车吗？"

他背对着落日，但脸上好似有一层淡淡的夕阳红，颜锁心忍不住"扑哧"笑出了声。

魏诤冷着脸道："你笑什么？"

颜锁心没回答他，她兀自拎着那双新买的大几千块的高跟鞋，赤着脚在高速路上笑出了眼泪。那晚回去她睡了一个自从离婚以来最香甜的觉，之前即便她总结了无数条人生至理，但也没有一条能令她安然熟睡过。

早上起来，她用了几秒钟才确定了自己的确是住进了魏诤的房子。昨晚上魏诤帮着她将东西都挪了过来，等她将卫生打扫好，东西整理好，已经很晚了，两人都是饥肠辘辘。

于是颜锁心问魏诤："你留下来吃饭吗？"

"吃……什么？"魏诤诧异地看着空空如也的厨房。

"番茄炒蛋！"颜锁心拿起那几只跟她一起搬家的番茄晃了晃。

"行吧，反正我也饿了。"魏诤道。

她厨艺书买了十几本，不过拿得出手的依然是番茄炒蛋。魏诤自己平时也不做饭，因此过去开了瓶红酒。

番茄炒蛋配红酒，这个搭配很古怪，但颜锁心没有感到任何不适，她甚至还多喝了几杯。然而她高估了自己，事实上她并没有因为之前几次大醉而酒量大增，所以她又喝醉了。

她记得自己发表了很多关于男人与女人的感慨，比如："最不留恋男人的女人，男人最留恋，如果女人一旦对他念念不忘，那他就会放心地把你忘得一干二净。"

魏诤诧异地问："你真觉得自己一个离了婚的女人对男人喜欢什么样的女人的总结……可靠吗？"

颜锁心眼神朦胧，表情有点似哭似笑："你就不能不抬杠啊。"

魏诤略有些尴尬："我开玩笑的。"

"难怪你到现在都找不到女朋友……"颜锁心叹气。

"我不是找不到女朋友，我是不愿意将就。"魏诤纠正她，"你开玩笑的吗？我像是那种找不到女朋友的男人吗？"

"不像，但你无法肯定自己会爱一个人一辈子，更害怕你结了婚之后，会喜欢上别人。婚姻太漫长了，你不知道自己会不会在某天看对方觉得无趣了、无聊了，你害怕自己会在某天变成一个不负责任、不能由始至终的男人。"颜锁心说着醉话，但说出来的话很尖锐，"你不是比较讲究，你只是害怕谈婚论嫁而已。"

魏诤背靠着沙发，脸上的表情有些古怪，不知道是在表达气恼还是好笑。

颜锁心却是真的醉了，她身体一歪就斜靠在了魏诤的肩上，顺手拍了拍他，用安抚的语调道："不用担心，魏诤……你以后会是个好丈夫的。"

她喝断了片，已经不记得太多的内容，但记忆里仅剩的胡话也足够令她脸热的。她摇了摇昏沉沉的脑袋，看了眼床头闹钟的时间，就手忙脚乱地起来刷牙洗漱。

等一切忙完，颜锁心忽然意识到自己又回到了斯威德十五分钟的步行圈，不用再一大早出门，加入塞车大军里了。

她的心情顿时变得轻松而悠然，这曾是她已经熟悉了六年的生活方式。她随手拿了一个杯子，从冰箱里倒了一杯果汁，边喝边开始欣赏魏诤这间房子的装修。

整个公寓墙壁的主色调是高级灰，但看上去没有那么冷，微微泛着深蓝的色泽，带着点法式风格，令人一看就觉得很魏诤。

颜锁心的目光从酒柜的水晶杯，再移到脚边色调古朴的真丝地毯上，然后瞧了瞧自己手中装了果汁的杯子，明智地选择端着它回到了厨房。

她用冰箱里剩下的面包做了三明治，就着果汁吃完了早餐。走出厨房的时候，才发现对面的那只鱼缸下还贴着一张纸条，上面是魏诤用钢笔书写的一行字：麻烦先替我照顾两天鱼，鱼食在左边的抽屉里。

颜锁心拉开旁边胡桃木色的抽屉，鱼食用褐色木盒装着。她用手捻着鱼食在水面上洒了一点，鱼拖曳着水纹一路向着她手指的方向觅食而来，波光粼粼里，她看见倒映在水中的人嘴角微微翘起。

喂好了鱼，她拿起包打开门，却意外地发现陈小西就站在门外，两人四目相对，最后颜锁心的视线落到陈小西手里拿着的钥匙上，那把钥匙跟昨天魏诤给她的是同一种款式。

"你为什么住在这里？"陈小西声音有些变了调。

颜锁心指了指身后："魏诤把这房子租给我了。"

"魏总没有告诉我，他没有告诉我。"陈小西反复强调道，然后她态度冷硬地说了声"借过"，就从颜锁心的身边擦身而过进了屋里。

颜锁心瞧着她熟练地拉开抽屉拿出木盒，将鱼食投喂给鱼缸里的鱼，显然这所屋子她并不是第一次来。

"我已经喂过了。"颜锁心提醒道，但是陈小西仿佛没有听见，她只好说了句，"那麻烦你走的时候，把门关好。"

等颜锁心下了楼，走出了小区，她明明已经离得很远了，但她的视线似乎还留在魏铮的那间房子里。她胡乱地想着，魏铮似乎在斯威德的时候就很欣赏陈小西，现在又给了她大门的钥匙……他俩是什么关系？

"朵拉……"陈小西从后面追了上来。

颜锁心停住了转过身，等陈小西站到了她的面前，她才注意到陈小西今天没有戴眼镜，身上穿了件米白色的小洋装，五官在细致的妆容下显得尤为秀丽，令人眼前一亮，几乎让人吃惊眼前这人居然是陈小西。

穿着全新的衣服，化着漂亮的妆，来给一个男人喂鱼，颜锁心想到。

陈小西抬起脖颈，她的脖子纤长，高高抬起下巴时，像只充满了悲情的天鹅："我喜欢魏铮！"

颜锁心下意识地"嗯"了声。跟陈小西相比，她穿的是最普通的黑色小西服，外面套了件厚一点的米色风衣，脸上的妆很淡，谈不上多么亮眼，只是让人感觉舒服而已。

陈小西接着道："在公司里，我们可以公平竞争，但魏铮不在你可以竞争的范围里。"

颜锁心忍不住反问："按照你的意思，因为你喜欢魏铮，所以别的女人就不可以竞争了吗？"

"别的女人可以，但你不可以。"陈小西一字字地道，"你别忘了，你是个结了婚的女人！"

她看着颜锁心脸上露出的惊讶表情，更加笃定地道："颜助理，我知道的事情远比你想象得要多，我觉得你应该解决自己丈夫的外遇问题，而不是拖另一个男人下水，对吗？"

"你知道的事情的确很多，出乎我的意料。"颜锁心确实对现在的陈小西有些叹为观止，"不过你知道那么多事情，怎么不知道我跟裴严明已经离婚了呢？"

"你、你离婚了？"陈小西面色有些发黑，似乎听到了什么不好的消息。

"是的，我离婚了。所以从理论上来讲，我现在可以拉任何一个男人下水，包括魏铮。而且在公司里，你也不是我的竞争者，竞争意味着我们双方是平等的，但现在只不过是你单方面想坐我的位置罢了。"颜锁心不再理会陈小西，说完就转身走了。

进了公司的门，从同事们似有若无飘来的眼神里，颜锁心就知道昨天在停车场的事情被传开了，没有什么事会比八卦传得更快，何况昨天还是裴严明的请客聚会。

难怪陈小西杀气腾腾的，颜锁心心中暗叹。

戴维扬百忙之中抽空上来求证："你跟魏铮在一起了吼？"他从台湾来上海十年，说话的腔调早已变成本地腔，可心急之下还是乡音。

"不是你们想的那样。"颜锁心有些艰难地道，只是昨天的状况讲起来又有点难以辩解。

她能怎么讲？说魏铮只是趴地上捡她掉的钥匙，说魏铮抱她是出于撇清……撇清她跟前夫已经没有关系了，颜锁心觉得这中间的逻辑跟现在的思绪一样混乱。

戴维扬根本没有在意颜锁心无力的辩解，而是与有荣焉地道："所以我今天就讲，魏铮的能力比裴严明强，长相更是能甩开裴严明几条马路，人品那也是没话说，人家至少兔子不吃窝边草！我就问他们，朵拉用得着看上裴严明吗，谁家家里藏着玉白菜，还会去拱大白菜呀？"

此时的他已经完全忘记了之前还敌视过魏铮，给过他种种不好的评价。

颜锁心诚实地道："我就是不小心在停车场滑了一跤……"

"我知道，这种关系是要小心些。"戴维扬了然地一笑，而后又俯下身小声地提醒了一句，"你可千万不要告诉他，那张德国发票是你向尤格尔打的小报告……"

颜锁心尴尬地笑了笑，她发现即使自己不去想，也会有很多人来提醒她，她跟魏铮还有那么多的旧账可翻。

戴维扬还想往下说，但是手机响了，他抱怨道："这个乔治不是我说哦，跟安娜差得真不是一点半点，连做人都不会，吃力不讨好，害得整个财务部活多还得罪人！"

但接起电话，戴维扬的声音立即变得殷勤了起来："看办公室的耗材啊，好的，好的。"

"魏铮哦……"戴维扬用手指点了点她，抛了个"你懂的"的眼神，然后扭身走了。

颜锁心瞧着戴维扬一路小跑而去的背影，回过头无意识地轻念了声："魏铮哦……"她从来没想过，有一天她念这个名字会感觉如此复杂，既酸又甜。

"你有空吗？"她低头给魏铮发了条微信。

快到中午的时候，她才收到魏铮的回复："我在广州出差，有什么事吗？"

颜锁心想魏铮没有回复，大约是在飞机上。她本来想说陈小西的事情，稍作犹豫又回复："那等你回来再说。"

屏幕上迅速弹出一行字："我很快回来。"

几天之后，斐拉德克的会议室门前，陈安问胡丽娜："你知道魏诤为什么一回来就要召开中层干部会议吗？"

胡丽娜瞥了一眼他："我觉得魏诤大概是对你们不满吧。"

陈安大叫冤枉："我们供应部可是很配合的，魏诤要不满，那也应该是对生产部的曹经理吧。"

胡丽娜撇了撇嘴，没说什么，陈安讨好地道："我过年的时候去泰国买了点虎皮膏药，我带点给你。"

"我要膏药做什么？！"胡丽娜白了他一眼，陈安笑得暧昧："不是说扭着腰了吗？"

两人说笑间，魏诤拿着资料走了过来，胡丽娜连忙离开陈安迎了上去："魏总，这些资料我来拿吧。"

"不必，储总来了吗？"魏诤问。

"我催过了，他马上就来，你知道他最近挺忙的。"胡丽娜为难地道。

魏诤看了一下手表，距离开会的时间还有五分钟，但老储还没来，看来他兼职的地产生意确实挺忙碌的，他吩咐胡丽娜："那我们先开会吧，边开边等。"

然而今天的会议除了老储，曹乐水也是姗姗来迟。他坐下来捋了捋头顶的几缕头发就开始埋怨道："有什么事啊？车间里忙着呢，这个月老储可是说了要生产五万套的锁。"

魏诤没有理睬他，环视了一下参加会议的人："今天我把大家召集到一起，是为了跟大家谈一谈公司的组织结构重新调整的问题。"

一句话激起千层浪。

曹乐水率先嚷嚷了起来："魏总，我们的位置都是老储定下的，我们都这么干了快十年了，你要调整组织结构，跟老储商量过吗？"

"现在的产量是过去的三倍，大家都做得比较辛苦，合理地调整人手，也是在所难免的事情，大致的情况我在电话里已经跟老储商量过了。"魏诤道。

胡丽娜瞧了眼曹乐水，她知道他想将魏诤取而代之，这点小心思差不多是司马昭之心路人尽知，其他的人还算满意现在的位置，比起曹乐水，他们还是更愿意让根基不深的魏总来当这个总经理。

曹乐水嘀嘀咕咕，却没有其他唱反调的人应和，因此说了两句，也只好闭上嘴巴。

魏诤见人都不吭声了之后，就开始念自己手中的名单。听到一连串人员的调动，底下的嗡嗡声又开始起来，陈安讪笑着提问："魏总，客户服务一向是由销售部负责的，现在单独成立一个客服部会不会重复了啊？"

"销售部是面向批量客户，但收集终端用户的体验数据也很重要，这对我们以后产品的设计和产量调整都极为重要。"魏诤神色严肃地道，"所以这位客服部的经理我们需要一个既懂生产又有销售经验的人来出任。"

曹乐水听到这里隐隐有种不太妙的感觉，果然就听魏诤接着说："所以我推荐生产部曹经理担任客户部的经理。"

底下人的表情极为精彩，曹乐水之前从销售部经理变成了生产部经理，很多人都觉得没准魏诤走了之后，就轮到他当总经理了，至少曹乐水自己是这么认为的，谁也没想到魏诤能生造出一个客服部。

"我不同意，你跟老储商量过了吗？"曹乐水的脸涨红了起来。

"当然商量过。"魏诤微微笑了笑，"我做了一些调查，曹经理做销售的时候，尤其是客服这一块做得比较出色，虽然替换率高了一点，但是用户满意，不是吗？所以曹经理出任客服部经理，我觉得是最恰当不过的人选。"

众人等着曹乐水继续与魏诤拾杠，哪知道他脸色阴晴不定了好一阵子，居然没有跟魏诤硬争，这令不少人有些失望，也有些吃惊。

魏诤环视了一下众人又道："至于新的销售部经理，我跟人事部已经商定了。"

曹乐水的脸色又难看了几分，众人也都竖起耳朵听下文，只听魏诤道："这位新任的销售部经理曾经在斐拉德克工作过，并且连续几年都是业绩最优，离开这里之后他去了另一家民企，并且在那里升任了销售部经理……"

"魏总……你说的该不会是陆剑这小子吧？！"曹乐水忍不住插嘴道。

魏诤表情平静："正是陆剑。"

曹乐水不可置信地问："陆剑，他同意回来？"

"我让颜老去请他的，作为他的伯乐，陆剑当然会卖颜老一个面子。"

曹乐水道："那你问过老储了没有，老储会同意他回来？"

魏诤向后靠在自己的椅背上微微笑道："当然。"

曹乐水腾地站了起来："如果陆剑那小子回来，我就不干了！"

陈安适时地打着圆场："曹经理别生气，魏总可能不知道过去的事情，你先别发脾气，你可是咱们公司的元老，有话好好说嘛。"

魏诤拿起面前的文件，用笔划掉了一个名字淡淡地道："曹经理要是不想做，那我们就只能另外聘请一位客户经理了。"

陈安脸上的笑僵住了，他没想到魏诤不留丝毫余地。站立在那里的曹乐水面色已然红得发紫，头上那几缕碎发拉了下来，露出的头皮都泛出了红色，他冷笑了声："好，看来你是想把厂里的元老都撵走吧，来了没几天你就撵走了颜伯亮，现在你又想撵我走了……"

魏诤打断了他："难道不是你刚才说要辞职的吗，怎么能算是我撵你走呢？曹经理，我倒是想劝你好好想想，毕竟斐拉德克，不是你想来就来，想走就走的地方。"

众人旁观两人唇枪舌剑，听见魏诤毫不客气的对答，他们不由自主地低下了头，连陈安也不例外，他心里清楚，自己再不识趣，魏诤准备的那张名单上就可能有他这个供应部经理位置的候选人。

曹乐水见在座的人都不再吭声，无人应援，他气愤不已："好，我走！"

听着他摔门而去的声音，魏诤神情自如："剩下的时间，就谈谈新架构下，各部门的配合流程吧。"

因此老储进来的时候，会议差不多已经结束了，他也就是听了个结果。

陈安巧妙地提了提曹乐水愤怒离席的事情，众人都等着看老储的反应，却见老储皱着眉埋怨："老曹这是做什么？客服部门也是很重要的嘛，正需要他这样在很多部门都有经验的人去主持，陆剑过去就是咱们销售部的干将，出去转了一圈再回来支持咱们斐拉德克，这不是一件好事情吗？"

老储的反应显然出乎所有人的预料，基本上他完全支持了魏诤的决议，也就是说他完全否定了曹乐水。有人又提问道："那车间的生产谁来主持？现在不正是关键时候吗？"

"我跟魏总先管着，人事部会尽快面试其他的人选，现在一切都上了轨道，不用着急。"老储说得云淡风轻。

散了会陈安忍不住又找胡丽娜："老储怎么可能同意魏诤把曹乐水给换了？还有陆剑当年可是跟曹乐水大闹了一场走的，老储把他请回来，不就是让曹乐水不要干了吗？曹乐水可是他的大舅子！"

"陆剑是为了销售部的退换率走的，你不知道吗？"胡丽娜幽幽地道。

陈安不自然地笑了笑。客户退换率其实是销售部从工厂捞钱的借口，比如产品到了客户那里有百分之十的不良率，业务员却让客户报百分之十五的退换，工厂多发出来的那百分之五的产品就会流通到代理商那里，得到的钱自然被业务员私分了。

曹乐水的退换率一向是销售部最高，经常有百分之二三十，而当年的陆剑却平均仅有百分之十，如此大的悬殊，自然令两人矛盾重重。曹乐水就联合客服代表、销售部的其他业务员一起投诉陆剑的业务素质有问题，陆剑则反告曹乐水利用产品退换率做手脚，贪污销售款项。

老储自然不能因为一个人而否定这么多人，因此就只能让陆剑走人。看上去是曹乐水大获全胜，但其实销售部的退换率大大地降了下来，老储也算是拿了大舅子一个大把柄，曹乐水从此在厂里老实了不少。

陈安压低了声音问："这件事大家都知道啊，可现在曹乐水不做业务了呀，怎么会突然要把他撵走？"

"因为魏诤想让他走。"胡丽娜看着自己的指甲油道。

陈安吃了一惊："因为魏诤想让曹乐水走，老储就听他的？"

"所以说在老板心目中，魏诤比你们当中任何一个人都值钱！"胡丽娜用染着粉色指甲油的手指戳了戳他，"你要是聪明呢，最好就不要再去触他的霉头了。"

老储在会议室里关起门跟魏诤私谈："咱们公司呢，资本还是不够雄厚，人员的素质也是参差不齐，你多费心。"

"公司最近似乎拖欠了很多供应商的货款。"魏诤道。

"唉，企业要想做大，就一定要有钱，所以我才去做房地产的呀，没办法，谁让这百行百业，就房地产挣钱多呢？"老储四四方方的身材里都透着一股真诚，"我都是为咱们的工厂着想，要想做品牌，要想买机器，哪样都需要钱啊。"

魏诤过去在外企，从来没有想过民营企业的资金会这么困难，以至于好像随时随地都处在现金断流的地步，他觉得应该体谅成长中民营企业的困难，也明白事情不能一蹴而就。

因此犹豫了一番，魏诤道："无论如何，一些重点合作单位的货款不能拖欠太久，假如这些厂家断货，不但会影响我们的正常生产，也会破坏我们公司的信誉，那是恶性循环。"

"那是当然，那是当然！你放心，那边房地产合伙人的钱一到，我就把公司垫付的钱给打回来！"老储松了口气，向魏诤保证道。

老储需要魏诤这样合乎规范的管理人才，也需要魏诤在一些不那么合乎规范的管理上支持他，比如说挪用厂里的钱去投资房地产，因此在魏诤用邮件表达过不满之后，他用两个经理的位置重新平衡了双方的关系。

总的来说老储还是个有抱负的人，也的确是想要做实业，他有着摸石头过河的勇武，只是有时会太过沉迷于摸到的石头，而忘了本来要过河的最终目的。

颜伯亮也来厂里交了股东款，二百万对于斐拉德克来说也算是一场及时雨了。财务部的人堪称欢天喜地地接待了这位老厂长，因此颜伯亮稍微坐了会儿就知道了魏诤今天开会的战果。

梁南珍见他哼着小曲回家，不由得诧异："斐拉德克能有什么事让你这么高兴？"

"你知道今天发生了什么事？"

"什么事？"梁南珍漫不经心地择着手里的菜，自从颜锁心离婚后她对什么都兴致缺缺。

"曹乐水让魏铮给撵出厂了。"颜伯亮兴奋地道。

梁南珍也吃了一惊。自从老储入主锁厂，他带进来的这个妻舅就一直是颜伯亮的头号大敌，两人水火不容，连颜伯亮一手提拔的陆剑最后也是被曹乐水给赶走的，真没想到曹乐水最后败在了初来乍到的魏铮手里。

"不但如此，我只不过跟他提了提陆剑，他居然就带着骆明珠跑到广东去找他，把陆剑又给找回来做销售经理！"颜伯亮甚为高兴地道，这正是他当初想做但没做成的事情。

看到曹乐水这样德不配位的人，把有能力又正派的陆剑给挤跑，这一直是他心里的疙瘩。

"真是想不到，老储这次居然站到了魏铮那边，以前你跟曹乐水闹，哪次老储不是明着和稀泥，暗地里偏帮他这个大舅子。"梁南珍也有些感慨。

颜伯亮唏嘘道："魏铮这小伙子还是有手段，你就看他对付我吧，多有办法，连玩游戏都能想得出来。"

"这你也夸得起来？"梁南珍气笑。

"长江后浪推前浪，不服不行啊。"颜伯亮感叹。

陈小西每个清晨都来魏铮的房里喂鱼，好像只要她不来，颜锁心就能活生生地将鱼全部饿死。而且她不但喂鱼，还会帮魏铮整理柜子，擦拭唱片机，打扫卫生，如同一个女主人般在这间不大的公寓里面晃荡着，令颜锁心很难视若无睹。

她将书桌擦好，视线落到椅子下的某处毛毯，脸色突然变了，搬开椅子指着地毯指责道："颜锁心，你借住在别人家里，总要小心些吧，你不知道这些地毯都是很贵的吗？"

颜锁心走近了瞧，发现她手指的是地毯一角的墨水污渍，她摇了摇头："这不是我弄的，我没有用钢笔的习惯，这应该是魏铮自己弄上去的。"

陈小西冷笑："魏总是个讲究完美的人，这么一大摊墨迹如果是他自己弄上去的，他要么会把地毯寄回原厂清洗，要么会扔了它，绝不会将就地还铺在地上。"

颜锁心知道陈小西是在借题发挥，但又不得不承认，她说得没错，魏铮的确是这样的人。

"这块地毯就算是我弄脏的，那也应该是魏铮来找我吧？"颜锁心道。

"你知道他不会说，因为你知道他是个很有同情心的人，你觉得你自己做得没错，但你有没有问过你自己，你是不是在利用他的同情心？否则你就不会想不起来，在你春风得意的时候，魏总他半点也不喜欢你。"

陈小西的话如同冰锥，又尖又利，冰冷而无情，却令人清醒，因为这些话，精准地击中了颜锁心内心最想回避的问题。

沈青得知颜锁心又要搬家就惊道："为什么你又要搬家，你不是刚搬过家吗？"

"不凑巧，新房东有其他的用处。"颜锁心叹着气。

沈青不满道："这些房东租之前，难道不知道他们有别的用处吗？他们一定是欺负你是个单身女子。"

颜锁心浏览着网站道："你知道伊朗的地毯在哪里能买到吗？"

"你不会网上搜啊。"

"总觉得看着不太像啊，不知道真假。"

沈青嗤笑："你还想买块真的伊朗地毯，那种是真丝人工手织地毯，一米几千块，你租房子用得着那么贵的地毯吗？"

颜锁心只好道："我不小心把墨水溅到了新房东的地毯上。"

"你怎么会把墨水溅到地毯上，这年头用的都是自来水笔吧？"

"房子里有一瓶墨水，我不确定是不是前两天喝醉了，弄上去的。"

"你的意思不会……你房间里有块伊朗的真丝地毯吧。"

颜锁心默然了会儿："应该是有块真的伊朗的真丝地毯。"

"你是说那个房东把房子租给你，还给你配了真丝地毯？那是个男房东吧！"

"怎么了？"

沈青大喜道："那他就不是想有房客，他是想跟你有关系。"

"不是的，就是认识而已，我们以前是同事。"颜锁心连忙否认。

"同事怎么了？你可别因为裴严明就放弃再找一个好男人的念头。有些女人离了婚就觉得自己是件打折的商品，明明她们结婚之前也未必是处女！咱们离开渣男是为了什么呀？就是为了找个更好的男人！"

颜锁心笑出了声："我有电话进来了，先挂了。"

沈青又叫道："这次咱们班聚会，你可千万要参加，而且别忘了买身漂亮的衣服。"

"知道了，我今年一定隆重出席！"颜锁心应付着，她对参加同学会没有太

184

大的兴致，沈青却一向是个活跃分子，几乎年年必到。

电话是曾凡打来的："颜小姐，今天有空去办房产转户吗？"

"没问题。"颜锁心立刻答道，她虽然很不喜欢瘦高的许太太，但既然卖了房子，就想尽快走完手续。

下午见了面，许太太没什么好脸色，但到底没说什么出格的话，只是转头问曾凡："这证什么时候出？"

"两周左右吧，不过年后交易多，延期也是有可能的。"

"这么久啊？"她不大高兴。

"那可以加钱办加急。"曾凡回答。

许太太立刻摆手："算了，算了。那这税就不能省点啊？"

"颜小姐名下只有一套房，所以税已经是最便宜的了。"

也许是听见颜锁心卖了自己唯一的房，许太太脸色好转了不少，态度倨傲地转头跟自己的女儿道："这倒是挺合理的，要是这税是按买家有几套房，那咱们可就不知道要吃多少亏！"

"现在房子那么贵，像许太太这样能有几套房的都是大财主了，即使在上海，那也是不多的。"曾凡恭维了句。

许太太面色大悦，曾凡上下跑了几圈终于领着她们把所有的手续都办全了。瞧着许太太走出大厅时那伶仃圆规的瘦高身影，曾凡与颜锁心两人居然不约而同地长出了一口气。

而后两人忍不住转过脸来相视笑出了声。颜锁心见曾凡嘴唇动了动但什么也没说，便也没有开口，想必她一直没有给曾凡答复，曾凡已经懂了她想要婉拒的意思。

两人走到门口，却看见许太太的女儿又迎面走了回来，她开口问道："颜小姐，我想……请问，你知道魏先生的电话吗？"

"你找他有事？"

"也没有什么大事，就是我觉得他挺有趣的，想跟他交个朋友。"女孩脸色微红，但语气很大胆。

颜锁心瞧着面前的女孩子满脸的胶原蛋白："你为什么不自己问他要呢？"

女孩支支吾吾："当时气氛不太好，他威胁要去告我妈妈，我能在那个时候问个男人要电话吗？我又不是花痴！"

"你妈妈乱收别人的钱，害得我差点丢了工作，你过来问我要男人的电话不花痴吗？"颜锁心反问道，"还有你怎么知道，你想问的那个男人跟我不是那种关系呢？"

"你是已婚的！"女孩被颜锁心说得有点恼羞成怒，"我看到你跟妈妈签的合约上，你的丈夫可不姓魏！"

颜锁心面上平静地道："我离婚了。"

她结婚的时候是偷偷摸摸的，现在离了婚却到哪跟谁都要申明一遍，这世界有时就是这么滑稽。

等那女孩子愤愤然走远了，曾凡才尴尬地道："我不知道你跟魏先生……"

"不是那样的！"颜锁心打断了他，"我们就是普通朋友罢了。"

"哦哦，这样。"曾凡脸上微泛着红晕，"其实你之前一直没有给我答复，我已经知道你的答案了。也许在你看来，我不是那么合适你，但是我真的挺喜欢你的……真的。我也知道你刚离婚，不想太早谈感情，我就是想帮你早一点走出来，尝试着跟不同的人接触。"

两人沉默地走到门边，曾凡显得有点垂头丧气，却听颜锁心突然问："你上次说去看电影，想看哪部？"

曾凡抬起头，有点结巴地道："你、你说真的？"

"我好久没看电影了，就是看电影，可以吗？"

曾凡有些失望，但随即又笑着道："当然可以。"

颜锁心觉得曾凡有一句话是对的，过去的已经过去了，她始终都要面对将来，以及适应她这个离婚女人的身份。

·第七章

刮目相看

　　魏铮拎着副驾驶座上的礼品盒下了车。那是在广州喝咖啡的时候，看到店里有咖啡豆促销，他不确定颜锁心是否会喜欢这种Dormans的黑咖啡口味，但看见它赠送一只不错的手工绘的马克杯，便鬼使神差买了下来。

　　他抬起手瞄了眼礼品跟它的赠品，而后按下了电梯的按钮。

　　魏铮没有提前给颜锁心打电话，他觉得那样显得过于正式，他只不过是顺手在广州买了份礼物，然后回上海的时候顺便给她送过来罢了。

　　门铃响过几次之后，并没有想象当中颜锁心穿着休闲的手织毛衣出来开门的身影。他靠在门边等了一段时间，然后抬手看了眼手表。六点半他从斐拉德克开车回上海，又等了一个小时，现在已经差不多九点。

　　魏铮下了楼，他没想好是明天再来，还是再等下去。等他走出单元楼门的时候，瞧见了看完电影回来的两个人。

　　曾凡坚持要送颜锁心回来，也许是受到了今晚整个和谐气氛的鼓励，他显得特别殷勤，远远地瞧去两个人倒是透出了几分相谈甚欢的意味来。

　　魏铮觉得自己应该欢欣鼓舞，无论如何颜锁心似乎要比白岚顽强多了，显然她已经准备好了，重新开始找个新的爱人，过新的生活，但事实是他没有感到丝毫的愉悦。

"魏诤，你怎么来了？"颜锁心看清了站在灯柱下的男人脱口道。

她的表情在魏诤看来，就是惊吓多于惊喜。他道："路过。"

"你怎么不给我打电话？你几时来的？"

"刚到。"魏诤顿了顿道，"还没来得及给你打电话。"

尽管颜锁心申明过魏诤与她只是普通朋友，曾凡仍然敏感地觉察到了颜锁心态度的转变，不同于方才的平淡温和，她是紧张眼前这个男人。

曾凡伸出了手："我是曾凡，咱们见过。"

"记得。"魏诤也伸出手握了握。

"我还要谢谢你上次帮她解决麻烦。"

"上次那个麻烦是你招来的吗？"魏诤不紧不慢地反问。

曾凡微微一愣，买房的那对母女的确是他介绍给颜锁心的，严格说来好像的确是他招来的麻烦。他有些尴尬地道："我做房产中介，有时碰上不可理喻的客人也没有办法，但我绝对不是有心……"

魏诤打断他道："既然不是你招来的，那为什么要你来谢我？"

其实曾凡只是察觉到了魏诤带来的危机感，他本能地想要捍卫些什么，但颜锁心在他说出更多尴尬的话之前，连忙插口道："曾凡，天色不早了，你先回去吧。"

曾凡嗫嚅着道："那我找好房子了，就来帮你搬家啊。"

颜锁心下意识地瞥了眼旁边的魏诤。虽然陈小西让她感到不自在，可无论如何魏诤租房给她都是好意，她是拜托了曾凡帮忙租合适的房子，但绝对不想让他当着魏诤的面说出来。

"挺年轻的。"魏诤瞧着曾凡远去的背影道。

路灯下他的衣领微微敞开着，头发在夜风里也略有些凌乱，少了以往的几分精致，显得比平时还要随意，但他的语调不是那么和气："就是看着不太结实的样子。"

颜锁心不知道该怎么回应魏诤的评价，她犹豫着道："我租了你的房子，好像给你添了麻烦，所以我觉得……我还是租别的地方比较好，其实上海这么大，虹桥的房子也不是那么难找。"

"随便你，我也不是非要把房子租出去。"魏诤无所谓地道。

"我知道你是好意，就是觉得太给你添麻烦了……"颜锁心窘迫地道。

"给你。"魏诤顺手将礼盒丢给颜锁心。

"这是什么？"

"一只马克杯。"

"你为什么要送我马克杯？"颜锁心表情古怪。

魏诤也想问自己，他想了想道："不是特意给你买的，就是觉得促销挺划算的，所以多买了一份，想不到有谁可以送，就送给你了。"

颜锁心拿着礼盒笑道："我还以为你是买来提醒我，那个用马克杯喝汤的笑话呢。"

魏诤回到家中，才意识到现在家里不光有他的母亲白岚，还有他的继父苏柏文。白岚看见儿子诧异道："小诤你怎么回来了？"

"回上海办点事……经过，就上来了。"

白岚埋怨他："你怎么不先打个电话？"

魏诤反问："我回家需要先打电话吗？"

"那我可以提前收拾一下呀，免得这样邋里邋遢的。"白岚指了指身上的棉睡衣嗔道，她头发散披着，看上去有些凌乱。

魏诤有些郁闷，他母亲随便的样子别的男人可以瞧，却要打扮好了来见儿子，仿佛他是一个客人："你什么邋遢的样子我没见过？"

"但那是你小时候，你现在长大了呀。"白岚笑着道。

苏柏文适时地插话问："小诤吃过了没有？"

魏诤整晚都在开车跟等人中度过，确实什么东西也没吃，但他口里道："吃过了，我就是路过，你们忙吧。"

白岚总算找到了一点跟儿子的默契："今天我包了你最爱吃的荠菜馄饨，真正的清明时节的野菜，不是那种大棚里长的，你再吃点？"

"是给我包的吗？"魏诤问。

白岚当然不可能是给儿子包的，她又不知道魏诤要回家，她笑着道："就是因为整天想着小诤，所以每次做东西的时候，都会不由自主地做你爱吃的东西。"

白岚总是有本事把自己说感动，可惜魏诤却向来不吃母亲这一套："要是按你一年做饭的次数想我，那你想自己儿子的时候还真挺少的。"

"小诤，你心情不好？"白岚哭笑不得地问。

"没有的事。"

白岚很少做饭，但做起来却很讲究。一碗馄饨，汤里有紫菜、虾米，放了麻油、辣油、生鲜酱油，最后碗面上还用绿色的香菜做点缀。

"你这么晚了，去哪里？"白岚从餐桌旁问魏诤。

"去找一个同事。"魏诤随口道。

白岚在感情的事情上出奇地敏锐："那个因为同情……所以替她买唱片的女同事？"

"嗯。"魏诤含糊地道。

"我觉得同情这种事情，不可能太持久，对方既然已经结婚了，你的同情会不会给别人添乱啊？"白岚委婉地道。

"她已经离婚了。"

"离婚了啊……"白岚同情地道，"那她现在会比较艰难一点。"

魏诤道："她又找了个新的。"

白岚哑然："你不高兴？"

"她能开始新生活，我当然高兴！"魏诤拿起纸巾擦拭了一下嘴唇，"但是她上一个没找好，再找一个还是不好，也不知道是不是她眼光有问题。"

"那她找了什么样的？"白岚好奇地问。

"她找了个刚出校门二十三四岁的男人，她都三十岁了，难道不能找个成熟点的吗？"

白岚道："那……或许是她的前夫比较成熟，她只是想试试完全不同的人。"

魏诤嗤笑："一只长颈的鹌鹑，她能试出什么来？"

"小诤，你刚出校门的时候也是只长颈鹌鹑！"白岚道，"但是你看，你现在就完全不同了啊！"

魏诤没好气地道："那我二十三四岁的时候认识的女人现在还有联络吗？她这是在拿自己的人生给一个男人涨经验值吗？"

白岚凑近了悄声问："小诤……你是不是喜欢她呀？"

"当然不是。"魏诤立刻否认。

"小诤，假如一个女人，你总是担心她，看所有跟她来往的人都会感到焦躁……那不应该叫同情，那可能叫爱情。"

魏诤皱眉，白岚又道："我觉得你不妨问问你自己，你真的是因为她找了个不合适的男人在生气，还是因为你生气的本身，是因为她看上的是别人，而不是你？"

"我先走了。"魏诤神情有些不自然地站了起来。

"你还要开车回去啊？"

"我住附近的宾馆。"魏诤头也不回地匆匆走了。

等魏诤离开之后，白岚叹气跟苏柏文讲："肖家的蓉蓉挺好的呀，简简单单，但是小诤却看不中。"

苏柏文拍了拍她的手安慰道："小诤是个心里有数的人，不用你操心。"

白岚笑了："人家是妈妈操心儿子，我们家是刚好相反。"

李瑞打着哈欠打开大门，看见外面站着的魏诤吃惊地道："你怎么半夜三更出现在我家门前？"

"我家的钥匙呢？"

"你不是在电话里都说过了吗？你把房子租给一个女房客了，我不能再随便去你家开门。"李瑞哈欠连天。

"钥匙！"魏诤伸手。

李瑞失笑："你还不相信我啊，这钥匙放在陈小西手里，我想骚扰你的女房客也没机会啊！"

魏诤扬起了眉："你把我家的钥匙给了陈小西？"

李瑞见魏诤表情不对，赔笑道："她、她也是好心，她知道我没那个耐心，所以自告奋勇地要帮我。你那几条宝贝的鱼喂多了不行，喂少了又不行，还要换水消毒，事情可真不少。我怕我伺候不好，你知道的，小西她做事情特别细致，你以前在公司不是也挺欣赏她的吗？"

魏诤沉默了许久才问李瑞："你觉得，陈小西跟你是什么关系？"

"也不能算有什么关系，你知道我这个人一向很受异性欢迎……"李瑞笑得有点不太好意思，"她有点喜欢我，但是我暂时还没做好准备。"

他的话还没说完，就看见魏诤转身走了，于是在他背后喊道："喂，你就不能给点建议？"

魏诤没有答话，头也不回地离开了李瑞的视线。

上海的春天带着一种杨花的气息，柳絮漫漫，怠懒而躁动。陈小西信步走出楼道的大门，嘴角带着笑意。公寓里的颜锁心虽然还没有搬走，但是她敏锐地察觉到那些东西被重新打包了，这也意味着颜锁心这两天应该就要搬走了。

陈小西觉得她击败了潜在的敌人，这令她更加信心百倍。突然间，有人挡住了她的去路。她抬起头看见那人的第一反应是想去摸自己的脸，因为她不确定自己的妆容够不够完美："魏、魏总。"

"把钥匙给我。"魏诤抬起一只手，简单明了。

陈小西脸上刚刚泛起的红晕又迅速褪了下去。她有些艰涩地从包里掏出钥匙，魏诤接了过来道："能拜托你一件事情吗？"

"魏总你说。"陈小西眼睛一亮。

"请不要再来了。"魏诤没有丝毫拖泥带水地道，仿佛没有看到陈小西正在变得苍白的脸色，然后拿起了钥匙离开。

颜锁心的一碗咸豆花还没有喝完，就听头顶上有人道："拼个桌。"

她抬起头瞧见是魏诤。他穿着昨天晚上的黑色休闲服，里面那件衬衣也没有换，领子因为没有熨烫而微微耷拉着，比之昨天晚上似乎又粗糙了些，都有些不像他魏诤了。

她错愕地道："魏诤，你……怎么会来这里？"

"来这里当然是吃早饭。"魏诤将手中的托盘放下。

"哦，你点错了，这是咸豆花！"颜锁心瞥了眼他的餐碗道。

"其实我有时也吃咸豆花的。"魏诤答。

"都说豆花咸甜不两立，我还以为你吃了甜的，就不会吃咸的。"昨晚魏诤虽然对颜锁心的退租没说什么，但她能看出他的不高兴，所以现在有些没话找话。

魏诤从兜里摸出一样东西放在桌子上："给你。"

那是把大门钥匙，确切地说那应当是陈小西拿在手里的那把钥匙。颜锁心微微发愣，魏诤道："这把钥匙不是我给陈小西的，我是给李瑞请他帮我喂鱼的，因为我要出差，所以你住进去的时候，我没能把钥匙收回来。现在收回来了，你要不要继续住下去，你自己决定。"

魏诤认为自己说得够明白，钥匙不是他给陈小西的。但颜锁心想了半天，才委婉地道："我已经找到房子了，还是不给你添麻烦了。"

"当然，这随便你。"魏诤挺有风度地道，他们似乎又跟过去那样，匆匆吃完了早点，然后彼此走人。

颜锁心跟沈青道："我喜欢上了一个男人。"

"什么样的？"沈青既惊讶又惊喜。

"身高腿长，眼大鼻高皮肤白，细致，有品位，喜欢喝点酒但不抽烟，身上的香水味很好闻，不废话，说话一针见血，擅长收拾各种'白莲'跟'绿茶'，哦，跟刁民泼妇也能过几招，富有同情心，有责任感……"颜锁心一口气念下来，忽然发现原来在她心里魏诤有这么多优点。

"他喜不喜欢你？"沈青紧张地问。

"他好像委婉地跟我表达了可以相处的意思。"

"那不是好事吗？"

"但是我拒绝了。"

"为什么？！"沈青在电话里的声音分贝超高。

"以前别人不知道我跟裴严明隐婚，想帮我跟他做媒，但是他一口拒绝了。一个男人在你风光无限的时候都没有看上你，现在的我只不过多了个离婚的身份，他却愿意交往了，这不是喜欢，只不过是这个男人太善良而已。"

颜锁心将最后一个箱子封上："我颜锁心浪费了十年的时间，找了个为了结婚而结婚的男人，现在也不想利用一个男人的同情心，让他跟我的后半生一起陪葬。"

斯威德的晨会结束后，裴严明瞧了眼边收拾文件边与同事说话的颜锁心。她穿着黑色的小西服，仍然是未语先笑，仍然是浅浅的酒窝，但比起记忆里多了分干练，所以人看上去显得纤瘦而精神。

"朵拉，你有空吗？"裴严明走过去道。

旁人见裴严明上来，便识趣地先走了。颜锁心跟裴严明传过一段绯闻，但是自从魏诤冒出来，这些绯闻即使没有完全消散，但相信的人也不多了，就像戴维扬说的那句，谁家有玉白菜，还去拱大白菜呢？

"你有空吗？我们中午一起吃个饭。"

颜锁心问："你有什么事不能在电话里说吗？"

裴严明苦笑了声："难道我们现在连一起吃顿饭的情分也不剩了吗？"

"我觉得可能是你不太方便吧。"颜锁心笑了笑，之前绯闻传得很厉害的时候，裴严明看见了她都是欲言又止又匆匆抽身的模样，更不用说约她单独见面。

"不会，我刚才跟尤格尔说过了，有些工作需要跟你做交接。"

颜锁心有些哑然，裴严明果然还是小心谨慎，也许婚姻才是他唯一疏漏的地方。

"那就在老地方吧。"颜锁心并不想特别避讳裴严明，因为他对她已经没有任何影响了。

餐馆还是平时那点人，颜锁心走进去的时候，裴严明已经在了，看见她坐下，便温和地问："吃什么？"

"随便吧。"颜锁心道。

裴严明拿起餐单对着服务生点了几个餐，然后说道："听说你最近工作挺顺利的，我看尤格尔这次夸你都夸得很有诚意。"

尤格尔生性严谨，因此就算夸奖，也很套路，但他这几次会议上都对颜锁心表示了赞许之意，这一方面是尤格尔在鼓励自己的助理，另一方面也是在表达之前没能为颜锁心主持公道的歉意。

裴严明道："我听说很快公司又有组织架构调整了，你想过没有……让尤格尔给你安排一个经理的位置。"

"尤格尔想过没有我不知道，但我没有想过。"颜锁心很干脆地道。

"你还是那个样子……"裴严明叹了口气，"有机会你也不懂把握。"

"像你跟任雪这样把握机会，我的确不会，毕竟我从小受到的教育是害人之心不可有。"颜锁心语调平淡地道。

裴严明听出了她话里的讽刺，他表情尴尬："我那天去你小区拿行李的时候，任雪也跟去了，看到设备代理商时，我无意中说了一句。我是真没想到她会把这件事跟吴姗说了，但我又怕跟你讲了会让你更不高兴，产生其他的误会，所以我才想弥补你，给你另外找份工作。"

"你不是想给我找份工作，你是希望我离开斯威德，这样你的隐婚、你的离婚，你那些不想让人知道的事情就不会成为翻不过去的旧账。"颜锁心坐在裴严明的对面，看着这个温文尔雅的男人，尽管她坐直了也未必有他高，但此刻她却像坐在远高过他头顶的地方，将他看得一清二楚。

她无视于眼前这个男人脸上的难堪："你让我没有一点遗憾，我甚至有些庆幸，我们散了。否则我真得怀疑自己。因为我以前常听人说，男女之间是互相成全的，我该有多么糟糕，才会遇见你这样的男人。"

裴严明的脸色半红半白，但他毕竟是个成熟的男人，片刻之后便控制了自己的情绪："我知道我没有资格要求你做什么，但是你要相信，我现在所做的一切事情都是希望将我们彼此的损失降到最低。我这次找你是想请求你，月底同学会，你能不能让沈青……不要去？"

"理由呢？"

"其实这次开同学会就是因为任雪……"裴严明心情也有些烦躁，"他们不知道我们之间的关系，所以也通知了你跟沈青。我知道你是个很讲理的人，但沈青的脾气你是知道的，到时候她觉得自己是在给你出气，可事实是我们三个人都要名誉扫地。你也不想把我们之间的事公开，让别人闲言碎语对吗？"

"首先我们没有听说过同学会跟任雪有什么关系，其次我没有权利要求沈青去或者不去，参加同学会那是她的自由。我颜锁心没有做过亏心事，用不着为了自己的一点闲言碎语去勉强自己的朋友。"她拿起了包，站起了身道，"假如你今天是要说这件事，那就没必要说了，因为我帮不了忙。"

裴严明急道："但人言可畏，难道你就想把自己离婚的事情公之于众吗？"

颜锁心俯视着曾经的爱人："我离婚了，这是事实。我离婚了，不代表我见不得人，只能代表我过去的眼光不好，看错了人，但是我吃一堑长一智，以后看男人的眼光会好一点。"

她刚要转身，裴严明突然问："所以魏诤就是你眼光变好之后的选择吗？"

他见颜锁心顿住了脚步就道："锁心，虽然我们分开了，但是我的内心还是希望你会幸福，以后能找到一个比我更好的男人。但是魏诤……你觉得他是个更好的选择吗？"

颜锁心转过头，正视着裴严明："如果你是在问我的判断，我会告诉你，他是我见过的……最好的男人。"

颜锁心脚步轻快地走到公司门口，刚巧看见戴维扬买三明治回来。她伸手掰了一块塞进嘴里："味道不错。"

戴维扬见她心情很好的样子，就悄悄地道："你知不知道，长春那边需要派一个人事经理过去？"

颜锁心奇怪地道："不是说在当地招吗？"

"斯威德一直想要扩厂，但是因为合资股权的问题，董事会一直没批，现在中资方愿意让斯威德控股，这样长春厂就可以扩大了呀，所以总部要派人事经理下去。"戴维扬神神秘秘地问，"丽莎问你想不想去？"

"我？"颜锁心语气不确定，却怦然心动。

"你如果在总部平级调动，也就是个主管，但到了长春可就跳上了经理的位置，好好考虑考虑。"戴维扬道。

周五颜锁心回家的时候发现高速公路上竖起了斐拉德克巨大的智能锁广告牌，上面是一位颇有绅士风的男人穿着西服三件套，后面是斐拉德克新出的镜面智能锁，广告语是"斐拉德克开启您家的智能时代"。

她打开大门，见颜伯亮正在聚精会神地看一个综艺节目，嘉宾里就有斐拉德克智能锁的代言人赵亚博。颜锁心凑过去看了两眼："我在高速公路上看到他替斐拉德克代言的广告了。"

"我知道，请个明星代言花了一千万，投放广告又要一千万，整整花了两千万！"颜伯亮心疼地道。

"爸，现在是流量时代，有流量才有销量。"颜锁心笑着道。

梁南珍在厨房里忙着炖鸡汤，听到了颜锁心的声音，就立即出来招了招手："锁心，你汪阿姨给你介绍了个好人家，对方是个归国华侨，四十岁了，结过婚但没有孩子，你要不要去看看？"

颜锁心道："妈，我可能要去长春工作了。"

"你跑长春去做什么，你都三十岁了！"梁南珍惊愕不已。

"长春有一个人事经理的位置空缺，而且那边要扩厂，这对我来说可是个好机会。"

"再好的机会，也比不上你有一段好的婚姻！"梁南珍不满地道。

颜锁心抱着她的胳膊笑嘻嘻地道："说不定我能在长春找到一个更好的人呢，难道我嫁不出去，我就不是你的女儿，你就不要我了呀？"

"我们当然要你，你到什么时候都是我们的宝贝女儿，但是我们会死的呀，不能照顾你一辈子！"梁南珍如同看到了那遥远的将来心疼无比，她嘴里念着颜锁心三十岁了，但转眼又把女儿当三岁。

颜伯亮看了一眼梁南珍，决定最好还是不要吭声。

吃过了晚饭，他踱着步走到厨房，对正在洗碗的颜锁心道："鸡汤做得多了，给魏诤送一点吧。"

颜锁心心跳了几下小心翼翼地问："爸，你什么时候……这么关心魏诤了？"

"谁关心他了！"颜伯亮瞪眼，"他现在是斐拉德克的总经理嘛，他是在替咱们挣钱，厂里现在这么忙，送点鸡汤补补，免得他忙垮了，这要马儿跑，还能不让马吃草吗？"

"但是他回上海去了。"颜锁心笑着找了个借口。

"哦，他平时周末也不怎么回去的嘛。"颜伯亮颇有些失望。

斐拉德克的销量一路高歌猛进，618电商促销大节甚至冲到了智能锁销量排位第一。老储特地开了个庆祝酒会，他喝得醉醺醺的高举着酒杯豪迈地道："今天只是个开始，是斐拉德克腾飞的开始，从今天起，我们不但要做电商类第一，我们以后还要做线下第一、全国第一、全球第一，我们要在国内上市，我们还要去纳斯达克敲钟！"

酒席上顿时掌声如雷。

老储敬完了酒回到包厢，那里还有特别邀请来的林海沫，以及在一旁端茶递水的胡丽娜。

林海沫笑着对他道："刚才几个投资方给我打电话，都表示出了愿意跟斐拉德克谈合作的意向，现在的形势对我们可是非常好，这个时候斐拉德克可不能松懈哦！"

老储此刻醉得没有那么厉害了，他坐下来接过了胡丽娜递过来的毛巾："林总，这你放心，斐拉德克绝对有投资的价值，我们最近在深圳投了研发部，还购买了几个专利……"

"我知道，这些都是魏诤搞的嘛！"林海沫笑了笑。

"魏诤是我们的总经理，也是我们公司的股东，所以我们公司不但有品牌，管理层那也是很过硬的！"老储志得意满。

林海沫笑着道："不过我认为他最有价值的改动，是将你们生产线上的外壳塑形搬到了电镀厂旁边。"

老储微微一愣，其实魏诤要求将车间拆分，把塑形那部分搬出去，单独成立一个生产部门，他是不太支持的，但是魏诤坚持，最后他勉强同意了。

林海沫意味深长地道："储总，作为终端用品，外形变化是最快的，但是外面的电镀你们又需要发外加工，魏诤将两个供应链搬到一起，不但加快了你们对市场的反应时间，也缩短了生产的时间，你知道这意味着什么？"

"什么？"

林海沫笑着道："这意味着你们现金周转的时间被缩短了，会有资本生产更多的产品，从而提高斐拉德克的估值。"

老储拿毛巾擦着额头，略有所思。

胡丽娜出包厢时碰上了满面堆着笑过来敬酒的陈安，她悄悄地道："老板还要把产量扩大一倍！"

"老储这么说的？！"陈安有些惊喜交加，"但魏诤……不是说要去库存吗？"

"一切都为了融资上市啊。"胡丽娜笃定地道，"所以老储在这点上肯定不会听魏诤的。"

魏诤看完了仓库的报表，长松了一口气，靠在椅背上拿起手机，在微信通讯录里看到颜锁心的名字，最后却给李瑞打了电话。

"魏大少，你们今天排名第一啊，恭喜。"

"我听说最近公司组织架构要调整，你怎么样？"

李瑞无所谓地道："要是离开总部去工厂，那我就辞职，我可不想替裴严明干活。"

魏诤轻咳了声装作无意地问："裴严明怎么了？"

"裴严明怎么了？裴严明怎么了……"李瑞声音悲怆地道，"他在背后搞小动作，害你从斯威德离职，难道就只有我还记得吗？"

"都多久的事情了。"魏诤端起茶喝了口水。

"我真搞不懂你，颜锁心在你跟裴严明之间，摆明了是偏向裴严明啊，要不然她怎么会在那个节骨眼上去跟尤格尔告你的状？"李瑞不满地道。

"你这些想法都是陈小西给你的吧。"

"什、什么陈小西给我的，我们俩那是意见统一。"

魏诤道："在我看来陈小西跟你完全不是一类人，怎么可能意见统一？"

"魏诤，你这是要为了颜锁心跟你最好的朋友绝交是吧？"

"我说陈小西，跟颜锁心有什么关系？"

李瑞道："算了算了，我们各退一步，我不说颜锁心，你也别攻击陈小西，行吗？"

"我是实事求是……"魏诤叹了口气，"你非要往坑里跳，我不拦你。成交！"

"行了，这咱们不争了。我告诉你一个有趣的消息，今天晚上听说颜锁心跟任雪要去同学会，裴严明可是要跟任雪同去的哟，你说颜锁心会不会伤心啊？她费尽了心机替裴严明扫平了道路，但便宜的却是别的女人。"李瑞幸灾乐祸地道，"我想想都替她委屈啊。"

魏诤挂完电话有些走神，杯里新买的好茶怎么也尝不出味道来。等他有意识的时候，他发现自己已经上了车，开往了通向上海的高速公路。

沈青浑身名牌地站在饭店门口，她伸手指着下出租车的颜锁心，张嘴结舌地道："我特地让你打扮打扮再过来，你、你就穿了工作服过来？"

"我擦了口红啊。"颜锁心嘟起红唇给沈青看。

"你以为自己是超模啊，涂个口红就可以大杀四方。"沈青不满地道，"你可别告诉我，你不准备打仗！"

颜锁心笑道："我真的是没时间，我今天跟老板谈话，十分钟前才下的班。再说了，打仗是为了利益，而我都跟你说过了，我喜欢上别人了，现在裴严明对我来讲，就个陌生人！"

这句话沈青却是不全信的，颜锁心有多喜欢多崇拜裴严明，她这个大学室友兼闺密那是一清二楚，所以她总觉得颜锁心是不敢面对罢了："我后来仔细想想，你那什么喜欢上了另一个男人，是你自己想象出来的吧，哪有这么好的男人！"

颜锁心笑了笑，两人踩着饭店里的红地毯，沈青语带讽刺："你知不知道，今天的同学会，听说裴严明赞助了不少钱，他对你那么抠门，对任雪倒是挺大方的。"

"或许他就是从失败的婚姻当中吸取了教训吧。"颜锁心大度地道。

沈青没好气地道："你倒是想得挺开。"

"好的婚姻让人幸福，不好的婚姻能让你成为哲学家，吃过了亏总要长大。"

"这谁讲的鬼话？"

"苏格拉底说的。"

两人说说笑笑进了包厢，一个大包厢坐满了三桌人，沈青小声道："裴严明还真是把咱们的同学都请了啊。"

"沈青！"有人立即就认出了门口打扮得像只金丝雀似的沈青。

沈青挽起颜锁心笑容满面地走了进来，旁人的目光才落到了颜锁心的身上，又引起了一阵低呼："颜锁心是吧，你可算来了！"

"不好意思，以前忙，没能来参加大家的聚会。"颜锁心诚恳地道了歉。

沈青跟颜锁心坐下，她用眼神示意了一下那边坐在首席上的任雪跟裴严明。任雪穿了件长袖带V领的黑色礼服，向后梳理的短发露出耳边佩戴的珍珠耳环，显得干练而富有成熟的魅力。

颜锁心收回了目光，却见旁边的沈青狠狠地瞪了她一眼，意思是你瞧人家不打无准备的仗吧。她只好无奈地朝着沈青讨好地一笑。假如是刚离婚那会儿，她一定也会把自己打扮得花枝招展地过来，可是现在多考虑一分钟都嫌多。

她今天跟尤格尔提出了想去长春的意思，这对她来说确实是个转型的好机会，尤格尔也对颜锁心的决定很高兴："朵拉，我很高兴你开始有职业规划了。"

因此她从尤格尔的办公室里出来，接到沈青的电话才想起来还有这么一场同学会。

班长郭文浩端着酒杯过来敬二人，他笑着问沈青："怎么没把你家上尉带过来啊？"

"这是同学会啊，同学会不是一向禁带家属的吗？"沈青答道。

旁边有同学笑着道："今天可是人家任雪家属请客，那家属就可以带啊！"

同学们都笑了起来，沈青还是那副似笑非笑的表情："我觉得咱们班吧，也不能随便吃别人家属的饭，你知道是真的家属还是假的家属啊！"

裴严明跟颜锁心都不是什么学校的名人，他们之间的恋爱也都是同一个宿舍里的人知道得多些，即使有人知道颜锁心谈了个学长，事隔多年也早已经记不得这个学长就是裴严明。

但裴严明一直如坐针毡，脸上的神情从颜锁心进来的那刻开始变得不自然，此时就更难看了。任雪悄悄地拉了拉他的衣袖，转脸笑着道："沈青，难道以后大家结婚都要给你看结婚证啊，你跟上尉结婚，我们也没看过你的结婚证啊！"

郭文浩连忙打起圆场："咱们婚恋自由啊，不用交代，都不用交代！"

沈青还想要再讽刺两句，颜锁心适时地塞了一颗冰糖枣子在她的嘴里，俯在她耳边小声地道："吵起来，他们俩的面子固然不好看，难道我的脸上就会因此长出花来吗？"

"太便宜这对狗男女了！"沈青咬着嘴里的冰糖枣子不甘心地道。

一场风波就这么过去了，任雪跟裴严明仍然是整场同学会的焦点。其实颜锁心吃饱了就想走，但是沈青说什么也不愿意提前撤退："就算不拆穿他们，我们也要坐在这里，给那对狗男女添添堵！"

颜锁心很想说其实这也是给自己添堵，但是她知道沈青在南京没少为她担心，她一趟趟地往上海跑，说穿了不过是在为自己这个朋友焦虑罢了。

沈青的人缘一向很好，过来敬酒的人也多，她来者不拒，喝了不少，颜锁心劝道："你别把自己喝醉了。"

"我这是替你喝的闷酒！"沈青瞧着被围在人群中心的裴严明跟任雪冷笑，"你看看他们，他们是吃准了咱们不会公开跟他们撕破脸，所以才会在咱们面前肆无忌惮！"

"锁心，我记得你那个时候也谈了个读研的学长做男朋友吧，当时我们听说你这么早就谈了男朋友还挺失望的。"有同学开口笑着对颜锁心道。

"对，对，我也记得，那个学长叫什么来着……好像也姓裴。"

谁也没想到话题会以这样的方式被突然提起，裴严明脸上的肌肉绷得有些紧，将手中的酒杯放到了桌面上，任雪的表情也有些不太自然。

颜锁心在众人的目光注视下，神情自若地笑了笑："是的，不过我们已经分开了。"

听她回答得很轻松，裴严明在轻松的同时又有些不是滋味。

"可惜啊，所以说大学谈恋爱就是易开花不结果啊。"有人深有同感地叹息。

喝了大半夜酒的沈青忍不住插话："易开花不结果，那也比无花果好啊，这花都没开，它就结果了，不奇怪吗？"

"沈青，你喝醉了吧，说什么呢？"有人笑骂道。

"我的意思是，有人喜欢在别人的树上摘果子！"沈青冷笑着说。

裴严明看了一下表，起身道："时间不早了，我们就先走了。"

任雪也仓促地站起来："那我们就先走吧。"

沈青见他们要走，就追着道："怎么就走了呢？我就是说有这么一种社会现象，有些女人自己不爱种树，但她们很擅长摘别人的果子，是因为这种女人贪得无厌，又极其不要脸吗？"

任雪转过身来正色道："沈青，我不管你自身的家庭出了什么问题，但都不是你在同学会上借着酒意耍酒疯的理由！"

"你说什么？"沈青气得双眸发红。

任雪用好奇的口吻问："要不然还有别的原因吗？"

沈青瞧了一眼旁边的颜锁心，到嘴的话又咽了下去。任雪见沈青退缩了语调更是温婉："沈青，我体谅你，但是你不应该把自己的情绪发泄到别人的头上，这样很不好。"

"就是，沈青，你心情不好，也不能随便骂人嘛，幸亏大家都是老同学，不跟你计较。"

"就是，沈青，这可是你不对。"

众人三言两语地道。

裴严明压低了声音催促任雪："可以了，我们走吧！"

沈青紧抿着嘴唇，似乎咬紧了牙关才能忍着不对任雪破口大骂，颜锁心知道沈青从来不肯吃亏，但是她今天却吃了这个哑巴亏，为了她。

"我刚才的话其实没说完整。"颜锁心突然开口道，"我跟那位姓裴的学长不是分开了，而是离婚了。"

原本吵吵嚷嚷的包厢里顿时寂静无声，颜锁心说出这句话的时候，她的心情也变得平静了："大家也许猜到了，我大学四年的恋人，我的前夫，就是眼前这位裴严明先生。我们恋爱八年，结婚两年，十年的感情因为任雪的介入而破灭，所以沈青不是在发泄自己的情绪，她只是替我打抱不平罢了。"

任雪有些措手不及。她本来认定了颜锁心不会把离婚的事情公之于众，社会再现代，也没有哪个女人愿意被贴上离婚女人的标签。颜锁心当初跟裴严明结婚选择了隐婚，又怎么会愿意离了婚反而要弄得人尽皆知？

可是她没有想到颜锁心没有私底下说，没有在熟悉的环境里说，反而在这样的大庭广众下公开承认了她是裴严明的前妻。任雪觉得脸上热得发烫，她不知道是因为头顶上的水晶灯光，还是因为同学们太过震惊诧异的目光。

任雪挺直了背脊："你有一句话是错的，你跟裴严明离婚，不是因为我……"

"我知道，你不是特地来找过我，跟我说裴严明不再爱我了，没有爱情的婚姻不过是张纸吗？"颜锁心直视着任雪，看着她嘴唇上不褪色的口红，"苍蝇不叮无缝的蛋，我要谢谢你提醒了我，我的婚姻是颗有缝的蛋，但这不能改变你是不道德的第三者的事实，就像你嫁接了我的故事，但你仍然不会变成原配。"

"我……"任雪还要反驳，裴严明已经黑着脸打断了她："我们走吧！"

郭文浩满面尴尬："是啊，时间不早了，大家就都散了吧。"

颜锁心扶着跌跌撞撞的沈青从卫生间里走出来，埋怨道："你看你，醉酒伤身，你家上尉没跟你说过啊？"

"我这是替你报仇，让裴严明多付点酒钱。"沈青靠着颜锁心的肩满含歉意地道，"对不起……"

颜锁心努力搀扶着走得东倒西歪的沈青笑着回答："没有什么对不起的。"

沈青有些颓唐："假如我再忍耐点就好了，你就不用跟任雪吵架，把你跟裴严明离婚的事情说出来，我知道你不想让别人知道你离婚了。"

"我只是不想让别人知道我的私事罢了，不过既然知道了，也没什么，事实总归是事实。"颜锁心安慰她。

沈青一把抓住颜锁心，眼睛通红地道："那你要答应我，你绝对不会降低要求，你不会嫁给一个四十几岁的鳏夫，不会嫁给一个有家暴倾向的离婚男人，还有那些三十几岁的老宅男也绝对不行！"

颜锁心啼笑皆非："那我该嫁个什么样的呢？"

"当然是嫁个好男人了，像你说的那个腿长腰细皮肤白，有钱有品位还没有前妻的……"

"但是眼睛瞎。"

"眼睛怎么能瞎？"

颜锁心反问："要不然他干吗要娶个有婚史的女人呢？己所不欲，勿施于人。"

沈青这会儿已经浑身无力，说话含含糊糊的完全不知道在说些什么，只是完全靠颜锁心拖着走。

外面正下着磅礴的大雨，颜锁心扶着沈青走出去。这么会儿工夫过去了，老同学们还站在门外，郭文浩又过来打招呼："你们都是叫车来的吧。"

"是，我们打车来的。"

"这么大的雨，车子比较难叫，要不你们跟谁拼车走吧。"

裴严明突然走过来道："我送你跟沈青吧。"

任雪面色有些僵硬，但还是大度地说："天色晚了，又下着大雨，沈青醉成这样，你也需要别人帮忙。"

颜锁心还没回答，就听有人喊道："颜锁心！"

一辆银灰色轿车停在了面前，魏诤撑着黑伞从车上下来。他穿着一件中长的米色风衣，一条素色带蜜蜂LOGO的领带，看上去比颜锁心还像来参加聚会的人。他走到她的面前很自然地问："饭吃完了？"

"吃……完了。"颜锁心看着魏诤有些发呆，她完全想象不到他为什么会出现在这里。

"那我们回去吧。"魏诤伸出了手搀扶起沈青，他的手臂很有力，所以压在颜锁心肩头的分量一下子就减轻了。

"这位是谁啊？锁心你不介绍一下。"郭文浩笑着插嘴道。

"他就是……"颜锁心不知道该怎么介绍，魏诤神情自如地接口道："我是她朋友，下次有空再聚。"

"下次聚，下次聚。"郭文浩连声应道。

裴严明瞧着魏诤跟颜锁心扶着沈青上车，然后两人坐在正副驾驶座上，车子很快就消失在了大雨中，无论是颜锁心还是魏诤都没有多看他一眼。

旁边有女同学羡慕地道："锁心的新男朋友长得可真帅啊！"

"你怎么知道是男朋友？她说是朋友啊。"

"你的异性朋友会冒着大雨来同学会接你，并邀请你下次聚聚吗？"那女同学笑着问。

"就是。"其他人也赞同地笑道。众人趁着等车在那边议论纷纷，魏诤的相貌跟气质足以引起别人谈话的兴趣。

唯一没有说话的是裴严明跟任雪，两人像被这个热闹的圈子孤立了。方才颜锁心质问任雪的时候，同学里并没有人出声相帮，没有人愿意当面得罪别人，但不代表他们心里没有杆秤，几乎所有人都会在心里希望不道德的人可以得到惩罚。

"你怎么会出现在这里？"颜锁心微微侧过脸看向驾驶座上的魏诤。

"我经过这里刚好看到你。"魏诤眼睛看着前方道。

颜锁心听得出魏诤说的是搪塞之言，因为他风衣的两肩上有被雨淋湿的痕迹，饭店附近的车子并不好停，所以要走过来一段距离，魏诤应该是先在饭店里看见了她，然后再去将车子开来经过饭店的门口，但他们默契地谁也没有再开口说话。

雨水打在车盖上，发出大小不均匀的吧嗒声。颜锁心却觉得车里静谧而温馨，整个人都松懈了下来，她在不知不觉中睡着了，等到她清醒过来的时候，魏诤已经停了车，正闭着眼睛靠在座椅上。他的呼吸沉稳，看上去像是睡着了。

颜锁心想起来这两天是电商平台的大促销，想必魏诤这一周都是很忙的。她正想要悄无声息地靠回原位，魏诤却适时地睁开了眼睛。

两人双目相对，雨刷在前面有节奏地摇摆着，心跳却似乎在加快，气氛有些暧昧。沈青从后面的座位上爬起来，迷迷糊糊带着酒意问："锁心，你的床好小……"

颜锁心匆匆收回目光转过头道："你醒了？"

沈青没有回答她，却直勾勾地看着同样掉转头看着她的魏诤。她伸出手指着魏诤思考了会儿："你就是颜锁心隔壁那个……喜欢听克莱德曼的娘娘腔。"

颜锁心眼前一黑，她连忙制止沈青："你别瞎说了，人家好心送我们回来！听克莱德曼怎么就娘娘腔了！"

"他还爱记仇，爱臭美，像女人一样斤斤计较，咱们女人生理期有七天，他一整个月都在生理期……"沈青连贯地把颜锁心曾经数落过魏诤的话都说了出来。

颜锁心已经维持不住脸上的表情，她匆忙下车，打开后车厢的门，打着伞将醉醺醺的沈青从车里搀扶了出来。

沈青兀自道："我们聊得正好呢，再聊会儿！"

"对不起，谢谢你送我回来。"颜锁心弯腰隔着车玻璃对魏诤说道，她都不敢细看他的脸色，打完了招呼便把沈青往楼道里拖。

沈青现在胃里的酒精都融到血液里了，完全失去了方向，像只螃蟹似的横着走。颜锁心费劲地不断纠正她前行的方向，忽然她觉得肩膀又是一轻，是魏诤走过来帮她扶起了沈青。

有魏诤的帮忙，颜锁心很快就将沈青弄到了屋子里。沈青一挨到枕头就沉沉地睡去，明明刚才她话还很多。

"我去给你倒杯水。"颜锁心走到了厨房里，给自己留出了思考的时间，可是等她一杯水倒出来，她还是没想好应该怎样给魏诤赔礼道歉。

魏诤已经走了进来。他靠在门边一样样地道："我爱记仇，爱臭美，爱计较，还像女人生理期一样反复无常？我好像记得你的确没少得罪我，但我没找你寻过仇吧？"

颜锁心汗颜道："都是过去……乱讲的话。"

魏诤指了指外面："这克莱德曼……是我愿意放的吗？不是因为你说我整

天放哀乐影响你心情吗？"

"我向你沉重地致歉！"颜锁心诚恳地用双手递上水杯。

魏诤扬眉："还有，你说我娘娘腔……"

"那纯粹是诬陷。"颜锁心毫不犹豫地道。

"你那位小男朋友，他充满了阳刚之气吗？"魏诤嘲讽地道。

"他不是我的男朋友，只是普通朋友，轮不到我来评价。"颜锁心有些无奈魏诤这种爱揪着不放的性子，其实那日之后，她就跟曾凡说清楚了他们之间是不可能的。

魏诤面色不再那么难看，看上去甚至有些隐隐高兴。他伸手接过她的水杯，颜锁心松了口气，拿起给自己泡的果茶，两人几乎同时开口道："我……"

"你先说吧。"魏诤道。

"长春需要总部派一个人事经理过去，我今天找尤格尔谈了。"

魏诤略略沉吟后问说道："他同意了。"

"同意了。"颜锁心笑着道，"当年你才做了伊瑞克助理两年就跳其他部门了，我做快七年了，也是时候该换换了。"

"是个好机会，恭喜你。"

"还没有拿到新合同呢，不要对别人说，比如李瑞什么的……"

"放心吧，我不对他说，其实……"魏诤放下杯子道，"其实你很重要的事情我是不会轻易跟别人说的。"

颜锁心觉得魏诤似乎有些不大高兴，但很快他就转过了话题："我跟丽莎再打个招呼，你在人事上有什么不懂的，可以直接向她咨询。"

"那太感谢了！"颜锁心诚恳地道，丽莎是人事部总监，过去跟她关系过得去，也许因为她是尤格尔的助理，但以后丽莎就是她的顶头上司了。

丽莎作为公司的人事总监，真正的密友是不多的，毕竟有时在工作场合密友多了，工作反而难做，而魏诤恰好是丽莎在公司里不多的称得上密友的人之一。

"不用谢。"魏诤道。

"要的，要的。"颜锁心语带奉承，"说起来还是你会交朋友，你在斯威德也就交了那么两三个朋友，除了李瑞，好像都坐上了总监级的位置。"

"那是因为……能坐上总监位置的人，通常都很懂得识人。"魏诤说得挺意味深长。

"是。"颜锁心讪讪地笑道，然后殷勤地将自己的贵人送出门。但是等魏诤走了，她才突然意识到，自己还不知道魏诤刚才究竟想要跟她说些什么。

颜锁心如同往常那般走进斯威德的大门，才从电梯出来就被戴维扬拖到了茶水间。戴维扬盯着她，好像她的脸上有朵花，颜锁心不禁笑道："你看什么呀，我脸上长花了？"

"你……你跟裴严明结过婚？"戴维扬瞪视着颜锁心，好像她的脸上真的长出了花。

颜锁心也张大了嘴，她完全料想不到，仅仅过了一个晚上，她跟裴严明的事情就流传到斯威德公司来了。

"你、你们怎么知道的？"

戴维扬小声地道："昨天有人在公司的楼道里张贴你跟裴严明的大字报，说裴严明跟你隐婚，是个骗子，脚踏你跟任雪两只船！"

颜锁心震惊得一时都找不到措辞。戴维扬看着她的面色小心翼翼地道："所以……这不是真的，对吧？"

"是，我跟裴严明结过婚，但是现在离婚了。对不起，以前因为种种原因没能告诉你。"颜锁心抱歉地道。

戴维扬半天才消化了她说的内容，拧紧眉头憋出了一句："所以……你跟裴严明离婚是因为任雪对吧。"

"那些东西贴哪儿了？"颜锁心没有想过离婚的后遗症会如此漫长，而且令人厌烦。

戴维扬摆了摆手："你不用去看了，保安已经让人清洁了，不过现在公司上下全都知道了。"

颜锁心心里有些七上八下，这个贴大字报的人似乎是对裴严明心存不满，他能进出斯威德总部肯定是内部的人，但偏偏昨天又是季度例会，除了总部，各个分厂都有人过来开会。

"昨天保洁什么时候做的呀？"颜锁心问。

"做保洁的那个阿姨昨天刚好下午提早请假，说是家里有事，你说巧不巧？要不然，昨天下班前就该发现了。"戴维扬摇着头道。

颜锁心哑然："还真是无巧不成书！"

"颜锁心！"任雪阴沉着脸从走廊的另一头走了过来，她对戴维扬毫不客气地道："我们有些私事要谈。"

"行，那你们聊，我还有事呢。"戴维扬给颜锁心抛了个小心的眼神，就晃着工作牌走了。

任雪等戴维扬走了，才愤怒地道："颜锁心，你太卑鄙无耻了，你为什么要做这种事？"

"我做什么事了？"颜锁心反问道。

"除了你还有谁？难怪你昨天要当着所有人的面把你跟裴严明结过婚的事情公之于众，原来你早在公司里安排了这一手！你不是跟魏诤好了吗？严明成全了你，他有什么错？既然你跟他都已经离婚了，为什么不能各自安好呢？"

颜锁心有些费神地看着这个振振有词的女人，不确定她是不是失忆了。但看到走廊里影影绰绰的人影，她明白了任雪的险恶用心，她是故意气愤地上门来，故意抬高音调质问，因为任雪想要倒打一耙，将离婚的责任推给她跟魏诤。

啪的一声脆响，颜锁心给了任雪一耳光。

她都没有意识到，手就抽在了任雪的脸上，也许在听见她污蔑魏诤的那瞬间，她就本能地动手了，打完了也没有感到后悔："首先，楼道里的揭发信不是我贴的，但我不否认，因为那都是事实，我跟裴严明离婚是因为你插足了我的家庭，跟裴严明搞婚外情！"

"谁能证明？"任雪捂着脸问，这次她说得很小声。

颜锁心道："我不用证明，因为事实不需要证明。"

任雪走了，但事情还在发酵，毕竟整件事太有戏剧性了。她跟裴严明究竟是因为谁的婚外情而导致两人离婚，已经变成了一出《罗生门》。

各层的茶水间，卫生间，彼此的私人微信群都成了罗生门的推理现场。

"人事部的爱丽丝不是说她是裴严明的原配，以前是因为不方便，才没告诉大家的吗？谁知道搞了半天，原配是十六楼的朵拉呀！"

"好像是裴严明要面子，不想让人知道朵拉在上海给他戴了顶绿帽子。"

"可是戴维扬不是做过媒，魏诤说他不喜欢颜锁心的吗？"

"那后来停车场的事情怎么解释？以前在一个楼层上工作说不喜欢，离开斯威德倒喜欢上了，这算什么，距离产生美啊？"

"可是朵拉以前经常吐槽魏诤的，不像是假的。"

"欲盖弥彰吧，你想，独守空闺，碰上魏诤这样的男人，瞧着欢喜才是常理吧。"

几人窃笑了起来，然后又有人问："那你说贴在楼道里的揭发信是谁干的？"

"我觉得是上海分部的人干的，裴严明初来乍到，说不定得罪了谁呗。"

"唉，这世界还真是复杂，咱们都太简单了。"

等她们都离开了卫生间，最里面的隔间轻轻响动了一声，陈小西从里面走了出来。她看着镜子里的自己，然后掏出口红仔细地补着妆，又有两名女同事推门进来。

　　她们上完了厕所过来洗手的时候，其中一位就问陈小西："小西，你知道公司要调整架构吗？"

　　"听说了。"

　　"工程部要放到厂里去了，有这回事吗？"

　　陈小西补妆的手微微停顿了下，淡淡地道："迟早的事吧。"

　　"那就是变向让李瑞走人吧，李瑞跟魏诤一向关系好，到了上海分厂裴严明也不会给他好脸色的，以后想要在斯威德有前程就难喽。"

　　另一名女同事笑着道："就李瑞那副吊儿郎当的样子，本来能有什么前程？"

　　陈小西收起了口红："我先走了。"

　　下了班，李瑞快步上了魏诤的车就笑着道："喂，我晚上可是很忙的，你不是已经知道那个保洁阿姨的地址了，你直接去就行了吗？"

　　"让你去，废什么话。"魏诤道。

　　李瑞不满地说："我还没问你呢，颜锁心……跟裴严明结过婚，你是不是早就知道啊？"

　　"知道。"魏诤也不隐瞒。

　　李瑞声调立刻高了起来："你什么时候知道的？"

　　"好多年前吧。"魏诤平静地道。

　　"好多年前到底是几年前？"李瑞不甘心地追问。

　　"大概……我参加工作后的第一年吧。"

　　李瑞直勾勾地看着魏诤："你居然、你居然……这么早就知道了，他们说是结婚两年，也就是他们谈恋爱的时候你就知道了？"

　　魏诤有些不大自然地道："我住在她隔壁的嘛，他们再保密，男女朋友进进出出的，我又不像你，眼睛瞎！"

　　"但是他们要隐婚，你也帮着保密，在自己升职的节骨眼上，你也不抖搂出来，你甚至都没有跟我说……"李瑞捂着胸口，"到底颜锁心是你的朋友，还是我是你的朋友啊？"

　　"君子有所为，有所不为！"魏诤瞧了他一眼，将车开到一处弄堂口停下，解开保险道："下车。"

　　"我先声明等会儿我不想吃什么生煎，我最近要保持形象的。"李瑞不情不愿地下车，"这么好的春天，我干吗要陪你这个不把我当朋友的人来吃弄堂小吃？"

"等下只要你要吃得下，我请你吃大餐。"

魏诤领着他七拐八拐，在一家红漆木门前停了下来，里面刚好有个中年妇女打开门走出来，看见魏诤时表情就有点瑟缩，李瑞则脱口道："保洁柳阿姨。"

柳阿姨却只顾瞧着魏诤急急道："魏总，你可是答应过我不报警的，我真的什么也没做，就是按办公室的陈小西说的，那天早一点请假走。我是收了五百块钱，但那些东西可不是我贴的呀！"

李瑞后面什么也没听见。他出了弄堂，上了车之后还有些回不过神来。魏诤坐上了车沉默了一会儿才道："现在你该知道，我说的陈小西跟你，你们不是同类人，是什么意思了吧？"

"你不是想……把这事告诉丽莎吧。"李瑞有点担心地道。

"难道不应该吗？"魏诤低头拿着手机发讯息。

"不是，魏诤，这事情要传出去，陈小西还能在斯威德工作吗？"李瑞瞬时坐直了身体，"就因为这事牵连到了颜锁心，你也用不着这么无情吧！你要知道陈小西这都是替你打抱不平啊！"

"那走吧。"

"去哪儿？"

"去看事实。"魏诤收起了手机。

陈小西有些紧张地站在路灯下，她在径道上来回踱步，直到看见魏诤从台阶上下来。

"魏总……你找我有事？"

"在楼道里贴揭发信的人是你对吧？"魏诤直截了当道。

陈小西脸上的笑容渐渐敛去："裴严明是通过朵拉不正当竞争上位的，你因为这个甚至离开了上海，我就是替你打抱不平。"

"我不需要你替我打抱不平，但最重要的是你并不是在替我报仇。"魏诤简单明了地说，"你针对的也不是裴严明，而是颜锁心，因为你觉得只要扳倒了她，她现在的助理位置就是你的了。你从来就是个利己的人，我不鄙视这种人，但是我会鄙视那种喜欢打着别人旗号的利己者。"

"是！"陈小西猛地抬起了头，"我确实是针对颜锁心，人做错了事难道不应该受到惩罚吗？我也确实是为自己，但是我不能为自己的同时，也为你吗？你难道真的不明白我对你的感情吗？"

"那么李瑞呢？"魏诤问。

"我从来没有喜欢过他，我怎么可能去喜欢一个没有进取心、没有追求，连自己工作都保不住的男人？我替他喂鱼，是因为你，我接近他，也是因为你！"

"但是你故意让他误会，你让他错以为你是喜欢他的，你从来不解释，因为在你的心里，没有感情，只有利用。"魏诤冷冷地道，"就像你口口声声说是为了我，但你让我背上了第三者的污名。"

陈小西一时之间有些语塞，沉默了一阵："我家里很穷，兄弟姐妹四个，我父母的眼里只有我的弟弟，来到这里之后我就知道，我没有退路。这个城市这么大，却没有一片瓦是我的，我只能抓住一切可以抓住的东西，我有错吗？"

"你家里很穷，你父母忽视了你，也许这都是事实，但这不代表你认识的人都欠了你的，也不代表这个社会欠了你的。我没有欠你的，颜锁心也没有，李瑞更加没有，他只给过你帮助，这不是你伤害我们的理由。"

魏诤语调平静地道："离开斯威德。就像你说的，人做错了事情，就该受到惩罚，这是你应有的惩罚，那么看在李瑞的分上，我不会向丽莎告发你。"

陈小西看着魏诤转身离开，她血红着双眼在他背后喊道："你其实也跟别人一样瞧不起我！"

"我没有，信不信随你。"魏诤说完最后一句话，再也没有回头，径直离开了陈小西的视线。

魏诤回到车上，李瑞坐在副驾驶位置上沉默不语，魏诤瞧了他一眼："不合适的人，早一点知道是件好事。"

"那我要不要谢谢你啊？"李瑞像一条受了刺激的鱼，突地蹦了起来。

魏诤转过头："你别告诉我，你到现在还不愿意面对现实。"

"是，我李瑞跟你魏诤比，就是个一无是处的人，但我被人骗，被人利用，那是我自己的事情，我李瑞用不着你用这种方式来帮我认清事实！"李瑞说完推开车门，气呼呼地头也不回地走了。

从来只生一时之气的李瑞，这次却做得很决绝。他从斯威德离了职，手机再也没人打得通，好像人间蒸发了。

陈小西也辞职了，但她在离职之前做了一件令整个斯威德上下都为之目瞪口呆的事情，她群发了一段音频，那正是当初任雪找颜锁心谈话的那段录音。任雪的振振有词当初有多么震撼颜锁心，现在就有多么震撼其他人。

录音曝出来的当天，丽莎就跟尤格尔有了一次关门谈话，谈话的内容谁也不知道，但结果是任雪很快就被斯威德劝退了，这么多天来任雪的来势汹汹仿佛是一场过眼烟云。

尤格尔跟裴严明也有一次关门谈话,同样没人知道内容,但是公司里有传闻,新的组织架构里裴严明将会调任公司的工程总监,按照眼下的局面,那就是个光杆司令。

陈小西推开了餐馆的门,颜锁心朝她招了招手,等她坐下之后就问:"想喝什么?"

"一杯咖啡不加奶,一份三明治。"陈小西说道。

颜锁心点好了单,看着陈小西身上的新工作服,有些讶异地道:"你这么快就找到新工作了。"

陈小西笑了笑:"是丽莎介绍的,要不然你以为我群发那段录音是为了替你打抱不平吗?我们的关系没有那么好。"

颜锁心听明白了:"录音是丽莎让你群发的。"

陈小西也没有否认:"本来我是把录音单独给丽莎的,不过你也知道,你们的事情牵涉了斯威德一位分部的总经理,如果丽莎递交上去,也许总部会以私人的隐私需要保护为由把事情掩盖过去。不过现在嘛,应该就不一样了吧。丽莎跟裴严明没有利益冲突,但是跟任雪有,所以我替丽莎拉下了任雪,丽莎替我找了一份不错的工作,这都是交易。"

她拿起服务员送上来的咖啡跟三明治起身道:"你不必感谢我,因为我这么做不是为了你。"

"你是为了魏铮吧。"颜锁心看着她道。

陈小西脚步顿了顿,然后转身断然否认:"我是为了自己。"

"不管怎么说,你帮助了我们,还是要说声谢谢,以及祝愿你以后一帆风顺。"

"我会的。"陈小西拿着咖啡跟三明治匆匆走了。

颜锁心看着她远去的背影。像陈小西这样的人心中永远会把自己排在第一位,所有的自我牺牲也都是等价交换,那是因为她除了自己,一无所有。她们彼此不喜欢,却喜欢上了同一个男人。

"锁心!"戴维扬手里拿着三明治朝颜锁心招手。

颜锁心走了过去突然道:"你买的三明治啊,怎么一股怪味?"

"水果三明治,榴莲的,最近很红的呀,我排了好久才买到。"戴维扬得意地道。

"你怎么所有的热闹都要凑啊?"

"我就是喜欢热闹。"戴维扬掏出手机道,"你有没有看今天有重大新闻?"

"什么重大新闻?"

戴维扬用夸张的表情道："是娱乐圈的好男人赵亚博被爆出养小三的丑闻！"

"什么养小三啊，这个都不知道是小几了！"旁边等电梯的另一个同事笑着插嘴。

颜锁心愣了愣："你们是在说……那个走绅士好男人风的赵亚博？"

"是啊，赵亚博的一个女人带着几个人踹开了另一个女人的门，把她的脸都抓破了，最后闹到上警局。本来还以为是赵亚博的老婆上门闹，最后才知道是赵亚博的小三闹了小四的门。"旁边的同事笑着道。

戴维扬将手机展示给颜锁心看："你看，这都上热搜了，你没看吗？"

颜锁心看着屏幕上滚动着的热搜条，突然开始替魏诤担心起来。

斐拉德克的办公室里，魏诤问胡丽娜："老储来了吗？"

胡丽娜瞧了魏诤一眼又低下头："老储……地产那边有事。"

"出了这么大的事，他还忙他的地产？"魏诤不满地道，但似乎觉得说这样的话也于事无补，顿了顿他又道，"立刻取消所有推广内容，贴出公告声明我们跟赵亚博已经解约，他不再是我们斐拉德克的代言人，联系律师跟对方的经济人提赔偿，一定要将我们的损失降到最低！"

胡丽娜支支吾吾地走了，魏诤打开电脑，看到网上铺天盖地的新闻，锁、婚外情、赵亚博这几个都成了热搜词，而赵亚博在广告视频里深情款款念的那句有关斐拉德克的广告台词也被人花式调笑。

魏诤意识到斐拉德克花了两千万找了个大麻烦。

作为一款以家庭主妇为主要目标客户群的品牌，同婚姻的不道德扯上关系，后果是灾难性的。魏诤跟陆剑连续几日都忙于危机公关，以求及早将斐拉德克从赵亚博这个旋涡里拉出来。

梁南珍看到颜锁心回家，不由得诧异地问："今天不是周末啊，你怎么回来了？"

"我听说锁厂的代言人出了点问题，所以想回来问问情况。"

"你什么时候关心起锁厂来了？"梁南珍狐疑地道。

"我好歹是大股东嘛，投了这么多钱怎么能不关心？"颜锁心朝着梁南珍嬉皮笑脸。

梁南珍却有些笑不出来："你爸今天也去厂里打听了，不过我觉得跟咱们没关系吧，我们请他来做代言人，但谁能知道他私底下人品是怎么样的啊？也不知道这代言费还收不收得回来。"

"看谈判吧，多多少少能收回来一点。"颜锁心没敢跟梁南珍提还有其他的费用。

　　大门响起了熟悉的电子开门声，是颜伯亮回来了。颜锁心见他沉着脸便小声问："爸，我看网上自从贴出声明之后，提咱们的人已经少多了。"

　　颜伯亮坐在沙发上半天没吭声，过了好久才闷闷地道："不光是那代言人的事情，还有斐拉德克被退货的事情。"

　　"退货，哪里退货？"颜锁心诧异地问道。

　　"宜居下的那个大订单，五万套……都退了。"

第八章·

心心相印

　　魏诤看着办公桌上拆开的宜居锁，旁边工程师瞥了一眼脸色发白的陈安：
"问题出在供应商做的锁体上，过去采用的是注塑成形，现在用的是冶金粉末，
精度不够，所以导致了锁体转动不灵敏。"

　　"为什么要更改加工方式？"

　　工程师又瞧了陈安一眼吐出了两个字："便宜。"

　　陈安指着锁体愤慨地道："这宜居下的单子价格太低了，我们总不能亏本经
营，对不对？"

　　"那现在挣到钱了吗？"魏诤问。

　　陈安在魏诤的目光里也垂下了头，嘟囔道："厂里的资金紧张，老储说要用
更经济实惠的方法，这方法他也是同意的。"

　　"现在该怎么办？"魏诤转头问工程师。

　　"只能重做这部分零件。"

　　魏诤走到财务室，看见胡丽娜脸色发白地坐在那里，魏诤走进来她居然完全
没有发现，等到他敲了敲办公桌面才回过神来。

　　"老储人在哪儿？我打他的电话打不通。"

　　"我、我不知道。"胡丽娜有些慌乱。

魏诤皱着眉问:"你知道他家住在哪里,我们今天无论如何要找到他!"

胡丽娜仍然是低着头没吭声。魏诤的手机响了,屏幕上提示电话是从加拿大打来的,他犹豫了一下还是接通了手机:"哪位?"

"魏诤,是我,老储啊。"

"老储……你怎么跑到加拿大去了?"魏诤难以置信地问。

"我、我回家。"老储干咳了几声。

"你回家……你家在加拿大?"

"前几年移民的。"

这个时候魏诤才知道整天喊着要做民族企业的老储早就成加拿大人了,他一时都不知该说什么,只得道:"好,就算你现在家在加拿大,但是公司发生了那么大的事情,你应该留在斐拉德克,而不是回家吧?"

老储长叹了口气:"我也是无能为力啊,我是真的,真的想做一番事业,但是无奈时运不佳啊。"

"有问题我们可以一起解决。"

"解决不了。我实话跟你说吧,我地产那边出了大问题,我的合伙人用了不合格的水泥,现在所有资金都被套住了,宜居的货款也在里面。魏诤,我给你打这个电话就是不想骗你,我是真没办法了。"

魏诤的脸色也无比难看:"不管你有没有办法,事情总是要解决的,就算斐拉德克现在要破产了,也要你回来才能处理吧!"

"我车子来了,不能多说了,斐拉德克我不要了,你要是能解决,这厂子就给你了。"

魏诤还想说什么,却发现老储的电话已经挂了。他还在愣神,却听旁边胡丽娜"哇"的一声号啕大哭了起来,她一把拉住魏诤的手声音颤抖地道:"魏总,你救救我,我不想坐牢,我不要坐牢!"

"你坐什么牢?"魏诤被她搞得措手不及。

胡丽娜慌乱得语无伦次:"我被老储骗了,他让我替他代持,他还说等公司上了市,我就是老板娘……"

"你的意思是,公司里老储的股份是你代持的?"魏诤听明白了一点。

胡丽娜点了点头哭丧着脸:"还有……斐拉德克的法人也是我。"

她可怜兮兮地抬头问:"魏总,我能把法人转给你吗?我是本地人,斐拉德克要是破产了,我跑得了和尚跑不了庙,但魏总你是上海人,到时候你可以跑路的。"

魏诤无语,沉默了会儿问:"账上还有多少钱?"

"还有三、三……"胡丽娜支支吾吾。

"三十万？"

"就只剩下三万了。"胡丽娜如丧考妣。

斐拉德克的坏消息传播得比预料中的要快，厂里翻了天，尤其是大小中层经理，个个都担心到时会以股份多少来均摊上亿的债务。

上海陆家嘴某座著名的商务咖啡馆里，魏诤耐心地等待着那个曾经给了老储无限希望的林海沫。等了半个小时之后，身穿黑色西服的林海沫终于出现了，穿着经典的Hugo Boss黑西服，金色的爱马仕皮带。

"一杯美式咖啡不加奶，用我的专属咖啡杯。"林海沫吩咐热情相迎的服务员，然后转过头歉意地道，"今天有个重要的会议延迟了一会儿，让魏总久等了。"

"不客气，看得出来林总很忙。"

林海沫笑道："魏总，其实我很欣赏你，我肯在老储的身上花那么多时间跟精神，十之八九都是因为你。"

魏诤跟林海沫在很多事情上意见并不一致，他倒是没想到林海沫会如此看重他，但他也没表示吃惊，也许林海沫有喜欢当面夸奖合作对象的爱好。

"林总，您过奖了。"魏诤转过了话题，"我今天来，是想问问之前融资的事情。"

服务生走了过来，将泡好的咖啡放到林海沫面前，林海沫拿起汤勺转动着杯中的咖啡，没有直接回答魏诤的话而是问道："魏总，你有没有想过到我们这样的公司来工作？你有管理的经验，对工厂有充分的了解，你做过外企，也做过民企，如果做商务投资，这将是非常大的优势。"

"林总，我今天找你来不是来找工作的。"魏诤委婉地道。

"我知道，你是想来问斐拉德克的融资情况，可是你也知道现在的情况，现在的斐拉德克唯一还算值钱的……"林海沫指了指魏诤意味深长地道，"可能就只剩下你自己了。"

魏诤是抱着万一的希望来的，因此对这个结局也没有太多的失望，他点了点头："不好意思，打搅了。"

"别着急嘛，办法也不是没有，但就要看魏诤你的决心了。"

"什么样的办法？"

林海沫端起咖啡杯喝了一口："投资是没有的，但是并购却是有可能的。我有一个客户，他愿意接手斐拉德克，但是……"

"他不愿意出钱。"魏诤明白了林海沫的意思。

林海沫叹气："你现在也知道，斐拉德克欠了几千万的债，他就算不花一分钱接下斐拉德克，也等于是接过了几千万的债务，这个价格对于一家快破产的公司来说，不算低了。"

"可是你之前给斐拉德克的估值是五个亿。"

林海沫笑得很含蓄："估值这种东西有点像过独木桥，你走过来了，你就值这个钱，要是你走到半道上，从独木桥上掉下去了……那可能就一钱不值。"

他叹息着道："魏总，我知道你年轻有为，一直都是一帆风顺的，家里也小有资产，你母亲开了几家音乐行。但我要提醒你，斐拉德克不是你能扛得起来的。只要你同意，你的股份想要保留或者退钱我都可以说服我的客户，除此之外我们公司还可以给你提供一个不错的职位，薪水是斐拉德克的两倍，你考虑一下。"

魏诤微微一笑："谢谢林总你这么看得起我，连我的家庭都调查了。不过有一件事情你可能不清楚，我魏诤没有出卖别人的习惯。"

"你要是改变主意，随时给我电话。"林海沫好整以暇道。

魏诤开车回到公司，上了楼就见曹乐水在他的办公室外冲着胡丽娜大声嚷嚷："我怎么不能退股？魏诤把我赶走了，我就不是斐拉德克的人了，凭什么还扣着我的钱？"

"你拿的是中层经理的优惠股，只投了一半的钱！你当初走的时候为什么不说，因为那个时候你觉得斐拉德克会上市，想等着发财，现在是见厂里要破产，就又想起来要退股了。"胡丽娜嘀咕，"两面三刀的小人！"

"你这个臭不要脸的女人，你跟老储那点丑事谁不知道！"

"你也不是什么好东西，你贪污厂里的货款，你现在骂我，你怎么不想想你当初涕泪横流求老储给你保密的事情！"胡丽娜气道。

曹乐水上去就要扇胡丽娜的耳光，却被人一脚踹飞了出去。魏诤俯身拍了拍自己的裤脚："去把萧钟找来，给他算一算，扣除债务，他还剩多少钱。"

"魏总……萧经理今天辞职了。"胡丽娜小声地道。

"那你去查！"魏诤黑着脸道。

曹乐水对魏诤恨得牙痒痒，但涉及自身的利益，也对魏诤有些畏惧，只能硬忍着从地上爬起来，跟着胡丽娜一瘸一拐地走进了财务室。

胡丽娜算了差不多半个小时，才拿着一张纸递给魏诤："两万三千零六十元。"

"你说什么？"曹乐水都忘了腿疼，一蹦三丈高，"我可是投了三十多万，你现在退我两万块？"

魏诤沉着脸道："这个月还没有发工资呢，等这个月两百万的工资发了，你可能连这两万块都拿不到。那你现在到底是拿，还是不拿？"

曹乐水冷笑，他挥着手："我不管，你要是不退钱，我就天天来闹。"

魏诤沉默着，似乎在认真考虑曹乐水的威胁，这让曹乐水更加趾高气扬了起来。他找了张凳子坐下来跷起了二郎腿，接着却听魏诤道："你是受林海沫的示意过来生事的吧。"

曹乐水眼皮跳了几下，故作不知："你说什么，什么林海沫指使我，我自己要自己股份的钱，还用得着别人来示意吗，我傻啊？"

"你是傻！"魏诤看着曹乐水道，"我不知道林海沫许诺了你什么，但林海沫想不掏一分钱拿下斐拉德克，我没有同意，所以他想利用你来给我施压，要是有一天我撑不住了，整个斐拉德克上上下下几百号人，所有员工都会因为你而损失惨重。"

他向前俯身，看着脸色渐变的曹乐水："到那一天，我可以保证你会多出几百个仇家。"

"你威胁我？"曹乐水差点从椅子上跳起来。

"说得对，是不是比你的威胁更吓人一点？"魏诤将那张纸摔到曹乐水的身上，"我给你五万块钱，你可以选择拿着这五万块钱从此消失，或者冒险拿着股份等着斐拉德克有转机的时候，你自己决定。"

曹乐水神色变幻了好一阵，才咬牙道："好，我要八万块！行就成交，不行大家一起死。"

"给他数八万块！"魏诤将手中的包递给胡丽娜，"别忘了跟他过手续，从此他就不再是斐拉德克的股东了，他再上门就让保安报警！"

胡丽娜接过魏诤的包，她知道魏诤今天是去取钱了，现在斐拉德克的周转资金差不多都是他垫付的。她蔑视地瞧了一眼曹乐水："走吧，还赖在这里做什么？就这么多钱，要是被其他人知道了，可就不一定能到你手里了。"

本来还在犹犹豫豫的曹乐水立刻从椅子里站了出来，跟着胡丽娜去拿钱了。别人或许还不了解斐拉德克的情况，老储是他曹乐水的妹夫，他还能不知道吗？

老储把斐拉德克所有的款项都挪去开发房地产了，现在在厂里不但拖欠了几千万的货款，还背着宜居合同的违约金，但凡老储有一丁点的办法他也不会跑，他现在不拿钱还留在斐拉德克等死吗？

曹乐水走到门口又转过头不阴不阳地说："那我就祝魏总以后一帆风顺，生意越做越大！"

"承你吉言。"魏诤冷冷地道。

颜家饭桌上的气压低到了极点，梁南珍轻咳了声："我听说好几个股东都拿到了一点退款，咱们没道理一分钱也拿不到啊，不提以前的集体股份，就是真金白银我们也投了几百万啊！"

"退什么，退什么？"颜伯亮"啪"地把筷子拍到了桌上，"你知道退的那点钱是从哪里来的？是魏诤把房子卖了拿出来的，我在锁厂干了一辈子，最后拿着一个初来乍到的晚辈的补贴走人，我没这个脸。"

梁南珍没好气地道："他是卖房子给大家退钱，可我们也是卖房子筹出来的股东款啊，你没脸，你的脸值几个钱？"

"爸，妈，你们这么吵都第几轮了。"颜锁心转头对梁南珍道，"妈，现在就算退，也退不了多少钱，你就让爸有始有终吧。"

颜锁心准备好了接受母亲的责骂，但出乎意料的是梁南珍居然默不作声地又低头吃饭了，等颜伯亮吃完离桌去了书房，颜锁心才听梁南珍又开口道："我今天见到严明了。"

"你是说……裴严明？"颜锁心心里担心着魏诤，所以愣了几秒才意识到梁南珍说的是谁。

"你还认识几个严明啊？"梁南珍瞪了女儿一眼。

"这可不一定，就叫严明的人也有很多啊。"

梁南珍又扒了两口饭才道："他挺后悔的样子，说想跟那个女的散了。"

"哦。"颜锁心道。

"你哦一声就完了？"

颜锁心诧异地道："那要不怎么样？我们都离婚了，这种事他自己决定就好了。"

"我觉得……他想跟你复婚？"

"这怎么可能？"

"怎么不可能？他要是跟那个女人散了，也还是总经理的位置，吃一堑长一智，你们要是能破镜重圆，以后肯定就不会再发生这种事情了呀。"

"妈，你也说吃一堑长一智了，那我为什么要往同一个坑里跳两回呢？"

梁南珍见颜锁心完全不感兴趣的样子，不由得急道："你不会是因为……魏诤，才不想跟严明复合的吧？"

"跟魏诤完全没有关系，你干吗扯上人家！"颜锁心不高兴地道。

梁南珍叹着气："闺女，你跟严明是原配夫妻，一个瓶子，一个盖子，拆开来再盖回去，还是严丝合缝。你跟魏诤就算能成也是半路夫妻，这塑料盖子配水晶瓶，拧得上去，那盖得牢吗？"

"妈，只要它是瓶子，那不管是水晶的还是塑料的，盖子都是塑料做的。"颜锁心起身收拾碗筷。

"可是现在魏诤要工作没工作，跟你爹一样，陷在一个破厂里出不来，负债几千万，下面的经理都走光了，都快破产了，一个裂缝的水晶瓶再漂亮那也是垃圾！"

"妈，要是裴严明真的那么在乎我这个前妻，他就不会通过你来试探我，那么在乎利益得失的男人，你真的觉得我跟他合适吗？就因为他是原配？"

"他、他不是怕你不肯原谅他吗？"梁南珍有些底气不足地道。

"那不如你也试探试探他，看看他是不是真的值得你的女儿嫁他两次。"

颜锁心在厨房有些心不在焉地洗着碗，颜伯亮走进来沏茶，过了会儿看着女儿问："这只碗有那么脏吗？我一壶水都开了，你还在擦。"

"爸，你觉不觉得今天的汤做得多了点？"颜锁心突然问。

"不是做得多了点，是这豆腐蚌肉汤也就你爱吃，我们年纪大了吃多了不消化。"

"但是没人吃，有点浪费啊，我一个人晚上也吃不了。"

颜伯亮随口道："那就给魏诤送点吧。"

"爸，你说得对！"颜锁心三下五除二将碗都清洗干净，将豆腐蚌肉汤打包好，飞快地穿上衣服出门了。

颜伯亮瞧着动作利落的女儿，只来得及提醒一句："魏诤那别墅被讨债的人收回了，他现在住在厂里。"

颜锁心拎着打包盒骑着自行车来到斐拉德克的大门口。她从小在这里长大，虽然后来老储建了新的办公大楼，但大致地形她还是很熟悉的。

"锁心，你怎么来厂里了？"门口的保安边给她开门边问道，他是颜伯亮在时就进来做事的人，所以跟颜锁心比较熟。

"我……奉我爸的命令，过来给魏总送点吃的。"颜锁心一路骑车进去。

"他在后面老储的办公楼里。"保安朝着她的背影喊道。

魏诤忙了大半个月，今天才有工夫来收拾老储的办公室。胡丽娜说老储把现金都带走了，但办公室很有可能还留着一些体积比较大的古董。

"魏总，你看这……还要吗？"一名员工扛着一块匾额走过来。

魏诤见上面写着"天道酬勤"四个苍劲的大字，他稍许犹豫了一下，就听那名员工又道："魏总，这匾额后面还有些东西……"

"什么东西？"魏铮走过去瞧见那块匾额后面贴着几张用鲜红朱砂画的黄符，他深吸了一口气道，"都丢出去吧。"

"魏总，不太好吧……这几张道符没准是老储找高人开过光的。"员工有些踌躇地道。

"我不信这个。"

"那、那我放仓库里去。"员工抱着匾额有些期期艾艾地道。

魏铮边收拾着东西边道："真这么管用，老储还用得着跑路吗，多画几道符不就好了？"

他在一堆杂物里突然看见了几张照片，里面有一张是三个人的合影，分别是老储、颜伯亮还有颜锁心。时间应当是好多年前了，照片里的颜锁心斜挨着父亲，面对着阳光，眼睛微微眯起，唇边带着笑容，看起来如此灵动，仿佛事事顺遂。

"你在看什么呢？"魏铮的耳边有人问道，声音如此熟悉，他猛地转过头去才发现照片里的颜锁心现在就站在他的面前。

"没什么，你怎么来了？"魏铮本能地抓过一本书，将照片夹了进去。

"我……爸爸让我给你送些吃的。"颜锁心提了提手中的保温盒又问，"你吃过没有？"

"还没有。"魏铮道，自从胡丽娜走了，他就经常忙得错过了饭点。

颜锁心将餐盒摆好后，然后环视了一下办公室："老储是不是真的不回来了？"

"应该是吧。"魏铮喝着汤道。

"那你……怎么打算？"

"什么怎么打算？"

"你就没想过……离开斐拉德克？坦白地说，现在的斐拉德克就像个无底洞。"

"这汤的味道挺不错的。"魏铮大口喝着汤。

"你别岔开话题。"

魏铮吃着饭："我觉得斐拉德克还是有希望的，只要有一点希望在，我魏铮就没有半途而废的习惯。"

颜锁心抬眼看去，魏铮的头发有些凌乱，身上穿的黑色T恤居然出现了一块类似油渍的污迹，这对于在斯威德时的魏铮来说，简直是不可想象的。

"你呢，什么时候去长春？"

颜锁心收回了自己的目光："快了。"她其实接到丽莎正式通知的时候是很兴奋的，但现在说这两个字的时候却似乎有些怅然，好似有些依依不舍。

魏诤现在是非常忙碌，因为斐拉德克的中层经理事实上就只剩下了销售部的陆剑，连骆明珠都只能算是兼职，她另外在一家猎头公司找到了工作，其他的诸如供应部、生产部、财务部等主管经理都趁着倒闭之前争取到最后一点退股钱，及时止损，远走高飞了。

因此颜锁心在魏诤吃饭的当口，看着他接连处理了有关供应、生产的问题，甚至还开了一张财务支票，差不多等一顿饭吃完，饭盒里的菜都凉了。

"什么时候走，跟我说一声，我请你吃个饭，好像我们认识这么多年，我还没请你吃过饭。"魏诤放下手中的油笔道。

颜锁心低头收拾着碗筷："也不是没有，我记得……你转正的那天，请办公室所有的人吃过比萨，我有幸分到了魏总请的一块比萨。"

"金枪鱼馅的嘛，你跟财务部戴维扬说，你喜欢吃的。"魏诤道。

颜锁心抬起了头："你是按我的口味点的？"

"也不是，就是听到了，随便点的。"魏诤有些别扭地转过头。

颜锁心放下手中的饭盒，看着魏诤好久没说话，直到魏诤有点尴尬地问："你看我干什么？"

"我还以为你很讨厌我呢。"

"一直是你在讨厌我！"

"可是你有时候真的很讨厌啊。"

魏诤"咝"了一声，颜锁心绷不住表情笑了起来，魏诤有些无奈："你真是……"

颜锁心骑着自行车回家，夏天的味道浓郁而黏稠，但湖风吹在脸上却又格外的清爽。

颜家客厅里，颜伯亮举着手机问："我什么时候说过要把自己家的房子抵押出去支持斐拉德克呀，你怎么在朋友圈里乱说话呀？"

梁南珍摘下眼镜："就是做个小测试，你瞎嚷嚷什么？！"

"你想做什么测试要把我描述成一个不顾一切的愣老头？"

梁南珍敷衍地道："你以后会知道的。"

斯威德总部的大楼里，颜锁心一如既往地受欢迎。

从清晨踏进这里开始，每个人见了她都会热情地打招呼。任雪被辞退之后，她介绍进来的新财务总监乔治也没能顺利地通过试用期，因此戴维扬又开始定时跟颜锁心约早茶会，这是颜锁心熟悉的生活。

"听说你就要去长春啦，恭喜啊，等两年长春扩完新厂，你再调回总部，到时候资历就不一样了，没准你就是下一个女版魏铮呢。"戴维扬说着端起咖啡杯喝了一口感慨地道，"说真的，我们部门那位总监走了之后，这办公室茶水间的咖啡都高了不止一个档次。"

"戴维扬，有件事情我还没告诉别人，想先告诉你。"

"什么事情？"戴维扬立刻来了兴趣，"是不是我们部门新总监的人选，还是你有新的恋情了？"

"是我要辞职了。"

"辞职？为什么呀？"戴维扬不解地道。

颜锁心端着手中的咖啡杯问："你有没有过这样的经历，你走过了最好的岁月，一直过得很顺遂，却错过了最好的东西……"

"有啊，上海的房子。"

颜锁心笑了起来，戴维扬道："你到底为什么辞职啊？"

"就是想去找一找，我在青春里遗漏的东西。"颜锁心回答。

丽莎却似乎比较了解颜锁心的选择，她笑着道："你是去斐拉德克吧？"

"你……怎么知道？"

丽莎微笑着道："你知道HR最擅长什么？"

"看人？"

"不是看人，而是闻气味。看人其实是看不准的，绝不大部分的人多多少少都会有点表里不一，但是气味就不同了，因为一个人再怎么掩饰，他是属于哪类人的气味是很难改变的，比如你跟魏铮，就是一类人的气味。"

"我跟他？"颜锁心笑了，有些不相信。

"看起来你慵懒随意，他精细挑剔，但你们都是会为了某件事或者某个人，而义无反顾的人。"丽莎笑道，"这不一定是个褒义词，这也许代表着你们两个都属于不太现实的人，但是现实的人太多了，所以偶尔看到两个不那么现实的人，就会觉得这个社会也不是刀山剑林的那么可怕。"

她伸出了手："所以祝你跟魏铮一切顺利，放心吧，我会好好跟尤格尔说的，他一定能理解。"

"谢谢。"颜锁心伸出了手与她相握。

丽莎就像一篇经典的人情练达的文章，手腕心机耐心一样不缺，温情的时候说话做事都能很体贴，令人完全忘了她也有一剑封喉的厉害。

尤格尔知道颜锁心要离开有些感慨，然后告诉颜锁心他也有可能很快就要离开了。此时颜锁心才知道伊瑞克已经取得了斯威德全球VP的位置，而尤格尔收到风声他将在新一轮组织架构调整的黑名单里。尤格尔四十岁来到上海，在这里奋斗了十几年，现在年龄超过了五十五岁，他貌似已经不再是总部精英们眼里的"优质资产"，至少比起伊瑞克来说，他显得不是那么不可取代。

"您有找到新的公司吗？"颜锁心担忧地问尤格尔。

"还没有，我大概要待业一段时间了，不过总会找到的，而且公司应该会支付我一笔不小的遣散费。"尤格尔难得幽默地道，像他这样的外企高层一旦离职，工作不是那么好找，休息一两年也是常事。

颜锁心就这样满怀着对老上司的担忧离开了斯威德。

魏铮正埋头整理销售方案，听见有人敲办公室的门，也不抬头，只随口道："进来。"

"我听说斐拉德克正招一个总经理助理，所以我特地过来应聘，这是我的简历。"那人走了进来，将一份文件夹放到了他的面前。

魏铮抬起头，颜锁心站在他的办公桌前。

她演练了好多遍，但事到临头依旧有些忐忑："我知道对你来说，我的工作能力也许不是那么令你满意，但是假如竞争者不是太多的话，你要不要考虑一下？"

"你……从斯威德辞职了？"魏铮问。

"是的，你要不打算聘我，我可就成无业游民了。"

"我给你泡杯茶。"魏铮伸手去拿茶叶筒，他觉得自己明明没有太激动，却将杯子打翻了，桌面上凌乱的文件顿时都被洒上了水，两人同时去收拾那些文件，最后是颜锁心抢过了文件："魏总，我擅长这个，让我来吧。"

魏铮去倒水，转过头来见颜锁心利落地整理着桌面，堆积如山的文件夹很快就被分门别类地整理成一摞一摞的，他想了想仍道："其实你不必这样，去长春对你的职业生涯来说是更好的选择。"

"戴维扬也问过我为什么要辞职，我跟他说，我想找一找在自己青春里遗漏的东西。我从大学里出来就跟着尤格尔，混了六年，别人都说我运气太好了，但我知道我错漏了某些重要的东西，那就是我从来没有为自己的事业奋斗过，就这一点而言，陈小西的确比我强。"颜锁心转过头来很诚恳地道，"现在，你愿意给我这个机会吗？"

魏铮薄唇泛起一丝笑，将手中的茶递给她："我这里什么也没有，可能连薪水也没有，就是绝对不缺少需要奋斗的工作。"

颜锁心接过茶杯举了举，展开笑颜："合作愉快。"

颜家的饭桌上，梁南珍的一张脸黑如锅底："你要去长春也就罢了，可是你现在连外企的工作也不做了，要去一个快破产的地方，你脑子是不是坏掉了？"

颜锁心讨好地给母亲夹了块鱼："妈，我这可不是去一个快破产的地方，我是给自己家里的企业帮忙。"

梁南珍都气笑了："听你的语气，不知道的还以为你是富二代呢。"

颜伯亮很是不满："她爸爸很差吗？我当年可是没到三十岁就当上了一家国营厂的厂长，年轻有为的典范！"

"爸当然最厉害了。"颜锁心立刻声援。

梁南珍不咸不淡地道："是，你们俩厉害，富户没当成，直接跳到破落户。"

颜伯亮没敢和她抬杠，咳了声："厂里现在正缺人，我反正也闲着没事，就去帮帮你们吧。"

"那……你在厂里可要听话，不能跟魏铮顶着来。"

"行了，我看你的面子，不给他添乱。"颜伯亮大度地道。

"爸，你最好了。"颜锁心又给颜伯亮夹了一块鱼。

梁南珍看着饭桌上雀跃的父女，有些好气又好笑："你俩这是穷开心吧。"

"做人重要的就是富也开心，穷也开心。"颜锁心笑着道。

颜锁心吃过饭就匆匆走了，她现在跟魏铮一样，基本上没有固定的上班时间，除了睡觉吃饭差不多都在厂里忙。

梁南珍看着颜锁心出门的背影，织着手中的毛线嘀咕："真搞不懂，放着知根就底的路她不走，非要走那弯弯绕的小路。"

手机的屏幕闪了闪，提示有朋友圈的消息更新。梁南珍拿起手机看了半天，过了半晌才徐徐地放下，颜伯亮瞧了她一眼："人不可以貌相，要共患难才能知道谁最可靠。"

颜锁心看着表格给戴维扬打电话："我想问你一个财务上的问题。"

戴维扬道："你不是回去当助理的吗，怎么要问财务的问题？"

"我这不是学习嘛，你就别问了。"

"行吧，你想知道什么？"

"库存一般是不是计在流动资金里面，那要是时间比较长的库存呢？"

"那当然要按时间折价啊。"

"多久？"

"那要看你生产的是什么商品，假如你卖的是牛奶，那就是按天折价喽。"

"那……消费类电器呢？"颜锁心问。

"也就最多半年到一年吧，现在的终端市场，一会儿一个风向，跟流量明星一样。"

"要是……不想打折呢？"颜锁心犯愁地道。

戴维扬笑了："这种问题也就像我这种经历丰富的财务才能回答得出来。想要库存不折价，那就先出库然后再重新进库呗。"

"那不是在作假？"

"是啊，所以最好的方法还是快点把库存里的东西卖出去。"

颜锁心看着旁边库存单上的数据有些犯愁，但是很快她就低头继续整理表格。现在斐拉德克很缺钱，魏诤到处在找人投资，这些资料都是拿来给投资人看的。

而魏诤此刻正等在五星级饭店的大堂里，他在宜居工作的一个同学给他透露了消息，宜居的副总今天会到上海这家饭店落脚，魏诤之前就想约见这位给了斐拉德克大订单的宜居副总，可是对方根本没给他机会。

"陈副总。"魏诤站起了身，迎着一位中年男子走了过去。

男子脸上露出了疑惑的目光，上下打量着魏诤："你是？"

"我是斐拉德克的总经理魏诤。"

魏诤伸出了手，但是宜居的陈副总却完全无视，反而黑着脸道："你们斐拉德克给我闯了那么大的祸，害得我在董事会上丢尽了脸，你们还有脸找我？要找就找宜居的律师吧！"

"陈副总，能不能给点时间我们谈一谈？"

"我没有空，我今天还有客人。"

"陈副总，给我三十分钟的时间就好，我们斐拉德克给你造成了麻烦，我向你表示道歉，但是希望您能个机会让我们解决这个问题。"

"给你五分钟。"陈副总看了一眼手表不耐烦地道。

"宜居智能锁的质量问题我们已经找到了……"魏诤见陈副总转过了脸，便接着道，"主要的问题是出自锁体生产方式上，只要更换这部分零件，就可以解决所有的产品问题。"

陈副总听了却不为所动，看着手表道："你还有四分钟。"

"陈副总，宜居的智能锁光结构图我们的工程师就来来回回探讨过两个多月。而且说实话，为宜居生产这款智能锁，斐拉德克几乎是没有利润的，我相信即使在成本上，你要找到另一个生产商也不是那么容易的事。"

"三分钟。"陈副总道，"假如你不能说点真能打动我的话，那我看剩下这几分钟也就不用浪费了。"

魏诤沉默了几秒才抬起了头："陈副总，宜居做智能锁是您的项目，从某种程度上来说这个项目的成败也会影响您在宜居董事会上的地位。所以陈副总您跟斐拉德克，我们其实是一个战线上的，斐拉德克彻底失败了，宜居董事会里的人未必会给您第二次机会。"

陈副总的脸色微微一变，瞧着魏诤："你吓唬我？"

"陈副总，怎么会？我是在实话实说，请求您再考虑一下。"

陈副总冷笑："我在宜居这么多年，还从来没被人吓唬住过。"

魏诤沉默地看着宜居的陈副总气愤地甩手而去的背影，有个低沉的男音在他身边道："魏诤，你找这位陈总有事啊？"

魏康安不知道什么时候带着助理走了过来，魏诤没有跟他多解释："没什么事。"

"喝杯咖啡吧。"魏康安道。

"我等下还要回吴江，没有空。"魏诤看了看手表道。

旁边的助理识趣地走开了，等助理走了，魏康安才道："宜居的内斗很厉害，其实你们斐拉德克的锁之所以会全被退回去，未必就全是质量问题，跟他们内部的斗争脱不了关系。不过我跟宜居的老板有几分交情，我可以……"

魏诤转过头来平淡地道："谢谢，但是不必，这是我自己的事，我自己会处理。"说完他头也不回地离开了这座金碧辉煌的五星级大酒店。

颜锁心听老庄说魏诤回来了。当初老储按照外企的标准给魏诤配了秘书胡丽娜与司机老庄，现在胡丽娜走了，老庄却留了下来，而且最近几乎全天候地跟着魏诤四处跑。

"跟宜居谈得怎么样？"办公室还在加班的人都忍不住向老庄打听。

老庄叹着气摇了摇头："我远远地看着魏总就没跟那副总说上几句话，然后那副总就生气地走了，十之八九是没谈成。"

众人忍不住发出失望的声音。宜居的那退回来的五万套锁是他们现在最大的障碍，一进一出就是近一个亿的坑，老储什么也没给他们留下，他们又拿什么来填这个上亿的坑？

颜锁心离开了失望的人群，走向了长廊的另一头。办公室里的魏诤正在翻看颜锁心刚刚整理好的资料，他还穿着那件去见陈副总的黑色衬衣，只是解开了衣领，稍稍卷起了衣袖，但他的神情没有挫败之后的茫然，相反专注而认真，令人安心。

七月艳阳似火，斐拉德克做地推的销售员们都站在楼栋阴凉的地方拿着宣传资料给自己扇风，小声议论："天这么热，卖空调还差不多，我们发了这么多资料，仓库里的库存还是这么多。"

颜锁心看着前面那栋楼发呆，陆剑递了瓶水给她："锁心，你要不要先回去？"

"那栋楼的底楼住的应该是个跳广场舞的领舞大妈。"

陆剑问："为什么你这么觉得？"

"因为她身材苗条，穿得挺时髦，家里总是有音乐声响起，整天有大妈进进出出。"颜锁心若有所思地道。

陆剑道："你关心这个做什么？"

颜锁心笑得有点狡黠："这么开明又健康向上的老太太，我想半卖半送一部智能锁给她。"

魏诤接过白岚递过来的咖啡，对苏柏文说："谢谢苏叔叔的帮助。"

"我们也是刚好凑巧，有一个酒店改单身公寓的项目，不过用量不是很大。"

白岚也坐过来道："那你要再想想办法。"

苏柏文轻轻拍了拍她的手："我会放在心上的。"

白岚露出个满意的微笑："我买了新鲜的三文鱼，午饭我要吃煎三文鱼。"

"好，我去做。"苏柏文笑着起身。

等他走了，白岚才压低了声音问："你为什么不去……找你爸爸帮忙呢？他现在是诚建地产的高层，他们不是有很多做小精品房的项目吗？肯定要用到智能锁的。"

"我不会接受他的帮助。"

白岚愤愤不平地道："凭什么呀，你是他儿子，他二十年没有为你做出过贡献，现在你有难，他这个当爸爸的，难道不应该出力吗？"

"即使他愿意，我也不要他帮。"魏诤坚持。

白岚不解："你都肯接受柏文的帮助了……"

魏铮觉得跟自己的母亲真是话不投机半句多，他起身道："我还点有事情，我先走了。"

白岚无奈，刚想问句要不要吃了午饭再走，魏铮已经出门走远了。

颜锁心从陆剑的车子下来，保安就过来道："锁心，今天有人找过你。"

"谁啊？"

"他说是你长辈，我说你们出去办事了，他就走了。"

陆剑诧异地问颜锁心："既然是你的长辈，你不在，他为什么不去找老厂长？"

颜锁心也是一头雾水，正思考间包里的手机响了，她下意识拿起来接通，里面传来了一个男人低沉的声音："颜小姐是吗，我是魏康安，有时间出来跟我见一面吗？"

"可以。"颜锁心犹豫了一下道。

魏康安约的地方并不远，就在附近湖边的茶馆里，但他只给颜锁心留了半个小时的时间，因此颜锁心让陆剑帮忙开车将她送过去。

推开茶馆的门，她跟服务生打听了一下，魏康安为了三十分钟的会面特地要了一个包厢。

他看见颜锁心进来，就指了指对面的椅子："好久不见，请坐。"

颜锁心略有些拘谨地坐下来小声问："不知道您找我有什么事？"

"颜小姐喝点什么？"魏康安没有直接回答，而是开口问道。

"碧螺春吧。"颜锁心只好随遇而安。

等茶端上来之后，魏康安才道："上次见面没能好好招待你，还请见谅。"

"您客气了。"

魏康安也没有跟她多寒暄："我听说最近你们厂里面遇到了一些困难。"

"是碰到了一点小困难，不过魏铮他……"

魏康安没有听颜锁心把话说完，他看了看手表道："我还有点事，所以就长话短说。我知道你们跟宜居的合约发生了点问题，我跟胡总有些交情，我可以帮你们解决这个问题。"

"那您的意思是……"颜锁心小心地问，她本能地觉得魏康安把她叫过来不会单单为了告诉她这么一桩好消息。

"魏铮的个性比较执拗，我希望颜小姐平时能做做他的思想工作。"

"这是附加条件吗？"颜锁心问道。

魏康城推了下黑色的眼镜："魏铮小的时候，我的确对他有所疏忽，但那是

229

客观原因造成的。从主观上来讲，我跟吴菲都很关心他。其实我们当年在广东站稳脚跟之后，就跟白岚提出过由我们来抚养魏铮，是魏铮自己拒绝的。天下没有不是的父母，即便我有不是的地方，但这也不是他这么多年来都把我们当仇人的理由。"

"我听懂了。"颜锁心点了点头。

魏康安严肃的脸上露出一丝笑容："我知道颜小姐是个聪明人。"

"魏先生的意思是，您想做一桩交易。您呢，帮助我们解决宜居退货问题，但作为交易魏铮要向您低头，然后逢年过节像正常父子那样跟您吃顿饭，最好是能跟您的继子继女，还有二太太欢聚一堂，是吗？"颜锁心认真地问道。

魏康安刚露出的笑容消失得无影无踪："颜小姐，你也有喜欢歪曲长辈好意的习惯吗？"

"对不起，我没有您这样的长辈，我父母也许没有您这样有本事，但他们对我的爱却是无私的，很多时候他们宁可勉强自己，也不会勉强我。"

"难道我让他不要仇视自己的父亲，这就叫勉强，这就叫交易吗？"魏康安失笑。

"那您在他十岁的时候，选择了把他抛下，追求您的幸福，您有给过他选择不要仇视你的机会吗？

"您知道十岁的孩子一夜之间没有了父亲，家里只剩下一个快崩溃的母亲，是什么样的滋味吗？

"您以为您在他困难的时候帮一次忙，就可以抵消二十年您作为一名父亲的责任吗？"

颜锁心一口气问完了许多问题，胸腔里仍是愤愤不平："您甚至没有太多的耐心，留多点时间去问一问您儿子身边的人，他最近过得怎么样，他是个什么样的人……所以这是交易，交易不需要浪费感情。我不会替魏铮做什么决定，因为他不会喜欢这样的交易。谢谢您的茶，但是无功不受禄，我先走了。"

"颜小姐，我听说你家在斐拉德克也投了不少钱。"魏康安沉着脸，直到颜锁心起身他才开口道，"难道你能看着它倒闭、破产，让你父母亲在年纪一大把的时候还要蒙受巨大的财产损失？"

"不能，所以我离开了斯威德到斐拉德克，尽我最大的努力，但是我不可以把自己的得失让别人来背负。我爸爸常常说自己挖的坑，别让别人来跳，而且哪怕万一斐拉德克破产了，我父母也还有我呢，我才三十岁，也来得及从头再来。"

颜锁心拎着包起身，但走了几步又回头："对了，刚才有句话您说错了……

天下有不是的父母。"

她走出了包厢，见魏诤抱着双臂站在门外，颜锁心吃了一惊："你什么时候来的？"

魏诤表情有点不自然："刚来。"

"你怎么知道我在这里？"

"我听陆剑说的。"

颜锁心指了指背后的门："那你……要进去打个招呼吗？"

魏诤道："不用了，我们回去吧。"

两人并肩走了会儿，魏诤一路阴沉着脸，然后在颜锁心的忐忑里，他突然开口道："你说得对，我的确不会做这样的交易。"

"你……都听到了？"颜锁心问。

魏诤"嗯"了声，然后问："你真的不觉得我应该退一步，彼此体谅，互相原谅，求个大团圆的结局吗？"

夏日的傍晚也还是炎热无比，但湖面上吹来的风却已经带着凉意。颜锁心长吸了一口气笑道："人生不得意十之八九，有些就不是大团圆的结局，那干吗要假装大团圆呢？接受现实就好了。"

魏诤看向颜锁心，夕阳照在湖面上，波光粼粼，映得她的眼里全是光，他有些怦然心动，脱口道："你的父母，我们一起养。"

这句话他是脱口而出的，可是说出来之后又觉得很是流畅，好像这句话放在心里很久了："假如斐拉德克真的破产了，我们一起重新开始。"

当年裴严明跟颜锁心在一起的时候，是颜锁心先表白的，在这之前颜锁心在高中的时候还曾听过一个男生的告白，可惜那个男生太紧张了，话都没能说完整。

阳光下的魏诤晒得有些黝黑，身上还带着汗味，比起当初那个皮肤白皙、穿着时尚的办公室精英显得粗糙多了。他这两句话像是在表白，又或者仅仅是某种道义上的承诺，颜锁心猜不透，她喉头有些干涩地"嗯"了声。

后来她对沈青说："也不知道那是不是错觉。"

沈青却很肯定地跟她讲："你不是说他有少女心嘛，那就是个闷骚的男人，他是在向你表白没错了。"

颜锁心嗫嚅着，话都是她说的，以至于她现在也不好意思跟沈青强调说魏诤一点也不少女，相反他是很有男人味的。

颜锁心在二十九岁的时候觉得什么都已经尘埃落定，即使换工作岗位都嫌太晚。等到了三十岁她经历了一次人生的破产，跟裴严明离婚了，这一年她学了很多东西，从助理到财务再到销售，并且似乎还避免不了她人生里的第二次破产——斐拉德克的倒闭。

"我觉得那户人家可以。"颜锁心指了指对面那栋楼道，她现在已经能够熟练地摸索出那些在小区的位置里占据着最好"视野"的大门，然后劝说这些大门后的业主装上智能锁，再配合上小区的平面广告，成本低廉，效果也不错。

"咱们还地推吗，听说厂里这个月的工资肯定发不出来了？"小艾擦了擦额头上的汗低声问颜锁心。她是魏峥清理销售部后新招进来的，因此很不幸，还没过实习期就遇到了工厂要倒闭的事件。

"我二十三岁从大学毕业，就跑到男朋友工作的外企去应聘。当时也是这么热的天气，父亲特地请了一天假，开车送我去应聘。在停车场我捡到了一只皮夹子，这时有个老外匆匆而来，我喊住了他，问他是不是丢失了东西。那么巧，他确实是那只皮夹子的主人，更巧的是他就是我要应聘的那家公司的CEO，所以我很顺利地成了他的助理，一做就是六年。在这六年的时间里，我的男朋友成了这家公司分部的总经理，然后我们结婚了。"

颜锁心转过头瞧着半张嘴的小艾问："我是不是很幸运？"

"那……现在呢？"小艾有些不好意思地问。

"我快活了六年，有一个很宽容的老板，很体贴的丈夫，我过得轻松自在没有压力，人人都在奉承着我，我也觉得自己很成功。然而到了第七年，我的丈夫有了外遇，我们离婚了，而我的工作也出了差错，差点丢掉了工作。我一直觉得那一年我太倒霉了，但后来我才明白，不是因为第七年我特别倒霉，而是前面的六年透支了第七年的幸运。"

颜锁心笑着道："人的幸运跟不幸的背后都有无形的标价，幸运未必是所得，不幸也未必是所失。就比如我们在这里流汗，是为了看得见的薪水，也是为了那些看不见但永远属于我们的东西，它们会日积月累，成为我们面对将来最大的底气。汗水从来不是为别人流的，它至少一半以上是为我们自己流的。"

他们回到公司的时候，发现魏峥的办公室围了不少人，绝大部分是手持斐拉德克原始股份的老员工。也不知道是谁放出了风声，说魏峥会背着他们偷偷把厂卖了，让他们一分钱也拿不到。

"各位叔叔伯伯，我们是不会轻易卖厂的。"颜锁心挤了进去，帮着魏峥挡住了那群激动的老头老太太。

"锁心，你别被他骗了，他都要回外企了，还会管我们死活吗？"

"对，锁心，你不信问老庄！"

魏诤有些脸黑地看了眼人群里的老庄。伊瑞克上台之后，就让丽莎给魏诤打过一次电话，问他愿不愿意回斯威德。当时魏诤是在老庄的车子上接的电话，他的回答是目前不行，以后可以考虑。

老庄缩了缩脖子："我、我可没说魏总答应了，我就是说他在考虑。"

"这是客套话……"颜锁心也有点尴尬，她觉得按实际情况斐拉德克要是破产了，魏诤接受伊瑞克Offer的可能性是很大的。

她的话没说完，手臂突然被人抓住了，只听魏诤道："你们不用担心我会私下里把厂卖了，因为……斐拉德克新法人代表将是颜锁心，如果你们不相信我，总会相信她吧！"

魏诤见颜锁心吃惊地转过头，便笑着对她道："以后你就是斐拉德克的董事长了，请多关照。"

等安抚完这群退休员工，颜锁心忙到了晚上九点，才疲惫地回到家里，发现家里来了不速之客，或者说是一个久违的客人——裴严明。

"你回来了？"裴严明见到颜锁心推开大门就站起了身。他脸上的神情有些僵硬，看来他在颜家的这段时间里，颜父颜母都没给他好脸色。

"饭吃过了没有？"梁南珍放下手中的毛衣起身道。

"跟同事吃过了。"裴严明在，颜锁心没有提魏诤，只是转身问他，"你来有什么事吗？"

"我过来看看爸妈。"裴严明脸上的神情很不自然。

梁南珍冷冷地回了句："不敢当。"

"多谢，不过现在不早了，你早点回上海吧，省得伯母担心。"颜锁心淡淡地道。

裴严明尴尬地起身，但犹豫了一会儿仍道："我能不能单独跟你谈谈？"

"有什么好谈的？"梁南珍生气地道，"你不是都快重新结婚了吗？你妈妈在朋友圈从喜帖晒到订婚宴，还有什么好谈的？"

"那是别人的事情。"一直坐着不说话的颜伯亮阻止了梁南珍继续往下数落。

"妈，爸说得对，我们已经离婚了，他要结婚也是正常的事情。"颜锁心转过头对裴严明道，"我们去书房谈吧。"

裴严明因为颜锁心的解围而松了口气，但同时他也因为从前这个爱跟他撒娇耍赖的女孩变成了一个对他客套而理智的女人而感到有些失落。

进了书房裴严明倒是没有过多的客套，直截了当地道："我听说斐拉德克的事情了。"

颜锁心耐心地等着他把后面的话说出来，果然裴严明道："现在我认识一个人，他愿意收购斐拉德克，当然依照斐拉德克的现状，他给出的价钱不可能是当初咱们投资的金额，我会竭力给咱们……给你们家争取一个好的价格。"

"这件事情……他不是应该跟厂里谈吗？"颜锁心反问道。

裴严明笑得有些轻淡："锁心，你是你，魏铮是魏铮，像这种时候，能顾得上自己就好了，其他的人你就不用理会了，况且你怎么就知道，别人私底下不会出卖你？"

颜锁心瞧着裴严明了然于胸的表情，他显然不知道就在几个小时前，魏铮已经把斐拉德克董事长的位置转让给了自己，她淡淡地道："但是我不打算这么做。"

"锁心，你能不能现实一点？"裴严明语气里透着焦躁，"破产这种时候，谁卖得早，就卖得好，有人卖得好，那就肯定有人卖得不好，别人收购破产企业的钱那是有定数的。"

"也许对你来说，夫妻本是同林鸟，大难临头各自飞都太晚了，早在看到苗头的时候就该分道扬镳了，但我是那种看待过程比结果更重要的人，我不会用长远的眼光去背叛眼前的人。"

"我是好意。"裴严明神情有些难看。

"谢谢你的好意，但是我不需要。"颜锁心回答。

裴严明问："你难道就没有想过，魏铮之所以会跟你好，就是因为你手上的那些股份？"

"也许你会把这些看得很重要，但魏铮不是你。"颜锁心语气平静，甚至不带火药味，就像在陈述一桩显而易见的事情。

梁南珍瞧着裴严明黑着脸出了门，问颜锁心："他说……有人愿意收购咱们手里的股份，是不是真的？"

"真的也好，假的也好，我都不会卖的，爸也不会。"颜锁心知道梁南珍一定是在门外偷听了。

"怎么也能挽回……几十万呀。"梁南珍欲言又止。

颜锁心无奈笑了笑，给自己倒了杯水道："妈，要是三十年前，别人出一万块让你背叛我爸，你要是同意了，那就没有我了，可你想想现在的一万块算什么呀？"

梁南珍似乎觉得有理，可想到家里所有的钱都会烟消云散，又有些不甘心。

此时的裴严明黑着脸回到车里，坐在副驾驶座上的任雪瞧着他的脸色："不顺利啊？"

"我早就跟你说过了，她不会同意的，你非要我去丢这个脸！"

任雪皱眉："我真不知道这个颜锁心是怎么想的，难道说她真的……就想跟着魏诤一起破产啊？"

裴严明瞧着车窗外面的夜色。自从他跟任雪的事情暴露以来，他在斯威德虽然还担任着分部总经理的位置，可是总感觉有人在他背后讥笑，仿佛只要一转身流言蜚语就在他的身后萦绕。而且他的事业也并非一帆风顺，公司里一直有会将他调任的传言，尽管他多次打探都没有实据，但尤格尔对他态度冷淡确是事实。

他原本是有跟颜锁心重修旧好的意思，毕竟他们离婚也才两三个月，只要颜锁心肯原谅他，也许这一页就会翻过去。然而闵佳香却害怕将来颜父颜母投资失败了会没了房子，到时会变成一个巨大的负担，而且由于闵薇的缘故，她认定了颜锁心在离婚之前就跟魏诤有不清不楚的关系，甚至连父亲裴建林也劝他，不要捡了西瓜丢了芝麻，回头想起芝麻又丢西瓜，两手空空。

任雪离开了斯威德，很快就在一家投资公司找到了工作，斯威德发生的事情对她来说好像已经完全没有了影响。可是看到如此淡定自如的任雪，裴严明没感到安慰，反而有一种空虚感，仿佛两手空空。

"现在斐拉德克的股份是不是在颜锁心的名下？"任雪突然问道。

"应该是吧，怎么了？"裴严明问道。

"那颜锁心卖房子是在你离婚之前吧？"任雪眼睛发亮地再问。

"那房子本来就是颜锁心的婚前财产，你想打什么主意？"裴严明皱眉。

任雪轻笑了声："但颜锁心跟你结婚之后还在还贷啊。假如她是在跟你离婚之前，就卖了房子投资斐拉德克的股票，严格地说起来，斐拉德克应该是你们共同的财产。"

裴严明猛地一踩刹车，任雪猝不及防差点吓了一跳，嗔道："你干什么？"

"任雪，我跟颜锁心离婚，财产早就分割清楚了，我堂堂一个大男人，别说斐拉德克都快破产了，就算它是要上市了，我也不会占她的便宜。"

任雪好笑道："你以为我是让你去占她的便宜啊？"

"你不就是这个意思吗？"

"现在颜锁心是被魏诤给骗了，她脑袋不清楚，我们这个时候帮她处理掉斐拉德克的股份，这根本就是在救她，你也不希望你的前妻一无所有吧。"

裴严明有些冷笑："你说得这么好听，难道不是为了自己吗？"

任雪沉着脸回道："裴严明，当初我说过，我并不勉强你去离婚，离婚是你自己决定的，现在你不要表现得好像是我在陷害你的前妻一样，别忘了她也不是什么善茬，要不然我跟她谈话的录音是怎么来的，难道你真的相信是陈小西为魏

235

净打抱不平？她又是怎么知道我跟颜锁心见面的？"

裴严明神态微缓，息事宁人地道："我不是那个意思，只是这件事我看就到此为止吧，这个项目不做，你还可以做别的嘛！"

"这是我到富投的第一个项目，如果能做好，对我的工作会有很大的帮助。而且林总也说了，这个项目做成了，我的分红最起码在六位数，到时我们结婚，还清现在的房子的贷款，或者替你父母再买套小房子，手头都会宽裕不少。这是一举三得的事情，没什么不好的。"

"再说吧。"裴严明不耐烦地道，然后重新发动车子。

颜锁心没想过她会再次接到任雪约她见面的电话。也许是因为怕颜锁心会拒绝，任雪坦率地道："约你见面是因为斐拉德克，不是因为裴严明。"

"怎么了？"魏诤看见颜锁心的表情有些讶异就问道。

"任雪约我吃饭，说是因为斐拉德克。"

"你不想见她？"

"这女人就像个巫婆，每次见到，都觉得像被人塞了一嘴的毒苹果。"

"那你更应该见见。"

"为什么？"

魏诤收起文件道："因为这样的人，基本上就是用来让人长见识的，再说了，你不是还没吃午饭吗？"

颜锁心其实也想听听任雪有什么跟斐拉德克有关的事情。她走进餐厅的时候，任雪已经到了，瞧见颜锁心，她抬起头来，挺客气地道："挺忙的吧？"

"确实，不过饭总是要吃的。"颜锁心坐了下来，没有多余的客套，拿起点餐单点了几个菜。

"那咱们开门见山地说吧。"任雪瞧着眼前的颜锁心，她晒得有点黑，眼睛却很亮，整个人显得朝气蓬勃，完全看不出来有丝毫即将破产的颓丧，仿佛这个夏天给她留下了太多的阳光。

"那最好不过了。"颜锁心合上了餐单交还给服务员。

任雪微微有些卡壳。她想过颜锁心见面时会持什么样的表情，不耐烦、愤愤不平、憎恨……每一样她都想过，就是没想到颜锁心会如此自然，这反而令她有些不适应。她端起手中的茶杯，尽可能地展现出舒缓的姿态："我换了个新工作，是在一家投资公司上班，巧合的是……我做的项目就是斐拉德克。"

她说到这里顿了顿，特意观察了下颜锁心的表情，发现颜锁心没有任何要开口询问的意思，于是就接着往下说道："我们有个客户打算收购斐拉德克，但是你知道依照斐拉德克目前资不抵债的情况，他出的钱是很有限的……也许你不相信，但我确实对你心存抱歉，所以我非常愿意在力所能及的范围之内给你补偿……"

一直耐心听她说话的颜锁心却突然笑了，任雪勉强笑道："你笑什么？"

颜锁心语气里颇有些感慨："你想收购我手里的股份，让魏诤独木难支，给斐拉德克造成恐慌，最后让你们能够不花一分钱收购斐拉德克。任雪，你是不是觉得自己遇到了裴严明，就认为天底下就只剩下你这么一个聪明人了？"

任雪没想到一向稀里糊涂的颜锁心会变得如此犀利，但是她也早做好了准备，随即反问道："无论我的目的是什么，能挽回一点损失不比你等着破产强吗？"

"你说破产未免有点言之过早，即便是事实……"颜锁心瞧着任雪用调侃的语气道，"我又为什么要便宜你呢？"

服务生将菜端上来，颜锁心道："麻烦帮我打包带走。"

任雪皱眉道："难道你就为了怄气，宁可损失好几十万？颜锁心，为什么你还是这么幼稚呢？"

"不劳你操心，有这点工夫，操心一下你的新工作吧，假如你实习期的项目就只有斐拉德克的话，我觉得你可能很快就需要另外再换一份工作了。"

任雪沉默了会儿突然冷声道："颜锁心，我问过买你房子的人，她说在年前的时候就已经预付了一半款项，所以你投资斐拉德克的时候还没有离婚吧？"

她抛出了撒手锏，背脊也挺得更直："严格说来，你跟裴严明的财产分割并没有涉及这部分，他完全可以起诉你隐瞒投资，重新向法院要求分割你们之间的离婚财产，这会对你很不利。"

颜锁心忽然想起魏诤那句"有些人就是专门用来给人长见识的"，她忍不住问："裴严明会跟我争斐拉德克的股权吗？"

"我当然不是这个意思！"任雪的表情显得很诚恳，"而且我向你保证，你出售斐拉德克股份的钱，裴严明绝对不会插手，我也会为你争取一个最好的卖价，当然前提是，你必须配合。"

颜锁心却没有领她的情，她接过服务生递来打包好的菜："股份我是不会卖的，裴严明想告，我就奉陪。"

"你何必跟自己过不去？"任雪面上的神情闪现出稍许焦急之色。

"我没有觉得不卖斐拉德克的股票就是在跟自己过不去。"颜锁心站起了身笑道。

任雪嘴角上翘，带着冷笑，语气步步紧逼："实话告诉你，斐拉德克根本不可能起死回生！你要是放弃了今天这个机会，那你不只是选择损失几十万，你同时也是选择背上几百万，甚至上千万的债务！斐拉德克欠了那么多的钱，你以为你能逃得了？"

她的话音才落，就听有人冷冷地问："所以裴严明是打算跟颜锁心分摊一点债务吗？"

颜锁心转过头，见是魏诤，她诧异地问："你怎么来了？"

"顺路。"魏诤转头对着有些坐立不安的任雪道，"我还以为丽莎教会了你一些为人处事的道理，不过看来你并没有太多的长进。"

任雪听到丽莎的名字似乎感到了屈辱，她强自镇定地转向颜锁心："这可是你的股份，你确定要为了一个男人，放弃自己应有的利益，而去背上一笔巨额的债务，你就不想想自己的父母？"

颜锁心站在那里，她第一次俯视着看任雪："我现在要承认裴严明真的是个蠢货，他居然觉得跟你会有美好的将来，你连最起码的做人的道理都不懂，难道从来没有人告诉过你，做人要厚道吗？因为人心是有最基本的公平跟正义的。"

任雪僵直地坐在那里，眼睁睁地看着颜锁心跟魏诤走出饭店的大门。

"恭喜你。"走出了门，魏诤道。

"恭喜我什么？"颜锁心有些不解地看着魏诤。

"恭喜你战胜了你人生里的巫婆，而且看来根本不需要援军。"魏诤道。

"所以你特地跑过来支援我？"颜锁心莞尔一笑。

无论多么顺遂的人生，总会遇到这样那样的巫婆，她们巧舌如簧，又或者精于掩饰，她们能轻而易举地摧毁你对生活的信心，像阴影一样堵塞着洒向你人生的阳光。

有时，只有战胜了巫婆们，才是对那段晦暗的人生最好的告别。

上海那座最高档的商务咖啡馆里，魏诤与林海沫又一次见面了。林海沫拿着他专用的咖啡杯，带着自信满满的笑容看向对面的魏诤："魏总是不是考虑好了？"

魏诤没有立即回答这个问题，而是先喝了口咖啡，然后才问："我今天来是想请问林先生一个问题。"

"知无不言，言无不尽。"林海沫用慷慨大度的口吻说道。

"想并购的斐拉德克的人……是宜居的陈副总对吗？"魏诤放下手中的咖啡问道。

林海沫笑容不变，但他的眼角却抽紧了："为什么这么问？"

"因为我仔仔细细算过了一笔账，任何人接受斐拉德克都要面对带有宜居商标的五万套商品退货，而且还有大笔的合同违约金。任何人，即便不付一分钱接手斐拉德克都是亏本的买卖……"魏诤朝前倾身，交插着十指看向林海沫，"除非那个人不但可以消化掉五万套宜居锁，同时也能免掉宜居的合同违约责任。所以别人买斐拉德克，有可能是负债，但是陈副总买它，却可能意味着转手就是五六千万的利润，意味着斐拉德克不再濒临破产，而是转眼变成一家盈利还不错的工厂。"

林海沫身体也朝前倾着，看着魏诤的眼睛："你觉得我接触你们，就是特地为了帮陈副总设计你？"

魏诤直视着他的目光："你并不是特地，你是顺便的。从你知道老储挪用公司的钱做房地产亏损跑路后，你就意识到了……这同时也可以变成一个不错的机会。"

林海沫收回了目光。他端起了咖啡杯，但随即又放下，带着审慎的笑容道："魏总真是个人才，头脑聪明，反应灵活。可是即便你说的都是事实，就能改变斐拉德克现在的局面吗？你能解决库房里有五万套既不能卖，也不能转手的宜居锁库存吗，你能解决你们因为质量问题造成的合同违约吗？"

"不能。"魏诤很坦白地道。

林海沫露出释然的微笑："魏总，我还是那句话，跟我们合作，我们会支付给你一笔不菲的费用，你甚至还可以适当地保留股份，我们富投也会为你敞开大门，随时欢迎你的加入。而这对斐拉德克来说，未必是一件坏事。有陈副总在宜居的帮助，有我为它融资，两到三年内，我有这个自信帮它上市。"

魏诤听他说完才问："林总，投资圈不小，但也不会很大，像您这样回头吃主顾的人，您就不怕您的客户会担心吗？"

林海沫笑了，他推了推眼镜："很多人都以为投资圈里聪明人多，但其实这个圈子的人只是钱多而已，大多数人的智商其实未必高过街头的贩夫走卒。再说了，就算你出去说我林海沫出卖自己的主顾，你有证据吗？有人相信你吗？"

魏诤平静地将一支录音笔拿了出来打开，里面清晰地放出了林海沫刚才的声音："其实这个圈子的人只是钱多而已……再说了，就算你出去说我林海沫出卖自己的主顾，你有证据吗？会有人相信吗？"

林海沫从没想过自己的声音听起来会如此滑稽，他下意识地抬手想抢过录音笔，却被魏诤更快地取走了。他用奇特的目光瞧着林海沫："如果我把这段话流传出去，你觉得他们会怎么想你？"

"魏诤，你、你想怎么样？"林海沫的表情尴尬而恼怒。

"斐拉德克付你的咨询费还没用完吧，那就麻烦你再替我们跟陈副总沟通一下。"

"他怎么可能听我的……"

魏诤毫不客气地道："假如他不听你的，那可能要麻烦你跟我去见宜居的胡总，跟他说陈副总是为了自己的利益，故意搞砸宜居的智能家居项目，而你就是那个证人。"

林海沫的面色变得无比难看："魏总，这样对你能有什么好处，就算陈副总不再刁难你，但你们的锁出现了质量事故，造成了违约，这是事实。"

魏诤瞧着林海沫笑了："林总，我虽然是外企的，但不代表我平常签的都是外国合同。我们国内的法律倾向于违约金以事实为依据，我们造成了宜居多大的损失，就赔偿宜居多少，而且我认为胡总有可能看在我为他们揪出了一只硕鼠的份上，会对斐拉德克网开一面。"

他看着林海沫那张红了白、白了红的脸认真地道："考虑一下，我等林总的答复。"

临走的时候，魏诤又似有若无地提了一句："另外，还要多谢你们新来的那位任女士，没有她，我可能还要晚点才能确定，林总的背后就是陈副总。"

魏诤驱车开进斐拉德克的大门，此时的厂里少了至少三分之一的员工，显得有些冷清。颜锁心正急匆匆地从仓库去办公室，看见魏诤的车子，她停下了脚步，夏日的阳光有些耀眼，但她还是看清了玻璃后面的魏诤，看见了他对她笑，仿佛心有灵犀般，她一直揪紧的心突然就松开了。

因为她知道，笼罩在斐拉德克头上的阴云就快散去了。

导致斐拉德克差点破产的宜居退货事件就这么悄无声息地过去了，斐拉德克恢复了对宜居的供货，并且这次不再由那位陈副总负责。魏诤没有提，但颜锁心猜这里面魏康安多多少少是出了力的。

斐拉德克摆脱了破产的阴影之后，就迅速地进入了扩张期。陆剑提出需要增加宣传广告的力度，但大家对前面明星代言令斐拉德克损失惨重的事还记忆犹新，最后广告摄影师让魏诤跟颜锁心拍了几张地推要用的海报。

颜锁心觉得摄影师是看上了魏诤，至于她就是附带，反正不用花钱。

梁南珍边织着毛衣边瞧着颜伯亮跟颜锁心说说笑笑地走进来，问道："吃过了吗？"

"我们在厂里吃过了。"颜伯亮随口道。

颜锁心最近有点避着梁南珍，因为梁南珍总想跟她说魏诤的事情，所以她找了个要洗澡的借口，就直接回自己房间了。

等颜锁心进了房间，梁南珍立刻放下手中的毛衣问颜伯亮："现在厂里真的这么忙吗？"

"那是当然了，我们今年开发了一个新项目，全国第一款家用面部扫描智能锁，而且我们今年线上线下都是销量第一，上上下下都忙得不可开交。"颜伯亮说起来有点扬扬得意。

"你当心身体。"梁南珍嗔道。

"魏诤早请了生产经理，我现在就是个顾问！"

梁南珍看了一眼浴室的方向，小声地问："那现在斐拉德克的估值又不得了了吧？"

"你问这个做什么？"

"没什么。"梁南珍手里利索地织着毛衣，"锁心跟那个魏诤……在厂里关系怎么样？"

"挺好的呀，我觉得他们合作得很有默契的。"颜伯亮道。

梁南珍白了他一眼："我是问……他们是不是真的在谈恋爱呀？"

"当然是啊。"

"你亲眼看到了？"

颜伯亮卡壳了一下，老半天才道："那……倒是没有！"

"那你每天去厂里干什么？"梁南珍气不打一处来。

"忙工作啊，车间里那么忙，现在的小年轻又爱偷懒，我两只眼睛盯都盯不过来！现在是智能家居的时代，我们的销量一年要翻上几倍……"

梁南珍沉默无声地听完颜伯亮的侃侃而谈，始终没有把自己的担忧说出来。魏诤是不是像那晚上裴严明说的那样，他追求颜锁心，是为了她手里的那点股份，当初他为了稳住他们，跟锁心谈恋爱，如今事过境迁，谁知道还算不算数。

一朝被蛇咬，十年怕井绳，然而被咬的是女儿颜锁心，但更怕井绳的却好像是母亲梁南珍，她对魏诤充满了怀疑，对于这点颜锁心也有点无可奈何。

颜锁心不解地跟沈青说："难道我就该找个四十岁的鳏夫、三十岁的宅男或者离婚的男人，她才能放心吗？"

沈青也不以为然："这世上很多女人以为委曲求全就能求个安稳，其实哪有安稳是求来的，都是争来的。我就觉得那个魏诤挺好，最起码人长得帅，就算以后分了你也不吃亏啊。"

颜锁心有些无语，她觉得沈青的话看似安慰，但也不乏并不十分看好她与魏诤的意思。其实她自己也有点气馁，因为的确魏诤除了那个含糊到极致的表白，什么也没说过，他们有时更像一对极度忙碌的工作搭档。

"我们今天去一趟宜居的总部，谈下新的合同。"魏诤第二天对无精打采的颜锁心道。

颜锁心纳闷地问："那你不该带陆剑去吗？"

"他有其他的事。"

"我也有其他的事。"颜锁心不高兴地道。

魏诤顿了顿道："我有话要跟你说。"

"什么话？"颜锁心的心突然扑通地跳了起来。

"路上说。"

颜锁心坐在车上忐忑地等待着，但魏诤一直东张西望像是心不在焉，直到下了高速公路，到了宜居总部谈完了合同，也没有对颜锁心说任何话。颜锁心开始有种不好的猜想，她觉得只有不好的话，魏诤才会这么吞吞吐吐。

两人回程的路上，颜锁心沉思过后，才努力平静地道："其实你无论跟我说什么，都没有关系，我不是那种没有经历过事情的小女孩，不会觉得没了谁是不能活的。"

与此同时魏诤却好似突然松了口气。酸涩感顿时涌上颜锁心的心头，就听魏诤指着一边道："快看那边！"

"什么？"颜锁心刻意偏过头去，她不想魏诤发现她的眼圈红了。

"我想对你说的。"魏诤道。

颜锁心微微的泪光中，看见了高速公路上一幅巨大的广告牌，上面是她跟魏诤拍的海报。他正拉着她走进一扇门，她穿着精致的礼服却手提着高跟鞋，颜锁心眨了下眼睛，看清了上面的广告词——"Heart Lock.Lock Heart"。

"You lock my heart.（你锁住了我的心）"颜锁心明白了，这就是魏诤想跟她说的话。

魏诤最近总觉得周围有目光在注视自己，可是转头仔细找，又找不着什么确切的人。他新租了一套房子，结束了住在厂里的日子，因此他特地挑了个空闲的时间来超市里买点东西。

"魏诤！"突然有人喊道，随着那脆生生的嗓音，他眼前出现了一位打扮超前卫的女子。

"是你。"魏诤费了些功夫才认出了这位穿着皮夹克、齐臀短牛仔、高筒靴，染着绿色头发的女子，正是肖蓉蓉。

肖蓉蓉比了比自己调皮地笑道："上次我可是特地为了相亲才打扮成那样，结果白费我功夫。"

　　魏诤轻笑着摇了摇头，肖蓉蓉不见外地道："那你后来怎么样，跟那个女同事好了吗？"

　　"你说什么呀？"

　　"就是那个在门口，跟我和白阿姨打招呼，削肩瓜子脸的女同事啊。"

　　"你搞错了！"魏诤道。

　　"怎么可能？我可是朋友圈里出了名的火眼金睛。"肖蓉蓉比画了一下自己的双眼，"她对你肯定有感情，而且……还是那种非同一般的感情。"

　　"你看错了。"魏诤拿了盒核桃粉放进车子，然后径直推着朝前走。

　　"我怎么可能会看错？你们俩肯定有猫腻！"肖蓉蓉不肯相信，跟紧了魏诤道。

　　魏诤还没有开口，就听见身后一阵哗啦啦的响声，一堆促销的巧克力坍塌了下来，旁边的品牌促销员生气地拉着一名中年妇女："你怎么搞的，这些东西都是巧克力，包装磕坏了我们卖给谁！"

　　肖蓉蓉正在看热闹，却见身旁的魏诤三步并两步走了过去，先对那个促销员道："这些巧克力我买了。"

　　"哇，你怎么这么热心！她走路不小心，关你什么事？"肖蓉蓉惊奇地道。

　　魏诤却走过去弯腰将地上的中年妇女搀扶了起来，关切地问："阿姨，您没事吧？"

　　梁南珍的脸色有点红，她过去跟踪过魏诤都没被发现，没想到今天一时情急，为了听清这个女孩子跟魏诤究竟说了些什么，走得急了点，不小心就撞倒了旁边那堆促销的巧克力。

　　"这么巧啊。"梁南珍勉强笑道。

　　"这位是……"肖蓉蓉指了指眼前表情尴尬的梁南珍。

　　"这位是我未婚妻的妈妈，是我未来的岳母。"魏诤回答道，然后又指了指肖蓉蓉给梁南珍介绍，"我家长辈朋友家里的小孩。"

　　肖蓉蓉自然还是见人说人话，见鬼说鬼话，千面玲珑："阿姨你好，我跟魏大哥家是世交。"

　　"小姑娘挺漂亮的。"梁南珍上下打量着肖蓉蓉。

　　肖蓉蓉嘴巴很甜地回道："哪里，阿姨你才是漂亮，所以我想魏大哥的女朋友也跟你一样漂亮吧？"

　　"你东西买完了吗？"魏诤毫不留情地催促她，"买完了就回家，没买完就去买。"

肖蓉蓉一脸的委屈："魏大哥，我又没得罪你，你赶我走做什么？"

梁南珍打着圆场："魏铮你要买什么就去买吧，我腿扭了，站这里跟小姑娘聊会儿天。"

魏铮用警告的眼神看了眼肖蓉蓉，然后无奈地推车走了，肖蓉蓉则报以嬉皮笑脸。

梁南珍又哪里是真的要跟肖蓉蓉聊天，不过是为了多打听一下魏铮罢了，于是一见魏铮走了便亲切地拉着肖蓉蓉道："你们家跟魏铮家常来常往啊？"

"阿姨你是不是想打听魏铮家？"肖蓉蓉一脸热络地问。

梁南珍没想到肖蓉蓉这么直接，支吾着道："那、那倒也不是。"

"他们家那个复杂的程度，说起来可就话长了，阿姨我请你喝咖啡吧！"

"复杂……"梁南珍喃喃了句，然后立刻就道，"我请你喝！"

"阿姨，不用客气，我刚才就打算去隔壁买咖啡，不过在玻璃窗外看见了魏大哥才进的超市。"肖蓉蓉瞅着魏铮看不见的空当，一副自来熟地拉着梁南珍出了门。

两人在咖啡馆坐下，肖蓉蓉贴心地给梁南珍点了饮料，然后道："其实我家是魏铮继父家里的世交。"

"继父？"

"对啊，白阿姨是再婚的，那你知道白阿姨为什么要离婚吗？"肖蓉蓉卖了个关子。

"为什么呀？"梁南珍朝前凑了凑。

"因为第三者插足呗。魏铮的爸爸跟他厂里的女同事好上了，两个人跑到南方去，把白阿姨给抛弃了，那个时候魏铮才十岁。"肖蓉蓉用愤愤不平的表情说道。

梁南珍愣了半晌："所以魏铮的妈妈就找了现在的这个丈夫。"

"你说苏叔叔啊，他是后来魏铮的爸爸介绍给白阿姨的。魏铮的爸爸现在是诚建地产的股东，苏伯伯呢，家里是开连锁酒店的，他们两个算是生意上的合作伙伴吧。"肖蓉蓉特意压低了声音跟梁南珍道，"魏铮爸爸找的那个小三，一脸的贤惠样，但人可厉害了。魏铮很讨厌他爸爸跟继母，连带着对苏叔叔也讨厌，所以白阿姨接受了苏叔叔，他就搬出来住了。"

肖蓉蓉这样的女孩子，物质极度富裕，到哪里都是众星捧月，生活里没什么是得不到的，但跟魏铮相亲却碰了一鼻子的灰，所以她倒也不是有什么坏心眼，就是想给魏铮找点麻烦，搞搞恶作剧，增添一下生活里的乐趣。

她见梁南珍皱起了眉，便越发添油加醋："你说结婚的时候，魏铮的爸爸妈妈都不来，那多尴尬。”

谁知道梁南珍突地放下手中的杯子："不来就不来，他们一个个过得风流快活，都没考虑过自己孩子的感受，这样的父母不来更好，我就当自己多生了个儿子。"

肖蓉蓉稍微愣了愣，又凑过去问："那、那魏诤的爸爸手里可有诚建不少的股份，诚建值好几百个亿啊，难道……就便宜了那小三的便宜女儿跟便宜儿子呀？！"

"人活着端一碗饭，睡一张床，住一间房，钱多了也就是锦上添花，为了这点钱，就要忍着恶心跟那后妈打交道，还不知道要打交道多少年……"梁南珍扬眉，"他爸又不会马上就死，有这么多时间，做什么不好？再说了魏诤多聪明能干，有什么道理不比他爸爸强？"

肖蓉蓉眼睛发亮："阿姨，你挺酷的呀！"她这句才说完，就有人在旁敲了敲桌子，抬头见是魏诤冷着脸看自己，她缩了缩脖子，朝梁南珍吐了吐舌头，"阿姨，我先走了啊，什么时候魏大哥结婚，你们给我送请帖啊！"

等她一溜烟地出了门，魏诤在梁南珍的对面坐下，将手里的一只文件夹放到梁南珍的面前："这是……我拟好的跟锁心的婚前协议。"

"婚前协议？"梁南珍有些紧张和不解地接过。

魏诤点了点头，然后道："我打算跟锁心约定好，假如我们有一天会离婚，那我所有的财产都归锁心，无论是她提出的，还是我提出的。"

梁南珍握着手中的文件夹，怔怔地看着魏诤，只觉得眼前的年轻人哪里长的是轻佻的桃花眼呀，分明长得跟关公似的，一脸的正气，比装严明强多了。

立秋之后是国庆节，然而在这每个人都出外旅行的大长假里，李瑞却回来了。他就像突然消失了的那般，骤然又出现了。魏诤见到他的时候，他有点瘦了，整个人的脸颊都陷了进去。

"别看了，我是食物中毒，不是为情所困。"李瑞不客气地道。

"毒死你也困难。"魏诤轻描淡写地道。

他们上次见面还是因为陈小西不欢而散，但现在也没有多说什么，那些曾经的不快就烟消云散了。

李瑞咳嗽了声，递了份资料给魏诤："瞧瞧。"

"什么呀？"魏诤拿过了资料翻了翻。

"牛饲料添加剂，植物提取，全天然无污染，我一个同学的技术，现在我们打算合伙投资生产这个。"李瑞满怀信心地道，"这次食物中毒让我明白了一件事，那就是我该为什么而奋斗，我要为咱们国人的食品安全而奋斗。"

魏诤有些啼笑皆非，但他同时也知道李瑞就喜欢把真事用开玩笑的方式来说，他翻了翻道："挺好的。"

李瑞立刻眉飞色舞："那是，我看上的项目，差不了！"

魏诤很高兴李瑞找到了方向。陈小西不知道的是李瑞的家境极为富裕，正是因为这样他才会显得吊儿郎当。

颜锁心来的时候，李瑞正吹着他的牛饲料，看见她，他微愣了那么几秒："朵拉，你也来了。"

"不欢迎啊？"颜锁心扬了扬眉。

魏诤笑着道："对不起，我们两个最近财政都不宽裕，所以吃饭就一起了，不介意吧？"

"哪能？欢迎欢迎！"李瑞连忙道，他看了看魏诤，又看了看颜锁心很是感慨，"说来也奇怪，看见你们在一起，我居然一点都不觉得奇怪，这大概就是因为天造地设吧。"

"现在看你顺眼一些了。"颜锁心笑道，李瑞当初为了陈小西没少在背后诋毁过她。

李瑞做了个松口气的表情，毕恭毕敬地给她倒了杯茶："多谢嫂子既往不咎。"

等吃过了饭，颜锁心跟魏诤上了车才笑着道："这个李瑞还真有意思，以前追女朋友喜欢眼睛大的，现在要奋斗个事业，还是要挑个大眼的来伺候。"

魏诤笑了笑，并没有拆穿，李瑞宣称喜欢过无数个眼睛大的女孩子，却只对一个眼睛不那么大的陈小西动过心。人很多时候非常清楚自己喜欢什么，但可能永远也搞不清楚，自己会在何时何地爱上谁。

白岚今天要请颜锁心吃晚饭，因此两人告别了李瑞就去给她买礼物。先是按照她的喜好买了奶糖，然后就是给她买包和围巾。白岚偏爱素色柔软的小羊皮包，但不喜欢金属链条，同时她也不喜欢麻将包、蛋包、饼包等各种新潮的款式。

因此两人逛遍了上海的名品店，差不多走到腿软才算将白岚的礼物准备周全。

白岚穿了身中式带刺绣的套装，绾着发髻，没有戴什么首饰，只在襟口别了只珍珠的别针，由苏柏文作陪，跟他们开开心心地吃了一顿饭。魏诤挑选礼物时的谨慎令颜锁心误以为她要面对的是个苛刻挑剔的母亲，因此白岚的随和完全出乎她的意料。

吃完了饭，苏柏文跟魏诤去开车，白岚笑着提议跟颜锁心两人在花园里走走，颜锁心意识到白岚可能有话要跟她说，她刚放松的神经又紧绷了起来。

白岚笑着道："你别太紧张，我不是个来找麻烦的恶婆婆。"

颜锁心笑了起来，白岚又接着笑道："当然，我可能也不算是个好婆婆。一般来讲我不大会管你们，基本上你们做的决定我都支持，但是我不会给你们做饭带孩子，那要你们自己想办法解决。如果没有十分的必要，经济上我会跟你们互相独立。"

"我觉得这样很合理。"颜锁心道。

白岚略略睁大了眼眸："你真心觉得？"

颜锁心笑着回答："是的，我真心这么认为。"

白岚仔仔细细又看了眼颜锁心，见她果真既不生气也不勉强，忍不住问："你不觉得我是个自私的母亲吗？"

"白阿姨，魏诤是你的儿子，不是你的负累，他已经成年了，我觉得魏诤也会这么认为的。"

白岚上了车，就拿起后车座上的礼物慢慢翻看着，开车的苏柏文有些担心地道："你没跟颜小姐说什么吧？"

"我能说什么？"白岚抬起头来诧异地问。

苏柏文道："我只是觉得你之前那么喜欢蓉蓉，我还以为……"

"你看他们买给我的礼物，有糖，有包，有围巾，每一样都是我喜欢的，可见这些礼物其实都是小诤陪着买的，他花了那么长的时间陪着颜锁心买礼物讨我的欢心……"白岚感慨，"我喜欢有什么重要的，重要的是小诤他喜欢呀。"

然后她又笑着道："再说了，你怎么知道我就不喜欢自己的新媳妇？"

而与此同时魏诤也在问颜锁心："我妈跟你说什么了？"

"没什么。"她瞥了眼有些紧张的魏诤笑着道，"她就是跟我说，她以后是不会给我们做饭带孩子的，让我们做好自力更生的准备。"

"她就算想给我们做饭带孩子，我都不敢消受呢。"魏诤气极反笑地道。

颜锁心瞧着他突然"扑哧"一笑，魏诤不满地道："你笑什么？"

"其实我觉得你妈妈这样的状态挺好的，她不想被什么捆绑在一起，只想自由自在的。"

魏诤瞥了她一眼："你羡慕呀？"

"羡慕是有一点，不过我还是觉得跟什么捆绑在一起心里会更踏实。"她侧过头去，见魏诤什么也没说，但是嘴角是微微翘起的。

梁南珍连续几日都在家里搞大扫除，地板拿蜡油前前后后擦过好几遍，弄得颜伯亮埋怨道："你是不是太闲了？地板打过一遍蜡就好了呀，哪有三天两头打的，搞得地板滑得要命！"

"你的脚不四处乱踩，我用得着一直擦地板吗？"

颜伯亮气道："地板总是要踩的呀，我总不能吊在天花板上走路！"

梁南珍给了他一个白眼："那回头等客人来了，地板脏了怎么办？"

"哪个客人啊？"颜伯亮奇怪地问。

梁南珍那天看见了魏诤购物车里有几大盒核桃粉，所以从那天起，她就在等着魏诤作为未来的女婿正式上门。不过这话她不好跟颜伯亮说，免得被他嘲笑，因此她装作不理睬颜伯亮，拿起购物袋就出门买菜了。

苏柏文边开车边对旁边的白岚道："我们都不跟小诤说一声，就冒昧跑到颜小姐的家里去不合适吧？"

"我跟锁心说过了呀。"白岚说道，"再说有什么不合适？既然觉得好，那我们双方的父母就要快点见个面，定下日子，如果让小诤搞，他说不定能搞到猴年马月。"

于是梁南珍下楼的时候，就看见从一辆豪华的轿车上款款下来一位衣着入时、很有气质的女士，手里提着大包小包，客气地问："请问颜锁心是不是住在这一楼啊？"

那个晚上，梁南珍连续发了好几条朋友圈，颜伯亮忍不住道："别人上门提亲，你再满意，发一条朋友圈就可以了，人家送的花胶你要发一条，燕窝你又要发一条，你吃不了让别人来替你吃啊，丢不丢脸？"

"你知道什么？他们当初订个婚，从请帖到酒席发了多少条，他们都没觉得丢脸，我为什么要觉得丢脸？"梁南珍朝他吼道，为了那些朋友圈，她多少个夜晚都没睡着。

至于白岚，跑了一趟颜家之后，就似乎进入了准婆婆的情景，很勤快地找梁南珍商量大小结婚的事宜。奇妙的是她似乎很能理解梁南珍，就比如关于朋友圈的这件事情，为了让那些隐藏在朋友圈里的"小人"们羡慕嫉妒恨，她拉着梁南珍跑遍了上海大采购，生生把颜锁心跟魏诤两人的结婚费用给提高了好几倍。

颜锁心看着清单很是忧愁，对魏诤讲："她们开始打算买房子了，我们本来不是打算租房的嘛，哪有钱？"

"不用担心，我妈有钱。"

"不是说咱们双方经济独立吗？"

魏诤没好气地道："那就欠着，总不能她买得开心，还不让我们欠钱！"

颜锁心回到家中，看见梁南珍端着杯子指着颜伯亮："魏诤的妈妈讲，这茶的第一遍水是要倒掉的，这叫洗茶，茶叶没有农药也有灰尘，你就这样喝下肚子了？"

颜伯亮刚端着泡好了茶叶的紫砂壶坐到沙发上，听罢只好站起来重新走到厨房去。

颜锁心奇怪地问梁南珍："你以前不是还嫌裴严明的妈事多要求多，你现在怎么不觉得了？"

梁南珍没好气地道："没钱的讲究，那叫作死，有钱的讲究，那叫享受生活，能一样吗？"

颜锁心有些释然，她妈妈还是那个现实的梁南珍。

有一日魏诤回家，白岚跟梁南珍出去了，只留苏柏文在家，他笑着道："你妈妈这些日子跟着锁心的妈妈玩朋友圈玩得挺高兴的。"

"我妈其实……"魏诤顿了顿才道，"挺俗不可耐的。"

苏柏文笑着道："我觉得这样挺好的，有趣又生龙活虎。"

魏诤笑了："那倒是。"

苏柏文等魏诤走了，收拾咖啡杯的时候才忽然想起，貌似这是他这个继子第一次朝他露出了笑脸。

沈青陪着颜锁心逛街，她用夸张的表情问："你知道裴严明跟任雪后来发生什么事了吗？"

"发生什么事了？"颜锁心好奇地问。

"任雪在国外结过婚还生了个混血儿，都五岁了。她前夫将孩子送到中国来了，因为找不到任雪，所以问了咱们的郭大班长。"

颜锁心想起来，任雪过去的男友的确是他们学校的外籍留学生，不禁诧异地问："他自己的孩子不要了？"

沈青神情古怪地说："问题那不是她前夫的孩子，那是任雪跟别人生的孩子。以前是她前夫帮她养，现在她的前夫好像要去国外工作了，往后要裴严明帮她养着了吧。"

她钦佩地道："任雪的确不是像菟丝花一样的女人，她是像蟒蛇一样的女人啊。"

颜锁心笑了笑，没有同沈青一起落井下石地嘲讽裴严明。

在那次任雪威胁她之后，裴严明就找她送过一次补充协议，上面明确了那套小公寓的所有权是属于颜锁心的，这让他们的关系缓和了不少，当然也不会就此又变回朋友，只是令彼此更容易遗忘一些。

　　所以颜锁心很快就将沈青说的都忘了。一个人承受再大的痛苦，对旁人来讲都是微不足道的笑料。她的面前是午后阳光下的大道，身边是现代的商场、摩登的人群，她感到身体轻盈，好似能一路奔跑到很远的地方。

（全文完）

图书在版编目（CIP）数据

骑在屋顶上的马 / 彻夜流香著 . — 南京 : 江苏凤
凰文艺出版社，2020.6
ISBN 978-7-5594-4692-3

Ⅰ . ①骑… Ⅱ . ①彻… Ⅲ . ①长篇小说 – 中国 – 当代
Ⅳ . ① I247.5

中国版本图书馆 CIP 数据核字 (2020) 第 048713 号

骑在屋顶上的马

彻夜流香 著

策　　划	北京记忆坊文化	
特约策划	紫　木	
特约编辑	赵　钥朱　雀	
责任编辑	刘洲原 白　涵	
营销编辑	杨　迎	
封面设计	80 零 · 小贾	
封面绘图	三　乖	
版式设计	天　纱	
发行平台	有容书邦	
出版发行	江苏凤凰文艺出版社	
	南京市中央路 165 号，邮编：210009	
网　　址	http://www.jswenyi.com	
印　　刷	环球东方（北京）印务有限公司	
开　　本	670 毫米 ×970 毫米 1/16	
印　　张	16	
字　　数	307 千字	
版　　次	2020 年 6 月第 1 版　2020 年 6 月第 1 次印刷	
书　　号	ISBN 978-7-5594-4692-3	
定　　价	42.00 元	

江苏凤凰文艺版图书凡印刷、装订错误可随时向承印厂调换

MEMORY
HOUSE